캠든에서의 그 여름

That Camden
Summer

캠든에서의 그 여름

라빌 스펜서 지음 | 이창식 옮김

(주)고려원북스

■ (주)고려원북스 는 우리들의 가슴속에 영원히 남을 지혜가 넘치는 좋은 책을 만들겠습니다.

캠든에서의 그 여름

초판 1쇄 | 2005년 7월 21일
초판 2쇄 | 2007년 7월 31일

지은이 | 라빌 스펜서
옮긴이 | 이창식
펴낸이 | 이용배
펴낸곳 | (주)고려원북스
편집장 | 설응도

판매처 | (주)북스컴, Bookscom., Inc.

출판등록 | 2004년 5월 6일(제16-3336호)
주소 | 서울 광진구 군자동 470-1번지 한주빌딩 3층
전화번호 | 02-466-1207
팩스번호 | 02-466-1301
e-mail | koreaonebooks@bookscom.co.kr
홈페이지 | http://www.bookscom.co.kr

copyright ⓒ Koreaonebooks, Inc., 2006, printed in Korea

ISBN 97889-91264-56-4 03840
값 9,500원

잘못 만들어진 책은 구입처나 본사에서 교환해 드립니다.

캠든에서의 그 여름

　이 소설을 구상하기 위해 내가 남편과 함께 메인 주의 캠든을 방문했을 때, 마을 사람들은 바닥에 붉은 양탄자를 깔아 놓고 우리를 환영해 주었다. 이 매력 있는 해변 마을에서 우리 부부처럼 큰 환영을 받은 사람은 전무후무했다. 우리는 마을의 분위기에도 반했지만, 사람들한테도 금방 매료되고 말았다. 특히 우리를 돕는 일이라면 시간을 아끼지 않았던 몇 분들의 성함을 소개하자면 다음과 같다.

캠든 상공회의소의 존 풀턴 씨
캠든 공립도서관의 엘리자베스 모런 양
부동산 중개인 팻 코키너스 씨
새우잡이 선박 휘슬러호 선장 아서 앤드류 씨
앤드류 씨의 따님 체릴 양
아울즈 헤드 수송 박물관의 데이브 매쉬크와 존 킨케이드 씨
메리스프링 보호구의 존 에브레이드 씨

　그리고 이 소설을 쓰게 된 동기를 만들어 준 《빅토리아》 매거진에도 감사한다. 이 소설은 에드너 세인트 빈센트 밀레이에 관한 기사로부터 시작되었다고 해도 과언이 아니다.

　또한 작가 엘리자베스 오길비에게도 고맙다는 인사를 전한다. 그녀의 작품들에 묘사되어 있는 메인 주의 장엄한 자연은 이 소설을 쓰는 동안 내내 나의 머리를 떠나지 않았다.

　캠든의 사건에 대해서 잘 알고 있는 독자들은 이 소설에서 내가 그 지역에서 일어났던 몇 가지 주목할 만한 일들의 날짜를 마음대로 바꾸었다는 사실을 눈치채게 될 것이다. 바라건대 그런 것에는 너무 신경 쓰지 마시고, 어디까지나 픽션으로 읽어 주시길…….

미네소타 주 스틸워트에서
라빌 스펜서

❧

엄마, 아빠가 된 에이미와 샤논에게
다가오는 해가 인생 최고의 해가 되길 바라며,
그리고 우리의 첫 번째 손자인 스펜서 맥코이 킴볼이
이 책에 나오는 아이들처럼 사랑과 무한한 가능성과
자유로운 삶을 누리며 성장할 수 있기를 바란다.

❦

이혼한 여자

아이들을 메인 주의 캠든으로 데려가는 날은 제발 날씨가 화창하기를 로베타 주에트는 빌었다. 그러나 승선하는 순간부터 항해 도중 내내 짙은 안개와 보슬비는 로베타가 탄 보스턴 증기선을 따라다녔다. 끊임없이 불어오는 남서풍으로 파도가 꽤 높이 일었고, 그 때문에 선박 여행은 몹시 괴로웠다.

가여운 리디아는 밤새도록 멀미에 시달린 끝에 얼굴이 핼쑥하게 변했다. 이제 열 살인 어린 계집애가 로베타의 무릎에 머리를 올려놓은 채 딱딱한 나무 걸상에 몸을 누이고 있었다. 리디아는 눈동자를 깜박이며 지친 목소리로 물었다.

"얼마나 더 가야 해요, 엄마?"

로베타는 막내딸의 얼굴을 살펴보며 헝클어진 머리카락을 쓸어 올려 주었다. 리디아는 두 언니보다 뱃멀미를 훨씬 더 심하게 했다.

"이젠 얼마 안 남았어."

"지금 몇 신데?"

로베타는 손목시계를 보았다.

"7시가 다 됐어."

"제시간에 도착할까요?"

"배가 어디쯤 와 있는지 알아보고 올게."

로베타는 리디아의 머리를 살며시 쳐들고 무릎을 빼낸 다음 그 자리에 옷뭉치를 밀어 넣었다.

"금방 다녀올게."

그녀는 니스 칠한 탁자에 납작 엎드려서 잠들어 있는 다른 두 딸, 수잔과 베키를 힐끔 쳐다보았다.

주위에는 싸구려 3등석 배표를 구입한 승객들이 불편한 나무 걸상에 앉아 꾸벅꾸벅 졸고 있었다. 코를 드르릉드르릉 고는 사람, 입가에 침을 질질 흘리며 자고 있는 사람. 새벽이 가까워지자 항해가 끝날 시간이 되어 가는 것을 감지하고 비실비실 일어나는 사람도 있었다.

이스턴 선박회사의 이미지와는 달리 보스턴에서 뱅고어 사이를 운행하는 이 배의 3등 선실은 어린 세 딸을 데리고 13시간을 여행하기에는 너무나 형편없는 시설이었다.

손바닥만한 현창(뱃전에 낸 창문)으로는 아무것도 보이지 않았다. 김이 서린 현창을 빗물이 후려치고 있었다. 로베타는 옷소매로 유리에 낀 김을 닦아 낸 뒤 바깥을 내다보았다.

7시가 되자 하늘이 부옇게 밝아 왔다. 시간으로 보면 이미 락포트 만의 뷰챔프 포인트 부근에 도달할 무렵이었다. 차가운 유리에 이마를 대고 열심히 살펴봐도 흐린 날씨와 안개 탓인지 희미한 해안선은 보일락 말락 했다. 다른 방향으로 시선을 돌리자 니그로 아일랜드의 불빛이 언뜻 보였다. 그렇다면 거의 다 온 셈이다.

그 불빛과 서면 포인트 사이를 지나갈 때, 로베타는 물결에 일렁이고 있는 부표를 보았다. 그 너머로 항구의 마을 풍경이 빗물이 줄줄 흘러내리는 현창을 통해 흐릿하게 잡혀 왔다. 고향의 풍경을 바라보며 로베타는 포근한 향수보다는 오히려 방어하는 감정을 느끼며 가늘게 몸을 떨었다.

항구 안으로 들어가자 파도는 잠잠해졌고, 증기선도 요동을 멈추었다. 그러자 해안을 따라 서 있는 물체들의 정체가 하나하나 모습을 드러내기 시작했다. 캠든 뒤쪽으로 마치 거대한 검은 고래가 공중으로 뛰어오른 듯한 모습을 하고 있는 배티 산, 벨파스트가 있는 곳에 자리잡고 있는 부두, 산의 동쪽 기슭으로 올라가는 여러 갈래의 도로, 고향을 뜨기 전까지 그녀가 다녔던 눈에 익은 교회당들의 첨탑. 마을을 거의 먹여 살리다시피 했으며, 어머니만 아니었다면 그녀가 아직도 일하고 있을 크녹스 모직물 공장의 굴뚝.

거기에는 아침 교대를 하기 위해 모직물 공장으로 향하는 노동자들이 줄을 잇고 있었다. 락포트에 있는 석회 가마로 출근하는 노동자들도 있었다. 그레이스가 보낸 편지에 따르면, 캠든에는 이제 전차 노선이 생겨서 노동자들은 그것을 타고 락포트로 출근한다고 했다.

아는 사람 몇 명쯤은 아직 남아 있겠지, 하고 로베타는 생각했다. 하다 못해 학교 동창들이라도 몇 명 남아 있을 것이다. 이혼을 하고 돌아온 그녀를 그들은 어떻게 생각할까? 어쩌면 엄마와 똑같은 생각을 할지도 모른다. 엄마의 편지 내용은 정말 실망스럽기 짝이 없었다.

'제대로 돼먹은 여자라면 이혼을 하지는 않는다, 로베타. 내 말을 명심해라.'

마음대로들 생각하라지, 하고 로베타는 생각했다. 남자가 이혼을 할 수 있다면, 여자도 당연히 할 수 있는 것 아닌가. 여자 혼자서 할 수 있는 이혼도 있단 말인가?

　이렇게 이른 시각에 엄마가 부두로 나왔을 리는 만무했다. 허리가 아픈 것 이외에도 침대에 드러누워 있어야 할 여러 가지 편리한 변명거리가 많은 엄마였다. 그렇지만 그레이스 언니는 엘프레드 형부와 함께 나와 있을 것이다. 그의 얼굴을 본 지도 너무 오래되어 이젠 희미하게 떠오를 뿐이었다.

　해변에 있는 조그마한 마을의 가물거리는 불빛을 바라보던 로베타는 갑자기 생각난 듯 돌아서서 아이들이 잠들어 있는 선실로 갔다.

　"베키, 수잔, 일어나렴."

　그녀는 두 딸을 흔들어 깨우고는 나무 걸상에 누워 있는 리디아를 일으켜 앉혔다. 막내딸을 가슴에 안으며 그녀는 말했다.

　"이젠 다 왔단다. 지금 캠든 항구로 들어가고 있는 중이야. 속은 좀 어떠니?"

　"죽겠어, 엄마."

　열여섯 살 난 베키가 탁자에서 상체를 쳐들고는 길게 하품을 했다.

　"리디아는 아직도 멀미해요?"

　"아까보다 더 지독해, 언니."

　리디아가 대답했다.

　로베타는 막내딸의 헝클어진 머리카락을 쓰다듬어 주며 말했다.

　"이제 다 왔어. 배에서 내리면 금방 괜찮아질 거야."

　"다시는 이런 엉터리 배에 타지 않을 거야."

　리디아는 엄마 어깨 위에 머리를 올려놓으며 기운 없이 말했다.

　"타지 않아도 돼. 우린 이곳에서 살게 될 테니까. 집도 샀고, 일자리도 있어. 아무도 우릴 몰아낼 사람은 없다고, 안 그래?"

　로베타의 말에 딸들은 아무 대꾸도 하지 않았다. 밤새 멀미로 시달려서 진이 빠질 대로 빠진 탓이었다.

"얘들아, 이리로 오렴."

로베타는 손위 두 딸들에게 손짓했다. 맏딸인 베키가 열네 살 난 수잔을 데리고 엄마 옆으로 다가와 앉았다.

"고생시켜 미안하구나. 집을 사는 데 돈을 모조리 써 버렸기 때문에 특등실 표를 살 수가 없었던 거야. 이해할 수 있지?"

"걱정마세요, 엄마."

베키가 안심시켰다. 베키는 좀처럼 불평하는 법이 없었다. 동생들이 투정을 부리면 큰언니로서 늘 달래는 편이었다.

"그렇지만 난 특등실이 어떻게 생겼는지 보고 싶어. 거기엔 개인용 침상과 청동 세면기도 있다고 안내 책자에 나와 있던데."

리디아가 투정을 부렸다.

"별것 아니야."

베키가 말했다.

"설사 청동제 세면기가 있으면 뭘 하니? 너처럼 멀미가 나서 토해 놓으면 더럽긴 마찬가진 걸."

"그런 소리 그만해, 언니. 나 또 토할 거 같애."

수잔이 얼굴을 찡그리며 울상을 지었다.

"그만해라, 베키. 내 말 좀 들어 봐."

로베타는 세 딸에게 말했다.

"치마 주름을 펴고 머리를 손질하렴. 이제 곧 배에서 내리게 될 테니까. 속이 좀 덜 울렁거리지 않니, 리디아? 육지에 가까워졌기 때문이야."

그들은 일어나서 구겨진 치마를 펴고 코트의 단추들을 채웠다. 뱃고동 소리가 길게 울리고 엔진 소리가 차츰 약하고 느려지기 시작했다.

"혹시 우산 같은 거 빠뜨리지 않았는지 잘 살펴보렴."

로베타의 말에 딸들은 각자의 물건들을 챙겼다. 그들은 다른 승객들과 함께 갑판으로 난 통로를 따라 걸어 나갔다. 갑판에는 이미 승객들이 많이 몰려서 내릴 준비를 하고 있었다.

"저기 교회당 종탑이 보이니? 목화 공장의 굴뚝도? 네 할머니는 이 엄마가 저 공장에서 일하기를 몹시 원했단다. 언젠가 얘기한 적 있었지?"

"기억나요, 엄마."

베키가 대답했다.

"그레이스 이모와 엘프레드 이모부가 아이들도 데리고 나왔는지 모르겠다."

"사촌들은 몇 살이에요?"

리디아는 그것이 가장 궁금하다는 듯이 물었다.

"아마 너희들하고 비슷할걸. 마셀린은 열여섯, 트루디는 열셋, 코린다는 아마 열 살일 거야."

"이름처럼 그 애들 성질이 고약하지 않으면 좋겠어요. 우리가 이곳에 처음 왔다고 텃세라도 부리면 어떡하죠?"

리디아는 벌써부터 걱정이었다. 언제나 좀 부정적인 막내에 비해서, 베키는 늘 타협적이고 낙관적이었다.

"그 아이들은 우리 이름이 고약하다고 생각하고 있을걸. 게다가 난 그 애들 이름이 무척 드라마틱하다는 생각이 들어."

"언닌 뭐든지 드라마틱하대."

"너만 빼놓고 그래. 넌 뭐든 부정적으로만 말하는 버릇이 있거든."

"얘들아."

로베타가 조용히 하라고 주의를 주었다.

주위에 몰려 있는 승객들은 하나같이 부스스한 얼굴에 구겨진 옷차림을 하고 있었다. 눈은 졸고 있었고, 입은 악취를 풍겼다. 한 사내가 하품을 늘어지게 해대자, 퀴퀴한 마늘 냄새가 진동을 했다.

수잔이 코끝을 찡그리고는 베키를 쳐다보며 속삭였다.

"내 등 뒤의 드레스 단추들이 썩어서 떨어지겠어."

베키가 킬킬거리며 웃다가 등을 호되게 쥐어 박혔다.

"아얏! 엄마아!"

"얌전하게 굴어, 둘 다."

로베타는 나지막한 소리로 두 딸을 나무랐다.

"그 사람이 먼저 조심을 했어야죠."

베키가 항의했다.

"그건 그래. 계속 악취를 풍기면 우리 모두 그를 향해 돌아서서 하품을 해 버리자. 네 명이서 풍겨대면 굉장하겠지?"

로베타와 베키, 수잔은 동시에 킥킥거리며 웃었다. 승객들이 무슨 일인가 하고 그들을 돌아보았다. 리디아가 엄마의 손을 잡아당기며 물었다.

"무슨 일이에요, 엄마?"

로베타는 막내딸 귀에다 대고 속삭였다.

"나중에 얘기해 줄게, 아가야. 그레이스 이모와 엘프레드 이모부에게 얌전하게 굴기만 하면."

"엄마, 나더러 한 번만 더 아가라고 하면 보스턴으로 돌아가 버리겠어요. 난 이제 아기가 아니라고요. 열 살이나 먹었어요."

로베타는 미소 지으며 리디아의 머리를 손으로 쓰다듬었다. 그리고는 부두에 나와 있는 사람들에게 시선을 돌렸다.

귀향은 로베타에게 약간의 불안감을 안겨 주었다. 그렇지만 딸들에게는 안정된 생활이 필요했고, 외할머니와 이모, 이모부와 사촌들이 그들에게 해를 끼치지는 않을 것이라고 생각했다. 그녀는 딸들이 이곳에서 포근한 가정과 사랑과 격려 속에서 성장할 수 있도록 해주고 싶었다.

뱃고동이 다시 한 번 길게 울리자, 벨파스트의 모습이 부두 너머로 나타났다. 갑판의 진동이 구두 밑창을 통해 로베타의 가슴까지 전해져 왔다. 좋든 싫든 간에 18년 만에 돌아온 고향이었다.

*

주에트 가족 네 사람은 우산 두 개를 나누어 쓰고 건널 판자를 내려왔다. 반도 내려오기 전에 비에 젖은 스커트 자락이 종아리에 친친 감겼다. 검은 우산을 받쳐 든 말쑥한 차림의 사내가 그들에게 급히 다가오며 소리쳤다.

"버디(로베타)?"

"엘프레드 형부예요?"

로베타가 맞받아 소리쳤다.

"그래, 나야. 그러니까 이 아가씨들은 내 조카딸들이로군."

사내의 우산이 로베타의 우산과 부딪히며 빗물을 튀겼다. 비록 콧수염을 기르긴 했지만, 로베타는 엘프레드의 얼굴을 분명히 알아볼 수 있었다.

"그래요. 내 딸들이죠. 얘들아, 엘프레드 이모부시다."

"저쪽으로 가자고. 언니가 기다리고 있어."

엘프레드는 일행을 데리고 선박회사 사무실로 갔다. 바깥벽을 따라 눅눅한 나무 걸상들이 죽 늘어서 있고, 창문에는 전깃불이 훤하게 새어 나왔다. 사무실 안으로 들어서자 높다란 모자를 쓴 건장하게 생긴 여자가 팔을 벌리며 앞으로 달려 나왔다.

"버디, 오, 버디, 정말 돌아왔구나!"

"언니, 다시 만나 정말 반가워!"

자매는 서로 껴안았다. 그 통에 사무실 출입구가 막혀 다른 승객들은 양 갈래로 갈라져서 지나가지 않으면 안 되었다.

"우리의 작은 새가 마침내 둥지로 돌아왔구나."

그레이스는 감격스럽다는 듯이 말했다. 결혼한 후 처음 몇 년 동안, 로베타는 언제나 남편 없이 혼자서 고향집을 찾곤 했다. 그러나 지난 10여 년 동안 남편의 여성 편력이 더욱 심해지자, 그녀는 아예 발길을 끊고 말았다. 심사가 편치도 않은데 이것저것 캐묻는 말에 일일이 대구하기가 귀찮았던 것이다.

두 여자는 포옹을 풀고 한 발짝씩 물러서서 서로 살펴보았다.

그레이스는 150센티가 조금 넘는 작달막한 키에 드럼통 같은 몸매를 하고 있었다. 얼굴은 고무풍선처럼 팽팽했고, 윗입술 오른쪽에 큼지막한 사마귀가 하나 달라붙어 있었다. 고급스런 옷을 입고 있었으며, 금속테 안경 뒤의 푸른 눈동자에는 눈물이 고여 있었다.

그러나 로베타의 회색을 띤 푸른 눈동자에는 아직 눈물이 맺혀 있지 않았다. 그녀는 눈물을 억지로 참고 있었다. 키는 언니보다 머리 하나가 더 컸고, 입고 있는 옷은 싸구려에다 형편없이 구겨진 것이었다. 관습을 경멸하는 그녀는 모자를 아예 쓰지 않았고, 전날 저녁 승선하기 전부터 지금까지 손질을 못한 갈색 머리카락도 헝클어져 엉망이었다. 눈가에 잔뜩 잡혀 있는 잔주름과 두꺼워진 허리 살이 이제 곧 마흔 살을 바라보는 세 딸의 어미임을 여실하게 드러내 보여 주고 있었다.

"언니, 내 딸들이야."

로베타의 목소리에 자랑스러움이 배어 있었다.

"얘들아, 이모님께 인사드리렴."

그들은 차례대로 그레이스 이모에게 인사했다. 그레이스는 조카딸들을 하나하나 포옹해 주었고, 엘프레드는 모자를 벗고 그들과 일일이 악수하며 이름과 나이를 확인했다.

"처제도 그동안 많이 변했군."

엘프레드가 로베타의 얼굴을 찬찬히 살펴보며 말했다.

"우리 모두가 변했죠, 형부."

엘프레드는 말쑥한 옷차림에 면도까지 말끔하게 하고 있었다. 가지런하게 손질한 콧수염은 회색을 띠고 있었다. 정수리 부분의 머리카락도 은빛으로 변해 가고 있었고, 몸집은 40대 중년 사내답게 비대해져 있었다. 그렇지만 웃을 때 양볼에 지는 매력 있는 보조개와 속눈썹이 긴 갈색 눈동자는 아직도 여자의 마음을 뒤흔들어 놓기에 충분했다.

"캠든으로 돌아온 것을 환영해."

로베타의 어깨 위에 손을 올려놓으며 엘프레드는 말했다.

"고마워요. 우리 집은 준비되었나요?"

로베타는 부동산업자인 엘프레드에게 그들이 살 집을 구해 달라고 부탁했던 것이다.

"집은 구해 놨지만 손질이 좀 필요해, 로베타."

"손질이야 우리가 하면 되죠 뭐. 여기 도와줄 사람도 셋이나 있고."

로베타는 세 딸을 가리키며 말했다.

"언제 볼 수 있어요?"

"원한다면 언제든지. 하지만 그레이스는 먼저 우리 집으로 가서 아침을 함께하고 싶어해. 배에서 아침식사를 하지 않았다면 말이야."

"배에서 먹은 거라곤 어젯밤 6시경에 먹은 치즈 샌드위치 한 조각뿐이에요. 우린 모두 쫄쫄 굶었다고요."

그레이스가 환한 표정을 지으며 말했다.

"그렇다면 잘됐네! 다들 우리 집으로 가자고. 우리 애들한테도 학교에 좀 늦게 가라고 말해 뒀어. 사촌끼리 만나게 해주려고 말이야. 지금쯤 눈 빠지게 기다리고 있을 거야."

그때 갈색 비옷을 입은 한 사내가 그들을 스쳐 지나가며 말했다.

"안녕, 엘프레드. 안녕하세요, 스피어 부인?"

엘프레드 또래로 보이는 사내는 웰링턴 부츠를 신고 모직 모자를 눌러 쓰고 있었다. 거친 피부에다 머리카락도 빛 바랜 갈색이었다.

"아, 가브리엘. 뭐가 그리 급한가? 이리 와서 우리 처제와 인사하게. 방금 세 딸과 함께 보스턴에서 도착했네. 자네도 아마 기억날걸. 로베타는 여기에서 학교를 다녔으니까. 그렇지만 지금은 주에트 부인이라고 부르지. 버디, 가브리엘 팔리 씨를 기억하겠어?"

"잘 기억나지 않아요, 형부. 안녕하세요, 팔리 씨?"

팔리는 모자에 손을 대며 어색하게 인사했다.

"주에트 부인, 이리로 오신다는 얘긴 들었습니다."

"브레컨리지 저택으로 들어갈 걸세."

엘프레드가 끼어들었다.

"브레컨리지 저택이라고!"

가브리엘 팔리는 깜짝 놀라며 엘프레드를 돌아보았다.

"자네 처제도 그 사실을 알고 있는가?"

"괜히 겁주지 말게, 가브리엘. 처제는 아직 보지도 않았어."

팔리는 로베타에게 속삭이는 투로 말했다.

"이 친구를 조심하세요."

그리고는 엘프레드에게 히죽 웃어 보이고는 작별 인사를 했다.

"자, 그럼 행운을 빕니다. 만나서 반가웠어요, 숙녀님들."

그는 다시 모자에 손을 대고는 돌아섰다.

가브리엘 팔리가 멀리 가버리자, 로베타는 형부에게 캐물었다.

"형부, 브레컨리지 저택이 도대체 어떻다는 거죠?"

"요즘엔 구하기 힘든 저택이지. 전차 노선이 들어오고, 전쟁 때문에 양모 생산이 활기를 띠어 마을은 온통 들떠 있는 상태라구. 그런데 이삿짐들은 다 어떻게 했지?"

"걱정하지 마세요. 내가 다 알아서 처리할 테니까. 지난 18년 동안 나태한 남편과 함께 살아왔어요. 이젠 남자의 도움 없이도 잘해 나갈 수 있다구요. 여행사 직원에게 저택의 주소만 가르쳐 주면 운반해 주게 되어 있어요."

"그렇다면 브레컨리지 저택이라고만 말해. 그러면 앨든 가에 있다는 것을 다 알고 있을 테니까."

로베타가 여행사 사무실로 가자, 그레이스는 묘한 표정으로 남편을 돌아보았다. 마치 '보셨죠? 쟨 저런 애라고 내가 말했잖아요!' 라고 말하는 듯한 표정이었다.

이삿짐들을 앨든 가의 브레컨리지 저택으로 운반되도록 조처한 뒤, 일행은 모두 그레이스와 엘프레드의 집으로 향했다. 놀랍게도 엘프레드는 눈이 번쩍 뜨일 만한 검은색 투어링카에 그들을 태우고 갔다.

"이거 이모부 차예요?"

베키는 부러운 표정으로 물었다.

"물론이지."

엘프레드가 웃으며 대답했다.

"우와! 이런 차는 한 번도 타 본 적이 없어요."

그건 로베타도 마찬가지였다. 부드럽게 굴러가는 것이 냄새 나는 마차나 전차에 댈 것이 아니었다.

엘프레드는 엘름 가에 있는 앤 여왕 조의 3층짜리 멋진 저택 안으로 차를 몰았다. 그의 부동산업이 잘 돌아가고 있다는 증거였다. 엘름 가는 캠든에서 가장 살기 좋은 곳으로, 널찍한 정원을 낀 우아한 저택들이 들어서 있었다.

엘프레드의 저택 역시 크고 우아했다. 겉은 짙은 와인색 페인트 네 가지를 조화 있게 칠했고, 안은 붉은 윤기가 도는 널빤지를 대고 납유리와 정교한 벽지로 치장되어 있었다. 가구들은 호사스러웠고, 양탄자는 수입품이었으며, 조명 도구들은 모두 전기용품으로 바뀌어 있었다.

'그렇지만 지나치게 깨끗하군. 이렇게 깨끗해서야 생활은 어디서 하지?'

로베타는 현관과 테라스를 둘러보며 생각했다.

"아름다운 저택이야, 언니."

로베타가 감탄과 부러움이 섞인 목소리로 말했다. 뒤따라 들어온 엘프레드가 코트를 벗어 달라며 하체로 그녀의 히프를 슬쩍 밀었다. 로베타는 약간 당황하며 코트를 벗어 그에게 맡겼다. 엘프레드는 아이들 코트도 차례로 받아 옷걸이에 걸었다.

"집 안을 구경하고 싶어, 언니."

로베타의 말에 엘프레드는 환한 미소를 지으며 말했다.

"부동산에 관한 한 내가 전문가니까, 그레이스가 식사를 준비하는 동안 내가 저택을 한 바퀴 구경시켜 줄까?"

그레이스가 시큰둥하게 대꾸했다.

"아침식사부터 한 후에 천천히 해요, 엘프레드. 소피가 이미 식사 준비를 다 해놓고 기다리고 있을 거예요."

그녀는 장식 난간 너머로 상체를 내밀며 위층을 향해 고함을 질렀다.

"얘들아, 거기에 있니?"

둥그런 드레스 차림에 커다란 그로그랭(gros-grain : 굵은 가로무늬를 나타낸 평직직물) 모자를 쓴 세 아가씨가 우르르 계단을 내려왔다. 그들의 표정은 신고 있는 구두만큼이나 반짝거렸다. 그들은 처음 만난 사촌끼리 서로 인사를 주고받았다. 큰딸인 마셀린이 사촌들에게 말했다.

"만나서 정말 반가워. 엄마가 우리를 위해서 일광욕실에다 특별한 식탁을 마련해 주셨어. 너희들 가보고 싶지 않니?"

로베타의 세 딸은 약간 주눅 든 표정으로 그레이스의 딸들을 따라갔다. 휘황찬란한 전등불이 홀 구석구석을 환하게 밝히고 있었다. 육각형의 일광욕실 안에는 세공한 하얀 철제 탁자 위에 중국산 도자기가 놓여 있었다. 금속제 래크 위에는 양치류, 야자수, 난초 따위가 화분에 담겨 생기 있게 자라고 있었다. 바깥에서는 비가 창유리를 때리고 있었고, 이따금씩 천둥소리가 들렸다.

"원, 세상에!"

베키가 소리쳤다.

"너희 집은 굉장히 부잔가 보구나!"

그레이스의 딸들은 서로의 얼굴을 빤히 처다보다가 까르르 웃었다.

"뭐가 그리 우습니?"

베키가 물었다.

"넌 언제나 그렇게 생각나는 대로 말해 버리니?"

마셀린이 반문했다.

"그렇지 뭐. 난 좀 그래."

"우리가 그런 식으로 얘기하면 우리 엄마는 소화불량에 걸릴 거야."

"그러면 엄마가 없는 데서만 그렇게 말해."

그 말에 그레이스의 세 딸은 더 충격을 받은 것 같았다. 마셀린이
손님으로 온 사촌들에게 의자를 권하며 물었다.

"너희들은 늘 그런 식이니?"

"뭐가?"

베키는 시종 주위를 두리번거리며 반문했다.

"엄마가 듣지 않는 곳에서는 그렇게 마음대로 말하냐고?"

"그렇지 않아. 우린 엄마 앞에서도 하고 싶은 말은 해. 단지 우리
가 한 말이 마음에 들지 않으면, 엄마는 어디가 어떻게 틀렸는지 설
명을 해주셔. 우리도 그 설명을 들어 보고 고칠 건 고치고 그러는 거
지 뭐."

"오, 세상에……."

마셀린은 한숨을 쉬었다.

"왜 그래?"

"글쎄, 우리 엄마는…… 그러니까…… 에이, 그만두자."

"아아, 알았다. 이모님은 너희들과 대화하는 걸 싫어하시는 모양
이지?"

"쉬이!"

마셀린은 손가락으로 자기 입술을 꼭 눌렀다.

"소피가 곧 아침식사를 가져올 거야. 그녀는 시시콜콜한 것까지도
엄마한테 다 일러바친다고."

호랑이도 제 말하면 온다더니, 그때 마침 젖가슴이 크고 머리카락이 회색인 뚱뚱한 부인이 음식을 담은 쟁반을 들고 뒤뚱거리며 들어왔다. 그녀가 식탁에 음식을 차리는 동안, 소녀들은 얌전하게 앉아 기다렸다.

　　"아주 맛있는 케제리란다."

　　리디아가 접시에 담긴 음식을 살펴보곤 물었다.

　　"그게 뭐죠?"

　　"이게 뭐냐고? 원, 달걀 소스를 친 생선과 쌀밥이야. 메인 주에 사는 주민이라면 케제리를 모를 리 없어."

　　"우린 메인 주의 주민이 아니에요."

　　"그렇지만 너희 엄마는 이곳 주민이었잖니."

　　"엄마는 요리를 별로 안 해요."

　　"요리를 안 하다니!"

　　소피는 손을 멈추고 리디아를 돌아보았다.

　　"아니, 그럴 리가 없지."

　　베키는 식탁 아래로 리디아의 발을 톡톡 차며 입을 다물라는 신호를 보냈다. 소피가 비스킷과 버터와 블루베리 잼을 식탁에 놓자, 마셀린이 그녀에게 물었다.

　　"커피 좀 가져다주시겠어요, 소피?"

　　"마셀린 멜로즈 스피어 아가씨에게 커피를 마시게 했다간 마님께서 날 내쫓으실 거라는 걸 잘 알면서 그러세요."

　　"시도해 봐서 나쁠 건 없잖아요?"

　　소피는 턱을 세 쪽으로 만들어 보이며 방에서 물러갔다.

　　"접시를 깨끗이 비워야만 해요."

　　하녀가 나가자마자 수잔과 리디아는 맹렬하게 음식을 향해 덤벼들었다. 그들은 손등으로 입 언저리를 연신 훔치며 정신없이 쑤셔 넣고 씹어대고 삼켜댔다. 베키는 그런 동생들을 조용히 바라보며 말했다.

"멜로즈란 묘한 미들 네임이군."

"그건 우리 증조 할머니에게서 물려받은 이름이야."

마셀린이 설명했다.

"증조 할머니는 열세 살 때 미건티쿡 강가의 눈밭에서 첫 아기를 낳으셨대. 그녀는 아기를 털옷에 둘둘 말아 안고 교역장으로 달려가셨어. 거기엔 할아버지가 술이 고주망태가 되어 인디언 여자와 주무시고 계셨지. 할머니는 아기를 그들 사이에 눕혀 놓고 칼로 할아버지의 왼쪽 귀를 잘라 버리고는, 자, 이젠 어떤 여자도 당신을 잘생겼다고 말하진 않을 테니까 그만 집으로 돌아가요, 라고 하셨다더군. 할머니와 할아버지는 그 뒤로 아이를 여덟 명이나 더 낳으셨어. 인디언들이 하는 말로는 그중 절반은 왼쪽 귀가 없이 태어났대. 넌 지금까지 이처럼 슬프고 낭만적인 얘기를 들어 본 적이 있니?"

"진짜 죽여 주는군! 멋진 드라마가 되겠어. 언젠가 희곡으로 써서 공연을 한번 해보자."

"희곡으로?"

마셀린이 이상하다는 표정을 지었다.

"왜 안 돼?"

"희곡도 쓰니?"

"우린 심심하면 써."

"공연도 하고?"

"물론이지. 우린 언제나 공연 같은 걸 즐겨."

"누굴 위해서?"

"그야 엄마를 위해서 할 수도 있고, 친구들이나 선생님, 그밖에도 보고 싶어하는 사람이면 누구나 대환영이지."

"너희들이 공연하는 걸 로베타 이모가 보신단 말이야?"

"아주 열렬한 팬이셔. 우리가 연기를 하거나 노래 부르거나, 혹은 피아노 연주나 시를 암송할 때는 만사를 팽개치고 보시지. 리디아에 게 E 플렛 레코더 연주법을 가르쳐 주신 분도 엄마야. 나는 악기를 꽤 여러 종류 다룰 줄 알아. 우린 걸핏하면 삼중주를 하는데, 어떤 땐 엄마까지 끼어 사중주가 되기도 하지. 너희들은 연주를 해본 적이 한 번도 없니?"

베키는 오히려 이상하다는 표정을 지으며 물었다.

"우린, 없어. 그런 생각조차 해본 적이 없어."

"악기를 가끔 연주하기는 하니?"

"아니."

"너희들 중 아무도?"

베키는 참 재미없는 자매들도 다 있다는 생각이 들었다.

"그렇다면 합창이나 시 낭송은 하겠구나?"

"그런 것도 안 해."

"그렇다면 무얼 하면서 노니?"

"우린……."

마셀린은 두 동생을 돌아보고는 다시 베키에게 말했다.

"우린 바느질을 해."

"바느질이라고! 그게 노는 거야?"

"그리고 강습회에 참가하기도 하지."

"아이고, 지겨워라. 나라면 강습회에 참가하느니 차라리 내 손으 로 열고 말겠다. 그 외엔 무슨 일을 하지?"

"이따금 보트 놀이를 나가기도 하지."

"항해는 않고?"

"안 돼 그건, 너무 위험해서. 엄마가 절대 허락하시지 않아."

"그러면 낚시도 못하겠구나?"

"못해. 난 비린내 나고 미끈미끈한 물고기 따위는 만지지도 않아. 그렇지만 셔먼 만의 해변에 피크닉을 나간 적은 한 번 있었지."

"한 번 있었다고?"

"그래. 엄마는 우리가 구두나 옷을 더럽히는 걸 싫어하시거든."

베키는 케제리를 씹으며 마셀린이 한 말을 잠시 생각했다. 케제리는 아주 맛있었다.

"우리 엄마는 옷이나 구두 따위에는 신경 쓰시지 않아. 그리고 우리는 바닷가에서 조개나 새우 등만 먹으며 여름을 보낸 적도 많아. 엄마는 우리들이 건전한 마음을 갖도록 애쓰고, 사소한 일에는 한순간도 낭비하지 말라고 충고하셔. 타고난 상상력을 키워서 우리에게 오는 모든 기회를 잡아야 한다고 말씀하셨어. 다음에 우리가 공연할 때는 너희들도 함께 참가하지 않을래?"

마셀린 멜로즈 스피어는 베키의 말에 환한 표정을 지었다. 그녀는 불행하게도 평범한 갈색 머리카락과 끝이 뭉툭한 주먹코를 어머니로부터 물려받았다. 그렇지만 아름다운 갈색 눈동자와 기다란 속눈썹은 아버지를 닮았다.

"오, 베키! 정말 그래도 되는 거야?"

"물론이지. 우리들이 공연할 첫 번째 연극은 할머니에 관한 얘기야. 그리고 원한다면 넌 할머니에게 귀가 잘린 할아버지 역할을 맡을 수도 있어. 귀가 잘려 비명을 지르며 저주의 말을 퍼붓는 장면은 정말 굉장할 거야! 인디언 여자 역할을 맡을 사람에게는 검은 가발이 필요하겠지. 아기 역할은 리디아나 코린다가 맡으면 어때?"

베키는 열 살짜리 두 동생을 돌아보곤 머리를 저었다.

"아니, 안 되겠어. 쟤들은 너무 커. 정 없으면 인형을 쓰지 뭐. 울음소리는 무대 뒤에서 리디아나 코린다가 내고. 당장 희곡 작업부터 시작해야겠어!"

마셸린이 트루디와 코린다를 모아 놓고 주의를 주었다.

"방금 얘기한 내용은 엄마한테 말해선 안 돼, 알겠니? 연극을 공연할 때까지는 비밀을 지켜야만 해."

"그렇지만 엄마가 물어볼 텐데……."

코린다는 자신 없는 표정을 지었다.

"그냥 재미있게 놀았다고만 해. 연극 얘기는 하지 말고."

"그렇지만 언니……."

"너희들 연극 하고 싶지 않니?"

마침내 트루디와 코린다는 언니 말에 따르기로 했다. 베키와 마셸린은 다음에 만나 연극에 대한 계획을 하나하나 짜기로 약속했다.

✳

어른들은 식당에서 아침식사를 마치고 커피를 즐기고 있었다. 엘프레드는 의자에 기대어 앉아 이쑤시개로 이 사이를 쑤시며 그레이스가 보지 않을 때마다 로베타에게 엉큼한 추파를 던지곤 했다.

그레이스는 언니로서 로베타의 현실 문제에 대해 걱정하는 것은 당연하다고 생각하고 있었다. 고향이라고는 하지만 여자 혼자 몸으로 딸 셋을 키운다는 것은 결코 쉬운 일이 아닐 것이다. 그래서 그녀는 엘프레드가 어떤 눈으로 로베타를 보고 있는지는 생각할 겨를이 없었다.

"버디, 그 얘길 좀 해봐."

그레이스는 로베타의 표정을 살피며 조심스럽게 말을 꺼냈다.

"그 얘기라니?"

"이혼 얘기 말이야. 너, 정말 해버린 거니?"

"하지 않았음? 언닌 내가 그런 얘길 농담으로 했다고 생각하는 거야?"

"오, 버디! 어떻게 그런 일을……."

로베타는 그레이스의 말투를 그대로 흉내내며 말했다.

"오, 그레이스! 어떻게 안 하고 배겨? 그 자식이 최근에 건드린 여자들만도 몇 명이나 되는지 알아?"

그레이스는 얼굴을 붉혔다.

"버디, 원 세상에!"

"왜? 그 작자가 바람을 피우는 건 괜찮고, 내가 그 자식이라고 욕하는 건 안 된다, 이거야?"

"그런 뜻이 아니야."

"아니면 뭐야? 언니는 분명 내가 이혼한 것을 못마땅하게 생각하고 있어. 그럼 나더러 어떡하란 말이야? 그 작자가 계속 여자들을 쫓아다니며, 쥐꼬리만한 수입을 노름으로 날리는 걸 지켜보며 또 17년을 더 살라는 거야? 그러다가 돈이 떨어지고, 여자들도 지겹다고 차 버리면 내 곁으로 기어들겠지. 난 그 꼴 더 이상 못 봐. 그 자식은 우리 가족을 먹여 살리지 않았다고. 내가 먹여 살렸어! 그 자식은 나나 내 아이들 인생에 전혀 보탬이 되지 않아. 그래서 내가 주도권을 잡았고, 그 작자와 이혼을 한 거야."

그레이스는 살며시 한숨을 토해 내곤 중얼거렸다.

"그래도 조지는 정말 매력 있는 남자였는데……."

로베타는 기가 막혀 말이 안 나왔다.

'그래, 지금 언니 남편처럼. 형부라는 작자가 처제를 바라보는 눈이 어떤지 좀 보라고. 지금도 저기서 날 쉴새없이 유혹하고 있어. 사내들이란!'

"껍데기는 꽤나 매력 있게 생겨 먹었지. 그러니까 속없는 계집들이 헐레벌떡 달려들지. 내가 아는 여자만도 자그마치 열셋이야!"

로베타는 치를 떨었다.

"그렇지만 엄마와 나는 너희들 이혼에 결코 동의할 수 없어. 사람들이 어떻게 생각하겠냐고, 버디?"

"다른 사람들이 뭐라고 하든 난 상관하지 않아, 언니. 난 나 자신과 내 아이들을 위해서 이혼하는 것이 옳다고 생각했기 때문에 한 거야."

"전통과 관습을 완전히 무시한 행동이야!"

"그렇지. 조지가 먼저 그런 것들을 무시하는 행동을 했으니까."

"정말 이 시골구석에서 간호사 노릇이나 하며 살겠단 말이지?"

"자리만 잡히면 곧 시작할 작정이야."

"네가 일하러 나간 동안에는 누가 네 딸들을 돌봐 주니?"

"거기까진 아직 생각할 겨를이 없었어."

"로베타, 너무 무모하게 굴지 마."

"무슨 뜻이야, 그건?"

"무슨 뜻인지는 너도 잘 알잖아. 이혼한 여자가 이 마을 저 마을로 나돌아다닌다는 것은 남들이 보기에 아무래도…….."

"그런 뜻이야?"

로베타는 동정 섞인 눈초리로 언니를 바라보았다. 그녀는 자기 남편이 세상의 모든 여자들을 유희감으로 생각하고 있는 그런 사내란 것을 아직 제대로 이해하지 못하고 있는 것이 분명했다. 로베타는 엘프레드를 돌아보며 불쑥 물었다.

"형부도 언니와 같은 생각이에요?"

엘프레드는 느닷없는 질문에 당황하며 헛기침을 두어 차례 했다.

"뭘 말이야, 처제?"

"이혼한 여자에 대한 마을 사람들의 시선 말이에요."

"그거야 곱진 않겠지. 대부분의 여자들은 이혼하지 않고 그럭저럭 살아가고 있으니까. 더군다나 이혼녀의 신분으로 이 마을 저 마을 돌아닌다면 이상한 시선으로 바라보는 사람들도 있을 거야."

그레이스가 진지한 얼굴로 말했다.

"내 말 잘 들어, 버디. 아이들을 모두 모직물 공장에 집어넣어. 너도 거기에 취직해서 아이들과 함께 일하면 아무도 이상한 눈으로 보진 않을 거야."

"이상한 눈, 이상한 눈!"

로베타는 자리를 박차고 일어났다.

"내가 무슨 죄를 지었어? 이혼한 여자가 무슨 죄인이냐고! 내가 왜 우리 애들을 그 지독한 공장에다 넣어야만 해? 우리 애들은 내가 해줄 수 있는 한 최고의 문화 혜택을 누릴 수 있도록 할 거야. 음악 레슨도 받고, 보스턴의 갤러리까지도 여행하고, 그들이 하고 싶어하는 모든 창작 활동을 마음껏 할 수 있어야만 해. 공장에 넣으면 그런 건 전혀 할 수 없잖아?"

"그래, 그래, 알았어."

그레이스는 두 손을 맞잡으며 말했다.

"그런 방법도 있다는 거지 뭐. 도와줄 남편도 없으니까 아이들이라도 돈을 벌면 네가 좀 수월할 것 같아서. 진정하고 앉아, 버디."

로베타는 다시 의자에 앉았다.

"우리가 살 집을 빨리 보고 싶어요, 형부."

엘프레드는 휴지로 콧수염에 묻은 음식을 닦으며 일어섰다.

"언제라도 데려다 줄게, 처제. 그 전에 우리 집부터 구경하지 않겠어?"

"나중에 하죠 뭐. 지금은 너무 피곤해서 빨리 쉬고 싶어요."

"좋을 대로 하자고."

엘프레드는 주머니에서 시계를 꺼내 열어 보았다.

"지금쯤은 짐들이 도착했겠군. 아이들을 불러요. 슬슬 가보자고."

그레이스는 현관에서 외투를 입고 있는 로베타의 손을 잡고 볼을 맞대며, 동생을 달래듯이 말했다.

"이 언니한테 화내지 마. 내일쯤 그리로 건너가서 함께 의논하자꾸나."

"그래요, 언니."

로베타는 냉담하게 대꾸했다.

"엄마한테는 언제 갈 거야?"

"시간 나는 대로 곧. 엄마가 날 만나러 오시진 않을 테니까."

"그런 식으로 말하지 마, 버디. 엄마를 찾아뵙는 것은 딸의 의무잖아. 더군다나 넌 여러 해 동안 객지에 있다가 돌아왔고. 엄마도 기다리고 있을 거야."

'이혼의 사악함에 대해서 또 한바탕 설교를 늘어놓겠지.'

"얘들아, 이모님 가신다. 인사 드려야지."

아이들은 서로 인사했다.

"언제든지 놀러 오렴."

그레이스가 조카딸들에게 말했다.

밖으로 나오자 엘프레드는 마치 남편이 아내에게 하듯 로베타의 허리를 슬쩍 껴안았다가 놓았다.

첫 만남

"제발 좀 이러지 말아욧!"

아이들이 빗속을 저만치 걸어가자 엘프레드의 손이 또 로베타의 엉덩이를 슬쩍슬쩍 만지기 시작했다.

"내가 뭘?"

천진난만한 표정을 지으며 그가 대꾸했다.

"한 번만 더 내 몸에 손대면 눈두덩이 시퍼렇게 멍들도록 만들어 주겠어요."

"손을 대? 그게 무슨 뜻이지, 처제?"

"무슨 뜻인지는 형부가 더 잘 아시잖아요! 그런 짓을 하려면 날 처제라고 부르지도 말아요."

"좋아. 그럼 버디라고 부르지. 그러면 됐지?"

"아무튼 이 손 저리 치워요!"

"우우, 너무 신경질적이잖아?"

"손만 얌전하면 우린 사이좋게 지낼 수 있어요, 형부."

노처녀 여사감이라도 녹일 듯한 매력적인 미소를 지으며 엘프레드는 중산모를 벗어 들고 로베타에게 깊숙이 허리를 굽혔다.

"명령대로 거행합죠. 자, 가실까요, 부인?"

그들은 다시 엘프레드의 검은색 투어링카에 올라탔다. 아이들은 뒷좌석에 앉아 굴르기도 하고, 엘프레드에게 경적을 울려 보라고 주문하기도 했다. 로베타는 운전석 옆자리에 앉아 조용히 창밖만 바라보고 있었다. 그가 말을 시켰다.

"전차선이 들어와 있으니까 어때?"

"오, 그것이 마을을 온통 바꿔 놓은 것 같아요."

"요만한 마을로서는 대단한 발전이라고 생각지 않아?"

로베타는 덜컹거리며 지나가는 전차를 내다보았다.

"형부도 타봤어요?"

"물론이지. 누구나 타는걸. 락랜드와 웨렌으로 가는 가장 빠른 방법이야."

"이 자동차로 가는 것보다요?"

"그렇다곤 말할 수 없지."

"자동차가 많아졌어요."

스쳐 지나가는 다른 자동차를 보며 로베타는 말했다.

"이 자동차가 마음에 들어요, 형부?"

"물론이지. 그렇지만 손님들 중에는 아직도 자동차 탑승을 거절하는 사람도 있어. 아무래도 말을 타는 편이 더 안심이 되는 모양이야."

"형부도 그러세요?"

"아니."

"만약 형부가 여자라도 말보다는 자동차를 선택하시겠어요?"

엘프레드는 눈이 휘둥그레지며 물었다.

"잠깐만, 버디. 설마 자동차를 살 궁리를 하고 있는 건 아니겠지?"

"왜 안 되죠?"

"버디는 여자잖아!"

로베타는 콧방귀를 뀌었다.

"여자라고 안 된다는 법이 있어요? 내 맘이죠."

"조심해, 로베타. 사람들이 입방아를 찧어댈 거야."

"무슨 입방아요? 내가 자동차를 샀다고 해서?"

"게다가 넌 이혼녀잖아, 버디."

그가 목청을 낮추어서 말했다.

"다른 여자들보다 더 조심해야지."

"그렇게 속삭일 필요까진 없어요, 형부. 내 딸들은 엄마가 이혼했다는 사실을 다 알고 있고, 세상엔 널린 것이 이혼녀들이라고요. 안 그러니, 얘들아?"

"우리 아빠 어쨌거나 집에 안 들어오셨어요."

리디아가 대답했다.

"그리고 집에 들어와서 하는 일이라곤 엄마한테 돈을 빼앗아가는 것뿐이었어요. 하지만 마지막엔 엄마도 단호히 거절하셨죠."

베키가 거들었다.

"우린 엄마가 이혼하길 잘하셨다고 생각해요."

수잔이 마무리를 했다.

로베타는 쓸쓸한 미소를 지으며 엘프레드를 돌아보았다.

"사람들은 자신들이 직접 그런 일을 당해 보지 않았기 때문에 남의 일에 이러쿵저러쿵 입방아를 찧어대는 거예요, 형부. 평범한 원칙론을 지껄여대기야 쉬운 일이죠. 자기 자신은 아프지 않으니까."

엘프레드는 말없이 머리를 끄덕였다.

"메인 스트리트에 좀 데려다 줘요, 형부."

"뭐하게?"

"어떻게 변했는지 보고 싶어서요."

"늘 그대론데 뭘."

"언니 편지는 많이 변했다던데요. 한 바퀴 빙 돌아보고 싶어요. 물론 이혼녀와 돌아다니는 것이 형부의 명예를 크게 손상시키지 않는다면 말이죠."

로베타의 냉소 어린 말투에 엘프레드는 그만 대꾸할 말을 잃었다.

"좋아. 재빨리 한 바퀴 돌고 앨든 가로 올라가자고."

"고마워요, 형부."

로베타는 좌석 등받이에 몸을 기대고 자신이 자란 마을 풍경을 관찰했다. 비가 내리는 가운데도 캠든은 여전히 아름다웠다. 산들의 능선은 부드러웠고, 작은 마을은 목걸이처럼 그 기슭에 걸려 있는 형상이었다.

캠든은 바위 해안선을 따라서 말굽과 흡사한 모양새를 하고 있었고, 페놉스콧 만을 둘러싼 여러 개의 섬들은 대서양의 거대한 폭풍들을 막아 주고 있었다. 로베타가 고향을 떠난 동안, 뉴잉글랜드의 대도시에서 몰려온 요트광들은 조용하고 안전한 캠든 항구를 자기들의 본거지로 삼아 버린 듯했다. 그래서 요트들과 캠든의 어선들이 부두를 함께 사용하고 있다고 했다. 지금은 늦은 아침이라 어선들은 대부분 고기잡이를 떠나고 없었다.

"보스턴에서 살다가 해변으로 돌아오니 살 것 같군요."

로베타는 심호흡을 하며 말했다.

"여긴 물살에 따라 소리와 냄새가 달리 느껴지죠."

그들은 부두 근처에 차를 세우고 잠시 쉬었다. 조선소에서 들려오는 망치 소리와 갈매기의 울음소리, 어선들의 고동 소리가 함께 어우러져 대합창을 이루어내고 있었다. 로베타가 딸들을 돌아보며 말했다.

"어떠니, 굉장하지?"

"뭐가?"

엘프레드가 물었다.

"네 이모부의 귀에는 이 멋진 해변의 세레나데가 들리지 않는가봐."

로베타의 말에 소녀들은 깔깔 웃었다. 소금기가 밴 차갑고 축축한 공기가 그들의 얼굴을 덮었다. 썩은 해초의 비릿한 냄새와 몇 년이나 바닷물에 절어 썩어 가는 선착장의 널빤지들, 남서풍이 불 때마다 락포트에서 날려 온 석회 가루 냄새 따위가 뒤범벅이 되어 코를 찔렀다.

"가요, 형부. 메인 스트리트를 보고 싶어요."

실컷 듣고 냄새 맡은 로베타가 엘프레드에게 말했다.

메인 스트리트는 그곳에 뱀장어처럼 휘어져 올라간 북단에 위치하고 있었다. 로베타가 어릴 때 보았던 하얀 목재 건물들은 1892년 화재로 모두 소실되었고, 지금 그 자리에는 2,3층짜리 붉은 상가 건물들이 빼곡히 들어서 있었다.

로베타는 오랜만에 돌아온 여행자처럼 눈에 익은 건물들을 두리번거리며 찾았다. 교회당의 하얀 첨탑 위에는 아직도 옛날처럼 시계가 매달려 있었다. 교회당 옆의 광장도 그대로였고, 미건티쿡 강은 지금도 여전히 목화 공장을 지나 항구 쪽으로 흐르고 있었다. 목화 공장은 예나 지금이나 다름없이 마을 아이들을 출근부에 묶어 놓고 그들을 지배하고 있었다.

그렇지만 캠든의 발전은 단지 전차가 들어온 것만 보고 하는 소리는 아니었다. 엘름 호텔에서 나온 버스가 사람들을 잔뜩 싣고 부두 쪽으로 달려갔고, 메인 스트리트에 가설된 전화선의 전주를 따라 콘

크리트 인도가 만들어져 있었다. 뿐만 아니라 소화전과 가로등, 새 YMCA 건물도 세워져 있었다.

차가 메인 스트리트 북단에서 벨파스트 도로로 이어지는 지점을 지나칠 때, 한 건물의 간판을 힐끔 돌아본 로베타가 갑자기 소리쳤다.

"형부, 저 간판에 씌어진 글씨가 분명 자동차 판매회사였죠?"

"안 돼, 버디. 꿈도 꾸지 마."

"차를 돌려요, 형부. 난 가봐야겠어요."

"로베타, 바보같이 굴지 말라니까."

"빨리 차를 돌리라니까요! 난 한다면 꼭 해요!"

뒷좌석에 앉은 소녀들이 깔깔대며 웃었다.

"엄만 한다면 해요, 이모부. 말려도 소용없어요."

베키가 일찌감치 포기하라는 투로 말했다.

엘프레드는 한숨을 푹 내쉰 뒤 기어를 바꾸고는 천천히 차를 돌렸다. 그리고는 조용히 타이르듯 말했다.

"로베타, 이번엔 제발 내 말을 들어. 운전도 못하는 여자가 자동차만 덜렁 사가지고 어쩌겠다는 거지?"

"운전은 배우면 되죠 뭐."

"운전을 배우는 건 간단하지. 그렇지만 고장났을 땐 어떻게 하지? 가솔린이 새거나, 모터가 정지하거나, 카뷰레터(carburetor)가 고장나거나, 타이어가 터지거나 하면 도와줄 남자도 없이 어쩌겠다는 거야? 제발 좀 참으라니까, 버디!"

"자동차 값이 얼마나 되죠, 형부?"

"내 말은 통 안 듣는군."

"듣고 있어요. 단지 가능성을 좀더 타진해 볼 때까지는 동의할 수 없다는 것뿐이죠. 이건 내가 오랫동안 생각해 온 계획의 일부예요.

차값이 얼마나 되죠?"

엘프레드는 대답하지 않았다.

"좋아요. 내가 직접 알아보죠 뭐."

"이런 모델은 850달러쯤 줘야 살 수 있어. 로드스터 형은 600불쯤 하지."

"내겐 그만한 돈이 없어요. 하지만 차는 꼭 사고야 말겠어요. 돈은 어떻게든 구할 수가 있을 테니까."

"바보짓이야, 버디. 넌 안 돼."

"왜 안 돼요, 형부는 되는데?"

"난 남자잖아! 남자라야 다룰 수 있어."

"오, 엘프레드! 어떻게 해보지도 않고 무조건 안 된다는 거예요? 그건 날 모욕하는 거라고요!"

"버디, 넌 정말 가당치도 않은 여자야!"

"차 세워요."

로베타는 손바닥으로 계기판 위를 치며 소리쳤다.

"차 세우라고요, 엘프레드! 당장!"

엘프레드는 투덜거리며 차를 도로 가장자리에 세웠다.

"네가 어떻게 그레이스의 동생이 되었는지 난 도통 이해가 안 돼!"

차는 보인턴 약국 앞에 멈춰 섰다. 자동차의 가죽 천장을 때리는 빗방울 소리가 갑자기 커진 것처럼 느껴졌다. 차창으로 흘러내리는 빗물 때문에 맞은편 건물들이 씻겨 나간 수채화처럼 일그러져 보였다.

로베타는 차창에 이마를 대고 실눈을 떴다.

"보인턴 자동차회사라…… 여기서 이 차를 구입했어요, 형부?"

엘프레드는 대답하지 않았다.

간판 아래 네온사인이 번쩍이고 있었지만 비 때문에 글씨를 알아보기가 어려웠다.

"얘들아, 너희들 눈엔 저 네온사인 글씨가 보이니?"

베키가 눈을 찌푸리고 잠시 바라보았다.

"캠든 차고라고 씌어 있는데요, 엄마."

"차고라고? 그들은 자동차를 저기에 보관하고 있나요, 형부?"

"겨울엔 춥고 도로가 미끄러워 운전이 어려우니까."

"가솔린은 어디서 사죠?"

"버디, 제발 좀 참아. 이런 정신 나간 일에 내가 협조했다는 걸 그 레이스가 알면 날 잡아먹으려고 할 거야."

"잡아먹히지 않도록 해드릴 테니까 걱정 말아요. 언니한테는 전부 내가 한 것으로 얘기하겠어요."

엘프레드는 로베타가 양날 도끼와도 같은 혓바닥을 가지고 있으며, 겁 없이 그것을 마구 휘두름으로써 그가 움츠러드는 꼴을 보며 즐기려 하고 있다는 것을 알았다.

그러나 그는 결코 그 정도에 움츠러들 위인이 아니었다. 그는 호색한이었고, 약간 오만하고 거침없는 로베타의 태도와 행동에 오히려 매력을 느끼고 있었다. 오죽하면 조지가 그녀를 버렸을까마는, 제정신을 지닌 사내라면 이런 여자와 일생을 같이할 생각 따위는 하지 않을 터였다. 그렇지만 지겨워 죽을 지경인 마누라로 인해 날로 쌓여만 가는 스트레스를 잠시 푸는 데는 로베타만한 여자도 없을 것이다. 엘프레드는 기대감으로 앞날이 마냥 환해 오는 것 같았다.

"휘발유도 자동차 대리점에서 팔아. 자, 이젠 집으로 갈까?"

로베타는 마음속으로 결정을 내린 듯 만족스러운 미소를 지어 보였다.

"좋아요, 가요."

*

앨든 가는 시내에서 엎어지면 코 닿을 만한 거리에 있었다. 브레컨리지 저택은 캠든의 역사처럼 오래되고 낡은 건물이었다. 지난 40여 년 동안은 브레컨리지 문중의 마지막 생존자였던 세바스찬 더걸 브레컨리지가 지켜 왔다. 그는 바다를 신부 삼아 자신의 일생을 보낸 그런 사내였다. 신경통을 앓던 말년에도 그는 아침저녁으로 들고 나는 고깃배들을 바라보며 갈매기들을 벗삼아 남은 세월을 보냈다.

마을 사람들은 세바스찬이 이 저택을 배처럼 꾸며 놓고 살던 때를 기억하고 있었다. 현관 쪽 창문 아래 화단에는 피튜니아 꽃이 만발했고, 앞뜰에는 하얗게 반짝이는 닻이 있었다. 그렇지만 노인이 팔다리를 차츰 움직일 수 없게 되자, 건물은 급속도로 퇴락하기 시작했다.

곧 무너져 내릴 것만 같은 폐가를 보자 로베타는 입을 딱 벌렸다.

"이 집이란 말이에요?"

"원, 세상에!"

뒷좌석의 아이들도 믿을 수 없다는 표정으로 폐가를 바라보았다.

"설마 농담이겠죠, 형부! 내 돈을 저런 쓰레기에다 낭비했단 말이에요?"

"200달러는 그렇게 큰 돈이 아니야, 버디. 400달러라면 라임락 가에 있는 멋진 집을 살 수 있었어. 그렇지만 넌 200달러가 한계라고 했잖아."

200달러로 집을 사고, 나머지 200달러로는 자동차를 사겠다는 것이 로베타의 당초 계획이었다. 그런데 그 계획이 시작부터 빗나가고 있었다. 이제 그녀는 폐가 한 채와 자동차 값의 3분의 1에 해당되는 돈을 가지고 있을 뿐이었다. 게다가 달리 돈을 구할 방법도 없었다.

"어쩌면 이럴 수가 있어요, 이건 집이 아니라 쓰레기통이잖아요!"

"그래도 기초가 아주 단단한 건물이야. 난로도 아직 멀쩡하고, 창문들도 그런대로 쓸 만해."

"유리도 없는데요?"

로베타는 창문들을 쳐다보며 말했다. 2층 창문은 널빤지가 가리고 있었다. 벽에 페인트를 칠한 지 20년은 지난 듯했다. 갈매기 똥이 온통 뒤덮고 있었다. 갈매기 똥은 지붕과 창문, 계단, 포치 등도 하얗게 덮고 있었다. 세바스찬이 읽고 버린 것으로 보이는 신문지들이 창문 아래 수북이 쌓여 있었고, 유리 조각과 어망들이 어지럽게 흩어져 있었다.

"유리야 갈아 끼우면 되지 뭐."

엘프레드가 대수롭지 않다는 투로 말했다.

"누가 말이에요? 난 못해요, 형부!"

로베타는 분노를 억누를 길이 없었다.

"200달러짜리 집이 어딨어? 수리를 해야 하는 건 당연하잖아!"

엘프레드도 짜증을 냈다.

"이 집은 수리를 해야 하는 게 아니라, 다시 지어야겠어요!"

"좌우지간 안으로 들어가서 살펴보고 말하지."

"싫어요. 볼 것도 없다고요!"

"로베타, 그렇게 화만 내지 말고 일단 들어가 보자니까."

엘프레드가 차에서 내리자 로베타는 우산도 없이 비를 쫄딱 맞으며 잡초가 우거진 마당 앞으로 걸어갔다. 그리고는 두 팔을 휘저으며 비를 피해 포치 위에 몰려 있는 갈매기들을 쫓았다.

"훠이! 거기다 똥 그만 싸고 저리 꺼져 버려!"

엘프레드는 우산을 펼쳐 들고 와서 그녀에게 씌워 주었다. 갈매기 똥이 허옇게 덮인 포치를 살펴보니, 널빤지가 비바람에 폭삭 삭아 구멍이 숭숭 뚫려 있었다. 로베타는 엉덩이에 두 손을 얹고 바라보며 이를 갈았다.

"이건 악몽이야, 악몽!"

엘프레드가 그녀를 이끌고 계단을 올라가서 현관문을 열었다. 그는 앞장서서 거실로 여겨지는 방으로 들어갔다. 놀랍게도 전기 시설이 되어 있었다. 그러나 전선들이 벽 외부로 여기저기 비어져 나와 있었고, 소켓에 전구는 하나도 꽂혀 있지 않았다.

신문지가 도처에 쌓여 있었고, 벽지 대신에 신문으로 벽을 처바른 곳도 있었다. 세바스찬 노인은 신문을 모아서 자루에 담아 놓았나 보다. 빈 유리 항아리와 포르투갈 산 부표들도 방구석에 쌓여 있었다. 난로 위쪽 천장은 시커멓게 그을었고, 방안에서는 지린내와 썩은내가 풍겼다.

"내 돈 도로 돌려줘요!"

로베타는 단호하게 요구했다.

"그럴 수가 없어. 이미 거래가 완결되어 버렸거든."

로베타는 엘프레드가 들고 있는 우산을 빼앗아 그의 배를 사정없이 찔렀다. 그는 신음 소리를 내며 허리를 앞으로 푹 꺾었다.

"우욱! 로베타…… 이게 무슨 짓이야?"

"이런 쓰레기통 속에서 어떻게 살란 말이에요? 말해 봐요, 엘프레드!"

엘프레드는 배를 끌어안고 질린 표정을 지었다. 로베타의 세 딸들이 현관문을 열고 집 안을 들여다보았다. 베키가 안으로 들어오자 수잔과 리디아도 조심스럽게 따라 들어왔다. 수잔은 곧 허물어질 것처럼 보이는 계단을 살펴보았다. 베키는 벽으로 다가가서 신문지를 한 꺼풀 벗겨 냈다. 그러자 안쪽에서 물에 젖은 축축한 벽지가 드러났다.

"그다지 나쁘진 않은데요, 엄마. 신문지를 모두 벗겨 내고 벽에다 페인트를 칠하면 될 것 같아요."

베키는 늘 이런 식으로 낙관적이었다.

"이런 곳에서는 스컹크도 못 살아!"

부엌은 거실과 붙어 있었다. 리디아가 부엌 안으로 들어가자 베키와 수잔도 따라 들어갔다. 리디아가 싱크대 아래의 문을 열자 악취가 물씬 풍겨 나왔다. 오물통처럼 보이는 것이 나무 바닥에 지워지지 않는 자국을 남겨 놓고 있었다.

"빨리 닫아, 리디아! 그 더러운 걸 왜 만지고 있어?"

로베타가 고함을 버럭 질렀다. 그녀는 엘프레드에게 다시 따졌다.

"이 집엔 화장실도 없는 것 같군요."

"집 밖에 있지."

그녀는 화가 나서 엘프레드의 낯짝을 쳐다보기도 싫었다.

"버디, 200달러로는 멋진 저택을 살 수 없어. 도대체 날더러 어쩌란 말이지?"

"멋진 저택은 아니더라도 사람이 살 수 있는 집은 구할 수 있을 것 아니에요? 그 집을 담보로 융자를 받으면 말이죠!"

"융자는 원치 않는다고 했잖아? 집수리를 도와줄 사람들도 있다고 했고."

로베타는 마침내 화를 터뜨렸다.

"수리도 어지간해야죠! 형부가 하세요. 난 그럴 시간 없어요! 난 아이들을 먹여 살려야만 해요. 그런데 이런 곳에다 아이들을 처박아 둘 수 있겠어요? 형부는 우리들을 스컹크 소굴에다 처박았다고요! 그러니까 이곳을 사람이 살 수 있는 곳으로 만들어 놔요. 원, 세상에! 난 그래도 형부를 믿었어요!"

로베타가 우산을 쥔 손에 다시 힘을 불끈 주자, 엘프레드는 얼른 뒤로 한걸음 물러섰다. 그는 두 손을 앞으로 쳐들며 흥분한 처제를 진정시켰다.

"알았어, 버디. 알았다니까. 내가 할게. 내가 손봐줄게."

"그리고 빨리 해요. 이런 곳에서 내 딸들을 살게 할 수 없어요."

"알았어. 당장 가브리엘 팔리를 불러오지."

"그럴 줄 알고 이렇게 왔다네."

현관문 밖에서 굵직한 목소리가 들려왔다. 가브리엘 팔리가 문을 열고 거실로 들어왔다.

"호랑이도 제 말하면 온다는 격이군."

엘프레드가 그를 맞으며 웃었다.

"날 찾을 거라고 예상했지. 주에트 부인께서 이 폐가에서 사시려면 수리부터 해야 되지 않겠나."

가브리엘은 팔짱을 끼고 집 안을 휘 둘러보았다.

"정말 어지간히 썩었군 그래. 손을 많이 봐야겠어."

로베타가 미심쩍은 눈길로 가브리엘을 돌아보았다.

"목수이신가요, 팔리 씨?"

"목수, 페인트공, 잡상인을 하나로 뭉쳐 놓은 놈이죠, 주에트 부인. 손대지 않는 일이 없답니다."

그녀는 두 사내를 심상찮은 눈길로 살펴보았다.

"두 분이 혹시 공모하신 건 아닌가요? 이런 쓰레기통 같은 집을 나한테 팔아먹은 다음 수리비까지 챙길 요량으로 말이에요. 그래, 수리비는 얼마나 요구하실 참이죠?"

가브리엘 팔리는 팔짱을 낀 자세로 말없이 그녀를 바라보았다. 그는 덩치가 크고 조용한 사내로, 번들거리는 기름진 피부를 가지고 있었다.

"어때요, 내 말이 맞죠, 팔리 씨?"

가브리엘은 표정을 바꾸지 않았다. 그는 이혼한 여자를 다뤄 본 경험이 없었다. 이 여자는 혼자 몸으로 거친 세상을 사느라고 되바라질 대로 되바라졌구나, 하고 그는 생각했다. 턱없이 사람을 의심하고, 예의도 없고 겁도 없었다. 구겨진 코트는 단추도 채우지 않았고, 모자도 쓰지 않고 장갑도 끼지 않은 상태였다. 그리고 여자가 두 다리를 쩍 벌리고 서서 그를 노려보고 있는 폼은 실로 가관이었다. 이제 이 여자를 두고 마을 여자들이 입방아를 요란하게 찧어댈 것은 불을 보듯 뻔한 일이었다. 그리고 남자들도 마찬가지일 것이다.

"그럴지도 모르죠, 주에트 부인."

가브리엘은 모자를 벗고 머리를 쓱쓱 긁은 다음 다시 눌러썼다.

"안 그럴지도 모르고요. 아무튼 나에게 수리를 맡기든 말든 그건 부인 마음대로 하십시오."

"솔직히 대답해 줘요, 팔리 씨. 우리 형부와 공모하셨어요, 안 하셨어요?"

"안 했소."

로베타는 그가 긴 변명을 늘어놓길 기대했다. 그러나 예상외로 짤막하게 부인하자 그녀는 속으로 약간 놀라며 돌아서서 방안을 살펴보는 체했다.

"설사 공모를 했더라도 이젠 상관없어요. 우리 형부는 방금 자신의 비용으로 이 집을 수리해 주겠다고 했으니까요. 그렇죠, 형부? 난 돈이 없어요, 팔리 씨. 이 집을 사고 200달러가 남았지만, 그 돈으로는 자동차를 사야만 하거든요."

"자동차를 사시겠다고요?"

가브리엘이 다섯 살짜리 조카에게 대꾸하듯 말했다.

"그렇게 비웃지 말아요, 팔리 씨!"

"비웃은 게 아닙니다."

"비웃었어요. 난 바보가 아니라고요. 내가 자동차를 사겠다면 하늘이 두 쪽 나도 사는 거예요!"

"뭐 좋을 대로 하시죠, 주에트 부인. 하지만 우린 아직 이 집을 수리하는 문제를 결정하지 않았습니다."

"그거야 우리 형부한테 물어보세요. 이 쓰레기통을 산 사람은 형부니까."

엘프레드가 마른기침을 한 번 한 뒤 가브리엘에게 말했다.

"일해 주게, 가브리엘. 우선 견적을 뽑아 줘. 나머지는 로베타와 의논해서 내가 처리할 테니까. 달리 방법이 없어."

"그러지. 그럼 한번 볼까요, 주에트 부인?"

가브리엘은 로베타에게 말하곤 집 안을 둘러보기 시작했다.

현관 옆 포치에서 베키와 수잔이 소리쳤다.

"엄마, 이리 와보세요!"

베키는 빗속을 가리키며 흥분했다.

"항구와 배들이 보여요! 섬들도 보이고요! 비가 개면 더 잘 보일 거예요. 그리고 일출도 볼 수 있을 거고요! 오, 정말 기가 막힐 거예요, 엄마! 이 난간과 바닥은 말끔히 수리하고요. 저 계단 아래 화단에서는 온갖 꽃들이 활짝 핀다고 생각해 보세요!"

베키는 남아 있는 널빤지 바닥을 딛고 포치 끝까지 갔다가 돌아오며 계속 재잘거렸다.

"여기쯤 그늘에다 그물 침대를 매달면 여름 오후를 시원하게 보낼 수 있을 거예요. 그리고 나는 여기 흔들의자에 앉아 항구를 바라보며 시를 쓰는 거예요. 지금은 비록 보기 흉하지만, 수리를 한 뒤 깨끗이 치우면 괜찮을 거예요. 우린 이 집이 마음에 들어요, 엄마. 여기서 살고 싶어요."

"우린 벌써 각자의 방까지 결정한걸요."

수잔이 거들었다.

로베타는 딸들을 빤히 쳐다보았다. 딸들을 위해서라면 못할 일이 없다고 생각하는 그녀였다. 세상 물정을 몰라 쓰레기통 같은 집인데도 좋다고 생각하는 모양이지만, 그들이 좋다면 못 살 것도 없다고 그녀는 생각했다.

"너희들이 있는데 누가 감히 엄마더러 가난뱅이라고 하겠니?"

로베타는 웃으며 두 팔을 활짝 벌리고 두 딸을 안았다. 빗물이 계단과 포치에 쌓인 먼지와 흙을 씻어 내리고 있었고, 습기 찬 공기 속에 밴 구수한 흙냄새가 무성한 푸른 여름을 약속하는 듯했다.

집 뒤쪽으로는 남서풍을 막아 줄 산들이 버티고 섰고, 지대가 푹 꺼진 앞쪽은 바다를 면하고 있었다. 오른쪽으로는 크녹스 모직물 공장의 슬레이트 지붕 위로 높다란 벽돌 굴뚝이 솟았고, 짙은 안개가 연기처럼 흐르고 있었다. 비 내리는 바다 위로 갈매기들이 요란하게 울며 날고 있었다.

"이 집에서 살려면 너희들의 도움이 많이 필요해."

로베타가 두 딸에게 말했다.

"힘껏 돕겠어요, 엄마."

"그렇지만 굶어 죽을망정 엄마는 너희들을 저 공장에 보내진 않을 거야."

크녹스 모직물 공장의 슬레이트 지붕을 바라보며 그녀는 말했다.

"알아요, 엄마."

베키와 수잔이 말했다.

"많은 시간을 너희들끼리만 있어야 할 텐데, 그래도 괜찮겠니?"

"상상력이 풍부한 사람은 결코 외로워질 수 없다고 말씀하신 분이 누구죠?"

"역시 내 딸들이야."

로베타는 두 딸을 안은 팔에 힘을 불끈 주었다.

"엄마한테 집은 그다지 중요하지 않아. 그저 비바람을 피할 수 있고 따뜻하기만 하면 돼. 그 안에서 웃음소리와 음악이 흘러넘친다면 더할 나위가 없고. 안 그래?"

"맞아요."

두 딸이 이구동성으로 대답했다.

"그런데 리디아는 어디 갔지?"

"2층에서 탐사를 하고 있을걸요."

"우리 같이 찾아볼까?"

그들은 미소 지으며 집 안으로 들어갔다.

＊

리디아는 정말 집 안을 샅샅이 탐색하고 있었던 모양이다. 벽에 붙은 30여 년 전의 신문 헤드라인들을 모조리 읽어 보고, 세바스찬 더걸이 남겨 놓은 분홍, 파랑, 노랑의 색유리 조각들을 주워 모으며 콧노래를 부르고 있었다. 리디아는 팔리 씨가 이 사이로 휘파람을 불며 창문 주위의 벽을 검사하고 있는 것을 발견하고는 인사를 건넸다.

"안녕하세요?"

가브리엘이 휘파람을 그치고 소녀를 돌아보았다.

"오, 안녕, 아가씨."

"전 리디아예요."

"만나서 반가워, 리디아. 난 팔리라고 해."

가브리엘은 허리를 펴고 일어나며 말했다.

"알아요. 아저씬 우리들을 위해 이 집을 고쳐 주실 분이죠?"

"그런 셈이야."

"그런데 너무 엉망이죠?"

가브리엘은 창밖으로 눈길을 돌리며 대답했다.

"뭐 그렇게 절망적인 상태는 아니야. 저쪽 방 창문은 새로 갈아야 겠고, 포치 바닥은 말끔히 교체해야겠어. 그렇지만 지붕의 슬레이트 는 앞으로도 100년쯤은 끄떡없을 거야."

"이 방은 제가 쓸 거예요."

리디아는 자랑스럽게 말했다.

"오, 그래?"

"저와 베키 언니와 수잔 언니가요. 엄마는 저 방을 쓰실 거구요."

"벌써 그렇게 말씀드렸니?"

"아뇨. 하지만 엄마는 언제나 우리가 하는 대로 내버려두시는 편 이에요."

"그렇구나."

"대개는요. 다른 사람에게 해가 되거나 우리에게 나쁜 영향을 미 치지 않는 한 말이죠. 우리가 이 집에서 살겠다고 하면 엄마도 찬성 하실 거예요."

"그런데 왜 여기서 살려는 거지?"

"이곳엔 외할머니가 살고 계시거든요. 이모와 이모부, 사촌들과 함께요. 그리고 우리가 자주 갈 오페라 하우스와 멋진 학교들도 있다 고 엄마가 그러셨어요. 그 고등학교를 졸업하면 시험을 거치지 않고 도 대학엘 들어갈 수 있대요. 그런 것 아셨어요?"

가브리엘은 놀라 눈이 둥그레졌다.

"아니, 몰랐는데."

"엄마는 교육이 최상이라고 하셨어요."

'그 여자가 그랬단 말이지?'

가브리엘은 주에트 부인의 얼굴을 떠올리며 생각했다. 그런데 리디아란 이 아이는 나이에 비해 말을 너무 야무지게 했다. 사용하는 낱말도 어린애답지 않았다. 모랫빛 머리카락도 엉망으로 헝클어져 있고 얼굴과 손도 더러웠다. 낡은 갈색 구두를 신고 자루처럼 생긴 치마를 입고 있었다. 그렇지만 아이의 볼은 발그레했고, 반짝거리는 눈동자는 총명해 보였다. 그는 리디아를 좀더 자세히 살펴보았다.

"너 몇 살이니?"

"열 살이에요."

"열 살 치고는 말을 너무 잘하는구나."

"엄마가 책을 많이 읽어 주셨거든요. 그리고 우리가 지은 것들을 늘 세심하게 다듬어 주시곤 해요."

"너희들이 지은 것이라니?"

"뭐 음악이나 시, 희곡, 수필, 그림, 심지어는 식물 채집한 것까지 두요. 한번은 오페라를 작곡한 적도 있어요."

"오페라를?"

가브리엘은 믿을 수 없다는 듯한 표정을 지었다.

"라틴어로 말이죠."

"맙소사!"

"그런데 틀린 곳이 너무 많아서 엄마는 두 손을 들고 말았죠. 우리는 할 수 없이 영어로 고칠 수밖에 없었어요. 아저씨도 우리만한 아이들이 있겠죠?"

"그럼, 있고말고. 열네 살 먹은 딸이 있지."

"이름이 뭔데요?"

"이소벨."

"수잔 언니도 열네 살이에요. 우린 모두 친구가 될 수 있을 거예요."

"이소벨도 틀림없이 좋아할 거야."

"베키 언니는 열여섯 살이에요. 언니들은 무슨 일이든 같이 하죠. 난 꼬마라고 가끔 따돌려요. 그렇지만 연극만큼은 언제나 같이 하죠. 전 이제 내려가 봐야겠어요."

리디아는 돌아서서 나가려다가 마침 계단으로 올라오던 엘프레드와 마주쳤다.

"이모부, 우리 엄마 어딨어요?"

"아래층에서 언니들과 함께 계시다."

리디아가 계단을 내려간 뒤 엘프레드는 가브리엘 곁으로 걸어가 조끼 주머니에서 담배를 꺼냈다.

"무슨 생각을 그렇게 골똘히 하고 있나?"

"응, 그냥 이것저것."

엘프레드는 담배에 불을 붙이고는 갑자기 낄낄대며 웃었다.

"아니, 이 친구. 여자한테 한 번 당하고 나더니 정신이 얼떨떨해진 모양이군? 정신차리게, 이 사람아!"

아이들을 뒤에 세우고 계단을 올라오던 로베타는 돌아서서 손가락으로 입술을 누르며 조용히 하라는 신호를 보냈다. 그녀는 아이들에게 움직이지 말라고 손짓하고는 혼자만 살그머니 계단을 올라가서 벽에다 등을 기댔다. 가브리엘 팔리의 나지막한 목소리가 들려왔다.

"진짜 그 여자 말을 아무렇게나 마구 하더군."

"꾸밈새도 전혀 없지."

"아이들의 외모에도 전혀 신경 쓰지 않는 것 같아."

"그런데도 남자를 끄는 묘한 매력이 있으니 그게 문제 아닌가, 가브리엘?"

가브리엘 팔리도 낄낄거리며 웃었다.

"그래서 나도 이렇게 헐레벌떡 달려오지 않았나. 이혼한 여자는 한번도 만나 본 적이 없거든. 은근히 호기심이 일더라니까."

"그건 나도 마찬가질세."

엘프레드가 피우는 담배 연기가 로베타의 콧속으로 밀려들었다.

"자네도 말인가?"

"그럼. 그래서 슬쩍 한 번 시험해 봤지."

"이 사람 못쓰겠구먼. 자넨 유부남이 아닌가?"

"그냥 재미로 그래봤단 말일세."

"그래, 그녀가 어떻게 나오던가?"

가브리엘은 속삭이는 듯한 목소리로 물었다.

로베타는 엘프레드의 대답을 들을 수가 없었다. 그가 갑자기 목소리를 한껏 죽여서 속삭였기 때문이었다. 그러자 가브리엘이 비난조로 대꾸하는 말소리가 들려왔다.

"엘프레드, 이 고약한 친구!"

두 사내는 동시에 웃었다.

"화염 방사기 같은 여자라고, 가브리엘. 데지 않으려면 멀찌감치 물러서게."

담배를 앞니에 문 엘프레드의 목소리였다.

"아주 호되게 당해 본 듯한 말투로군?"

"당했지. 바로 이곳에서."

"이곳에서?"

"이 집을 보자마자 뚜껑이 팍 열려 버린 거지 뭐. 우산으로 내 배를 사정없이 콱 찌르는데, 하늘이 다 노래지더라고! 죽는 줄 알았네."

가브리엘이 웃음을 터뜨렸다.

"자넨 그런 꼴을 당해도 싸네. 하지만 그 여자 성질 한번 대단하군!"

로베타는 더 이상 들을 필요가 없다고 판단했다. 그녀는 딱딱한 표정을 하고 두 사내 앞으로 걸어갔다. 그들이 지금까지 지껄인 것에 대해 전혀 알 바 없다는 듯이, 가브리엘을 똑바로 바라보며 물었다.

"일은 언제 시작할 거죠?"

가브리엘은 바짝 언 표정으로 대답했다.

"내일부터요."

"그러면 형부, 경비는 지불하실 거죠?"

그건 묻는 것이 아니라 명령하는 것이었다.

"그레이스에게도 미리 설명해서 나중에 언니와 내가 그 문제로 서로 싸우지 않도록 해주세요."

"그러지."

"그리고 팔리 씨."

로베타는 경멸하는 듯한 눈으로 가브리엘을 노려보며 말했다.

"될 수 있는 한 짧은 기간 내에 수리를 끝내 주세요, 아시겠죠?"

"그러죠, 부인."

계단 쪽으로 걸어가던 그녀는 돌아보며 두 남자에게 말했다.

"제 이삿짐을 실은 트럭이 아래에 도착했어요. 인부들과 함께 안으로 좀 운반해 주시겠어요?"

역시 요청의 형식을 띤 명령이었다. 그녀는 대답도 듣지 않고 계단을 내려가 버렸다. 로베타가 내려가자 가브리엘과 엘프레드는 서로 잠시 멍하니 쳐다보다가 손으로 입을 가리고는 다시 킥킥 웃어댔다.

다시 사랑할 수 있을까?

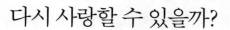

그녀의 이삿짐은 초라하기 짝이 없었다. 가구라고 생긴 것은 하나같이 낡고 오래되어, 어차피 미적인 감각을 따지긴 틀린 것들이었다. 그저 물건이나 담고, 사람들이 앉을 수 있는 구실만 할 수 있는 정도였다.

"비 좀 맞아도 상관없어요. 그냥 이 안으로 들여놓기만 하면 돼요."

로베타는 그렇게 인부들을 안심시키고 있었다.

"오늘 밤엔 우리 집에서 지내야겠어, 버디."

엘프레드가 주위를 돌아보며 말했다.

"형부가 걱정할 일이 아니에요. 넷이나 되는 우리를 어떻게 처리하려고요?"

엘프레드도 사실 어떻게 처리하면 좋을지 난처했다. 그냥 예의상 그렇게 말해 본 것인데, 로베타가 거절하자 속으로는 오히려 안심이 되었다.

"이젠 여기가 우리 집이에요. 우리 물건들도 여기에 있고요. 거기에 가만히 서 있지만 말아요, 팔리. 빨리 움직이라고요! 형부도요."

엘프레드는 땀으로 흠뻑 젖어 있었다. 트럭에서 자질구레한 짐들을 나르는 데만도 그는 벌써 기진맥진한 상태였다. 그러나 피아노 같은 진짜 무거운 물건들은 거의 가브리엘이 인부들과 함께 날랐다. 남자들이 짐을 나르는 동안 로베타는 집 안의 쓰레기들을 치우고 청소를 대강 끝냈다.

이삿짐을 집 안으로 다 들이자, 엘프레드는 사무실에 일이 있다면서 가버렸다. 그는 육체 노동에는 길들여져 있지 않은 사내였다. 가브리엘도 수리 공구와 재료들을 가져오겠다며 나갔다.

로베타는 아이들을 2층으로 올려 보내 각자 옷과 침구들을 정리하게 했다. 그리고는 거실에 쌓아 놓은 상자들 중에서 부엌용품이 들어 있는 것이 어느 상자인지 살펴보았다. 정오가 이미 지난 시각이라, 아이들이 배가 고플 거라는 생각이 들었던 것이다.

할 일이 한두 가지가 아니었다. 우선 식품점으로 가서 먹을 걸 좀 사가지고 와야 하고, 추위가 가시게 불도 좀 지펴야 하고, 상자에서 그릇들도 꺼내 씻어야 하고, 짐들도 모두 풀어 정리해야만 했다. 갑자기 감당할 수 없는 절망감이 가슴 가득히 밀려왔다.

열린 현관문으로는 축축한 공기에 실려 비릿한 바다 내음과 싱그러운 풀내, 봉오리를 터뜨리기 시작한 라일락 향기가 풍겨 왔다. 그리고 그녀가 언제나 사랑했던 갈매기 울음소리도 들려왔다. 그녀는 에라 모르겠다는 심정으로 피아노 앞에 쌓인 상자들을 한쪽으로 밀어 버리고 그 앞에 앉았다. 그리고는 피아노 뚜껑을 열고 〈말괄량이 마리에타〉에 나오는 '예술이 나를 부른다'를 연주하기 시작했다. 그녀가 건반이 부서져라 힘껏 두들겨대자, 위층에 있던 아이들이 연주에 맞춰서 노래를 부르기 시작했다.

"엄마는 여왕……, 아빠는 왕……, 그러니까 나는 공주님이지."

로베타 주에트는 갑자기 행복한 기분이 들었다.

'나에게는 영리한 딸이 셋이나 있고, 그들을 키울 집도 있고, 나를 기다리는 일도 있어. 이젠 나의 것을 빼앗거나 나를 속일 남편이란 작자도 없어. 그리고 앞으로는 언제라도 문설주에 기대고 앉아 바다를 바라보며 햇빛을 즐길 수도 있겠지.'

그녀는 다시 새출발을 한 것이었다. 그녀의 세 딸들도 이제부터는 아주 행복하게 살 수 있을 것이다.

연주를 마치고 돌아본 그녀는 현관문에 가브리엘 팔리가 서 있는 것을 발견하곤 깜짝 놀랐다. 그는 오래전부터 팔짱을 끼고 그곳에 서 있었던 모양이었다. 로베타는 얼굴을 찡그리며 그에게 말했다.

"가신 줄 알았는데요."

"갔다가 다시 돌아왔죠."

"그렇담 노크라도 하셔야죠."

로베타는 피아노 뚜껑을 닫으며 말했다.

"노크를 했소. 그런데 그 소음 때문에 안 들렸던 거요."

"소음이라고요?"

그녀는 가브리엘을 흘겨보며 말했다.

"대단히 고맙군요, 팔리 씨. 아주 예의가 바르세요."

그렇지만 가브리엘은 진심으로 한 말이었다. 그는 현관 문설주에 기대서서 한참 동안 보고 있었는데, 무슨 여자가 비 들이치는 현관문을 활짝 열어 놓은 채 산더미 같은 이삿짐 가운데 퍼질러 앉아 피아노는 또 왜 그렇게 미친 듯이 두들겨대는지 처음에는 도무지 어안이 벙벙했던 것이다.

"사실대로 얘기하자면 재미있었소. 따님들이 노래를 너무 잘해서."

위층에서 베키가 소리쳤다.

"엄마, 누구예요?"

"팔리 씨야!"

그녀가 대답했다.

"무슨 일로 또 오셨대?"

"몰라."

그리고는 가브리엘에게 물었다.

"무슨 일로 또 오셨죠, 팔리 씨?"

가브리엘은 안으로 들어오며 말했다.

"무거운 상자들을 치우는 일에 혹시 내 도움이 필요할지 모르겠다고 생각했소. 난로 연통 속에 다람쥐가 보금자리를 틀지 않았는지도 궁금했고요."

"고맙지만 괜찮아요."

로베타는 상자들 중 하나를 번쩍 들어 보이며 말했다.

"이 정도는 우리끼리도 얼마든지 처리할 수 있으니까요."

그가 얼른 다가와서 그녀가 든 상자를 받아들었다.

"다른 할 일이 없나요?"

그녀는 달갑잖은 표정으로 가브리엘을 쳐다보았다.

"있죠."

"그러면 그 일이나 하러 가시지 그러세요."

"내 대신에 동생이 잘해 줄 거요. 내 동생은 백합 연못 옆에서 나와 함께 동업을 하고 있죠. 이 상자는 어디로 가져갈까요?"

그 상자에는 철제 프라이팬 등속이 들어 있었다. 가브리엘은 그것을 마치 빈 상자처럼 다루었다.

"부엌으로 갈 물건이에요."

그가 상자를 부엌으로 옮겨 가자, 로베타는 그의 뒤를 따라가서 나지막한 목소리로 말했다.

"팔리 씨. 이층에서 우리 형부와 당신이 얘기하는 걸 들었는데요. 아무래도 오해가 있는 것 같아서 한 말씀 드려야겠군요. 난 형부나 당신이 생각하고 있는 그런 여자가 아니에요. 남자들은 대개 그런 식으로 생각하길 좋아하는 모양이지만, 나한테 그런 기대를 걸었다가는 실망이 무척 클 거예요. 그러니까 공연히 쓸데없는 공들이지 말고, 일찌감치 속 차리세요. 무거운 피아노는 제자리에 들여놓았으니까, 이젠 남자들의 힘을 빌릴 일은 없어요."

가브리엘은 허리를 펴며 부드럽게 미소 지었다.

"정말 너무하시는군요, 주에트 부인. 이건 좀 부당한데요."

"아니죠, 팔리 씨. 부당한 쪽은 당신이죠. 나는 당신에게 미리 이해를 구했던 것 같은데요. 하지만 당신은 우리 형부와 2층에서 나를 두고 그다지 점잖지 못한 얘기를 쑥덕거렸어요. 그렇지 않은가요? 남자들이 이혼녀를 어떤 시각으로 보고 있다는 것쯤은 나도 알고 있다고요."

가브리엘 팔리는 속으로 찔끔했다. 사실 그녀가 그런 식으로 따지고 든다면 할 말이 없었다. 그는 차라리 자신의 실수를 깨끗이 인정함으로써 그녀와의 관계를 보다 부드럽게 만들고 싶었다.

"좋습니다. 사과드리죠."

"아뇨. 그런 사과는 받지 않겠어요."

가브리엘은 마치 파리를 삼킨 듯한 표정으로 입을 딱 벌렸다. 면전에서 사과를 거절당한 경우는 처음이었다.

"사과를 받지 않겠다고요?"

"안 받아요. 당신의 행위는 무례하고 파렴치하기 때문이죠. 그래서 나는 당신과 더 이상 만나고 싶지 않아요."

"그래서 사과도 받지 않겠단 말이오?"

가브리엘은 약간 투덜거리는 조로 말했다.

"그렇다니까요."

로베타는 코를 높이 쳐들고는 돌아섰다.

가브리엘은 안색이 누렇게 변해서 뒷통수를 서너 번 쓱쓱 긁었다. 여자가 그런다고 해서 냉큼 돌아서 나가 버릴 수도 없었다. 그는 로베타가 상자를 옮기는 것을 한동안 멀거니 바라보았다. 그녀의 스커트와 머리카락이 엉망으로 구겨져 있었다.

"그렇다면 나는 가겠소."

그가 마침내 말했다.

"네, 제발 그래 주세요."

"그렇다면 내가 이 집을 수리하는 일도 원치 않겠군요?"

"그건 당신과 엘프레드 사이의 일이죠. 하지만 만약 당신이 그 일을 맡게 되더라도, 여자 뒤에서 쑥덕거리거나 음험한 눈길로 살펴보는 행동은 삼가길 바라요. 제 말 이해하시겠어요, 팔리 씨?"

"원, 세상에! 당신이 그렇게 잘난 여잔 줄 아시오?"

"물론 잘나진 않았어요. 그렇지만 당신한테 그런 걸 깨우쳐 달라고 부탁한 적 없어요, 팔리 씨. 당신은 당신이 맡은 일만 하면 되는 것 아니에요? 그 외엔 당신에 관한 어떤 것도 난 관심이 없다고요."

"당신한테 한 가지만 충고하겠소."

화를 억누르며 가브리엘이 말했다.

"이곳에는 당신처럼 말하는 여자가 없소. 따라서 친구를 사귀고 싶다면 그 말투부터 고쳐야만 할 거요."

"어떻게 말인가요?"

"잘 알고 있잖소? 당신처럼 그렇게 말하면 안 된단 말이오!"

"아, 그러면 당신들처럼 여자의 등 뒤에서 쑥덕거리란 뜻인가요?"

"그것에 대해선 사과했잖소?"

가브리엘은 얼굴을 붉히며 말했다.

"그리고는 등 뒤에서 나를 마치 창녀 보듯 노려보고 있었나요? 부끄러운 줄을 좀 아세요, 팔리 씨! 당신 부인이 그 꼴을 보면 어떻게 생각하겠어요?"

로베타는 화풀이라도 하듯 짐 상자 하나를 열고 속에 든 물건들을 뒤적거렸다. 그녀는 상자 안에서 빨간 장미 리본이 달린 까만 밀짚모자와 스카프 하나를 꺼내 들었다.

"내겐 아내가 없소."

가브리엘이 변명하듯 말했다.

"별로 놀랄 일도 아니군요."

스카프를 머리에 쓰며 로베타는 대꾸했다. 그리고는 돌아보며 정말 이해할 수 없다는 표정으로 물었다.

"안 가세요, 팔리 씨?"

"갈 테니 걱정 마시오!"

가브리엘은 화를 버럭 내고는 현관문을 통해 빗속으로 걸어 나갔다. 그는 뒤도 돌아보지 않고 꼿꼿하게 걸어갔다.

"아유, 겨우 떼냈네!"

로베타는 빗속으로 멀어지는 가브리엘을 힐끔 돌아보며 안도의 한숨을 길게 내쉬었다.

＊

가브리엘 팔리는 원래 메인 주 토박이라 이곳의 고약한 날씨에는 잘 길들여진 사람이었다. 그러나 이날만큼은 그 축축한 비바람이 유난히도 짜증을 돋우었다. 하기야 날씨 탓만은 아닐 것이다.

'이혼녀 주제에 뭐 그리 잘났냔 말이야. 그 건방지고 뻔뻔한 말투라니! 자기가 무슨 여왕이나 되는 줄 아는 모양이지? 나 참, 어이가 없어서! 여자들은 남자가 주위에서 어정거리기만 하면 자기한테 무슨 특별한 호감이 있어서 그러는 줄 아는 모양이지? 그러면서도 속으로는 은근히 건드려 주기를 기대하고, 남자가 끝내 거들떠보지도 않으면 오히려 증오심을 품는 것이 여자 아닌가.'

그녀에게 내게는 아내가 없다고 말한 것은 큰 실수였다고 가브리엘은 생각했다. 그러자 그녀는 그가 마치 무슨 꿍꿍이라도 가지고 그런 소리를 한 것처럼 더 오해했던 것이다. 제기랄, 내가 왜 그런 쓸데없는 소릴 했지?

그는 하루 종일 우울하고 불쾌했다. 일도 전혀 손에 잡히지 않았다. 그가 붕 뜬 마음으로 우왕좌왕하는 것을 보다 못한 동생 세스가 물었다.

"도대체 무슨 일이야, 형?"

"아무것도 아니야."

"이소벨이 속을 썩여?"

"아니."

"엄마가 뭐라고 그러셔?"

"아니라니까."

"그러면 왜 그래?"

"네 할 일이나 해, 세스."

세스는 제작 중인 이중문을 줄자로 재어 보고 있었다. 그와 가브리엘은 보스턴에 살고 있는 한 가족을 위해서 그들이 이곳에 소유하고 있는 여름용 별장에다 차고를 만들고 있는 중이었다. 세스는 귀에 꽂고 있던 연필로 문에 표시를 해가며 입으로 휘파람을 불었다.

그는 가브리엘의 성격을 잘 알고 있었다. 그에게 얘기를 끌어내는 가장 좋은 방법은 질문을 하지 않는 것이었다. 그는 가브리엘이 망치를 들고 빗속을 들락날락하는 것을 슬금슬금 돌아보며 계속 휘파람을 불어댔다. 곧 효과가 나타났다.

"난 내일부터 엘프레드의 일을 맡았으니까, 여기 일은 너 혼자서 마무리 짓도록 해."

"엘프레드가 무슨 일을 벌였는데?"

"엘프레드가 일을 벌인 것이 아니라, 그는 돈만 지불하기로 되어 있어."

"글쎄, 무슨 일이냐니까?"

"브레컨리지 저택을 수리하는 일이야."

"설마! 그 썩은 집을?"

"오늘 아침에 가서 살펴봤는데, 구조는 꽤 단단했어. 지붕의 슬레이트도 말짱하고."

"세바스찬 노인은 죽을 무렵엔 거의 제정신이 아니었지. 저택의 안이 어떨지는 가히 상상이 되고도 남아."

"엉망이긴 했지만 비눗물로 싹 씻어 내고 페인트를 말끔하게 칠하면 그런대로 봐줄 만은 할 거야. 창문의 깨진 유리는 갈고, 부서진 것은 교체하면 돼. 현관 포치의 바닥은 새로 갈아야 하는데, 그땐 네 도움이 필요할 거야."

"언제든지 알려만 줘."

가브리엘이 한참 톱질을 하고 있는데, 세스가 물었다.

"엘프레드는 요즘 어떤 여자하고 논대?"

"말하지 않더군."

"그의 마누라만 불쌍하지."

"뭘 알아야 속이 상하든 말든 하지."

"아내를 감쪽같이 속이고 있는 거야. 딸을 셋이나 가진 사람이 말이야."

세스는 비난조로 말했다.

"넌 오렐리아 말고 다른 여자는 건드린 적이 없니?"

"물론이지. 우린 가끔 티격태격 다투긴 하지만, 난 아직 외도를 한 적은 없어. 형은 외도한 적 있어?"

"적어도 캐롤라인이 곁에 있는 동안은 그런 짓을 한 적이 없지."

가브리엘은 들고 있는 망치를 놓고 길게 한숨을 내쉬었다. 브레컨리지 저택에서 있었던 일 때문에 오늘은 아무래도 기분이 엉망이었다.

"그렇지만 나도 이젠 지겨워졌어, 세스. 이렇게 홀아비 신세로 구질구질하게 살아가는 것 말이야."

"그래도 형한테는 이소벨이 있잖아."

가브리엘은 동생을 물끄러미 바라보다가 천천히 일어나 현관으로 걸어가더니 빗속을 멍하니 응시했다. 캐롤라인은 다른 사람들처럼 비가 내리는 걸 전혀 개의치 않았다. 그녀는 종종 바깥에서 비를 쫄딱 맞으며 일하곤 했다.

"그래, 내겐 이소벨이 있지. 그런데 그 아이가 점점 커갈수록 제 어미를 쏙 빼닮았단 말이야."

세스는 일손을 놓고 가브리엘 곁으로 걸어왔다. 그리고는 형의 어깨를 잡으며 물었다.

"형수님의 기일이 가까워 오지?"

"응. 해마다 이맘때면 날씨가 이 모양이잖아."

처마에서 빗물이 줄줄 흘러내리고 있었다. 빗물에 패여 마당에는 조그마한 웅덩이들이 한 줄로 생겨났다. 축축한 공기에 흙냄새와 톱밥 냄새가 짙게 배어 있었다. 백합 연못에 사는 개구리들만 제철 만난 듯 신나게 노래하고 있었다. 개구리들은 연못에 알을 낳고, 지빠귀들은 이미 둥지를 다 틀었을 터였다. 지금쯤 아비새들은 연못의 수면에서 멋들어진 발레를 추고 있을 것이다. 캐롤라인이 없는 봄을 가브리엘은 갈수록 견디기가 어려웠다.

"오늘 무슨 일이 있었는지 알아?"

가브리엘이 마침내 털어놓을 기미를 보이자, 세스는 잠자코 기다렸다. 가브리엘은 빗속을 응시하며 말했다.

"아침에 부두에 나갔다가 엘프레드를 만났어. 처제 되는 여자를 마중 나왔다고 하더군. 보스턴에서 살다가 여기로 이사왔다는데, 세 딸을 가진 이혼녀야."

"이혼녀라고! 맙소사!"

"내 말 끝까지 들어. 글쎄, 그 여자가 브레컨리지 저택으로 이사왔다는 거야. 세바스찬 노인이 죽은 이래로 그냥 내버려두었던 그 폐가로 말이지. 그래서 일거리가 있겠다 싶어서 부랴부랴 달려갔지."

가브리엘은 머리를 절레절레 흔들고는 얘기를 계속했다.

"그 여자가 사람을 아주 우습게 보더군. 날 마치 암내 맡고 달려온 수탕나귀 취급을 하는 거야 글쎄! 망신만 당했다고!"

세스가 웃음을 터뜨렸다.

"그래서 하루 종일 오만상을 찌푸리고 있었군."

그는 망치를 다시 집어들고 하던 일을 계속하며 물었다.

"도대체 어떻게 생겨먹은 여자야?"

가브리엘도 일터로 돌아오며 대답했다.

"엉망이야. 옷도, 머리도, 행동거지도. 그녀의 아이들도 엉망이고. 마치 고아들처럼 하고 있더군."

"그런데 왜 형이 하루 종일 안절부절못하고 있는 거지?"

"그걸 나도 모르겠다고. 내일 또 거기에 가서 그 여자를 만나야 한다는 생각 때문인 것 같기도 하고 말이야."

"내일은 거기에 없을지도 모르지. 그 집이 하도 엉망이라 다른 집을 구하기로 작정했을지도 모르잖아."

"그럴 리는 없어. 그 여잔 틀림없이 그 집에서 살 거야. 어쩌면 그 쓰레기 더미 속에 앉아 피아노를 치며 노래를 부르고 있을지도 몰라. 아주 웃기는 여자라고. 아침에도 그러고 있었거든. 그 쓰레기 더미 속에서 여자가 피아노를 치자, 세 딸들은 거기에 맞춰 합창을 하더라니까! 어쨌거나 행복한 가족이더라고. 막내딸이라는 계집애가 얘기하는 걸 들으면 너도 아마 기절초풍할걸? 난 신문 논설에서도 그처럼 황홀한 낱말을 구사하는 걸 읽어 본 적이 없어. 그 꼬맹이가 뭐라고 했는지 알아? 언니들과 함께 오페라를 썼대. 그것도 라틴어로 말이야! 그 말이 믿겨?"

세스는 일손을 멈추고 미심쩍은 눈길로 형을 쳐다보았다.

"그 아이가 몇 살인데 그래?"

"열 살."

"열 살? 말도 안 돼!"

"정말이야. 열 살이랬어."

두 사내는 잠시 생각에 잠겼다.

"젠장, 내가 열 살이었을 때는 밑도 제대로 못 닦았는데."

세스의 말에 가브리엘이 후후 웃었다.

"그러게 말이야. 이제 겨우 열 살 먹은 계집애가 어떻게 그처럼 영리할 수가 있을까?"

"모르겠어."

"그 애가 얘기하는 걸 들어 보면 엄마한테서 많은 걸 배운 듯해."

"그 엉망으로 생겨먹었다는 이혼녀 말이야?"

"그렇지."

"예삿일이 아니로군."

"뭐가?"

"형 말이야. 캐롤라인 형수가 죽은 이후로 다른 여자에게 관심을 보인 적이 없었잖아? 그 여자가 처음이라고."

가브리엘은 껄껄 웃었다.

"관심은 무슨 얼어 죽을……. 이 여자는 말도 정나미 떨어지게 하는데다 도무지 숙녀다운 구석이라곤 약에 쓰려고 해도 없는 여자야."

"그 여자를 내 눈으로 직접 봐야겠어. 아무래도 형이 좀 수상하거든. 만에 하나라도 내 형수가 될 여잔지 누가 알아?"

"야야야, 그런 소리 마라. 동네 소문날까 두렵다. 말조심해, 알았지?"

"잘 알아 모시겠습니다요."

세스는 히죽 웃으며 대꾸했다.

＊

저녁 무렵까지도 비는 그치지 않았다. 가브리엘은 연장함을 포드 씨캡의 뒷자리에 싣고 운전석에 올라가서 점화 장치를 연결했다. 크랭크를 돌려 시동을 걸 때까지는 네 단계의 조치가 더 필요했다. 마침내 시동이 걸리자 트럭은 몇 차례 힘든 기침을 토해 냈다.

차가 움직일 때까지 복잡한 과정을 거치면서 그의 머릿속에는 자연스럽게 로베타의 얼굴이 떠올랐다. 그 여자는 자동차를 사겠다고 했던 것이다. 그건 어림도 없는 소리였다. 그녀는 아마 맨 처음 시동을 걸려다가 팔이 부러질 것이다. 그리고 크랭크를 잡기 이전에 알아야 할 그 복잡한 조처들을 어떻게 다 기억할 수 있겠는가?

뿐만 아니라 마을 사람들은 뭐라고 하겠는가? 정신이 제대로 박힌 여자라면 그런 짓을 하지는 않는다. 그렇지만 그 순간, 그 여자가 뭐라고 주장하든, 가브리엘은 그녀를 정상이라고 보기 어렵다는 생각이 들었다.

그런데 내가 왜 그 여자를 생각하느라고 시간을 낭비하고 있지? 하고 그는 스스로에게 물었다. 그 여자가 아니라도 생각할 것이 얼마든지 있는데?

아름다운 저녁이었다. 조금 전까지 줄기차게 내리던 비도 어느덧 그치고, 산꼭대기 위에는 구름 걷힌 하늘이 서서히 드러나고 있었다. 석양 주변의 구름들이 잘 익은 바다새우의 등껍질처럼 빨갰다. 하늘은 화창한 내일을 준비하고 있는 듯했다.

가브리엘은 시내로 차를 몰았다. 그의 사무실은 베이뷰를 돌아간 도로와 해안 사이에 위치하고 있었다. 그는 트럭의 시동을 켜둔 채 사무실로 걸어갔다.

문은 잠겨 있었지만, 사무원인 트렌스는 전화 부스에다 메모를 남겨 놓고 퇴근한 뒤였다.

'하비 부인이 방문하여 의자 수리비가 얼마나 되는지 문의하셨습니다. 목사님께서 오셔서 교회 묘지 단장 문제로 상의하고 싶다고 하셨습니다. 오페라 하우스에서는 다음 공연을 위한 무대 시설 문제로 상의해 왔습니다. 이상.'

가브리엘은 메모지를 떼어 먼지 쌓인 책상 위에 던져놓고, 서랍 속에서 가격표와 카탈로그를 꺼냈다. 사무실 문을 다시 잠근 뒤, 그는 세워 둔 트럭에 올랐다. 이젠 집으로 돌아갈 일만 남은 셈이었다.

그는 벨몬트 거리에 있는 높다랗고 좁은 집에서 살고 있었다. 그 집에는 트럭을 넣어 둘 조그마한 헛간이 하나 딸려 있었다. 헛간에서 본채까지는 돌길이 이어져 있었고, 부엌문 바깥에는 하얀 주랑이 서 있었다.

그는 그 아래를 지나 마당으로 들어서며, 장미 넝쿨이 싹을 틔우고 있는지 살펴보았다. 캐롤라인이 재배하던 꽃들 중에서 유일하게 남은 것이었다. 그는 그 넝쿨 장미를 보호하기 위해 해마다 가을이면 짚으로 정성껏 감싸 주었고, 여름마다 퇴비를 주고 가지치기를 했다.

정원을 가꾸는 일은 포기한 지 이미 오래라, 7년이 지난 지금은 무성한 잡초로 인해 경계를 구분하기조차 어려울 지경이었다. 캐롤라인이 챙 넓은 모자를 쓰고 장갑을 끼고 정원을 가꾸던 모습을 떠올리면, 지금도 그는 가슴이 미어지는 듯한 슬픔을 느꼈다. 꽃 가꾸는 일을 그처럼 좋아했던 아내였다.

부엌으로 들어간 그는 자신의 큰 키와 큰 발을 물려받은 호리호리한 딸과 마주쳤다. 그 외에는 날렵하게 생긴 엉덩이와 빨간 머리카락까지 캐롤라인을 쏙 빼닮은 모습이었다.

비록 고전미는 갖추지 않았지만, 이소벨은 나름대로 매력적인 아이였다. 주근깨 하나 없는 하얗고 깨끗한 피부, 가느다란 눈썹과 긴 속눈썹 아래 자리잡은 꿈꾸는 듯한 초록색 눈동자. 그렇지만 캐롤라인에게 물려받은 토끼처럼 쫑긋한 두 귀가 옥에 티였다. 이소벨은 그래서 두 귀를 늘 머리카락으로 가리고 다녔다.

"아빠! 아빠 기다리다 배고파 죽는 줄 알았어요."

"넌 늘 배고프다는 소리지. 메뉴가 뭐냐?"

"피시 케이크와 찐 감자예요."

'또 피시 케이크라, 하나님 맙소사!'

피시 케이크라면 그는 이제 진절머리가 날 지경이었다. 그렇지만 학교 다녀와서 저녁식사까지 준비하느라고 애쓰는 어린 딸에게 더 이상 무언가를 요구할 수는 없는 노릇이었다. 오히려 그는 죽은 아내 대신에 가사 일로 자신의 자유 시간을 죄다 빼앗기고 있는 이소벨에게 미안한 생각을 가지고 있었다.

"학교는 어땠니?"

그는 비옷을 벗어 문 옆의 벽에다 걸며 딸에게 물었다.

"지겨웠어요. 매일 그게 그거죠 뭐. 트립턴 선생의 설교, 로머 선생의 잔소리, 비스비 선생은 여전히 우리를 어린애로 취급하죠. 감시자를 정해 놓지 않고서는 안심이 안 되어 교실에서 나가지도 못한다니까요!"

"조금만 참으렴. 이제 학기도 거의 끝나가니까."

가브리엘은 주전자의 뜨거운 물을 부어 손을 씻었다. 이소벨은 피시 케이크와 감자를 접시에 담고, 자기가 마실 우유 한 잔과 아빠에게 드릴 커피 한 잔을 따랐다.

"오늘 새로 이사 온 여자 아이들을 만났지."

그가 타월로 손을 닦으며 말했다.

"제 또래 아이들이에요?"

"한 아이는 너와 동갑내기야."

부녀는 식탁을 마주 보고 앉았다. 그리고는 똑같이 감자를 으깬 뒤 버터를 섞기 시작했다.

"다른 두 아이는 열여섯 살과 열 살이고."

"누구예요, 그 아이들이? 학교에는 왜 안 나오죠?"

"곧 나가겠지. 오늘 이사 왔거든. 스피어 씨 딸들의 사촌들이야."

"어떤 아이들처럼 보였어요?"

"겉으로 보기에는 꼭 부랑아처럼 생겼지. 그렇지만 열 살짜리 막내와 얘기를 해봤는데 말이야, 놀랄 만큼 똑똑한 아이더라고. 그 아이들은 모두 음악에 소질이 있는 것처럼 보였어."

"그 애들은 어디 살아요?"

"브레컨리지 저택에서. 앞으로 거기서 살게 될 거야."

"욱! 거긴 폐가잖아요? 거기서 사람이 어떻게 살아요?"

"그래서 이 아빠가 수리를 해주기로 했어."

"무지무지한 가난뱅인가 봐요. 그런 집에서 살려는 걸 보면."

"아마 그럴 거야."

"그 애들 아빠는 모직물 공장에 취직할 건가요?"

가브리엘은 커피잔을 집어 들며 잠시 생각했다.

"아니, 그 아이들에겐 아빠가 없어. 엄마뿐이지."

"세상에!"

이소벨의 표정이 갑자기 어두워졌다. 아빠 손에서 자란 그녀로서는 아빠 없이 자란 아이들을 상상하기가 쉽지 않았다.

"가엾은 아이들……."

"그래도 별로 가엾다는 생각이 안 들던데? 그 아이들은 상상력도 풍부하고 무척 행복해 보였어. 노래를 부르기 좋아하고, 피아노도 연주하고, 오페라도 쓴다고 하더라."

"오페라를요!"

"그렇다니까. 그 리디아라는 막내딸이 분명히 그랬어. 언니들과 함께 라틴어로 오페라를 썼다고 하더군."

"어머나, 세상에! 그 아이들은 천잰가 봐요!"

"나도 그렇게 생각했지. 아무튼 너도 곧 그 아이들을 만나게 될 거야."

가브리엘은 접시를 밀어 놓으며 말했다.

"잘 먹었다, 얘야. 오늘 밤 공부할 것이 많니?"

이소벨은 얼굴을 찡그렸다.

"네. 내일이 시험이거든요."

가브리엘은 일어나서 접시와 컵을 집어 올렸다.

"그러면 설거지는 놔두고 공부나 하렴. 아빠가 주에트 가족의 집 수리비를 먼저 계산한 뒤 나중에 할 테니까."

"주에트라고요?"

"그 아이들의 성이야. 이름은 베키, 수잔, 리디아라고 하더구나."

이소벨은 어깨를 으쓱했다.

"학교에서 만나 보면 어떤 애들인지 곧 알 수 있겠죠 뭐."

부녀는 접시들을 싱크대 안에 담가 놓고 식탁에 마주앉아 각자 일에 몰두했다. 주전자에서는 계속 김이 뿜어져 나오며 휘파람 소리를 냈다. 부엌은 가브리엘이 최대한 솜씨를 발휘하여 현대식으로 개조한 것이었다. 천장에는 전깃불을 달았고, 벽면은 하얀 페인트를 칠했다. 싱크대와 식탁, 의자, 유리문이 달린 찬장 등 모두 그가 직접 짠 것들이었다.

갈색 고양이 한 마리가 소리 없이 들어오더니 의자 위로 슬그머니 올라가서 웅크리고 잠잘 자세를 취했다. 고양이는 이따금씩 푸르릉거리는 소리를 냈다. 주전자의 물 끓는 소리도 끊임없이 들렸다. 창문에는 새까만 밤이 얼굴을 갖다 대고 있었다.

가브리엘은 수리비 견적서를 작성하는 도중 세 번이나 일어나서 자기 잔에 커피를 채웠다. 이소벨은 도중에 한 번 일어나서 당밀 과자를 꺼내 놓고 먹기 시작했다. 과자를 먹다가 문득 이상한 생각이 들어 고개를 쳐든 이소벨은 멍한 눈길로 창밖을 바라보고 있는 아빠를 발견했다.

"아빠?"

"응, 왜?"

가브리엘은 깜짝 놀라 공상에서 깨어났다. 좀 묘한 이유에서 그는 주에트 부인에 대해 생각하고 있었다.

"주무시는 편이 낫겠어요. 좀 멍한 표정이에요."

"내가? 잠시 뭘 좀 생각하느라고 그랬어. 피곤하진 않다고. 수리비 계산이 대충 끝났으니 엘프레드 아저씨에게 전해 주고 와야겠어, 괜찮겠지?"

"오늘 밤에요?"

이소벨은 놀란 표정을 지었다.

"좀 늦은 시각 아니에요?"

가브리엘은 시계를 보았다.

"9시군. 그다지 늦은 시각은 아니야."

그는 계산서를 들고 의자에서 일어났다.

"비가 그쳤으니 비옷을 입을 필요도 없겠군. 그리 오래 걸리진 않을 거야."

이소벨은 두 팔을 위로 쳐들고 기지개를 켜며 말했다.

"알았어요, 아빠. 다녀오세요."

"졸리면 먼저 자, 알았지?"

집을 나오며 가브리엘은 자신에게 이소벨이 있는 것은 정말 행운이라는 생각이 들었다. 이소벨이 없었다면 이날까지 어떻게 살아왔을 것인가? 그렇지만 이소벨도 이제 몇 년만 지나면 결혼해서 자기를 떠날 것이라고 생각하니, 그는 축축하고 검은 커튼이 얼굴을 덮어씌우는 듯한 느낌이었다.

비는 완전히 그쳤고, 검푸른 창공에는 영롱한 별들이 반짝이고 있었다. 어디선가 새가 날갯짓을 하며 지저귀는 소리도 들려왔다. 장미 넝쿨 아래를 지나가며 그는 언제나 그랬듯이 '당신이 그리워, 캐롤라인' 하고 속삭였다.

차고 바닥에서는 언제나 연료 냄새가 났다. 그는 캄캄한 차고 속에서 트럭 앞쪽으로 돌아갔다. 헤드 램프의 카바이드(carbide) 크리스털 속으로 물을 부어야만 했다. 그는 렌즈를 돌려 열고 램프를 켰다. 사이드라이트도 같은 방법으로 켰다.

트럭 안으로 들어간 그는 엔진을 가동하기 전에 필요한 여러 단계의 조종에 들어갔다. 점화 장치와 내연 기관 조절, 비상 브레이크 장치 조정, 공기 흡입 장치 조정 따위였다. 그는 점화 장치 레버를 가동 상태로 내리고, 비상 브레이크를 푼 후에 세 개의 페달을 밟았다. 마침내 트럭이 차고 바깥으로 서서히 굴러갔다.

여자 몸으로 이 짓을 어떻게 하겠다는 건지, 아무튼 그 주에트란 여자 정말 웃긴다고 가브리엘은 생각했다. 운전은 어떻게 한다고 치더라도, 걸핏하면 고장나는 자동차를 누가 고쳐 줄 것인가?

그런데 가브리엘은 자기가 왜 그 여자에 관한 생각을 마음속에서 깨끗이 지워 버릴 수가 없는지 이해가 되지 않았다. 그 여자가 자동차를 사든 말든, 운전을 하다 고장나서 고생을 하든 말든 무슨 상관이란 말인가? 엄격히 말해서 그건 자신과는 상관없는 남의 일이었다.

엘프레드의 마당 앞에 도착하자 그는 시동을 켜둔 채 차에서 내렸다. 그는 카바이드 불빛에 드러난 현관문을 향해 걸어갔다. 벨을 누르자 재킷 차림의 엘프레드가 문을 열었다.

"아니, 가브리엘. 이 시각에 웬일인가?"

"견적을 가져왔네."

엘프레드는 입에 물고 있던 시가를 빼내고는 눈을 둥그렇게 떴다.

"밤 9시가 지난 시각에 말인가?"

견적서를 받아든 그가 묘한 웃음을 지으며 물었다.

"아무리 쇠뿔도 단김에 뺀다지만, 이 사람 정말 너무 서두르는군."

가브리엘은 약간 멋쩍은 표정으로 구레나룻을 슬슬 어루만졌다.

"그냥 빨리 해치우고 싶어서야. 마침 다른 일이 없어 한가한 참이거든."

"그래? 마침 잘됐군. 하지만 이렇게 적어 올 것까진 없었는데. 아무튼 그 여자, 남자가 거절하기 어려운 그런 타입이지, 안 그래?"

가브리엘은 무어라 대답할 말이 없었다. 엘프레드가 속을 빤히 들여다보고 있는 것 같아 빨리 도망치고 싶은 생각뿐이었다. 공연히 이런저런 변명을 늘어놓아 봤자 간교한 엘프레드에게 통할 것 같지도 않았다.

"수고해 줘, 가브리엘."

엘프레드가 그의 볼을 톡톡 쳐주며 싱긋 웃었다.

트럭으로 돌아오며 가브리엘은 어쩐지 기분이 좀 나빴다. 친구라고는 하지만, 엘프레드는 언제나 좀 불쾌한 녀석이었다.

그는 어둠 속으로 차를 몰았다. 봄을 맞아 나무들은 밤중에도 싹을 틔우고 있었다. 항구 아래쪽으로 이어진 도로의 가장자리에는 채 빠지지 않은 빗물이 여기저기 고여 있었다. 어디선가 개구리 울음소리가 들려왔고, 짙은 흙내음이 콧속으로 밀려들었다.

캐롤라인 없이 다시 맞이하는 봄은 너무나 쓸쓸했다.

집으로 돌아온 가브리엘은 차를 차고에 넣고 부엌문으로 향했다. 아비가 돌아올 것을 생각해서 이소벨이 불을 끄지 않고 그대로 둔 모양이었다. 그는 부엌문을 열고 안으로 들어갔다.

캐롤라인이 죽은 이래로 이소벨이 제 딴은 거든다고는 하지만, 그가 처리해야 할 집안일도 많았다. 특히 늦게까지 일하고 지친 몸으로 밤중에 돌아왔을 때는, 모든 것이 귀찮고 허무하게만 느껴졌다. 캐롤라인이 살아 있다면 그냥 그녀가 챙겨 주는 저녁이나 먹고 잠자리에 들기만 하면 될 텐데, 하는 생각이 간절하곤 했다.

수조와 주전자에 뜨거운 물이 가득 담겨 있었다. 그는 그 물로 접시를 깨끗이 씻어 마른 걸레로 닦아 진열했다. 그리고는 식탁도 깨끗이 닦은 다음, 캐롤라인이 언제나 그랬던 것처럼 그 가운데에 깨끗한 장식용 깔개를 놓고 필로덴드론을 심은 화분을 올려놓았다. 그 깔개는 캐롤라인이 뜨개바늘로 손수 뜬 것이었다.

그는 젖은 수건으로 찬장의 유리에 묻은 손자국을 닦은 뒤 그것을 깨끗이 접어 자신이 만든 수건걸이에다 걸었다. 그가 마지막으로 한 일은 내일 아침에 쓸 물을 수조와 주전자에다 가득 채우는 것이었다.

머지않아 그는 욕실과 라디에이터를 들여놓을 생각이었다. 최신식 난로도 필요했다. 이용할 수 있는 편의품들을 놔두고 모조리 전기 시설로 교체하는 것은 어리석은 짓이라고 그는 생각했다. 그가 그런 시설들을 하는 데는 단지 시간이 좀 필요할 뿐이었다.

전등을 끄기 전 그는 부엌 전체를 한번 돌아보았다. 모든 것이 만족스러웠다. 양탄자는 싱크대 아래와 문 아래에 반듯하게 놓였고, 찬장은 깨끗해 보였으며, 의자들은 모두 안으로 정리되어 있었다.

모든 것이 캐롤라인이 살아 있을 때 해놓았던 그대로 되어 있었다.

11시도 채 못 된 시간, 그는 위층에 있는 자신의 외로운 침실로 힘없이 올라가기 시작했다. 계단을 울리는 발자국 소리가 이날따라 유난히 공허하게 느껴졌다.

엄마의 딸

주에트 집안 식구들은 밤 11시가 지나서야 간신히 피곤한 몸을 잠
자리에 누일 수가 있었고, 그 때문에 이튿날 아침은 늦게 일어날 수
밖에 없었다. 아침식사는 로베타가 가장 빨리 마련할 수 있는 마카로
니로 때워야만 했다.

짐들이 전혀 정리되지 않은 상태에서 아이들은 옷이 어느 상자에
들었는지 몰라 머리 빗 하나 찾을 수 없었다. 그들은 전날 입었던 속
옷과 구겨진 겉옷을 그대로 입었고, 더러워진 스타킹을 그냥 신으면
서도 누구 하나 군소리가 없었다.

아이들로서는 첫 등교부터 지각인 셈이었다. 그러나 학교로 향하
는 아이들이나, 함께 따라 나선 엄마도 그 문제에 대해서는 전혀 신
경을 쓰지 않는 듯한 표정들이었다.

"얘들아, 저길 좀 보렴."

로베타가 아래로 펼쳐진 항구의 정경을 가리키며 말했다.

"리디아가 모으던 색유리 조각 같구나."

밤 사이에 날씨는 말끔히 개어 바다는 짙은 푸른색을 띠고 있었다. 태양이 마치 하늘 위에서가 아니라, 바다 밑에서 비추고 있는 것처럼 바다는 장관을 이루고 있었다.

포구에서 조용히 쉬고 있는 배들. 은빛 안개 속에서 수평선 너머로 가물가물 사라지는 배들. 하얀 돛을 단 배들과 증기선들이 길게 흔적을 남기며 어디론가 흘러가고 있었다. 페놉스콧 만에 흩어져 있는 많은 섬들은 햇빛에 정수리가 녹은 얼음 덩어리들처럼 바다 위에 둥둥 떠 있었다.

꽤나 요란한 아침이었다. 갈매기들의 요란한 울음소리와 조선소에서 들려오는 망치 소리, 채석장에서 들려오는 폭파음까지 섞여서 하나의 거대한 화음을 이루고 있었다. 간간이 보트의 엔진 소리와 모터사이클의 굉음도 섞여 들렸다. 그러나 로베타와 그녀의 세 딸들에게는 그 모든 소리들이 전날 내린 비로 말끔하게 씻겨 신선하고 싱싱하게만 느껴졌다.

"엄마는 말이야!"

로베타가 딸들에게 소리쳤다.

"어릴 땐 저 망치 소리에 잠에서 깨어나곤 했단다."

세 딸들은 새로운 주위 환경에 금방 매료되었다. 그들은 머리 위를 선회하며 쉴 새 없이 울어대는 갈매기들을 바라보며 즐거워했다. 수잔이 그들을 노려보며 같이 우짖었다.

"끼르륵! 끼르륵!"

"갈매기가 웃겠어, 언니."

리디아가 웃음을 터뜨렸다.

베키는 스윈번의 시를 암송하기 시작했다.

종달새는 그런 환희를 몰라,

나이팅게일도 그런 기쁨은 모르지,

노래 없는 리듬의 흔들림 속에서,

너의 날개가 누리는 그 즐거움을…….

"'갈매기에게'라는 시로군."

로베타가 고개를 쳐들고 갈매기들을 바라보며 말했다.

"이런 분위기에 잘 어울리는 시야. 하지만 저것들은 바다갈매기가 아니라, 재갈매기야."

"영어 선생님이 내 맘에 들어야 할 텐데……."

베키가 걱정된다는 듯이 말했다.

"난 음악 선생님이 맘에 들어야 해."

수잔이 맞장구를 쳤다.

"난 이 마을이 맘에 들어."

언제나 비관주의자인 리디아의 말에 그들은 모두 놀랐다.

"정말 아름다운 곳이야."

옆에서 들으면 내용이 중구난방이지만, 주에트 가족의 대화는 늘 그런 식이었다. 화제가 재빠르게 바뀌어도 단절감을 느끼는 사람은 없었다. 그것은 각자가 가지고 있는 관심 분야가 그만큼 다양했기 때문이었다.

학교는 놀턴 거리에 위치하고 있었다. 애버너시 교장은 희끗희끗한 갈색 머리를 뒤로 말아 붙이고 두꺼운 안경을 쓴 40대 가량의 풍뚱한 여자였다. 그녀는 주에트 가족들을 반갑게 맞아들이고는, 갑자기 시계를 보더니 9시 반이 가깝다는 것을 알았다.

"수업은 8시부터 시작됩니다, 주에트 부인."

"알고 있습니다."

로베타는 태연하게 말했다.

"그래서 우리는 오는 길에 스윈번의 시를 암송했어요."

"스윈번의 시를요?"

애버너시 교장은 의아한 표정을 지었다.

"네. 앨저넌 스윈번이란 영국 시인 말이에요."

애버너시 교장은 미소를 지으며 의자를 권했다.

"물론 스윈번이란 시인은 알죠. 하지만 우리 학생들에게는 그의 시가 잘 알려져 있지 않은 편인데……."

"오, 우리 애들은 시인이나 작곡가, 소설가들에 대해서 많이 알고 있는 편이에요. 그들의 작품들도요."

"그래요? 그렇다면 우린 세 명의 진짜 재원을 맞아들이게 됐군요."

"재원이랄 것까진 없지만, 좀 예민하고 상상력이 풍부한 편이라고 말할 순 있겠죠."

"그렇다면 별 문제 없이 잘 해나가겠군요."

"그렇게 믿어요."

로베타는 애버너시 교장에게 아이들을 맡기고 집으로 돌아왔다. 그녀는 집 앞의 도로에 가브리엘 팔리의 묘하게 생긴 트럭이 서 있는 것을 발견했다. 가브리엘은 현관으로 올라가는 계단에 쭈그리고 앉아 있었다.

"무슨 일이에요?"

그녀는 쌀쌀맞게 물었다.

그는 엉거주춤 일어섰다.

"집을 수리하려고 왔소."

"흠."

로베타는 들어오라는 말도 없이 현관문을 열고 집 안으로 들어갔다. 가브리엘은 잡초가 우거진 마당에 멍청하게 서서 열린 문을 통해 로베타를 바라보고만 있었다. 로베타가 부엌 안으로 모습을 감추자, 그는 마당 한가운데 반쯤 묻혀 있는 녹슨 닻으로 시선을 돌렸다. 좀 한심한 생각이 들었다. 내가 왜 이렇게 쩔쩔매야만 하지? 난 일해주고 돈만 받으면 돼. 저 여자의 태도가 어떻든 무슨 상관이람? 난 저 여자를 좋아하지도 않아.

그는 연장통을 가지러 자기 트럭으로 터덜터덜 걸어갔다.

저택의 외부를 꼼꼼히 살펴본 가브리엘은 포치의 바닥을 모조리 뜯어내고 새로 깔아야겠다고 생각했다. 널빤지들이 모두 썩어서 내려앉을 위험이 있었다. 썩은 널빤지들을 뜯어내는 일은 혼자 할 수 있겠지만, 새로 까는 일은 아무래도 세스의 도움을 받아야 할 것 같았다.

포치로 올라간 그는 로베타가 부엌에서 상자들을 풀어 짐을 정리하고 있는 소리를 들었다.

"로베타 부인?"

그가 부르자 허리에 수건을 두른 그녀가 푸른 냄비를 들고 나왔다.

"왜요?"

"괜찮으시다면 현관 포치부터 시작할까 합니다."

"어디서부터 시작하든 난 상관없어요."

그녀는 퉁명스럽게 대꾸하고는 다시 부엌으로 들어가 버렸다.

"모조리 다 뜯어낼 거라고요!"

그는 소리를 버럭 질렀다. 부엌문으로 그녀의 머리가 1초 정도 나왔다간 다시 들어갔다.

"상관없다니까요. 당신 마음대로 하시라고요. 나를 귀찮게만 하지 마시고!"

기운이 쭉 빠진 그는 사다리를 걸쳐 놓고 지붕으로 올라갔다. 슬레이트 아래의 나무 처마를 건드리자, 썩은 널빤지들이 우수수 부스러져 내렸다. 하기야 백 년도 더 된 집이었다. 이것들부터 바꾸지 않으면 포치 바닥을 아무리 새로 깔아도 헛일일 터였다. 비가 들이치면 또 금세 썩어 버릴 테니까.

햇살이 차츰 따듯하게 느껴질 무렵이 되자 앞마당은 썩은 널빤지 조각들과 구부러진 못들로 어지럽게 변했다. 정오가 가까워 올 무렵에는 썩은 널빤지들이 다 걷히고 서까래들이 앙상하게 드러났다.

"팔리 씨?"

가브리엘은 소리가 들려온 계단 아래를 내려다보았다. 주에트 부인이 손으로 햇빛을 가리며 그를 쳐다보고 있었다. 여전히 수건을 허리에 질끈 매고 있었고, 블라우스의 겨드랑이 부분은 땀으로 젖어 있었다.

"날 불렀소?"

"당신 자동차에 대해서 몇 가지 물어봐도 되겠어요?"

"그러시오. 저쪽으로 좀 비켜 줘요."

로베타가 옆으로 몇 걸음 비켜서자, 그는 썩은 널빤지를 마당으로 던졌다.

"저건 무슨 차종이죠?"

"포드 씨캡이란 트럭이오."

그녀는 트럭을 한 번 돌아보고는 다시 물었다.

"사신 지 얼마나 됐어요?"

"2년쯤 됐소."

"자동차가 마음에 들어요?"

"물론이오."

"말보다도?"

"계속 이런 자세로 대답해야 합니까? 내려가서 얘기하면 안 되겠소?"

그는 사다리 위에서 몸을 틀고 그녀를 내려다보는 자세로 물었다.

"좋아요. 좀 쉬었다 해요."

가브리엘은 망치를 벨트에 차고 사다리를 내려왔다. 마당으로 내려선 그의 몰골은 말이 아니었다. 온몸에 먼지를 뒤집어쓰고 있었고, 썩은 냄새까지 풍겼다. 그의 눈동자와 이만 겨우 보일 지경이었다.

"말을 다루는 것보다야 자동차가 훨씬 수월하죠. 트럭은 먹여 주지 않아도 되고, 몸을 깨끗이 닦아 줄 필요도 없으니까. 겨울엔 좀 불편한 점도 있죠. 말을 타고 갈 수 있는 곳을 자동차로는 못 가는 수가 있으니까요."

"엘프레드 말로는 여자가 자동차를 운전하는 건 불가능하다는데, 당신 생각도 그런가요?"

가브리엘은 구레나룻에 묻은 먼지를 손가락으로 털어 내며 트럭을 힐끔 돌아보았다. 그것은 이상하게 생긴 트럭이었다. 문도 없었고, 시꺼먼 가죽으로 천장을 씌운 모양을 하고 있었다.

"그건 단정하기가 어려운데…… 여자가 운전하는 걸 본 적이 있어야죠."

"당신 추측으론 어때요?"

그는 로베타를 빤히 바라보았다.

"확인을 해보고 싶소?"

로베타는 잠시 망설이다가 결심했다.

"그래요. 시험해 보고 싶어요."

"그렇다면 좋소. 따라와요. 어디까지 할 수 있는지 봅시다. 거기 조심하시오. 사방에 못들이 흩어져 있으니까."

그들은 썩은 널빤지 조각들과 구부러진 못들과 겨우내 말라 죽은 잡초가 뒤덮인 마당을 돌아 트럭을 세워 둔 도로 쪽으로 걸어갔다. 가브리엘은 로베타가 전날 신고 온 닳아빠진 구두를 그대로 신고 있는 것을 보았다. 자갈이 깔린 도로는 전날 내린 비로 여기저기에 물웅덩이가 패여 있었다.

"타요."

그가 로베타에게 말했다.

"배우려면 처음부터 제대로 배워야 해요."

로베타는 발판을 딛고 올라서서 스커트를 말아 붙인 뒤 브레이크 레버를 돌아 가죽으로 만들어진 의자 위에 앉았다.

"지금부터 단계별로 차근차근 설명하겠소."

가브리엘은 발판 위에 올라서서 트럭 내부를 가리키며 말했다.

"스티어링 칼럼 위에 있는 그 레버가 바로 점화 장치요. 그건 지금의 '정지' 위치에 가만히 내버려둬야 해요. 그걸 잘못 건드려서 '운행' 위치로 가게 하면 시동을 걸다가 다칠 위험이 있죠. 이건 목숨이 걸린 일이니까 명심해야 합니다."

"점화 장치는 정지 위치에."

로베타는 레버를 조심스럽게 만져 보며 복창했다.

가브리엘은 다시 스티어링 칼럼을 가리키며 말했다.

"이게 스로틀인데, 출발시에는 항상 중간 위치에 두어야 합니다. 가스를 공급해 주는 장치죠."

"스로틀은 중간 위치에."

그녀가 다시 복창했다.

"그리고 이건……."

가브리엘은 브레이크 핸들을 잡았다.

"비상 브레이크요. 항상 이렇게 좌석 쪽으로 당겨 놓아야만 해요. 당길 때는 이렇게 손잡이를 꽉 잡고, 알았죠?"

그는 로베타에게 직접 한 번 당겨 보도록 했다.

"좋아요. 자, 이젠 내려서 앞쪽으로 가요."

로베타가 트럭에서 내릴 때 가브리엘은 다른 여자들에게 했던 것처럼 손을 잡아주어야 할지 얼른 판단이 서지 않았다. 전날 매몰차게 말하던 것을 생각하면 정나미가 딱 떨어져서 도무지 손을 내밀 엄두가 나지 않았다. 그는 트럭 앞으로 로베타를 데려가서 라디에이터 왼쪽에 있는 전선 고리를 가리키며 말했다.

"저게 초크 와이어요. 저걸 뽑아내요."

로베타는 시키는 대로 했다.

"이젠 차에 올라가서 스위치를 켤 수 있어요. 하지만 출발을 더 빨리 하기 위해서는 그 전에 몇 가지 조처가 필요하죠. 자, 잘 봐요. 스위치가 꺼진 상태에서 크랭크를 이렇게 서너 차례 당겨 주면 실린더 속으로 가스가 더 많이 들어가죠. 이걸 하는 것과 하지 않는 것은 운전하는 사람 마음이지. 자, 이젠 다시 차에 올라가요."

로베타는 그를 따라 운전석 옆자리에 올랐다.

"안쪽으로 손을 넣어 배터리가 있는 쪽으로 키를 돌려 줘요, 이렇게. 자, 이젠 당신 혼자 힘으로 시동을 걸 수 있는지 봅시다."

크랭크의 나무 손잡이에는 페인트칠이 되어 있지 않았다. 로베타가 그것을 잡자, 가브리엘이 재빨리 그녀의 팔을 잡았다.

"잠깐만! 이건 가장 위험한 부분이오. 반드시 이런 식으로 당겨 올려야만 해요. 절대로 밀어서 내려선 안 돼. 분명히 기억해요. 그리고 한 가지 더. 엄지로 손잡이를 이렇게 감싸쥐면 안 돼요. 이렇게 위쪽으로 가게 하라고. 만약의 경우 재빨리 손을 놓을 수 있게 하기 위해서요. 아시겠소?"

그는 시범을 보인 대로 로베타에게 손잡이를 잡아 보게 했다. 크랭크 손잡이를 잡은 그녀의 가슴은 불안감으로 펄떡펄떡 뛰었다. 그녀는 시선을 들고 가브리엘의 눈을 바라보았다.

"겁먹을 것 없소."

그가 안심시켰다.

"모든 것을 제대로 했으니까. 자, 시작해 봐요. 시동을 걸 수만 있다면, 운전도 못할 게 없지. 해보시라니까."

로베타는 입을 앙다물고 손잡이를 힘껏 잡아당겼다. 엔진이 폭발음을 내자 그녀는 기겁을 하며 한 손으로 자기 가슴을 눌렀다.

"해냈어요!"

"계속 당겨요!"

가브리엘이 소리쳤다.

"힘껏 당겨! 아직 해낸 게 아니오!"

엄청난 소음과 함께 엔진이 심하게 덜덜 떨어댔다.

"좋아, 내가 좀 전에 설명했죠? 이제 점화가 된 거요. 좀더 부드럽게 출발하기 위해서는 엔진이 힘을 받을 때까지 기다리는 거요. 스로틀이 어느 건지 기억하고 있소?"

"이거예요."

"맞았소. 그걸 당겨 올려요."

로베타가 스로틀을 잡아당기자, 차체의 진동이 좀 부드러워진 듯한 느낌이 들었다.

"차를 몰아 보고 싶소?"

"허락하시겠단 뜻이에요?"

로베타는 놀란 표정으로 가브리엘 팔리를 돌아보았다.

"그러면 어디서 배우겠다는 거요? 자신의 차를 갖고 싶다면서."

그녀는 잠시 생각한 끝에 대답했다.

"고마워요, 팔리 씨."

"그러면 운전대를 잡아요."

로베타는 좌석 가장자리에 앉아 목재 운전대를 손으로 잡고는 바짝 긴장한 표정을 지었다.

"좀 느긋한 기분을 가져요."

"느긋하라고요? 이걸 하면서 어떻게? 농담 말아요!"

가브리엘은 싱긋 웃고는 그녀의 발치를 가리켰다.

"뒤로 약간 물러앉아요. 스커트에 가려 페달이 안 보이니까."

로베타는 뒤로 약간 물러앉았지만 운전대를 꽉 쥔 손은 조금도 풀지 않았다. 마치 그것을 놓치면 지구 끝으로 까마득하게 떨어지기라도 할 듯이.

"좋아요. 저 세 개의 페달과 비상 브레이크로 이 자동차를 운행하는 겁니다. 왼쪽 페달은 중립이고, 가운데 것은 후진, 그리고 오른쪽 것은 브레이크요. 먼저 비상 브레이크를 중간으로 올리고, 중립 페달을 끝까지 내려요. 겁내지 말고 중간까지 올리라니까요."

로베타는 가브리엘의 지시에 따르기는 했지만 도무지 자신 없는 표정이었다. 자동차를 구입하겠다고 엘프레드에게 큰소리 칠 때의 태도와는 영 딴판이었다. 자동차가 움직이기 시작하자 그녀는 숨도 제대로 쉬지 못했고, 핸들을 잡은 손은 잔뜩 힘이 들어가 있었다.

"자, 이젠 비상 브레이크를 앞으로 충분히 밀고 발로 페달을 끝까지 밟아요. 그러면 처음으로 가스가 주입되는 겁니다."

그녀가 조심스럽게 페달을 밟자, 자동차는 앞으로 굴러가기 시작했다. 그런데 한쪽 바퀴는 도로 위에 있었고, 다른 쪽 바퀴는 풀밭 위로 굴러가고 있었다.

"좋아요, 이젠 스로틀을 이용해요."

"어느 게 스로틀이에요!"

로베타는 당황하며 소리쳤다.

가브리엘은 그녀의 손을 잡아 스로틀 레버 위에 올려 주었다.

"이거요. 자, 천천히 가스를 주입해요."

트럭은 앨든 가를 비틀거리며 굴러가고 있었다.

"엄마야, 이러다가 둘 다 죽겠어요!"

"핸들을 꺾어요, 죽기 싫으면."

그가 핸들을 꺾어 트럭을 도로 위로 올려놓았다.

"자, 이젠 왼쪽 페달에서 발을 떼요. 그러면 기어가 올라갑니다."

트럭은 물구덩이에 고인 흙탕물을 마구 튀기며 교차로를 향해 굴러갔다.

"브레이크를 밟아요. 아니, 왼쪽 발로!"

"어느 페달인지 헷갈려요!"

"곧 익숙해질 거요. 모퉁이에서는 양쪽을 살펴보며 클러치를 넣으면 속도가 떨어지죠. 그러면 좌회전해서 언덕길로 올라갑시다."

모퉁이를 돌 때는 가브리엘이 옆에서 도와주었다.

"이쪽은 배티 산으로 올라가는 도로요. 긴장을 좀 풀어요."

"안 돼요! 난 무섭단 말이에요."

"당신은 지금 아주 잘하고 있어요. 정말 자동차를 살 작정이오?"

"제발요, 팔리 씨. 난 대화와 운전을 동시에 할 수가 없어요."

"좋소. 입을 다물지."

가브리엘은 상체를 뒤로 젖히고 여자를 지켜보았다. 바짝 긴장하고 있긴 하지만, 이렇게 담력이 큰 여자를 그는 일찍이 본 적이 없었다. 그리고 여자의 그런 점이 묘한 매력으로 느껴지는 것도 그로서는 부인할 수 없었다. 그가 아는 한 아직 운전을 했다는 여자는 없었다.

"이젠 후진을 해보겠소?"

"오, 맙소사!"

그녀는 머리를 저었다.

"당신은 아주 잘해 낼 거요."

가브리엘은 그녀에게 속도를 줄이는 법, 노상에서 유턴하는 법 등을 가르쳤다. 그들은 차를 돌려 언덕길을 내려오기 시작했다. 그런데 반쯤 내려오다가 마주오는 차를 발견했다.

"팔리 씨!"

로베타는 숨넘어갈 듯한 소리를 질렀다.

"어떡하면 좋아요!"

가브리엘은 핸들로 손이 가려는 것을 억지로 참았다.

"핸들을 오른쪽으로 약간만 돌려요."

"오, 하나님! 오, 하나님!"

여자는 기도를 하며 시키는 대로 핸들을 오른쪽으로 돌려 차를 가장자리로 붙였다. 트럭은 마주 오는 차를 아슬아슬하게 비켜 갔다. 맞은편 차에 타고 있는 세바 풀이 기겁을 하며 입을 딱 벌리자, 가브리엘은 빙그레 웃으며 손을 흔들어 주었다.

"당신은 행운아예요, 팔리 씨! 아직 죽지 않았으니까요. 난 도로가 그렇게 좁은 줄은 몰랐어요!"

"당신이 운전을 잘한 거요. 세바도 저렇게 멀쩡하고, 우리도 아직 이렇게 멀쩡하지 않소."

로베타는 약간 긴장을 풀고는 물었다.

"그분이 누구에요?"

"세바 풀 말이오? 미건티쿡 호수에서 양어장을 하는 친구죠. 워낙 입방아 찧기를 좋아하는 친구라, 이제 곧 당신이 내 트럭을 몰았다는 소문이 온 마을에 쫙 퍼질 거요."

로베타는 그의 얼굴을 힐끔 돌아보고는 유감이란 듯이 말했다.

"안됐군요."

가브리엘은 모호한 미소를 지었다.

돌아오는 동안 두 사람은 더 이상 말이 없었다. 그러나 서로에 대한 감정이 조금씩 변해 가고 있음을 서로 느끼고 있었다. 로베타는 그가 생각했던 것보다 진득하고 성실하다는 느낌을 받았고, 가브리엘은 그녀가 가끔 비명은 지르지만 상당히 대담하고 영리하다는 생각을 하게 되었다.

집 앞에 차를 세웠을 때, 가브리엘은 그녀에게 시동을 끄는 방법과 점화 레버와 스로틀을 올려놔야 한다는 것을 설명해 주었다.

"그래야만 다음에 내가 시동을 걸 때 팔을 부러뜨리지 않게 되죠."

시동이 꺼지자 로베타는 안도의 한숨을 길게 내쉬며 온몸이 축 늘어졌다. 그러나 그녀는 곧 어깨를 꼿꼿하게 세우며 가브리엘에게 물었다.

"배운 것을 잘 기억하고 있는지 한번 복습해 볼까요?"

"좋죠."

"점화 장치는 정지 위치에……."

그녀는 지금까지 배운 것들을 한 가지도 빼먹지 않고 모조리 설명해 보였다.

"어때요?"

그녀는 가브리엘의 눈을 바라보며 물었다.

"완벽해요."

그는 진심으로 감탄하며 칭찬했다.

"엘프레드는 여자가 자동차를 가질 수 없는 이유에 대해서 아주 장황하게 늘어놓았어요. 자동차는 어딘가 늘 부러지고, 타이어를 정기적으로 갈아야만 하고, 어딘가는 늘 조정을 해 줘야만 한다고 했어요."

"카뷰레터가 그렇죠."

"맞아요. 카뷰레터라고 했어요."

"늘 손을 봐야 되긴 하지만 그렇게 어렵진 않소. 내가 가르쳐 드리죠."

"가솔린을 넣는 것도 쉽지 않다고 하던데요."

"당신이 해내지 못할 정도는 아니오."

"어디로 넣죠?"

"가스 탱크는 좌석 밑에 있소. 여기, 보여 드리지."

그는 트럭 안으로 상체를 굽혀 좌석을 밀어낸 뒤 바닥에 있는 가솔린 탱크의 입구를 보여 주었다.

"여기에다 가솔린을 넣는 거요."

로베타는 탱크 입구를 들여다보았다. 그 옆에는 나무 막대기가 하나 매달려 있었다.

"이건 뭐죠?"

"가솔린이 얼마나 남았는지를 체크하기 위한 측량자요."

그녀는 막대기에 새겨진 눈금을 살펴보았다.

"갤런 단위인가요?"

"그렇소."

"흠, 간단하군요."

그녀가 물러서자 가브리엘은 다시 좌석을 제자리에 놓았다.

"자, 정직하게 말해 줘요, 팔리 씨. 내가 자동차를 사려고 하는 것은 과연 미친 생각인가요?"

"당신은 운전할 능력이 있소. 오늘 그것을 분명히 증명해 보인 셈이오."

"그리고 내 자동차가 고장 났을 때는 그것을 수리해 줄 정비소가 시내 어딘가엔 분명히 있겠죠?"

"글쎄, 그건 시내에서 고장이 났을 경우만 해당되겠죠. 엘프레드가 걱정하는 것은 그런 손길이 미치지 않는 곳에서 고장 날 경우일 겁니다. 자동차를 왜 사려고 하는지 그 이유를 물어봐도 되겠소, 주에트 부인?"

"간호사 직업상 꼭 필요해요."

"출장을 다녀야 한다는 말씀입니까?"

"네, 시골을 왔다 갔다 해야 하니까요."

"혼자서요?"

가브리엘은 놀란 표정을 지었다.

"그렇죠."

"그런 경우라면……."

로베타는 당혹스러워하는 그의 표정을 읽었다.

"그런 경우엔 곤란하단 말이죠?"

"내 가족이라면 절대로 못하게 할 겁니다. 여자 혼자서 이런 걸 몰고 산길을 다닌다는 건 아무래도 너무 위험할 것 같으니까요."

"아, 네에, 그러시군요, 팔리 씨. 하지만 내게는 다행스럽게도 그렇게 막을 남자가 없군요."

"제 의견을 물으셨기 때문에 대답한 것뿐입니다."

"고마워요, 팔리 씨. 이젠 하던 일을 계속 해야겠어요."

로베타는 그렇게 말하고는 집 안으로 들어가 버렸다.

가브리엘은 물푸레나무 그늘 아래 혼자 남아 한동안 멍하니 생각에 잠겼다. 대답을 듣고 싶지 않다면 질문은 도대체 왜 했단 말인가? 정말 알다가도 모를 묘한 여자였다.

그는 다시 사다리 위로 올라가 작업을 계속했다. 이따금 열린 현관문을 통해 쓰레기들이 마당으로 내던져지는 것을 그는 보았다. 구정물도 쏟아져 나왔다. 그러더니 갑자기 피아노 소리가 들려오기 시작했다. 그는 작업을 중지하고 귀를 기울였다.

'정말 희한한 여자로군! 한바탕 난리를 부린 뒤 피아노 연주라니……'

얼마 뒤 그는 커피 냄새를 맡았다. 그렇지만 커피를 마시러 내려오라는 말은 끝내 들려오지 않았다. 정오가 가까워 올 무렵 그는 그녀의 어머니가 걸어오는 것을 보았다.

"팔리 씨, 당신이에요?"

노부인은 사다리 위를 쳐다보며 고함을 질렀다.

"안녕하세요, 핼버턴 부인?"

그녀는 뚱뚱한 몸을 끌고 먼 길을 걸어와서 그런지 좀 피곤한 기색이었다. 머리에는 원통 모양의 모자를 쓰고, 손에는 검은 핸드백을 들고 있었다.

"이 폐가를 수리하겠다고 로베타가 당신을 고용한 모양이군요. 하지만 이건 그럴 가치가 없어."

가브리엘은 마이라 핼버턴이 언제 어디서 누굴 만나든 반가운 표정보다는 불평부터 늘어놓는다는 것을 익히 알고 있었다. 그래서 그녀의 말에 어긋나게 대꾸하는 것이 재미있었다.

"오, 그렇지 않아요. 내가 싹 고쳐 놓으면 아마 깜짝 놀라실 걸요?"

그녀는 콧방귀를 뀌었다.

"저 아이는 평생 내 말이라면 들은 적이 없었어. 이런 쓰레기에 돈을 투자하다니, 미쳐도 보통 미친 게 아니지! 엘프레드는 무슨 생각으로 저 아이를 이 쓰레기통에다 쑤셔 박았는지 모르겠어. 늙은 내가 이 언덕배기까지 올라오느라고 다리가 빠질 지경인데도, 그들은 아랑곳하지 않겠지?"

핼버턴 부인은 현관 계단을 올라가며 계속 투덜거렸다.

"여기가 어디 사람 살 곳이야?"

"벽 쪽으로 바짝 붙으세요, 핼버턴 부인."

그녀의 비대한 몸집 때문에 썩은 포치의 널빤지가 꺼지지나 않을까 염려되어 가브리엘이 주의를 주었다. 그녀는 불평을 늘어놓으며 현관문을 향해 소리쳤다.

"로베타! 그 안에 있니?"

가브리엘은 로베타가 대답하는 소리를 들었다.

"엄마? 엄마예요?"

곧 로베타가 현관문으로 나왔다. 갑자기 그녀의 목소리가 흐려졌다.

"괜찮으세요, 엄마? 들어오세요."

"괜찮지 않으면? 몇 년 만에 고향에 돌아온 딸이 제 어미는 찾을 생각도 않고 있지만, 보시다시피 이렇게 멀쩡해서 미안하다. 난 너희들이 어젯밤에 잠자러라도 올 줄 알았지."

"그레이스 언니 집으로 오실 줄 알았죠 뭐."

"거기 가면 소피가 너무 기름진 음식만 주기 때문에 소화시키기 힘들어서 안 가."

모녀는 거실로 들어갔다.

"오, 하나님, 맙소사! 이런 썩은 집을 사다니, 너 정말 정신 나갔구나?"

"돈이 너무 없어서요."

"세바스찬 영감의 오물통 냄새가 온 집 안에 가득 배었구나. 그 영감태기는 미쳐도 더럽게 미쳤었지. 이런 환경에서 내 손녀들을 키워야 하다니! 방은 모두 몇 개나 되냐?"

"두 개예요."

"방 두 개로 셋이나 되는 아이들을 어떻게 하려고?"

"그래도 괜찮아요. 그 대신 외할머님 곁에서 살게 됐잖아요."

"그건 그렇지. 그래서 내가 어제 하루 종일 기다렸던 거고."

"어젠 너무 바빴어요. 도착해서 아침 지어 먹고, 트럭의 짐을 안으로 들여놓고, 짐 정리하고, 침대 놓고 하다가 보니 자정이 되어 버렸거든요."

핼버턴 부인은 쓰레기통 같은 집 안을 돌아보고는 슬픈 표정을 지었다.

"넌 이렇게 살지 않아도 되었어, 로베타. 그래, 이혼한 결과가 고작 이거냐? 멋진 집과 남편을 다 팽개치고 얻은 것이 겨우 이 쓰레기통이냔 말이다."

"내가 멋진 집을 가지고 있었는지 어떻게 아세요, 엄마? 한 번도 와보신 적이 없었잖아요."

"오냐, 그래. 이제 이 어미를 원망하는구나. 그렇지만 철도 들기 전에 가출을 해버린 건 너였어. 부모 형제 따위는 다 필요 없다는 듯이 말이다."

"가출할 수밖에 없었기 때문에 가출한 거예요. 대학을 가야 했으니까요. 조지와 이혼한 것도 그럴 수밖에 없었기 때문이고요. 하지만 이젠 다 지난 일이에요. 난 이제 나 좋을 대로 살 거라고요."

"그렇지만 로베타, 마을에는 네가 남편을 버렸다고 소문이 나 있어."

"사실이에요, 엄마. 그가 정부(情婦)들과 마구 놀아났기 때문이죠."

"그만둬, 제발!"

핼버턴 부인은 두 눈을 질끈 감으며 고함을 버럭 질렀다.

"제발 좀 상스럽게 굴지 마라."

"조지는 계속해서 정부들을 바꿔 가며 놀아났어요. 그가 돼먹지도 않은 백수건달이란 것을 여자들이 눈치 채고 하나하나 떨어져 나갈 때까지 말이에요. 계집들한테 차이면 그제야 내 곁으로 기어들죠. 내게 기생하며 다음 기회를 노리는 거예요. 마침내 나도 더 이상 참을 수가 없게 되었어요. 마지막으로 그가 날 찾아왔을 때, 난 문을 걸어 잠그고 세 딸과 함께 이혼 문제에 대해서 의논했어요. 내 딸들은 이혼에 찬성했고, 나는 나와 내 딸들을 위한 더 나은 삶을 위해서 이혼하기로 결심했던 거예요."

"그렇지만 이혼은 성립되지 않았어, 로베타. 넌 모르고 있는 모양이지만, 마을 사람들은 그걸 쑤군대고 있다고."

"나도 알아요. 이곳에 도착했을 때부터 사람들이 내 등 뒤에서 쑤군거리고 있다는 걸 알았죠."

"그렇다면 넌 그런 소리를 듣고도 아무렇지 않다는 얘기로구나. 그게 그처럼 나발을 불어댈 일이더냐?"

"난 나발을 불어대지 않았어요. 제가 보기엔 엄마와 형부와 언니가 나발을 불어댄 것 같더군요. 그렇지가 않다면 내가 여기에 도착하기도 전에 마을 사람들이 그 사실을 어떻게 알았겠어요?"

"마을 사람 누구 말이니?"

"팔리 씨요. 배에서 내리자마자 만났는데 벌써 알고 있었어요. 분명히 내가 얘기하진 않았다고요."

"그런 건 얼굴빛만 봐도 아는 거야. 온 마을 사람들이 쑥덕거릴 테니, 이 어미는 어떻게 얼굴을 들고 다녀야 할지 모르겠다."

"뭐가 어때서요? 그들에게 떳떳하게 말해요. 내 딸은 간호사 노릇을 하면서 세 아이를 잘 키우고 있다고 말이에요."

"여자 혼자서 산골로 출장을 다니며 말이지? 그 얘길 들으면 내 친구들이 무척 감동할 거다. 말이 나왔으니 말인데, 뭘 타고 다닐 작정이니?"

"자동차를 한 대 사려고 해요."

"뭐, 자동차? 운전은 누가 하고?"

"제가 해야죠."

"오, 맙소사! 네가 아주 정신이 나갔구나. 내 말 잘 들어라, 로베타. 그런 짓을 하고 돌아다니다가는 아무도 너와는 친구가 되지 않으려고 할 게다. 왜 다른 여자들처럼 얌전히 공장에 들어가지 못하니? 아이들도 거기에 넣으면 많은 도움을 받을 수 있을 텐데 말이다."

"또 공장 얘기예요? 엄마, 우린 18년 전 내가 이곳을 떠날 때도 공장에 들어가는 문제로 다퉜다고요!"

"그래, 넌 너무 잘난 아이라 공장에서 썩긴 아깝다는 얘기겠지?"

"잘나고 못나고의 문제가 아니라, 이건 내 삶의 문제라고요. 난 내 인생을 그런 폐쇄된 방안에서 하루 10시간씩 천을 자르며 보내고 싶진 않다고요. 내 딸들한테도 그런 삶을 강요하긴 싫고요! 그 아이들은 창의력이 있고 생기발랄해요. 그런 아이들을 학교에 보내지 않고 공장에 넣는다는 것은 그들의 창의력과 순수한 마음을 짓밟는 행위라고요. 그렇게 생각되지 않으세요?"

"글쎄다. 넌 어미 말이라면 무조건 반발부터 하는 아이니까. 그래서 잘된 거라고는 하나도 없으면서 말이다. 지금 네 꼴을 좀 보렴. 딸만 셋 딸린 이혼녀에다 가진 것이라곤 이 썩은 집 하나밖에 더 있니?"

"엄마, 엄마는 어째서 평생 동안 단 한 번도 나를 자랑스럽게 생각할 때가 없죠? 아주 작은 일로라도 말이에요."

"그런 소릴랑은……."

"그레이스가 하는 일은 뭐든지 칭찬하면서, 내가 하는 일들은 단한 가지도 마음에 안 들어 하셨어요."

"그레이스는 규칙을 잘 따르니까 그렇지."

"누구의 규칙이죠? 엄마의 규칙인가요?"

"엄마는 너한테 모욕을 당하려고 여기 오지 않았어, 로베타."

"저도 그래요. 18년 만에 제가 이곳을 찾아올 땐 그래도 가족들과잘 지낼 수 있으리라는 기대감을 품고 있었어요. 그렇지만 제 생각이틀린 모양이군요. 엄마라는 분이 이혼한 자기 딸을 비난하기나 하고, 손녀들을 공장에 못 넣어서 안달을 하고 계시잖아요? 미안하지만 엄마, 난 그럴 생각 눈곱만치도 없어요! 싫다고요!"

핼버턴 부인은 손으로 이마를 눌렀다.

"너 때문에 두통이 다 일어나는구나, 로베타."

"진통제가 든 약상자가 어느 구석에 박혀 있는지 찾을 수가 없어요."

"진통제 따위는 필요 없다. 집에 돌아가서 누워야겠어."

"그러세요, 엄마. 아이들한테는 외할머니가 다녀가셨다고 전할게요."

로베타는 어머니에게 안녕히 가시라는 인사말도 하지 않았다. 18년 만에 만난 모녀가 포옹도 키스도 다정한 말 한마디도 없이 헤어지는 순간이었다. 18년 전에 그랬던 것처럼 서로 상대방에게 비난과불평만 실컷 늘어놓고 돌아선 셈이었다.

아빠의 딸

핼버턴 부인이 현관문을 열고 밖으로 나왔을 때, 가브리엘은 물푸레나무 아래 쪼그리고 앉아 막 치즈 샌드위치를 꺼내 든 참이었다.

"저 아이는 단 한 번도 어미 말을 고분고분 듣는 법이 없어! 내 이럴 줄 알고 안 오려다가 그래도 하고 왔지. 늙은 어미가 여기까지 힘들게 왔는데, 저 말하는 것 좀 보라지!"

가브리엘은 샌드위치를 손에 든 채 벌떡 일어났다.

"제가 트럭으로 모셔다 드릴까요, 핼버턴 부인?"

"고마워요, 팔리 씨. 요즈음 젊은 사람들이 팔리 씨만큼만 나이 든 사람을 공경할 줄 알면 이 세상이 밝아질 텐데 말이야."

마이라 핼버턴은 자기가 앞장서서 트럭이 있는 곳으로 걸어갔다. 가브리엘은 얼른 앞으로 달려가서 노부인의 팔을 붙잡아 운전석 옆자리에 앉혔다. 그가 시동을 걸고 있을 때, 로베타가 거실 창문으로 다가와 그들을 내다보았다.

가브리엘은 18년 만에 만났다는 모녀가 마치 끈으로 묶어 놓은 쌈닭처럼 요란하게 다투는 소리를 처음부터 끝까지 다 들었다. 그는 자신의 어머니를 생각했다. 언제나 상냥하고 사랑이 넘치는 분이다. 그는 모처럼 고향으로 찾아온 딸을 따뜻하게 맞아 주지는 못할망정 비난이나 퍼붓는 어머니를 둔 로베타가 불쌍하다는 생각이 들었다.

핼버턴 부인은 쉴 새 없이 불평을 토해 놓았다.

"이혼을 한 주제에 뻔뻔하게 고향엘 찾아들어? 게다가 자동차를 사겠다고? 아이들을 집에 남겨 두고 그 자동차로 온갖 산길을 빨빨거리고 다니겠다는 거지. 딸들이 이혼하라고 해서 했대, 글쎄! 내가 입이 닳도록 얘기해 봐야 아무 소용이 없어. 언제든지 자기가 옳다지, 언제든! 내가 제 언니만 두둔한다고 늘 불평이지만, 그레이스는 지금까지 내 속을 썩인 적이 단 한 번도 없었다고요. 팔리 씨. 그렇지만 로베타는 무슨 말이든 꺼내는 그 순간부터 내 속을 뒤집고 들어와요. 그레이스는 멋진 남자와 만나 결혼해서 아이 낳고 행복하게 잘 살잖아요. 그런데 저 아이는 간호산가 뭔가를 한답시고 집 안에 엉덩이를 붙이고 있질 못하니, 그래 어떤 남편이 좋아하겠어요?"

그런 식의 불평은 그녀의 집에 닿을 때까지 잠시도 그치지 않고 계속되었다. 나중에는 가브리엘도 그만 지겨워져 트럭에서 내리고 싶은 기분이 들 정도였다.

＊

어머니가 떠난 뒤 로베타의 마음은 무겁고 우울했다. 어쩌면 그렇게 18년 전과 조금도 다르지 않을까? 어머니는 전혀 변하지 않았다. 로베타가 캠든을 떠나야만 했던 이유 중의 하나는 바로 어머니로부터의 탈출이었다. 어머니의 성격과 간섭을 더 이상 견딜 수 없었던 것이다.

어머니는 언제나 그레이스 타령이었다.

'그레이스를 좀 보렴. 넌 왜 언니를 닮지 못하니? 그레이스라면 그렇게 하진 않았을 게다.'

그레이스는 언제나 엄마가 좋아하는 노래만 불렀고, 엄마가 좋아하는 곡만 피아노로 연주했으며, 엄마가 하라는 대로 머리를 빗었다. 그레이스는 또 엄마가 시키는 대로 걸음을 걸었고, 엄마가 가르치는 대로 말하고 행동했다. 한마디로 말해서 그레이스는 엄마의 마음에 꼭 드는 딸이었던 것이다.

캠든에서 살던 그레이스는 엘프레드를 만나 결혼을 했고, 물려받은 유산을 그에게 주어 사업을 시작하도록 했다. 그러나 아이들이 태어나고 사업도 번창하기 시작하자, 엘프레드는 슬슬 바람을 피우기 시작했다. 그래도 핼버턴 부인의 눈에는 그런 사위가 밉지 않았다. 어쨌거나 엘프레드는 돈을 잘 벌고 있을 뿐만 아니라, 처자를 잘 부양하고 있기 때문이었다.

로베타가 부엌 창문에 걸려 있는 썩은 커튼을 잡아 뜯고 있을 때, 언제 들어왔는지 엘프레드가 그녀의 허리를 뒤에서 안으며 갈라진 목소리로 속삭였다.

"오오, 이 멋진 엉덩이, 정말 못 참겠어!"

로베타는 날카로운 비명을 질렀다.

"엘프레드! 놓지 못해요!"

엘프레드의 손이 배 아래로 내려갔다.

"놓지 않으면 어떡할 거야?"

"엘프레드, 이 망할 자식!"

로베타는 발버둥을 치며 저항했다. 그러나 등 뒤에서 허리를 꽉 끌어안은 남자의 힘을 당해 낼 수는 없었다.

"말해 봐. 안 놓으면 어쩔 거냐고?"

"엘프레드 스피어, 분명히 경고하겠어! 당신의 이런 행동을 난 그레이스에게 다 얘기할 거라고!"

엘프레드는 후후 웃었다.

"그러진 못할걸. 동생이 언니한테 그런 말을 할 순 없을 테니까."

"난 할 거라고! 그러니까 이 손 놔. 그만둬, 엘프레드!"

그의 왼손이 로베타의 허벅지 사이를 쓰다듬고 있었다.

"우우, 버디, 아주 잘 간수하고 있군. 남자와 잠자리에 든 지 얼마나 오래됐지? 내가 오늘 시원하게 풀어 줄게."

"손 치워, 엘프레드!"

로베타는 미친 듯이 뒷발질을 해댔다. 정강이를 걷어 차인 엘프레드는 나지막한 신음 소리를 냈지만 그녀의 허리를 안은 채 팔을 풀지 않았다.

"내 말 들어 봐, 버디. 네가 지금 내뿜는 이 격정은 그레이스가 지난 19년 동안 발산했던 것보다 더 뜨겁고 격렬해. 난 그런 말뚝 같은 네 언니와 20년 가까운 세월을 살아온 정말 불쌍한 남자라고! 그러니까 나도 약간의 위로를 받을 자격이 있는 것 아냐? 자, 딱 한 번만 내 소원을 들어 줘! 나랑 한 번쯤 즐긴다고 해서 너도 손해 볼 건 없잖아?"

"엘프레드, 당신은 신이 이 지상에 내려 보낸 가장 추악한 괴물이야. 이 손 놓으라니까!"

엘프레드는 껄껄 웃으며 손으로 그녀의 허벅지를 어루만졌다.

그들 뒤에서 가브리엘 팔리가 조용히 말했다.

"엘프레드, 자넨가?"

엘프레드는 깜짝 놀라며 돌아보았다.

"오, 가브리엘, 깜짝 놀랐잖아!"

"그래?"

"자네가 온 줄 몰랐어."

엘프레드는 로베타의 허리를 감고 있던 팔을 슬그머니 풀었다. 가브리엘은 부엌문에 기대고 서서 태연을 가장했다. 그러나 속에서는 불길이 일고 있었다.

"여긴 무슨 일로 왔나, 엘프레드?"

"일이 어떻게 진척되고 있는지 보려고 왔지. 수리 비용은 내가 전액 지불하겠다는 얘기도 버디에게 해줄 겸."

"일은 아주 잘되어 가고 있어. 아침에 포치의 썩은 처마는 다 뜯어냈고, 내일부터는 새로 이을 수 있을 거야."

가브리엘은 부엌 안으로 걸어 들어갔다.

"그렇군."

엘프레드가 심드렁하게 대꾸했다.

"응, 처마부터 수리해야 사람들이 안심하고 현관을 드나들 수 있을 것 같아서. 주에트 부인, 그 커튼을 뜯어내실 거라면 제가 도와드릴까요?"

"아뇨, 괜찮아요."

로베타는 새빨개진 얼굴로 대답했다.

"자네한테 보여 줄 게 있네, 엘프레드. 밖으로 나갈까?"

가브리엘이 현관으로 나가자 엘프레드가 뒤따라왔다. 실은 보여줄 것이 있어서가 아니라, 어색한 분위기를 바꾸기 위해서였다. 그는 마당으로 나와 벽에 칠할 페인트 색깔에 대해서 얘기했다.

"로베타와 재미를 좀 보려고 했는데, 자네가 방해를 했어."

엘프레드가 투덜거리는 조로 말했다.

"저 여잔 자네 처제야. 자네 아내의 동생이란 말일세. 그런 짓을 하는 건 보기에 안 좋아."

"그냥 장난을 좀 쳤을 뿐이야."

"엘프레드, 저 여잔 지금 장난칠 기분이 아닐세."

엘프레드의 한쪽 눈썹이 위로 치켜졌다.

"왜 그러나? 자네 어제와는 다른 말튼데 그래?"

"그게 아니라 조금 전에 자네 장모가 여길 다녀가셨네. 자네 처제랑 심하게 다투었어."

"무슨 일로? 왜 다퉜단 말인가?"

"그걸 내가 어찌 알겠나? 좌우지간 노부인이 화가 많이 나셔서 내가 지금 트럭으로 모셔다 드리고 오는 길일세."

"젠장. 자넨 이제 로베타에 대한 흥미가 사라졌겠군?"

"원, 사람도. 머리를 좀 쓰게. 그런 식으론 여자를 다룰 수 없어. 여자가 지르는 고함 소리가 도로 건너편까지 들렸네. 만약 내가 아니고 그레이스가 그 꼴을 봤다면 어찌할 뻔했나?"

"자네도 로베타를 차지하고 싶은 욕심은 있는 거지?"

엘프레드는 은밀한 미소를 지어 보이며 물었다.

"그래서 얼씨구나 하고 이 일을 맡은 거고? 날마다 이 집으로 올 수가 있으니, 여자를 꼬실 기회가 많을 거라는 계산을 했겠지. 안 그래, 가브리엘?"

가브리엘은 두 손을 쳐들었다 내려놓으며 한숨지었다.

"웬 한숨? 그렇게도 절망스러운가?"

"바늘도 안 들어가. 찬바람이 이는 여잘세."

"내 경험으로 보면 그런 여자일수록 무너질 땐 더 허무하게 무너지는 법이지. 너무 절망하지 말게, 가브리엘. 상대는 이혼녀야. 그것도 몇 년 동안 남자에 굶주린 여자란 말이야. 먼저 주워 먹는 사람이 임자지. 어물어물하다가 나한테 선수 빼앗기지 말고 잘해 보라고."

"먼저 주워 먹고 싶다면 그렇게 하게나. 난 더 이상 말리지 않을 테니. 난 이제 일이나 하겠네."

가브리엘은 돌아서서 연장 벨트를 집어 들고 포치로 올라갔다. 그러자 엘프레드도 그 뒤를 따라 올라오며 말했다.

"좋아, 가브리엘. 내 분명히 말해 두지. 로베타는 어디까지나 내 처제야. 난 그녀를 보호해 줄 의무가 있는 사람이지. 그래서 나는 앞으로 자네의 태도를 유의해서 지켜보겠네. 무슨 뜻인지 알겠나?"

'나쁜 자식!'

거리 모퉁이로 사라지는 엘프레드의 차를 바라보며 가브리엘은 속으로 욕했다.

'저 자식은 친구도 아냐. 사람도 아니고.'

지금까지는 사업 문제로 꾹 참아 왔지만, 앞으로는 도저히 그대로 봐주기가 어려울 것 같은 생각이 들었다.

로베타는 뻣뻣한 솔로 더러운 부엌 바닥을 박박 문지르고 있었다. 세바스찬 노인이 얼마나 오랫동안 바닥 청소를 안 했는지, 시커먼 구정물이 끝없이 나왔다. 로베타는 그 더러운 부엌 바닥을 엘프레드의 뻔뻔한 낯짝이라고 생각하고 사정없이 문질러댔다.

하루 종일 각자의 일에 열심히 매달리면서도, 로베타와 가브리엘의 마음속에는 엘프레드와의 일이 잠시도 지워지질 않았다. 그것은 로베타를 부끄럽게 만들었고, 가브리엘을 분노케 했다.

3시 반쯤 되어 로베타는 손등으로 이마의 땀을 닦으며 주위를 돌아보았다. 아무 소리도 들리지 않았다. 허리에 두르고 있는 수건이 형편없이 더러워져 있었다. 그녀는 수건을 벗고 치마에 묻은 먼지를 털어냈다. 옷이 너무 지저분했지만 피곤해서 신경 쓸 겨를이 없었다.

정말 끔찍한 하루라고 로베타는 생각했다. 원래 집안일을 싫어하던 그녀였다. 그녀는 엘프레드도 싫었다. 그리고 18년 만에 만난 어머니도 싫었다. 가브리엘 팔리도 별로 좋게 생각되지 않았다. 무엇보다도 형부에게 당하고 있는 꼴을 그에게 보인 것이 여간 창피하지 않았다.

'그런데 그는 밖에서 무얼 하고 있는 걸까?'

로베타는 아치형 부엌문을 나와 거실을 지나 현관 쪽을 내다보았다. 포치 바닥의 널빤지들은 말끔히 걷혀 있었고, 현관문은 바닥에서 4피트 정도의 공중에 매달려 있었다. 그것만으로도 현관과 거실이 한결 훤해진 느낌이었다.

가브리엘은 지저분한 쓰레기들이 흩어져 있는 마당에서 돌아선 자세로 음료수를 마시고 있었다. 목이 몹시 말랐던지 고개를 뒤로 젖히고 물병을 입에 댄 채 한동안 벌컥벌컥 마시고 나더니, 마당에 흩어진 썩은 널빤지 조각들을 자기 팔 위에 쌓기 시작했다. 그러다가 문득 현관에 서 있는 그녀를 돌아보았다.

그는 마치 숲속에서 곰을 만난 사람처럼 깜짝 놀란 표정을 지었다. 로베타도 깜짝 놀랐다. 잠시 두 사람은 불쾌한 표정으로 상대방을 바라보았다. 마침내 로베타가 먼저 입을 열었다.

"당신은 내가 먼저 그에게 꼬리를 쳤다고 생각하시겠죠."

"그렇지 않소."

가브리엘은 안고 있던 널빤지 조각들을 한쪽으로 쌓기 시작했다.

"하지만 이혼녀들은 으레 그런 법 아니에요?"

"엘프레드는 여자들 꽁무니만 쫓아다니는 걸로 이 마을에서는 이미 유명한 사내요. 그의 아내만 빼놓고는 모두 다 알고 있는 사실이죠."

"파렴치한 인간이에요."

"그럴지도 모르죠. 하지만 남자가 그렇게 밖으로만 나돌 때는 항상 안에서도 무슨 문제가 있다는 뜻이오."

"오, 사내들은 항상 저런 식이지!"

로베타는 불쾌감을 드러냈다.

"바람은 남자들이 피우고 그 책임은 늘 죄 없는 아내들한테 돌리죠. 엘프레드가 그런 파렴치한 짓을 하는 게 우리 언니한테 무슨 문제가 있기 때문이라는 얘긴가요? 집어치워요!"

"당신 언니를 비난하려는 건 아니오. 단지 일반적인 얘기를 했을 뿐이지."

"그런 일반적인 얘기는 다른 데나 가서 하세요. 난 듣고 싶지 않으니까. 그는 그래도 세 딸을 가진 집안의 가장이에요. 자기 아버지가 아무 여자들하고나 마구 잠자리에 든다는 얘기를 그 딸들이 들으면 기분이 어떻겠어요?"

"미안하게 됐소. 하지만 당신은 그의 딸은 아니잖소?"

"형부예요. 그리고 언니고요. 당신이 설명해 주지 않아도 그가 어떤 인간이란 것쯤은 나도 알아요. 내 남편이었던 작자가 그와 똑같은 인간이었으니까요!"

로베타는 홱 돌아서서 집 안으로 들어가 버렸다.

가브리엘은 텅 빈 현관 입구를 멍하니 바라보았다. 마을에 사는 다른 사내들과 마찬가지로, 가브리엘도 엘프레드의 난봉기에 대해서는 그저 재밋거리로만 생각하고 있었다. 남편이 그런 짓을 하고 다니는 줄도 모르는 그레이스를 마을 사람들은 '뚱뚱하고 멍청한 여자'라고 비웃었다.

그렇지만 엘프레드가 로베타에게도 그런 추악한 짓을 하려는 것을 목격하자, 가브리엘은 더 이상 그걸 재밋거리로만 생각할 수 없다는 것을 깨달았다. 다른 여자라면 몰라도, 로베타 주에트에게는 그런 짓을 하도록 내버려둬서는 안 된다는 생각이 들었던 것이다.

　썩은 널빤지들을 불태우기 위해 한쪽으로 쌓으며, 가브리엘은 로베타의 남편이었다는 사내는 과연 어떤 인간이었을까, 하고 생각해 보았다. 얼마나 많은 여자들과 관계를 맺었을까? 로베타의 딸들은 그런 아버지 때문에 얼마나 많은 고통을 받았을까?

　그런 저런 생각에 깊이 빠져 있었던 그는 아이들이 학교에서 돌아오는 소리를 듣지 못했다. 전날 함께 얘기를 나누었던 리디아의 목소리에 그는 깜짝 놀라 돌아보았다.

　"안녕하세요, 팔리 씨? 여기 누가 왔나 좀 보세요!"

　"안녕, 아빠?"

　"아니, 이소벨! 네가 여긴 웬일이냐?"

　"하교 길에 수잔과 얘기하다가 아빠가 여기 계신 걸 알게 됐어요."

　포치를 돌아본 베키가 놀라 소리쳤다.

　"아니, 포치가 없어졌잖아!"

　"지금 몽땅 태워 버리려고 저쪽에다 쌓는 중이다."

　가브리엘이 널빤지 더미를 가리키며 웃었다.

　"오, 우리가 도와 드릴까요?"

　"네, 그래요. 우리가 도와 드려도 되죠?"

　수잔이 이소벨의 손을 잡으며 말했다.

　"이리 와. 우리 방을 보여 줄게. 창문에서 저 산이 훤히 바라다보여. 엄마! 학교 다녀왔어요!"

　네 명의 소녀들이 널빤지 조각들을 밟으며 현관 쪽으로 몰려가자,

로베타가 거실로 나와 그들을 내려다보았다.

"학교 생활은 어땠니? 그리고 이 아이는 누구고?"

"이소벨이에요!"

세 딸이 동시에 대답했다.

가브리엘이 튼튼한 널빤지를 하나 들고 마당을 건너오며 소리쳤다.

"애들아, 잠깐만 기다려!"

그는 현관 계단과 문지방 사이에 널빤지를 놓아 주었다. 소녀들은 널빤지를 딛고 현관으로 올라갔다.

"얘가 이소벨 팔리라고?"

로베타가 의아한 표정을 지었다.

"네, 저분이 제 아빠예요."

이소벨이 대답했다.

로베타는 마당에 서 있는 가브리엘의 얼굴을 돌아보았다. 가브리엘의 눈길이 그녀의 눈길과 잠시 마주쳤다. 로베타는 얼른 시선을 거두어 이소벨을 바라보며 말했다.

"아, 그래, 네가 이소벨이구나."

리디아가 끼어들었다.

"팔리 씨는 널빤지 조각들을 태우실 거래요. 우리가 도와 드려도 되죠, 엄마?"

"그래요, 엄마! 그래도 되죠?"

"배고파요! 케이크 같은 것 좀 없어요?"

"아이, 어쩌지? 그런 걸 만들 시간이 없었어."

로베타는 미안한 표정을 지으며 가브리엘을 힐끔 돌아보았다.

"배고파 죽겠어요!"

"크래커가 좀 있을 거야."

아이들은 재잘거리며 위층으로 우르르 몰려갔다. 그들은 곧 크래커를 손에 들고 현관 계단을 내려가서 가브리엘이 피워 놓은 모닥불 주위로 몰려들었다. 가브리엘이 활활 타오르는 불길 위로 널빤지 조각들을 쌓아올리고 있었다.

모닥불을 보자 베키의 입에서는 즉흥적으로 시가 흘러나왔다.

"기체가미의 해변에서, 그 눈부신 대양 앞에서……."

"그게 뭐지?"

이소벨이 물었다.

"하이어워서에 관한 시야. 하이어워서도 몰라?"

베키는 인디언 용사의 몸짓을 흉내내며 말했다.

"나는 인디언 용사인 하이어워서다! 이 숲속에서 우리를 당할 자는 없다!"

그녀는 주저없이 노래하며 인디언 춤을 추기 시작했다. 그러자 수잔과 리디아도 기다렸다는 듯이 함께 어울려 춤을 추었다. 이소벨만 혼자 눈을 동그랗게 뜨고 춤추는 그들을 바라보았다.

가브리엘은 서너 발자국 뒤에서 자기 딸의 표정을 살펴보고 있었다. 겉으로는 비록 호기심을 억누르며 참고 있지만, 이소벨도 친구들과 함께 노래하며 춤추고 싶어하는 표정이 역력했다. 그러나 그녀는 주에트 부인의 딸들처럼 자유롭게 자라나지 못했기 때문에 선뜻 나서지를 못하고 있었다.

베키가 갑자기 노래를 그치고 말했다.

"맞았어! 지금이 썰물 때니까 바닷가재를 잡을 수 있겠다! 그걸 잡아서 모닥불에다 요리를 하는 거야! 엄마한테 물어보고 올게."

베키는 현관으로 달려가며 소리쳤다.

"엄마! 물이 빠져 나간 게 언제였죠?"

로베타가 현관문 앞에 나타나 말했다.

"1시간쯤 되었을걸."

"그렇담 서둘러야겠어요! 바닷가재를 잡아다가 모닥불에 요리하려고 하는데 괜찮죠, 엄마?"

"양동이는 침실에 있다. 거기 담긴 수건들을 쏟아 놓고 가져 가렴."

세 딸들은 널빤지를 딛고 현관으로 우르르 올라갔다. 잠시 후 그들은 양동이를 들고 나왔다.

"빨리 와, 이소벨!"

수잔이 소리쳤다.

"셔먼 만으로 우릴 좀 안내해 줘. 엄마가 바닷가재는 거기에 있을 거래!"

"가도 돼요, 아빠?"

이소벨은 가브리엘을 돌아보며 물었다.

"바닷가재를 잡으러 말이냐?"

바닷가재를 먹는 사람은 아무도 없었다. 썰물이 빠져 나간 뒤에 보면 그것들은 바위 위에 지천으로 달라붙어 있었다. 사람들은 그것들을 모아다가 거름 삼아 밭에다 파묻곤 했다.

"너 정말 바닷가재가 먹고 싶니?"

"그냥 따라가고 싶어서 그래요, 아빠."

가브리엘은 주에트 부인의 세 딸을 완전히 신뢰할 수는 없었지만, 이소벨의 표정이 워낙 간절해서 거절할 수가 없었다. 하기야 홀아비인 그와 집으로 돌아가서 심심하게 보내는 것보다는 모처럼 친구들과 재미있게 놀도록 해주는 것도 나쁠 건 없다는 생각이 들었다.

"그러렴. 하지만 먼저 옷을 갈아입어야만 해."

"그랬다간 너무 늦어요, 아빠!"

그들의 집은 셔먼 만과는 반대쪽에 있었고, 바닷가재는 등에 바람을 맞으면 바위 위에 오래 머물러 있지 않았다.

"좋아, 오늘은 그냥 가렴. 그렇지만 내일은 집에 돌아오는 즉시 평소대로 옷을 갈아입어야만 한다."

주에트의 세 딸들이 함께 합창하듯 소리쳤다.

"고마워요, 팔리 씨!"

이소벨은 좋아하며 그들 뒤를 따라갔다. 리디아는 양동이를 머리에 이고 앞장을 섰고, 그 뒤를 따라 아이들은 재잘거리며 도로 쪽으로 걸어갔다.

아이들이 가버리자 마당은 갑자기 조용해졌다. 모닥불 타는 소리만 타닥타닥 들렸다. 로베타는 현관에 서서 아이들이 사라진 쪽을 멍하니 보고 있었고, 가브리엘은 모닥불만 멀거니 바라보고 있었다. 두 사람은 자신들의 의사와는 전혀 상관없이 아이들이 친구가 되어버렸다는 사실을 깨달았다.

"들어가서 버터나 찾아 놔야겠군."

로베타는 그렇게 중얼거리며 거실로 사라졌다.

가브리엘은 마당 청소를 계속했다. 모닥불을 꺼뜨리지 않으려고 신경을 쓰면서 흩어진 못들을 하나하나 줍고, 아이들이 돌아왔을 때 사용할 널빤지 조각들을 모아 한쪽으로 쌓아 두었다.

얼마 후 로베타가 장바구니를 들고 계단을 내려왔다. 머리카락을 깨끗이 손질하고 새 옷으로 갈아입은 모습이었다. 그녀는 마당 청소를 하고 있는 가브리엘 쪽으로는 눈길 한번 주지 않고 곧바로 언덕 아래를 향해 걸음을 옮겨 놓았다.

"주에트 부인?"

그가 뒤에서 부르자 그녀는 돌아보았다.

"언덕 아래까지 태워다 드릴까요?"

"고맙지만 괜찮아요, 팔리 씨."

그녀는 쾌활하게 대꾸했다.

"당신과 함께 트럭을 타고 있는 걸 마을 사람들한테 자꾸 보이면 별로 좋지 않을 것 같아서요. 걷는 게 낫겠어요."

아이들이 내려간 길을 따라 걸어가는 로베타의 뒷모습을 바라보며 가브리엘은 가만히 한숨을 내쉬었다. 그녀가 고향에 돌아온 이후부터 그는 꼭 가슴의 한 부분을 도둑맞은 듯한 기분이었다. 그렇다고 이혼녀의 가슴에다 함부로 불을 지피려 덤벼들 수도 없는 노릇이었다.

그는 마당에 흩어진 널빤지 조각들과 못들을 깨끗이 쓸어 냈다. 연장들을 모조리 챙겨 트럭에 실어 놓고, 모닥불 곁에 쪼그리고 앉아 있자니 로베타가 돌아왔다. 식료품이 가득 담긴 자루를 두 개나 들고 있었다.

조금 지나자 바닷가재를 잡으러 갔던 아이들이 돌아왔다. 양동이에는 해초들이 달라붙어 있었고, 치마와 신발들은 더러워질 대로 더러워져 있었다. 이소벨의 머리카락은 해초처럼 헝클어져 있었다.

"이거 봐요, 굉장히 커요!"

다들 이구동성으로 소리치며 양동이 안을 손가락으로 가리켰다.

"오, 모닥불이 아주 알맞게 피었네!"

"엄마, 바닷가재를 삶을 솥은 어디에 있죠?"

"이것 좀 봐요, 아빠! 베키 언니가 막대기로 바닷가재 잡는 법을 가르쳐 주었어요. 집게발에 물리지 않고 잡는 법이요!"

로베타가 나오며 가브리엘에게 말했다.

"아직 여기에 계셨군요, 팔리 씨. 난 가신 줄 알았는데."

"이소벨을 데려가야죠."

"원하신다면 좀더 기다리다 우리와 함께 식사하셔도 괜찮아요."

'바닷가재를?'

가브리엘은 끔찍한 느낌이 들었다. 게다가 엘프레드와 나눈 얘기도 마음에 걸렸다.

"고맙지만 괜찮습니다. 이소벨이 왔으니 이제 집으로 돌아가야죠."

로베타는 가브리엘의 얼굴을 잠시 살펴보고는 말했다.

"바닷가재를 싫어하시는 모양이군요?"

＊

이소벨이 더 놀다 가겠다고 우기는 바람에 가브리엘은 혼자 집으로 돌아갈 수밖에 없었다. 당연히 저녁식사도 혼자 할 수밖에 없었다. 그는 텅 빈 집에서 혼자 정어리와 소다 크래커를 먹었다. 후식으로는 복숭아 통조림을 먹었고, 뜨거운 커피를 두 잔이나 마셨다. 어머니가 만들어 준 계피 과자도 세 개나 먹었다.

전깃불이 환한 부엌 내부는 하얗고 깨끗했다. 고양이 캐러멜이 어디선가 나타나서 그의 무릎 위에 올라왔다. 창밖으로 보이는 하늘이 차츰 보랏빛으로 변하고 있었다. 그는 주에트 집의 마당 모닥불 위에서 부글부글 끓고 있을 바닷가재를 생각하며 벽시계 쪽으로 시선을 자주 돌렸다.

그는 설거지를 하고 캐롤라인의 화분에다 물을 주었다. 부엌 바닥을 쓸어 내고 양탄자를 내다 털고 면도와 샤워까지 끝냈는데도 이소벨은 돌아오지 않았다. 바깥이 어둑어둑해져 오고 있었다. 은근히 걱정이 되었다. 아무래도 트럭을 몰고 이소벨을 데리러 가야겠다고 마음먹었을 때 아래층에서 소리가 들려왔다.

"아빠? 아빠 어디 계세요?"

"이소벨이냐?"

이소벨은 계단을 두 개씩 뛰어넘으며 그의 침실로 올라왔다.

"왜 이렇게 늦었냐?"

"오, 주에트 집안 사람들은 정말 재미있어요, 아빠!"

"넌 지금이 몇 시인지도 모르니?"

"아이, 아빠. 제가 어디에 있었는지 아시잖아요."

"그렇지만 이렇게까지 늦으리라곤 생각하지 않았어."

"아직 8시도 안 된걸요 뭐. 우린 모닥불 주위에 앉아 있었어요. 주에트 부인이 롱펠로우의 시를 가져와서 '하이어워서의 노래' 첫 구절을 읽어 주셨죠. 베키와 수잔은 그 시의 대부분을 외우고 있었어요! 그리고 인디언 말도 발음할 줄 알더라고요. 올빼미 한 마리가 날아와서 마당의 나뭇가지에 앉아 우리들의 얘기에 귀를 기울였어요. 주에트 부인이 올빼미를 부르자, 그것은 단박 돌아앉더니 고개를 돌리고는 다시 우리를 살펴보았어요! 그리고는 큰소리로 한 번 울고는, 날갯짓 소리도 없이 어디론가 날아가 버렸죠. 우리는 시의 다음 다섯 구절은 내일 암송하기로 했어요."

학교나 집에서 무슨 일이건 쉽사리 싫증을 내던 이소벨이 그처럼 감탄에 감탄을 거듭하자, 가브리엘은 실로 감탄할 뿐이었다.

"내일 또 가기로 했단 말이지?"

"네, 방과 후에요. 베키 언니는 의상을 만들어 입고 연기를 하고 싶어했지만, 난 싫다고 했어요. 난 연기는 못하거든요."

"어떻게 알아? 해본 적도 없으면서."

"그래도 알아요. 난 사람들이 나를 바라보는 걸 싫어하니까요. 그렇지만 암송만 하는 거라면 좋아요."

이소벨은 늘 사람들이 자기 귀를 빤히 바라본다고 생각하고 있었다. 아무리 그렇지 않다고 얘길 해줘도 아무 소용이 없었다.

"바닷가재는 먹었니?"

"징그러웠어요. 그렇지만 맛은 아주 좋았어요. 주에트 부인이 버터로 비빈 밥을 주셔서 그것과 함께 바닷가재를 먹었죠. 모닥불 주위에 앉아 손가락으로 집어먹었어요."

"옷이 아주 엉망이구나. 이젠 좀 씻지 그러니. 그 옷은 내일 할머니한테 세탁소로 보내라고 말씀드려야겠다."

1시간쯤 뒤 가브리엘은 딸의 방문을 두드렸다. 이소벨은 푸른색 잠옷으로 갈아입고 침대 위에 책상다리로 앉아 무언가를 쓰고 있었다. 그는 침대 모서리에 앉으며 딸에게 물었다.

"그게 뭐냐?"

"시예요."

"네가 시를 쓴다고?"

이소벨은 종이를 무릎 위에 엎어 놓고 어색한 표정을 지었다.

"난 네가 시를 좋아하지 않는 줄 알았는데."

"학교에서는 그랬어요."

"집에서는 다르니?"

"집에선 달라요. 집에서는 모든 것이 다르게 느껴지죠."

"이소벨."

그는 부드럽게 딸을 타일렀다.

"네가 오늘 주에트 집안의 딸들과 즐거운 시간을 보냈다는 건 아빠도 알아. 그렇지만 그 아이들은 너와는 많이 달라. 그 아이들의 어머니는 딸들을 상당히 풀어 놓고 기르는 편이더라만, 이 아빠는 널 그렇게 키우고 싶지는 않아. 넌 방과 후엔 옷을 갈아입어야만 하고, 어두워지기 전엔 집으로 돌아와야 해. 그리고 야만인인 인디언처럼 모닥불 주위에서 음식을 먹는 것도 안 돼."

"인디언들은 야만인이 아니에요, 아빠! 인디언 용사 하이어워서에 관한 책을 읽어 보셨어요?"

"아니. 이소벨, 아빠가 하려는 말은……."

"아빠도 읽어 보시면 아시게 될 거예요. 인디언들이 얼마나 이 땅과 하늘과 주위의 모든 것들을 사랑했는지 말이죠. 그리고 난 오늘 베키 언니와 수잔, 리디아와 정말 잘 놀았어요. 지금까지 이 마을의 다른 아이들과 놀 때는 유치하고 지루하기만 했거든요."

"이소벨, 그 아이들의 어머니는 이혼을 했어."

"주에트 부인은 제가 만난 어떤 부인보다도 재미있는 분이에요! 그리고 그분이 이혼한 것이 제가 그 아이들과 친구가 되는 것과 무슨 상관이 있죠?"

"자기 딸들을 제멋대로 행동하도록 내버려두기 때문이지. 그 아이들과 함께 어울리면, 너도 물들어서 마을 사람들로부터 나쁜 평을 듣게 된단다."

이소벨은 충격을 받은 듯한 표정을 지었다.

"아빠, 전 정말 놀랐어요. 그들이 이사 온 지 겨우 이틀밖에 안 되었는데, 아빠는 벌써 그들을 나쁘게 말씀하시는 거예요?"

"난 그들을 나쁘게 말하고 있는 게 아니야."

"지금 그러고 계시잖아요. 엄마는 '먼저 살펴보고, 그 다음에 판단해라' 라고 말씀하셨어요. 아빠도 늘 그러시지 않았어요?"

"이소벨, 아빠는 네가 평소에 배운 대로 조신하게 처신하길 바라는 거야. 우리 집안에서 지금까지 지켜 온 룰대로 말이다."

"걱정마세요, 아빠. 그 룰을 지키기만 하면 내일 그들의 집에 가도 되죠?"

가브리엘은 안 된다고 할 명분이 없었다.

"먼저 옷을 갈아입고, 숙녀답게 행동하겠다고 약속하면."

"그러겠어요."

"그리고 저녁식사는 집으로 돌아와서 아빠와 함께 해야 해."

"알았어요."

그가 일어서며 잘 자라고 하자, 이소벨은 주에트 부인이 딸들을 일일이 안아 주며 잘 자라고 말하던 모습을 머릿속에 떠올렸다. 주에트 부인은 기회만 있으면 딸들을 살짝살짝 안아 주는 버릇이 있는 듯했다. 그러나 그녀의 딸들은 그것을 미처 느끼지도 못하고 있는 것 같았다. 이소벨은 만약 아빠가 자기 머리를 그렇게 쓰다듬거나 안아 준다면, 그것을 느끼지 못하는 일은 결코 없을 거라는 생각이 들었다.

이소벨은 담요를 턱 위까지 끌어당겨 덮으며 짙은 외로움을 느꼈다. 아빠에게는 절대로 드러내서는 안 되는 감정이었다. 엄마에 대한 감정은 점점 더 엷어져 가고 있었다. 이제는 엄마의 얼굴도 선명하게 떠오르지 않았다. 생전의 엄마 얼굴보다는 아빠의 침실 탁자 위에 놓여 있는 엄마의 사진이 먼저 떠올랐다.

"엄마."

이소벨은 어둠 속에서 조용히 불렀다.

"엄마."

다른 아이들처럼 큰소리로 엄마라고 한번 불러 보지도 못한 이소벨은 이따금씩 어둠 속에서 그렇게나마 불러 보곤 했다.

행복한 시간들

메인 주에는 정말로 봄이 없다. 로베타는 지금까지 살아오면서 수없이 그런 소리를 들었지만, 이튿날 아침 일어나자 그 말의 뜻을 실감할 수가 있었다. 그 전날 그처럼 화창했던 날씨가 졸지에 시커멓게 변해 있었던 것이다. 하늘에는 회색 구름이 두껍게 덮여 있었고, 지상은 비안개가 무겁게 드리워져 있었다. 바다는 모든 것을 쓸어 담을 듯이 출렁거렸다.

세 딸을 학교에 보낸 뒤 로베타는 울 재킷의 단추를 목까지 올려 잠그고 우산을 챙겨 들었다. 보인턴 자동차회사에 찾아가 볼 생각이었다. 그녀는 현관문을 열고 빗물에 젖은 미끄러운 널빤지를 조심스럽게 내려갔다. 가브리엘 팔리는 아직 나타나지 않고 있었다.

마당 한쪽 모퉁이에 전날 저녁 모닥불을 지핀 자리가 시커멓게 남아 있었다. 비를 맞아 시큼한 숯내를 풍겼지만 유쾌한 시간을 보냈다는 좋은 기분을 되새기게 했다. 로베타는 딸들과 그렇게 보내는 시간이 가장 행복했고, 전날에는 이소벨이 끼어들어 더 즐거웠다는 생각이 들었다. 이소벨은 부끄럼을 좀 타기는 했지만 배우려는 열성만큼은 대단한 아이였다.

돌아가는 낌새로 봐서는 이소벨이 자주 들락거릴 가능성이 많다는 것을 로베타는 알고 있었다. 베키나 수잔은 물론이고, 리디아까지도 이소벨을 매우 좋아하는 눈치였다. 그러나 그보다도 이소벨이 그들에게 홀딱 반한 것은 의심할 여지가 없었다.

사정이 그쯤되고 보면, 집수리가 다 끝난 뒤에도 이소벨의 아버지와 마주칠 일이 가끔 있을 것이다. 일만 끝나면 가브리엘과는 다시는 안 만날 생각이었는데, 딸들 때문에 만날 수밖에 없다면 어쩌겠는가?

워싱턴 거리로 들어섰을 무렵에는 신고 있는 구두 속으로 빗물이 스며들어 발걸음을 옮길 때마다 철벅거렸다. 로베타는 중앙로 북단에서 걸음을 멈춰 섰다. 그 전날 엘프레드와 함께 차를 타고 지나가며 보았던 간판이 높다랗게 걸려 있는 건물 앞이었다. '보인턴 자동차' 란 간판 아래에 '고급 승용차 판매 대리점. 자동차 수리 및 정비' 란 네온사인 글씨가 반짝이고 있었다.

사무실 안으로 들어가자 고무 냄새가 물씬 풍겼다. 그렇지만 공기가 축축하게 느껴지지 않아 좋았다. 로베타는 우산을 출입구 옆의 홀더에 꽂고, 구두의 물기를 매트에다 털었다.

"어서 오십시오, 부인."

안경을 쓴 40대의 건장한 사내가 그녀를 맞았다. 턱수염을 기른 그 사내는 줄무늬 양복을 입고 있었다.

"자동차를 한 대 구입하고 싶어요."

사내는 예상외라는 듯이 약간 당황하는 표정을 지었다. 그는 두 손바닥을 비비면서 말했다.

"그러시죠, 부인. 저는 햄린 영이라고 합니다만."

"로베타 주에트예요."

"이쪽으로 오시죠, 주에트 부인."

사내는 그녀를 안내하며 출입문 쪽을 힐끔 돌아보았다.

"남편되시는 분께서는 함께 오시지 않으셨습니까?"

"남편은 없어요. 자동차는 내가 사용할 거예요."

햄린 영이란 사내는 검은색 올즈모빌 옆으로 돌아가며 이마를 찌푸렸다.

"주에트……, 주에트……, 부인께서는 혹시 엘프레드 스피어 씨의 처제되시는 분이 아니십니까?"

"맞아요. 그레이스의 동생이죠."

"아아."

사내는 턱을 쳐들며 생각했다.

"캠든으로 오셨다는 말씀은 들었습니다."

'엘프레드가 얘기했겠지.'

로베타는 생각했다. 햄린 영의 눈빛이 달라지는 것을 보며 그녀는 자신이 이혼했다는 얘기까지도 엘프레드가 이 사내에게 떠벌렸다는 것을 알 수 있었다. 그렇다면 이 사내의 태도가 앞으로 어떻게 달라질 것인지도 충분히 예상할 수 있었다.

"여긴 내 고향이에요."

그것이 마치 불가피한 이유라도 되는 양 로베타는 말했다.

"그야 물론이죠."

아니나 다를까, 사내는 손가락 끝으로 로베타의 팔을 슬쩍 건드리며 말했다.

"차를 타보신 적은 있겠죠?"

"여러 번 타봤어요."

"운전을 해보신 적은?"

"딱 한 번."

"해보셨다고요! 야아, 대단하시군요! 사실 난 아직까지 여자분에겐 차를 한 번도 팔아 본 적이 없습니다. 내가 알기로 캠든에서 운전할 줄 아는 여자분은 한 사람도 없어요."

"그렇다면 내가 그 첫번째 여자가 되겠군요. 당신에게 몇 가지 물어볼 것이 있어요, 영 씨. 우선 자동차의 가격과 보증 기간을 알고 싶어요."

"그건 자동차에 따라 다르죠. 먼저 물건부터 봅시다."

사내는 또 로베타의 팔을 슬쩍 잡아끌었다. 임자 없는 여자니까 아무만 좀 만져도 괜찮다는 식의 생각을 가지고 있는 게 분명했다. 그는 로베타를 올즈모빌 런어바우트에서 오버랜드 투어링 카가 있는 쪽으로 끌고 갔다. 모델 티 포드를 살펴보면서 로베타는 사내에게 물었다.

"이건 얼마나 나가나요?"

"360달럽니다. 변속기가 유성연동장치인 최신형 모델이죠."

'겨우 360달러라니. 엘프레드는 600달러라고 하지 않았던가. 그 도둑놈! 남자는 다 늑대일 뿐만 아니라 도둑인 줄 진작 알고 있었지.'

"이것도 시동을 거는 요령은 씨캡 트럭과 똑같은가요?"

"씨캡 트럭이라고요?"

햄린은 눈이 둥그레지며 로베타를 바라보았다.

"네, 그렇죠. 씨캡 트럭을 몰아 보셨습니까, 주에트 부인?"

로베타는 순간 실수했다는 생각이 들었다.

"아, 네, 그래요. 제법 잘 해낼 수 있었죠. 그런데 이 차를 구입하여 사용하다가 고장이 나면 여기서 고쳐 주시겠죠?"

"물론이죠, 부인. 바로 옆에 캠든 정비소가 있습니다. 거기엔 우리 회사 자동차들의 부품과 일류 기술자들이 항상 대기하고 있죠. 그리고 위층에는 고객들을 위한 대기실과 전화 시설도 되어 있습니다. 그런데 누구의 씨캡 트럭을 몰아 보셨는지 여쭤 봐도 되겠습니까?"

"그것이 내가 이 자동차를 구입하는 것과 무슨 상관이 있죠?"

"그냥 궁금해섭니다. 혹시 가브리엘 팔리 씨의 트럭이 아닌가 하고요."

로베타는 놀라며 대답했다.

"맞아요!"

"역시 그랬군요. 가브리엘도 여기서 트럭을 샀거든요. 우리 회사의 서비스 정신에 대해서는 그가 보증해 줄 겁니다. 가브리엘은 이 마을에서 모르는 사람이 없으니까요."

그 말은 사실일 거라고 로베타는 생각했다. 그리고 그녀가 그의 트럭을 몰고 그와 함께 돌아다녔다는 사실을 아직까지도 모르고 있을 마을 사람은 아마 없을 것이었다.

"가브리엘은 좋은 남자죠. 그가 부인에게 운전법을 가르쳐 주던가요?"

"약간요. 하지만 그 정도만으로도 내가 차를 운전할 수 있다는 확신을 가지기엔 충분했어요."

"아, 그러믄요. 하지만 운전만 할 줄 안다고 다 되는 건 아닙니다. 오랜 시간 운전할 때 일어날 수 있는 모든 사태에 대해 충분히 대비하지 않으면 안 되죠. 타이어를 땜질해야 할 경우도 생기니까요."

"땜질이라고요?"

"타이어가 펑크 났을 때는 때워야죠. 땜질 도구는 위층에서 판매

하고 있습니다. 그렇지만 부인께서 그런 힘들고 지저분한 일을 해내
실 수 있을지."

"다른 방법이 있나요?"

"땜질이 어려우면 바퀴를 갈 수밖에 없죠. 솔직히 말씀드려서 그
일도 여자 힘으로는 거의 불가능합니다. 남자들도 힘들어하는 작업
이거든요. 이건 거짓말이 아닙니다, 주에트 부인."

"그런 사태가 얼마나 자주 일어나나요?"

"그건 도로 여건에 따라 다릅니다. 이 지역의 계곡에 있는 도로들
은 좀 험한 편이죠. 돌이나 파손된 부분이 많아서."

"그렇지만 나도 땜질을 해낼 순 있겠죠?"

"해내실 순 있겠죠. 교육만 약간 받으면."

"그 외에도 문제가 또 있나요?"

로베타는 공연히 쓸데없는 질문을 했다고 생각했다. 카뷰레터를
자주 조정해 줘야 하고, 변속기 밴드와 팬 벨트도 자주 손봐야 한다
는 따위의 설명을 가브리엘을 통해 이미 다 듣지 않았던가?

"문제가 생기면 회사에서 다 고쳐 주는 것 아닌가요?"

"그렇지만 고장은 어디에서나 일어날 수 있으니까요."

"오!"

로베타는 처음으로 실망하는 기색을 드러내 보였다.

"오해는 마십시오, 주에트 부인. 저도 이 자동차를 팔면 좋죠. 하
지만 남편도 안 계신 여자분께 충분한 사전 경고도 없이 팔았다가 나
중에 원망 듣고 싶지가 않아서 그럽니다. 나중에 가서 차라리 말을
구입할걸, 하고 후회하시게 될지도 모르지 않습니까?"

"우리 집엔 말을 돌볼 장소가 없어요."

"네에……."

햄린 영은 잠시 생각한 끝에 물었다.

"자동차를 어디에 쓰시려는지 여쭤 봐도 괜찮겠습니까?"

"난 메인 주에 고용되어 있는 간호사예요. 명령에 따라 여러 곳으로 출장을 다녀야만 하죠."

"아, 그러시군요."

사내는 이번에는 로베타의 어깨를 제법 다정하게 잡으며 말했다.

"이 자동차를 구입하시기로 결정하신다면, 필요한 교육은 제가 기꺼이 시켜 드리겠습니다."

로베타는 그의 손을 뿌리치며 말했다.

"남자들이 할 수 있는 일이라면 나도 할 수 있어요. 너무 힘들면 도움을 요청하면 되겠죠. 다시 오겠어요, 영 씨."

보인턴 자동차 대리점에서 나온 로베타는 캠든 은행으로 발길을 옮겼다.

은행 대부에 관해서 문의하자, 턴스틸 지점장은 로베타의 다 낡은 구두와 재킷을 한 번 훑어보더니 남자의 보증이 없는 여자에게 150달러라는 거금을 대출할 수는 없다고 잘라 말했다. 간호사라는 직업에 대해서는 조금도 흥미를 보이지 않았다. 턴스틸은 정 그렇게 자동차를 타고 싶으면 자동차를 소유하고 있는 남자와 결혼하면 될 것 아니냐고 말했다.

"안녕히 가시오, 주에트 부인."

그녀는 비가 추적추적 내리는 거리로 쫓겨 나왔다. 은행에 들어간 지 10분도 채 되지 않아서였다. 너무 화가 나서 낡은 구두 속에 스며든 빗물로 스타킹이 질척거리는 것조차 느끼지 못할 지경이었다.

보인턴 자동차 대리점으로 돌아온 로베타는 햄린 영을 붙들고 현금이 모자랄 경우 해결해 줄 수 있는 방법이 없는지를 물어보았다.

그는 은행 대부 외에는 달리 방법이 없다면서 미안하다고 말했다. 중고차는 재고가 없고, 렌트용 자동차는 몇 대 있지만 상태가 워낙 나빠 고장이 잦다고 했다.

실망한 로베타는 다시 비 내리는 거리로 나올 수밖에 없었다. 온몸의 힘이 쭉 빠지고, 두 다리가 휘청거렸다. 이제 남은 방법은 한 가지밖에 없었다. 좀 역겹지만 바람둥이 엘프레드를 찾아가서 사정하는 일이었다.

그의 부동산 사무실은 머사닉 템플 블록에 있는 새 벽돌 건물 안에 있었다. 로베타가 방문했을 때 사무실 안에는 네 명의 사내가 근무하고 있었다. 엘프레드는 유리 칸막이로 되어 있는 사장실 안에서 그녀를 발견하고는 벌떡 일어나며 소리쳤다.

"버디! 여긴 웬일이야?"

그는 유리문을 열고 달려 나와 로베타의 어깨를 한 팔로 안았다.

"조지, 이 미인이 바로 내 처제인 버디 주에트 부인일세."

로베타는 그의 팔에 안긴 채 사무실 사람들에게 소개를 받았다. 그녀를 바라보는 사내들의 눈빛이 아주 묘했다. 엘프레드는 그녀를 자기 데스크 옆에 있는 의자에 앉히고는 맞은편 의자에 무릎을 마주 대고 앉았다.

"그래, 무슨 바람이 불었지? 그새 내가 보고 싶어졌나?"

"그만둬요, 형부!"

로베타가 톡 쏘자 엘프레드는 히죽 웃으며 의자 등받이에 등을 대고 한쪽 다리를 다른 쪽 무릎 위에 올려놓았다.

"가브리엘을 위해서 앞으로는 해변에 가지 않겠다고 약속했지. 그런데 내가 너무 성급했던 것 같군. 네가 이렇게 제 발로 나를 찾아왔으니 말이야. 아무튼 다시 보게 되어 정말 반가워. 그래, 무슨 일로 찾아왔지?"

"대부를 좀 받을까 하고요."

"아아, 대부."

엘프레드는 웃으며 말했다.

"150달러가 필요해요."

"자동차를 사려고?"

"그래요."

"담보는 뭔데?"

"없어요. 차용증을 써 드리죠."

"그 정도론 안 되지, 버디. 내게 그 이상의 성의를 보여야지. 안 그래?"

엘프레드는 한쪽 발을 로베타의 스커트 안으로 집어넣어 그녀의 종아리를 슬슬 어루만졌다. 로베타는 구두 뒤축으로 그의 무릎을 힘껏 걷어차 버렸다. 그러자 그는 놀라움과 통증으로 입을 딱 벌렸다.

"형부야말로 이 처제한테 최소한의 성의를 보여야만 해요. 형부라는 사람이 처제를 유혹했다는 말이 그레이스 언니의 귀에 들어가는 것을 원치 않는다면 말이죠."

그는 차인 무릎을 손으로 문지르며 말했다.

"공갈치지 마. 그런 협박에는 눈도 깜짝하지 않는다고!"

"내가 언니한테 말하지 못할 것 같아요?"

로베타는 그를 노려보며 말했다.

"좋아요, 후회하게 만들어 드리죠."

그러자 엘프레드는 뒤가 켕기는 모양이었다.

"이건 협박이야, 버디. 분명히 알고 말하라고."

"맞아요. 그러니까 고소할 테면 해봐요. 단지 그레이스와 세 딸들의 명예를 먼저 심사숙고해야 할 거예요. 난 어김없이 그레이스에게 모든 걸 사실대로 얘기할 테니까. 형부가 나한테 추근대는 걸 목격한 증인도 있어요. 마을 사람들이 나를 바라보는 눈빛을 보면 나에 대한 나쁜 소문이 돌 대로 돈 것 같고, 어차피 난 더 이상 잃을 것이 없다고요. 그리고 솔직하게 말하면 난 당신이라는 인간이 역겨워요. 구역질이 난다구요! 그러니까 나를 시험해 보려면 얼마든지 해봐요. 난 150달러가 필요하고, 내가 해줄 수 있는 건 차용증 한 장뿐이에요. 그걸로 안 된다면 당신 가정 생활을 엉망으로 만들어 놓고 말겠어요. 자, 어쩔래요?"

엘프레는 어이없는 표정을 지었다.

"얼굴에다 아예 철판을 깔았군!"

"맞아요. 아무튼 150달러만 빌려 줘요, 엘프레드. 내가 그레이스에게 다 말해 버리기 전에, 빨리요!"

엘프레드는 허허 웃고는 금고로 가서 다이얼을 돌리기 시작했다. 그는 현찰 150달러를 로베타에게 건네주며 말했다.

"다시 분명히 말해 두지만 이건 협박이야, 버디."

로베타는 돈을 재킷 주머니에 쑤셔 넣으며 말했다.

"차용증 써요. 서명을 할 테니까. 저의 변제 능력은 월 5달러예요. 하지만 시계처럼 정확할 거예요. 정말 고마워요, 친애하는 형부."

엘프레드는 땡감 씹은 얼굴로 출입구까지 그녀를 전송했다.

✳

로베타가 집에 돌아와 보니 마당에 목재가 잔뜩 쌓여 있었다. 가브리엘 팔리와 그의 동생이라는 사내는 포치 바닥을 새로 까느라고 망치질을 요란하게 해대고 있었다. 두 사람은 고무장화를 신고 비옷을 입고 있었으며, 로베타가 가까이 갈 때까지 눈치채지 못했다.

"아, 주에트 부인!"

가브리엘이 허리를 펴고 일어나며 말했다.

그러나 로베타는 냉랭한 표정을 지었다.

'그러니까 이 남자한테 나를 양보하느라고 엘프레드는 여기에 오지 않기로 했단 말이지? 하여튼 남자들은 웃기는 존재들이야. 누구 마음대로 나를 양보하고 말고야?'

그녀는 하도 어처구니가 없어서 가브리엘의 낯짝도 쳐다보기가 싫었다.

"비가 오는데도 일을 하실 줄은 몰랐어요."

"메인 주에서 해뜰 날을 기다리다간 아무 일도 못하죠. 이 친구는 제 동생 세스라고 합니다. 인사드려, 주에트 부인이셔."

그들은 서로 인사를 나누었다. 로베타는 냉정한 표정으로, 세스는 호기심 어린 표정으로였다. 로베타가 현관문으로 들어가려 하자, 뒤에서 가브리엘이 말했다.

"어제 저녁 이소벨을 돌봐 주셔서 고맙습니다. 집에 돌아와서는 줄곧 그 얘기만 했어요."

"아, 네에."

로베타는 다시 들어가려고 했다.

"이소벨은 댁의 따님들을 좋아하는 것 같습니다."

"우리 아이들도 이소벨을 좋아해요."

그녀가 집 안으로 들어가자 세스는 형에게 말했다.

"저 여잔 형님이 별로 마음에 들지 않는 모양이우."

"그런가 봐."

가브리엘은 우울한 표정을 지었다.

"그런데도 이소벨이 어제저녁 여기에 있었단 말이야?"

"저녁만 같이 먹었어. 모닥불 주위에서 바닷가재 요리를 먹으며 하이어워서에 관한 시를 암송했다더군."

"그랬군요."

세스는 형이 줄자로 판자에다 표시를 한 후 톱을 집어 드는 걸 보았다.

"난 이소벨이 이곳에 너무 자주 들락거리지 않길 바래. 이 집 아이들은 뭐랄까, 너무 제멋대로인 것 같거든."

"형과 나는 최소한 그렇게 자라진 않았죠."

세스가 웃으며 말했다.

형제는 일에 부지런히 매달렸다.

"형, 혹시 저 여자와 무슨 일이 있는 건 아니에요?"

세스가 넘겨짚었다.

"있긴 뭐가 있어."

"그렇담 저 여자가 왜 형 앞을 그렇게 빨리 지나가 버리지? 말투나 표정도 영 딱딱하기만 하고."

"어제 엘프레드와 이상한 짓을 하는 걸 나한테 목격당했거든. 그게 창피해서 그럴 거야, 아마."

"어떤 짓을 하고 있었는데요?"

"그 여자가 한 짓이 아니야. 엘프레드가 그런 거지. 그 친구는 치마만 둘렀다 하면 환장을 하잖아. 어제 내가 코를 들이밀었을 때 저 여잔 엘프레드에게 소리를 빽빽 지르고 있었어."

세스는 낄낄대며 웃었다.

"그의 아내는 그걸 어떻게 참아 낼까요?"

"아내란 원래 자기 남편이 그렇다는 걸 가장 늦게 아는 법이야."

세스는 잠시 생각 속으로 빠져들었다.

"세상에, 자기 처제와 그 짓을 하려고 덤벼들다니. 엘프레드는 정말 개자식이로군요."

"어제오늘의 일이 아니지. 그런데 우린 그런 얘길 들으면 재미있다는 듯이 웃기만 했지, 안 그래?"

"그랬죠."

"그런데 어제 막상 그 꼴을 보니 결코 웃을 일이 아니더라고."

"그렇다면 정말 저 여자와 무슨 일이 있는 거 아닙니까?"

"말했잖아, 세스."

"물론 말했죠. 그렇지만 여기 분위기가 어쩐지 좀 이상하단 말이에요. 냉랭하고 묵직하게 가라앉은 것이……."

"야야, 관둬! 내가 여자를 찾고 있다면 최소한 저런 옷을 걸치고 저런 말투를 내뱉는 여자는 아니야. 저 여잔 캐롤라인의 발뒤축에도 못 미쳐."

"아, 그러니까 캐롤라인과도 이미 비교하고 있었군요?"

"얘가 왜 이래? 상대가 되어야 캐롤라인과 비교를 하든 말든 하지. 이젠 그만 입다물고 일이나 하자."

가브리엘은 마치 화풀이라도 하듯 망치를 힘차게 휘둘러댔다.

*

오후 4시가 되자 주에트 부인의 세 딸이 학교에서 돌아왔다. 이소벨도 함께였다.

"안녕, 아빠! 안녕, 세스 삼촌!"

가브리엘과 세스는 포치의 바닥 공사를 끝내고 이젠 지붕의 처마를 수리하고 있는 중이었다. 네 소녀가 한꺼번에 함성을 질러댔다.

"우와, 포치 바닥을 새로 깔았네!"

"팔리 씨, 여기를 우리 무대로 사용하면 되겠어요!"

그들은 새로 깐 널빤지 위에 올라가서 뒤축으로 굴러대며 춤을 추었다. 새 널빤지가 금방 더러워졌다. 베키는 인디언들의 전설에 나오는 천둥새처럼 양팔을 크게 벌리고 마당을 향해 큰소리로 암송하기 시작했다.

화살처럼 날아 번개처럼 꽂혀라,
하늘을 찢어발기고 땅을 뒤흔들어라.
누가 이 땅에서 너희들을 내몰 수 있으랴.
하이어워서의 젊은 피가 끓고 있는 한.

다른 아이들이 환호성을 올리며 박수를 치자, 베키는 허리를 꺾고 깊숙이 절을 했다. 그리고는 허리를 펴기 무섭게 소리를 질렀다.

"먹을 걸 찾으러 가자!"

소녀들은 우당탕거리며 부엌 안으로 뛰어들었다. 현관문은 활짝 열어둔 채.

지붕에 올라앉은 가브리엘이 사다리 위에 있는 세스를 보고는 어깨를 들썩여 보였다.

"글쎄, 저렇다니깐."

"하지만 이소벨이 저렇게 행복해하는 건 정말 오랜만에 보는데요."

안에서는 피아노 소리와 합창 소리, 이따금 부엌과 계단을 뛰어다니며 지르는 비명 소리와 깔깔대는 소리도 들려왔다. 그러자 로베타의 고함 소리가 이어졌다.

"얘들아! 이리 와서 학교에서 있었던 일들을 얘기해 주렴!"

얼마 후 그들은 떼를 지어 마당으로 나왔다. 그들 모두 여전히 학교 갈 때 입었던 옷 그대로였으며, 손에는 라이스 케이크가 하나씩 들려 있었다. 이소벨이 지붕을 쳐다보며 소리질렀다.

"아빠, 애들을 우리 집으로 데려가요!"

가브리엘은 망치질을 멈추고 마당을 내려다보았다. 뭐라고 할 말이 없었다. 어제는 이소벨이 이 집에서 손님 대접을 받지 않았던가? 그렇지만 솔직한 심정으로는 말괄량이 같은 계집애들을 집 안에 들여 엉망으로 만들고 싶지 않았다.

"집에 가면 옷부터 갈아입으렴! 너무 어지르지 말고!"

"알았어요!"

소녀들은 뿌연 비안개 속으로 우르르 몰려갔다. 가브리엘은 지붕 위에서 그들이 보이지 않을 때까지 지켜보고 있었다. 현관에서는 로베타가 두 손을 허리에 짚고 그들을 바라보고 있었다.

*

주에트 자매들은 이소벨의 집 부엌을 보자 몹시 놀랐다.

"세상에, 이렇게 깨끗할 수가!"

"엄마가 쓰시던 그대로 유지하고 있어. 우리 아빠는 아무것도 바꾸려 하시지 않아. 전기 시설을 한 것밖에는."

이소벨이 말했다.

"엄마는 돌아가신 지 얼마나 되었니?"

베키가 물었다.

"7년."

"어떻게 돌아가셨는데?"

"말에 차이셨어."

"오, 세상에!"

"그래서 아빠가 그 말을 어떻게 했는지 아니!"

주에트 자매들은 숨을 죽이고 기다렸다.

"총으로 쏴버렸어. 난 아빠가 그러고 나서 우시는 걸 봤어. 난 그때 일곱 살이었지만, 지금도 선명하게 기억하고 있어."

"끔찍했겠구나."

수잔이 동정하듯 말했다.

"그 이후로 아빠는 집 안의 어떤 것도 바꾸려 하지 않으셨어. 모든 걸 엄마가 해둔 그대로 유지하길 바라셨지. 비밀 한 가지를 말해 줄까?"

"뭔데?"

"엄마가 입으시던 옷들이 아직도 옷장에 그대로 있어."

리디아가 속삭이는 듯한 목소리로 물었다.

"우리도 구경할 수 있어, 언니?"

"절대로 손대지 않겠다고 약속한다면. 만약 아빠가 아시면 몹시 화내실지도 몰라서 그래. 아빠는 엄마의 물건에 대해서는 이상하게 신경이 날카로우신 편이거든."

"알았어, 약속할게."

"좋아, 따라와. 손대면 안 된다는 걸 절대로 잊으면 안 돼, 알았지?"

거실을 지나 좁다란 계단을 올라가며 수잔이 물었다.

"누가 집 안을 이렇게 깨끗이 관리하니?"

"아빠와 내가. 이따금 할머니가 오셔서 커튼 따위를 빨아 주시기도 해. 여기가 엄마 아빠의 침실이야."

침실로 들어간 주에트 자매들은 숨을 죽이고 방안을 둘러보았다. 침대 위에는 하얀 커버가 씌워져 있었다. 이소벨이 침대 왼쪽에 있는 옷장문을 열고 안에 걸린 옷들을 보여 주었다.

"이게 엄마의 나이트가운들이고, 이건 드레스들이야."

"세상에…… 이것들을 보면 기분이 오싹해지거나 하진 않니?"

수잔이 진저리를 치며 물었다.

"그럴 리가. 우리 엄마가 입던 옷들인걸."

"난 만져 보래도 싫다 애."

"난 만져 보고 싶은데? 저 호박색 드레스가 예뻐 보여."

베키가 손가락으로 가리키며 말했다.

"그건 엄마가 일요일마다 교회에 가실 때 입던 옷이야."

"우린 교회에 안 다녀, 언니."

리디아가 이소벨에게 말했다.

"교회에 안 다닌다고! 다른 사람들은 모두 다니잖니?"

"우린 안 가. 엄마가 싫어하시거든."

"그러면 너희들은 이교도들이니?"

리디아는 두 손바닥을 쳐들어 보이며 어깨를 으쓱했다.

"그게 뭔데? 난 몰라."

베키가 나섰다.

"아냐, 우린 이교도가 아니라고! 리디아, 바보 같은 소리 그만해."

이소벨은 마치 이교도들에게 엄마의 옷들을 보이는 것이 꺼려지는 것처럼 옷장의 문을 닫았다.

수잔이 타원형 액자 안에 들어 있는 사진을 발견했다.

"네 엄마니?"

"응, 아빠가 늘 이곳에다 보관하셔."

"굉장한 미인이셨구나."

수잔이 액자를 들고 사진을 자세히 살펴보았다.

"만지지 마, 수잔. 잊었어?"

"오, 미안해."

수잔은 액자를 원래 있던 자리에 조심스럽게 놓았다.

"이 방에 오래 있으면 안 되겠어. 이젠 내 방을 보여 줄게."

친구들에게 자기 방을 구경시켜 준 뒤, 이소벨은 아빠가 시킨 대로 옷을 갈아입었다. 그리고는 부엌에서 계피 과자를 내다가 친구들에게 대접했다. 그것은 주에트 부인이 나눠 주었던 라이스 케이크보다 훨씬 더 맛있고 고급스러운 과자였다.

"우리 할머니는 계피 과자를 조그마한 항아리 속에다 늘 가득 채워 두셔. 우리 엄마가 그러셨던 것처럼. 할머닌 내가 조르는 건 무엇이든 들어주시지."

네 소녀는 항아리 속에 들어 있던 과자를 순식간에 깨끗이 비워 버렸다.

*

주에트 자매들은 엄마에게 계피 과자만 들고 온 것이 아니었다. 그들은 집에 돌아오자마자 식탁 둘레에 모여 앉아 말에 차여 죽은 여자와 그녀의 옷들에 대한 얘기를 엄마에게 쏟아 놓기 시작했다.

"그러자 팔리 씨는 그 말을 총으로 쏘아 죽였대요, 엄마."

베키에 이어 리디아가 받았다.

"그런 뒤에 팔리 씨가 우시는 걸 이소벨 언니는 봤대요! 너무 낭만적이지 않아요, 엄마?"

로베타는 속으로 진저리를 쳤다. 그런 끔찍한 일이 있었다니! 얼마나 가슴이 아팠으면 7년 동안이나 아내의 물건들을 그렇게 간직해 왔을까. 가브리엘에게 그런 면이 있었다는 것은 정말 놀라운 사실이었다.

"그건 결코 낭만적인 일이 못 돼. 그건 비극이란다."

"그리고 말이에요, 엄마. 팔리 씨는 부인이 꾸미던 그대로 집안을 꾸미고 아무도 못 건드리게 한대요!"

베키가 말했다.

"우린 7년 동안이나 옷장에 걸려 있는 부인의 옷들을 봤어요."

"부인의 사진도요!"

수잔이 거들었다.

"팔리 부인은 굉장한 미인이었어요. 깃 높은 하얀 드레스 차림에, 머리는 여배우 릴리언 러셀처럼 위로 높다랗게 말아 올린 모습이었어요."

로베타는 가브리엘이 지난 이틀 동안 일했던 포치를 바라보았다. 그가 없는 그곳은 고요한 적막감이 감돌고 있었다. 로베타는 죽은 아내를 잊지 못해 그처럼 집착하고 있는 그 목수가 측은하다는 생각이 들었다.

"팔리 씨가 가엾구나."

그녀는 부드러운 표정으로 세 딸을 돌아보며 말했다.

"그렇죠, 엄마? 이소벨은 자기 엄마 물건에 손도 못 대게 했어요. 아빠가 알면 꾸중을 듣게 될 거라면서요. 엄마는 그런 일로 우릴 꾸짖으신 적은 없잖아요, 안 그래요?"

"왜 없어. 너희들이 잊어버려서 그렇지."

"그 집이 얼마나 깨끗한지 엄마도 한번 보셔야만 했는데. 글쎄, 이소벨과 팔리 씨가 그렇게 관리하고 있대요. 이소벨의 할머니는 일주일에 한 번쯤 오셔서 항아리에 계피 과자나 채워 놓고 가시고요. 세상에, 난 우리가 매주 그렇게 집안을 깨끗이 청소하지 않아도 된다는 것이 너무 기뻐요!"

"그렇지만 이소벨에게는 좋은 할머니가 계시잖니."

딸의 귀향을 달갑잖게 생각하는 어머니를 떠올리자 로베타는 아이들이 안쓰럽게 느껴졌다. 아이들이라고 자기 할머니와 이소벨의 할머니를 왜 비교하지 않겠는가. 엄마 심정을 생각해서 잠자코 있을 뿐이라는 생각이 들었다.

"계피 과자를 정말 맛있게 만드셨어요. 그런데 우리가 다 먹어 버렸죠."

리디아가 웃으며 말했다.

"전부 다?"

리디아는 머리를 끄덕였다.

"저런, 팔리 씨가 아시면 좋아하시지 않겠구나. 팔리 씨는 너희들이 그곳에 가는 걸 별로 좋아하시지 않았을 텐데."

"왜요?"

"그 이유를 방금 네가 말했잖니. 팔리 씨는 다른 사람들이 자기 집 안을 마구 돌아다니며 닥치는 대로 만지고 먹어 치우는 걸 좋아하지 않아. 그건 그렇고."

로베타는 화제를 돌렸다.

"너희들한테 말해 줄 것이 있어. 우린 내일 새 자동차를 가지게 된단다."

"정말요?"

"그럼. 모델 티 포드야."

아이들의 환성과 연이은 질문들로 가브리엘 팔리의 집에서 있었던 일은 깨끗이 씻겨 나가고 말았다.

그러나 마을 건너편에서는 방금 저녁식사를 마친 가브리엘이 과자 항아리에 손을 집어넣었다가 텅 비어 있는 것을 발견했다. 그는 얼굴을 찡그리며 무어라고 혼자 투덜거렸다.

연민 혹은 사랑

다음날 아침 아이들이 학교로 가고 난 뒤 얼마 지나지 않아 로베타는 포치에서 들려오는 망치소리를 들었다. 그녀는 가브리엘 팔리에 대한 적대감이 하늘의 구름처럼 걷혀 버린 것을 깨달았다. 오히려 죽은 아내에게 집착하는 그가 가엾고 안쓰러웠다.

로베타는 엘프레드가 자기에게 추태를 부리는 현장을 가브리엘에게 발각당한 것이 자꾸만 마음에 걸렸다. 아무리 본의는 아니었지만, 가브리엘은 그렇게 생각하지 않을 것이다. 그것은 그가 엘프레드와 함께 낄낄거리며 지껄이던 것만 봐도 분명한 일이었다.

'어쩌면 그렇게 양면성을 가질 수가 있을까.'

로베타는 의아한 생각이 들었다. 죽은 자기 아내를 못 잊어 7년 동안이나 그녀가 쓰던 물건들을 애지중지하며 보관해 온 남자가 이혼한 다른 여자에 대해서는 어쩌면 그렇게 야비한 농지거리를 할 수가 있느냔 말이다. 가브리엘은 참으로 알 수 없는 남자라고 로베타는 생각했다.

　사진을 본 아이들은 그의 아내가 대단한 미인이었다고 했다. 아름다운 소프라노 목소리를 지닌 여배우 릴리언 러셀처럼 머리를 높다랗게 말아 올린 팔리 부인. 충분히 상상이 가는 모습이었다. 그렇지만 거울에 비춰 본 그녀 자신의 모습은 릴리언 러셀과는 너무 거리가 멀었다.

　'무슨 생각을 하고 있는 거야, 로베타 주에트? 네 인생에서 한 사내를 겨우 몰아내자마자 다른 사내를 생각하고 있어! 그것도 하필이면 처음 만나자마자 너를 이혼녀라고 멸시한 가브리엘 팔리를!'

　로베타는 자신을 꾸짖었다.

　'아니야, 난 가브리엘 따위에겐 관심 없어.'

　그리고 로베타는 거울 속의 자신을 보며 마음속으로 중얼거리고는 부엌 뒷문으로 나갔다. 망치 소리가 계속 들려왔다. 그 소리는 비안개가 자욱한 바닷속으로 멀리 퍼져 나가고 있었다.

　그녀는 우산을 펴들고 저택 모퉁이를 돌았다. 가브리엘은 포치에서 현관으로 이어지는 계단을 만들고 있었다. 전날 같으면 그러거나 말거나 가브리엘이 있는 쪽은 돌아보지도 않고 지나쳤겠지만, 그의 과자 항아리를 다 비웠다는 아이들의 말을 듣고도 못 들은 체할 수가 없었다.

　"안녕하세요, 팔리 씨?"

　"네, 부인."

　가브리엘은 망치질을 계속하며 대답했다.

　"이제 계단이 거의 되어 가는군요."

　"그렇군요."

　"오늘 오후까지는 모두 끝낼 수 있을 겁니다. 날씨가 개면 포치에 페인트칠부터 해야겠어요. 이대로 두고 더럽힐 순 없으니까요."

"그렇죠. 헌데 우리 아이들이 어제저녁 댁에 놀러가서 과자 항아리를 다 비워 놓고 왔다고 하더군요."

가브리엘은 그제야 턱을 쳐들고 로베타를 돌아보았다.

"아, 그거야……."

"난 별로 가정적인 여자가 못 돼요. 아이들에게 맛있는 음식을 만들어 주지 못하죠. 그래서 아이들이 맛있는 것만 보면 그렇게 염치를 잃어버리죠."

"제 어머니가 곧 채워 넣을 텐데요, 뭘."

'이 남자는 왜 죽은 자기 아내의 옷을 보관하고 있을까? 가끔 그것을 꺼내어 아내를 생각하며 만져 보는 건가?'

아내의 옷을 어루만지고 있는 가브리엘의 모습을 떠올리자 그가 훨씬 더 인간미 있는 남자로 느껴졌다.

"알고 싶어하실 것 같아서 말씀드리는데요. 지금 자동차를 인수하러 보인턴 대리점으로 가는 중이에요."

"그렇다면 구입하셨군요."

"네, 모델 티 포드로 결정했어요."

"부인이라면 충분히 다루실 수 있을 겁니다."

가브리엘은 미소를 지으며 말했다.

"그럼요, 물론이죠."

"여자 운전사는 부인 혼자뿐이라서 말들이 좀 많겠죠."

"각오하고 있어요."

"그렇지만 보인턴은 정비소가 훌륭해서 서비스를 잘해 줄 겁니다."

"어제 거기서 만난 영 씨도 그런 얘기를 하더군요. 다녀올게요. 이따 봐요."

로베타가 떠나자 한쪽 구석에서 일하고 있던 세스가 휘파람을 길게 불고 나선 가브리엘에게 말했다.

"오늘은 형한테 말을 하잖아요?"

"오늘은 기분이 좋은가 보지, 뭐."

가브리엘이 웃으며 대꾸했다.

*

로베타는 보인턴 자동차 판매 대리점의 차고에서 모델 티 포드를 직접 몰고 나왔다. 헨리 포드가 자랑스럽게 부착해 놓은 온갖 액세서리들과 함께였다. 거기에는 스페어 팬 벨트, 타이어 땜질 도구, 작은 연장통, 캔버스 더스터와 고글도 포함되어 있었다. 포드 씨가 자기 이름 새기는 것을 빼먹은 것은 10파운드들이 카바이드 크리스털 깡통뿐이었다. 햄린 영은 거기에다 카바이드를 채워 주는 동안에도 몇 차례나 로베타의 손을 슬쩍슬쩍 잡았다.

"카뷰레터를 조정하는 방법을 배우시려면 반드시 나한테 오셔야 한다는 걸 잊지 마십시오."

'나쁜 자식! 네가 조정하고 싶은 것은 카뷰레터가 아니라 나지. 하지만 난 너처럼 멍청이가 아니야.'

그녀는 가죽 냄새가 물씬 풍기는 운전석에 앉아 중앙로로 차를 몰았다. 가랑비가 내리고 있었지만 그녀는 옆 커튼을 열어 놓고 있었다. 두 번째로 잡아 보는 운전대라 아찔아찔했다. 그래도 기분만은 하늘로 날아갈 것 같았다. 드디어 자동차를 구입한 것이다!

로베타는 구즈 씨의 철물점 앞에 차를 세우고 가솔린 통을 하나 구입했다. 통에 가솔린을 가득 채우자 엘프레드가 말한 대로 엄청나게 무거웠다. 그렇지만 들지 못할 정도는 아니었는데, 구즈 씨가 막무

가내로 자동차에 실어 주었다.

그녀가 자동차를 몰고 가는 것을 본 사내들이 놀란 표정으로 돌아보곤 했다. 그녀는 그들의 표정이 재미있어서 미소를 지어 보였다. 비안개가 앞유리에 달라붙어 전방 시계가 뿌옇게 흐려 보였다. 앞에서 달려오는 자동차들마다 살펴봤지만 여자 운전사는 한 명도 없었다. 그녀는 오히려 우월감을 느꼈다.

'시승식에는 함께할 친구가 있어야지.'

로베타는 생각했다. 그녀는 그레이스의 저택 앞에 차를 세우고 클랙슨을 서너 차례 길게 울렸다. 그레이스가 현관에서 내다보고는 기절초풍을 했다.

"오, 맙소사! 무슨 짓을 한 거니!"

"언니, 빨리 나와. 나랑 드라이브나 해!"

"미쳤구나, 로베타!"

"천만에, 말짱해. 엄마한테 자랑하러 가자고."

"엄마는 크게 노하실 거야!"

"엄마야 뭐 늘 화만 내시니까. 상관없어, 같이 가."

그레이스는 질린 표정으로 물었다.

"남자도 없이?"

"아이, 언니. 모든 일에 남자가 필요한 건 아니야!"

그레이스는 도로 저쪽과 자동차를 번갈아 보며 망설였다.

"엘프레드가 보면 질겁을 할 거야! 멀리 가진 않을 거지?"

무섭긴 하지만 아무래도 유혹을 떨쳐 버리기가 어려운 모양이었다.

"그럼. 그냥 재미있을 만큼만 갈게."

로베타는 언니를 안심시켰다. 어릴 때부터 말썽은 언제나 로베타가 일으키곤 했고 그 희생자는 언제나 언니인 그레이스였다. 그것을 잘 알면서도 그레이스는 번번이 로베타의 유혹에 넘어가곤 했다.

그들의 어머니는 엘름 가에 있는 식민지풍의 2층 저택에서 살고 있었다. 푸른색의 대문과 셔터가 달린 집이었다. 거기까지 가는 동안 자매는 놀란 표정으로 바라보는 남자들을 구경하며 재미있다는 듯이 깔깔거렸다. 차에서 먼저 내린 그레이스가 대문을 두드리며 소리쳤다.

"문 좀 열어 봐요, 엄마! 버디가 마침내 일을 저질렀어요! 쟤가 글쎄 자동차를 샀다고요!"

문을 열고 내다본 핼버턴 부인은 냅다 야단부터 쳤다.

"아니, 저 망할 것! 아직도 이 어미를 못 잡아먹어서 안달이구나!"

"엄마를 태우고 드라이브를 하고 싶대요."

"어림도 없는 소리! 너도 그 차를 타서는 안 돼. 사람들이 너희들을 돼먹지 않은 여자라고 흉볼 거다!"

"그렇지만 엄마, 조금 타봐서 나쁠 건 없을 것 같은데요."

"너희들끼리 이렇게 몰고 다니는 걸 엘프레드도 알고 있니?"

"아뇨. 난 아무 짓도 하지 않았어요."

그레이스는 꼬리를 사리며 말했다.

"당장 돌아가거라. 엘프레드가 알기 전에!"

노부인은 로베타에게도 불호령을 내렸다.

"넌 어떻게 된 애가 그 모양이냐? 여긴 조그마한 마을이야. 아직까지 여자가 자동차를 몰고 돌아다니는 걸 본 적이 없다. 냉큼 돌아가거라!"

대문이 요란한 소리를 내며 닫혔다.

"그것 봐라, 내가 뭐랬어."

그레이스가 로베타를 돌아보며 말했다.

"내 이럴 줄 알았지. 엄마 말이 맞아. 여자들한테는 이런 일이 어울리지 않아. 엘프레드에게 혼나기 전에 빨리 집에 돌아가야겠어."

*

그러나 로베타가 몰고 온 모델 티를 본 가브리엘과 세스의 반응은
핼버턴 부인의 그것과는 전혀 달랐다. 두 형제는 차가 집 앞에 멈춰
서자 망치질을 멈추고, 마치 서커스단 구경을 나온 아이들 같은 표정
으로 다가왔다.

"기어이 구입하셨군요."

가브리엘이 웃으며 말했다.

"정말 멋진 찬데요!"

세스는 새 차를 살펴보느라고 정신이 없었다.

"점화 장치 레버는 올려놓았겠죠?"

가브리엘이 로베타에게 물었다.

"물론이죠."

"스로틀도 올려놓고?"

"물론이에요."

"아주 똑똑한 학생이군요, 주에트 부인."

가브리엘은 웃었다.

"하지만 아직 멀었어요. 햄린 영이 수리 도구 한 세트를 주더군요.
타이어 땜질 도구, 팬 벨트, 드라이버 세트, 렌치 따위예요."

"트랜스미션 밴드도 잊으면 안 되죠."

"아참, 그렇군요."

로베타는 손으로 입을 가리고 웃었다.

그들은 새 자동차를 살펴보며 얘기를 나누는 동안 차츰차츰 마음
의 벽이 허물어지며 친근감이 생기는 것을 느꼈다. 로베타의 말투도

전과는 달리 확연하게 부드러워져 있었다.

"그런데 그건 어떻게 조정하죠?"

"드라이버로 간단히 조정할 수 있습니다. 페달을 밟았을 때 바닥까지 닿으면 조정이 필요하다는 걸 알게 되죠."

"그걸 모르면 어딘가 박치기를 해야 하는 거고요?"

가브리엘은 껄껄 웃었다.

"그런 일이 갑자기 일어나진 않습니다. 이상 증세를 나타내는 걸 곧 알게 되니까요. 차가 발작을 일으키며 덜덜 굴러가기 시작하죠."

"기억해 두겠어요. 차가 덜덜거리면 트랜스미션 밴드를 조일 것."

로베타는 가브리엘의 반응을 조심스럽게 살피며 말했다.

"역시 말을 구입하는 편이 나을 뻔했다는 생각이 슬슬 들어요."

가브리엘은 자동차 앞쪽으로 돌아가며 조용히 말했다.

"아닙니다, 부인. 난 그렇게 생각지 않아요."

자동차를 대강 살펴본 세스가 말했다.

"역시 포드만한 자동차가 없어."

로베타가 세스와 이야기를 나누고 있는 동안, 이번에는 가브리엘이 자동차를 하나하나 살펴보기 시작했다. 그는 가죽 덮개를 지탱하는 받침대를 만져 보고, 세라믹 번호판을 살펴보았다. 도어를 열고 운전석에 앉아 레버 위치를 확인하고, 카바이드 통을 열고 안을 들여다보기도 했다.

"내가 미덥지 않아요?"

로베타가 웃으며 물었다.

"그게 아니라……."

가브리엘은 손가락으로 코 밑을 한번 문지르고는 말했다.

"그냥 한번 살펴본 거요. 새 자동차라 걱정할 건 없지만."

"그렇다니까요."

"난 하던 일이나 끝내야겠어요."

세스가 포치 쪽으로 걸어가며 말했다.

"돈이 많이 모자란다고 하시더니, 어떻게 갑자기 살 수 있었소? 내가 상관할 바는 아니지만."

가브리엘이 로베타를 돌아보며 물었다.

"우리 형부를 협박했죠."

로베타가 웃으며 대답했다.

"엘프레드를? 어떻게 말입니까?"

가브리엘은 눈이 휘둥그레지며 물었다.

"150달러를 빌려 주지 않으면 나를 유혹한 사실을 그레이스 언니한테 곧장 일러 바치겠다고 공갈을 쳤죠."

"설마!"

"정말이에요. 현장을 목격한 증인으로 팔리 씨를 내세우겠다고도 했어요. 그저께 부엌에서 목격하셨잖아요?"

"그랬더니요?"

"빌려 줬어요, 150달러를. 얼굴이 하얗게 질려가지고 이건 협박이야 어쩌구저쩌구 하면서."

가브리엘은 폭소를 터뜨렸다.

"엘프레드가 드디어 임자를 만났군! 그로서는 처음 겪은 수모였을 겁니다. 이 세상에서 자기의 매력에 굴복하지 않을 여자는 하나도 없다고 생각하는 친구니까요."

"착각이라는 걸 깨닫게 해줘야죠. 그동안 그레이스 언니를 속여가며 다른 여자들과 놀아난 것도 난 절대 용서하지 않을 거예요. 다른 사람들이 우리 언니를 등 뒤에서 얼마나 비웃었겠어요?"

로베타는 자기 말에 맞장구를 치지 않고 조용히 입을 다물어 버리는 가브리엘이 고맙게 느껴졌다. 그의 침묵은 엘프레드의 난봉기와 그레이스의 어리석음을 오히려 더 강하게 인정하는 효과를 가져왔다.

"그런데 난 아직까지 팔리 씨에게 감사를 드리지 않았군요."

"무슨?"

가브리엘은 의아한 눈길로 그녀를 돌아보았다.

"저를 구해 주셨잖아요. 엘프레드에게 봉변을 당할 뻔했는데."

"원, 별 말씀을……."

"진심으로 감사드려요, 팔리 씨."

"이런 거북스런 얘기는 그만합시다, 주에트 부인. 나도 부인에 대해서 엘프레드와 쓸데없는 소릴 지껄인 걸 얼마나 후회했는지 모릅니다."

"그러셨어요? 하지만 당신은 그 이상으로 제게 잘해 주셨어요. 그 일이라면 전 이미 마음속으로 용서한걸요, 팔리 씨."

가브리엘은 얼굴을 붉히며 잠시 로베타의 눈을 바라보았다. 안개처럼 내리는 가랑비가 여자의 말아 올린 머리카락과 낡은 양모 재킷에 작은 물방울로 무수히 매달려 있었다. 세스의 망치 소리에 놀란 참새들이 요란한 소리를 내며 그들 머리 위로 날아갔다.

가브리엘이 마른침을 한 번 삼킨 뒤 말했다.

"하던 일을 끝내야겠군요. 운전하시다가 문제가 생기면 말씀하십시오."

"그러죠, 고마워요."

두 사람은 갑자기 가까워져서 오히려 어색한 기분이었다. 로베타는 말없이 새로 완성된 계단을 딛고 현관문으로 들어갔다. 가브리엘도 포치의 난간을 만들고 있는 동생에게로 걸어갔다.

그러기에는 약간의 용기가 필요했지만 로베타는 공연히 움츠릴 필요는 없다고 생각했다. 오후 4시 5분 전에 그녀는 밖으로 나왔다. 자동차를 몰고 학교로 가서 딸아이들을 놀라게 해주고 싶었다.

가브리엘이 일손을 멈추고 그녀를 바라보았다. 아무 탈없이 시동이 걸리고 차가 움직이자, 그는 미소를 지으며 그녀에게 손을 흔들었다.

아이들은 환호성을 지르며 달려왔다. 수잔이 엄마에게 물었다.

"이소벨과 사촌들과 함께 타도 돼요? 오늘 우리 집으로 가서 연극을 하기로 했거든요."

"그런데 다 앉을 수 있을지 모르겠구나."

로베타는 좌석을 돌아보며 머리를 저었다.

"오, 무릎에 앉으면 돼요. 그렇지, 애들아?"

그래서 다른 아이들이 얼빠진 표정으로 지켜보는 가운데, 로베타는 일곱 명의 아이를 차에 태우고 집을 향해 출발했다. 이제 다른 아이들이 집으로 돌아가면 그 얘기는 바로 그들의 부모에게 전해질 것은 뻔한 일이었다.

가브리엘은 주에트 부인까지 해서 여덟 명의 여자가 한꺼번에 차에서 우르르 내리는 것을 넋 나간 표정으로 바라보았다. 소녀들이 재잘거리는 소리와 까르르 웃어대는 소리에 갑자기 주위가 소란스러워졌다. 가브리엘은 이제부터 주에트 부인의 집은 날마다 오후 4시만 되면 무당집처럼 요란한 곳으로 변할 것이라는 예상을 어렵지 않게 할 수 있었다.

난간 수리까지 끝난 포치에서 베키는 오늘도 한 구절 읊어댔다. 이번에는 셰익스피어라고 했다. 소녀들은 모두 집 안으로 우르르 몰려

들어갔고, 피아노 건반을 쿵쾅거리는 소리와 노랫소리가 들려왔다. 잠시 후 그들은 저마다 홍당무를 한 조각씩 손에 들고 밖으로 쏟아져 나왔다.

저녁 5시가 되어 가브리엘과 세스는 연장을 챙겨 돌아갈 채비를 했다. 가브리엘이 현관문을 열고 딸에게 그만 돌아가자고 하자, 이소벨은 두 손을 싹싹 비비며 통사정을 했다.

"제발, 아빠. 조금만 더 놀다가 갈게요. 너무 재밌단 말이에요! 그리고 내가 맡은 부분을 마저 써야만 해요!"

가브리엘이 거실 안을 힐끔 바라보니, 아이들은 피아노 주위에 모여 서서 깔깔거리며 무언가를 적고 있었다.

"그래, 좋아. 하지만 늦어도 6시까지는 돌아와야 한다. 그리고 저녁은 꼭 아빠랑 먹어야 해, 알았지?"

"그럼요, 아빠!"

이소벨은 순진한 큰 눈으로 가브리엘을 바라보았다.

"주에트 부인을 너무 번거롭게 해드려선 안 돼."

"오, 우린 안 그래요, 아빠! 부인께서 우릴 도와주시는걸요."

"그래?"

"정말이에요."

그는 다시 한 번 거실 쪽으로 눈길을 주었지만, 로베타의 모습은 보이지 않았다.

"그래, 6시까지 돌아오겠다는 약속, 잊지 마."

"알았어요, 아빠."

＊

집으로 돌아온 가브리엘은 어머니가 난로 위에 음식을 올려놓고 항아리에 과자를 채우고 있는 것을 보았다. 땅딸막하고 피부가 하얀 노부인은 움직일 때마다 옆구리의 살이 출렁거렸다. 노르스름한 빛깔의 머리카락은 회색으로 변해 가고 있었다.

"오셨어요, 어머니?"

"과자를 좀 가져왔다."

"네."

"항아리가 텅 비었구나."

"네."

가브리엘은 모자와 비옷을 벗어 걸었다.

"네가 관심을 두고 있는 여자가 누구냐?"

노부인은 지나가는 말투로 물었다.

"없어요, 어머니."

"이혼녀라며?"

"그 여자와 전 아무 관계도 아니에요, 어머니."

"아무 관계도 없는 여자에게 네 트럭을 몰도록 했단 말이냐?"

가브리엘은 싱크대로 가서 손을 씻으며 눈알을 굴렸다.

"그 여자가 마을에 돌아온 지 며칠이나 되었니, 사흘? 나흘?"

"세스가 입을 놀렸나요?"

"아무렴. 세스뿐만 아니라 마을 사람들 모두가 입을 놀려대고 있지. 그 여자가 자동차를 샀다는 말이 정말이냐?"

"그게 뭐가 나쁜데요?"

"나도 잘 모르겠다. 그 여자가 그걸로 뭘 하느냐에 달렸겠지."

"그 여잔 간호사예요."

가브리엘은 수건으로 손을 닦으며 말했다.

"직업상 필요한 거죠."

"오냐, 넌 이미 그것까지 다 알고 있구나."

"그 여자 집을 수리해 주고 있으니까요!"

"아이들도 딸려 있다던데?"

"딸만 셋이에요."

"이소벨도 그 아이들과 함께 들개처럼 싸돌아다니는 모양이구나. 오늘도 학교가 파하자마자 거기로 달려갔니? 이소벨은 지금 어디에 있지?"

"그 아이들과 함께 연극을 하고 있어요."

"연극이라고! 어디서?"

"주에트 부인 댁에서죠."

"아, 이제야 그 여자 이름이 나오는구나. 그 여자라면 나도 기억하고 있지. 보스턴으로 도망가서 어떤 남자와 결혼했다는 얘길 들은 뒤로는 한 번도 이곳에 나타난 적이 없었어."

가브리엘은 입을 꾹 다물었다.

"오냐, 입을 다물겠단 말이지? 그렇다면 이 어미가 한마디 하마. 캐롤라인이 죽은 지도 벌써 7년이나 지났어. 너도 이제 새 아내를 얻을 때가 되었다. 그렇지만 그 여자는……, 얘야, 조심해야 해."

가브리엘은 짜증이 났다.

"난 그 여자의 포치를 고쳐 주고 있을 뿐이라니까요, 어머니!"

"그래, 그 여자에게 운전을 가르쳐 줬을 뿐이고, 이소벨에겐 바닷가재를 먹도록 내버려뒀을 뿐이지."

"그런 걸 어떻게 아셨어요?"

"소문이지."

가브리엘은 한숨을 내쉬고는 의자에 털썩 앉았다.

"세상을 그렇게 물렁하게 보면 안 된다. 남들이 다 무심한 것 같아

도 뒤로는 다 보고 있어. 네 처신이 똑발랐다면 이런 얘기가 내 귀에
까지 들려올 리가 없지 않겠니?"

"어머니, 전 재혼할 생각이 없어요. 어떤 여자한테도 흥미가 없다
고요. 이소벨이 그 아이들과 사귀는 것도 그다지 걱정할 정도는 아니
에요. 그러니까 행여 다른 사람들한테 그런 말씀일랑 하시지 마세요.
나는 단지 돈을 받고 그 여자의 집을 고쳐 주고 있을 뿐이에요."

그러자 모드 팔리는 약간 안심하는 눈치였다.

"그렇다면 좋아. 네 말이 사실이라면 말이지."

"사실이에요."

가브리엘은 팔짱을 끼며 화제를 돌렸다.

"오늘은 무슨 과자예요?"

"견과와 당밀을 넣은 과자야."

"한 개만 먹어 볼까요?"

"저녁부터 먼저 먹어야지. 맛있는 미트볼을 만들어 왔단다."

"저녁은 이소벨이 오면 같이 먹죠. 하나만 줘봐요."

그가 어린애처럼 졸라대자, 모드 팔리는 마지못한 표정으로 쿠키
한 개를 아들 손에 놓아 주었다. 그는 과자를 한 입 베어 물고 씹으며
어머니에게 물었다.

"어머니, 하이어워서에 대해서 아세요?"

"하이어워서라, 그게 누구지?"

"시에 나오는 인디언 이름인데요."

"시라고!"

노부인은 눈썹을 치켜세우고 아들을 바라보았다.

"너 요즈음 시를 읽고 있니?"

"아뇨, 제가 아니라 그 아이들이에요."

"그 아이들이라니, 이소벨과 주에트 부인의 딸들 말이냐?"

"네."

"글쎄, 하이어워서란 인디언 이름은 들어 본 적이 없구나. 아무튼 침대 시트도 갈았고, 세탁물들도 다 챙겼으니 이제 가봐야겠다."

모드 팔리는 무거운 몸을 일으켰다.

"제가 모셔다 드릴게요."

가브리엘도 따라 일어나며 말했다.

어머니를 트럭으로 모셔다 드리고 돌아와서도, 가브리엘의 머릿속에서는 로베타와 그녀의 세 딸에 대한 생각이 잠시도 떠나질 않았다. 일곱이나 되는 아이들을 겁도 없이 자동차에 잔뜩 태우고 온 로베타와, 수리가 끝난 새 포치에서 시를 읊어대던 베키의 얼굴이 눈앞에서 자꾸만 아른거렸다.

내가 정말 어떻게 된 것일까? 가브리엘은 스스로에게 물었다. 지금까진 이소벨과 아무 어려움 없이 잘살아온 셈이었다. 생활하는 데 여자가 꼭 필요하다는 생각을 해본 적도 별로 없었다. 그런데 최근에는 머릿속이 여자 생각으로만 꽉 차 있는 듯한 느낌이었다. 하기야 계절이 싱숭생숭한 봄인데다가, 또 캐롤라인이 죽은 때이기도 했다.

아무튼 무슨 탈이 나도 단단히 난 것만은 분명했다.

로베타는 집 안에 아이들이 시끌벅적한 것을 좋아했다. 좀 시끄럽고 성가시긴 하지만, 생활에 활기를 준다고 믿고 있었다.

그렇지만 이소벨과 조카딸들 셋까지 가세하니, 난리도 그런 난리가 없는 것 같았다. 의자가 턱없이 모자랐지만 아이들은 아랑곳하지 않았다. 그들은 침대 모서리건 계단이건 가리지 않고 앉았고, 아예 피아노에 달라붙어 사는 것 같았다.

그들은 별로 유명하지 않은 머슬린의 외귀 고조 할아버지에 대한 얘기를 연극하기로 한 것을 취소하고, 그 대신 유명한 인디언 용사 하이어워서에 관한 이야기를 공연하기로 의견을 모았다. 그래서 각본을 쓰고, 무대와 의상을 어떻게 할 것인지에 대해 의논하고 있었다.

로베타는 말하자면 그들의 고문 겸 물주였다. 그들은 아이디어를 짜다가 막히거나, 무대나 의상 준비에 필요한 것이 있으면 그녀를 찾았다. 그녀는 딸들이 찾으면 언제든 웃는 얼굴로 달려가서 도와주었다.

"인디언 의상에 쓸 깃털은 어디에 가면 구할 수 있어."

"피아노를 포치 가까운 곳으로 바짝 밀면 어떻겠니?"

"이 곡이 더 인디언 음악답게 들리지 않니?"

"하이어워서가 오페레타(operetta : 내용이나 형식이 단순하고 통속적인 가극)로 적당할까?"

아이들의 대화를 통해 로베타는 팔리 집안의 사정에 대해서도 어느 정도 알게 되었다. 아이들끼리는 물어보지 못할 것이 없으며, 대답 못할 것이 없는 법이었다. 이소벨은 다른 아이들의 질문에 아무런 꾸밈 없이 대답하곤 했다.

"우리 집엔 의상으로 사용할 만한 옷들이 많이 있지만, 아빠가 허락하시지 않을 거야. 모두 엄마 옷이거든."

"아빠는 우리 연극을 보려고 학교까지 오시진 않을 거야."

"일요일엔 할머니댁에서 식사를 해. 하지만 보통땐 내가 아빠에게 음식을 만들어 드리지."

"저녁 시간? 설거지가 끝나면 난 숙제를 하고, 아빠는 정원에 나가 엄마의 장미를 돌보시지. 장미가 없는 겨울엔 주로 신문을 읽으시고. 가끔 나는 아빠를 도와 집 안을 청소하기도 해."

이소벨의 얘기들을 종합해 보면 아주 외로운 한 소녀의 자화상이 되는 것을 로베타는 알 수 있었다. 집 안의 허드렛일 이외에는 다른 즐거움을 일절 허락받지 못한 가엾고 지루한 소녀의 자화상이었다.

로베타는 이소벨이 조그마한 사랑의 표시에도 과잉반응 한다는 사실을 알았다. 앞으로 지나가는 이소벨의 머리를 한 번 쓰다듬어 주자, 그 아이는 감사와 감동이 가득한 눈빛으로 돌아보았던 것이다. 그것이 오히려 가슴 아파 로베타는 이소벨이 집에 돌아갈 때 일부러 현관까지 따라 나가 부드럽게 안아 주었다.

이소벨은 로베타를 힘껏 안으며 반짝이는 눈으로 바라보았다.

"오, 주에트 부인, 전 이 집에 있는 시간이 너무 즐거워요!"

"그래? 넌 언제든지 환영이야, 이소벨."

로베타는 가브리엘이 자기 딸을 한 번이라도 안아 준 적이 있을까, 하는 의심이 들었다. 그 사내는 아마 그런 생각은 꿈에도 못하고 있을 것이다.

*

다음날 아침은 모처럼 날씨가 개었다. 로베타는 아이들이 일어나기도 전에 일찌감치 현관문을 활짝 열었다. 나이트가운 차림으로 포치로 나가 길게 기지개를 켜고 나니 기분이 상쾌했다.

동쪽 하늘에 금붕어 꼬리처럼 빨간 햇살을 뻗치며 해가 솟아오르고 있었다. 바다도 서서히 분홍빛으로 물들기 시작했다. 해면에 떠 있는 페놉스콧 만의 섬들이 바다로부터 완전히 분리되어 공중으로 붕 떠오르고 있는 것처럼 느껴졌다. 그 아래로 캠든 항의 바위투성이 해안선이 유리 같은 해면을 따라 달리고 있었고, 작은 돛배 한 척이 수평선을 향해 미끄러지듯 흘러가고 있었다.

이것이 그녀가 어린 시절을 보내며 자랐던 고향 캠든이었다. 그리고 어쩌면 지금부터 남은 생애를 보내야 할 캠든이기도 했다.

그러나 생각했던 대로 모든 것이 여의치가 않았다. 어머니와의 사이도 그렇고, 언니와 형부라는 사람들도 남이나 다를 바 없다는 생각이 들었다. 집과 자동차는 어렵게 마련되었지만, 마을 사람들의 시선이 곱지 않았다. 한 가지 위안이 되는 것은 아이들이 이곳을 좋아한다는 사실이었고, 이소벨과 가브리엘이라는 친구가 생겼다는 것이다.

그렇지만 가브리엘 팔리를 친구라고 생각할 수 있을까? 그가 친구가 될지 원수가 될지는 좀더 기다려 봐야 알 일이었다. 로베타는 하루 일과를 준비하기 위해 집 안으로 들어갔다.

✳

아이들은 새 자동차로 등교시켜 달라고 졸랐다. 그렇지만 로베타는 오늘부터 출근을 해야만 했다. 아이들이 현관문으로 나갔을 때 가브리엘이 페인트와 솔을 들고 나타났다. 오늘은 혼자였다. 아이들이 쾌활한 목소리로 인사를 했다.

"안녕하세요, 팔리 씨?"

"오늘은 페인트칠을 하시는 모양이죠?"

로베타는 아이들의 인사에 대답하는 그의 목소리를 들으면서도 부엌에서 내다보지 않았다. 밖으로 나와 인사를 건네는 것이 자연스러울 텐데도 어쩐지 내키지가 않았다. 이따가 출근할 때 아는 척하지 뭐, 하고 그녀는 생각했다.

그러나 페인트와 테레빈유 냄새가 그의 존재를 끊임없이 알려 왔다. 이따금씩 사다리를 옮기는 소리도 로베타의 신경을 곤두서게 만들었다. 그녀는 왜 진작 나가서 자연스럽게 인사를 해버리지 않았을까 하고 후회했다. 사실 아무것도 아닌 일로 신경을 쓰고 있는 자신이 우스웠다.

아침 9시가 되자 로베타는 손지갑을 들고 크림색 외투 차림으로 출근길에 나섰다. 운전용 고글을 팔에 끼었다. 그녀는 포치 남쪽 끝에서 페인트 칠을 하고 있는 가브리엘을 보았다.

"안녕하세요, 부인."

그가 페인트 붓을 들고 돌아보며 말했다.

"안녕하세요."

"오늘 아침엔 자동차 덮개를 내려와야겠군요. 출근하시는 겁니까?"

"네. 딸들을 먹여 살려야 하니까요."

"출근하시라고 날씨가 이렇게 화창하군요."

"그러게 말이에요. 메인 주에는 흔히들 봄이 없다고 하잖아요."

"우리가 잘못 알고 있었던 거죠. 제 아내가 가꿔 놓은 장미나무에도 잎이 돋아나기 시작한걸요."

"부인께서는 원예가이셨던 모양이죠?"

"그랬죠."

"그 방면이라면 난 손방이에요. 제가 가장 잘 키우는 식물은 잡초죠."

"아내는 무엇이든 재배할 수 있는 여자였죠. 정원을 가꾸는 일이 그녀의 자랑이고 기쁨이었어요."

"아직도 그 정원을 보존하고 있나요?"

"아뇨. 장미만 남았죠. 다른 것들은 다 죽어 버렸소."

가브리엘의 목소리가 갑자기 물 속으로 잠긴 듯했다. 모처럼 화창한 봄날 아침에 기분이 우울해진다는 건 안 될 말이었다. 로베타는 유쾌한 목소리로 말했다.

"포치를 수리하고 그렇게 페인트를 칠하니 새집처럼 보이는군요."

가브리엘은 포치를 돌아보며 표정이 밝아졌다.

"이제 곧 새집으로 둔갑할 겁니다."

"아이들이 무척 좋아할 거예요. 그 페인트가 마르자마자 거기서 연극을 공연할 생각을 하고 있거든요. 아마도 우리 모두는 초대를 받게 될 것 같군요."

"우리 모두라뇨?"

"아이들 부모들이죠. 당신, 나, 엘프레드, 그레이스 말이에요. 보아하니 리디아를 앞장세워 티켓을 팔 눈치던데요."

"우리한테 공연 경비를 씌울 눈치더란 말씀입니까?"

"그렇죠. 하지만 내가 이런 말 하더란 얘기는 말아요. 미리 알면 재미없어진다고 생각하니까."

"무슨 얘긴지 알았소."

두 사람이 얘기를 나누는 동안 가브리엘의 페인트 붓이 꾸덕꾸덕 말라 가고 있었다. 로베타가 외투의 단추를 채우며 말했다.

"이젠 가봐야겠어요."

그녀는 계단을 내려갔다.

"행운을 빕니다!"

가브리엘이 등 뒤에서 소리쳤다.

"고마워요."

그는 로베타가 마당을 가로질러 가는 것을 물끄러미 바라보다가 다시 소리쳤다.

"덮개를 내릴 줄 아십니까?"

로베타는 뒷걸음질치며 말했다.

"아마 할 수 있을 거예요."

"제가 도와 드릴까요?"

"고마워요, 팔리 씨. 하지만 문제없어요."

가브리엘은 붓에 페인트를 묻혀 다시 벽에 칠하기 시작했다. 그러나 그는 곧 로베타를 돌아보았다. 그녀는 마치 유모차의 덮개를 접듯 어렵잖게 자동차의 덮개를 걷어 냈다. 그리고는 두 손을 탁탁 턴 뒤 운전석에 올라 시동을 건 후 팔에서 고글을 빼내어 얼굴에 썼다.

"저녁에 만나요!"

그녀는 가브리엘에게 손을 흔들고는 차를 출발시켰다.

가브리엘은 머리를 절레절레 흔들었다. 저런 여자는 정말 처음 본다고 그는 혼자 중얼거렸다. 그렇지만 로베타의 그런 행동들이 그에게는 묘한 매력으로 다가왔다. 만약 그 자신이 먼저 죽었더라면, 캐롤라인도 저 여자처럼 저렇게 자동차를 몰며 혼자서 힘차게 살아갈 수 있었을까 하는 의아심이 생겼다. 그는 다시 머리를 절레절레 저었다. 그건 절대 불가능한 일이었다. 캐롤라인과 로베타는 전혀 다른 여자였다.

남편의부정不貞, 남편의부정否定

메인 주 정부의 간호 공무원 사무실이 있는 건물은 캠든 남쪽 7마일 지점에 있는 록랜드에 위치하고 있었다. 거기서 로베타는 엘리너 밸포어라는 상냥한 얼굴의 여자로부터 한 주일 동안 수행해야 할 업무를 지시받았다. 엘리너는 로베타에게 하얀 유니폼과 모자, 의료기구 등을 지급했고, 집에다 전화를 설치할 경우 전화요금은 주 정부에서 지불하게 된다고 말해 주었다.

"전화를요?"

로베타는 놀란 표정으로 물었다.

"업무 수행이나 약품 주문에 편리할 거예요. 가끔 긴급 사태가 발생하기도 하니까."

"요금을 주 정부에서 지불한다고요?"

"그렇다니까요."

로베타의 놀란 표정에 엘리너는 웃으며 말했다.

"우린 그걸 당연한 일로 생각해요, 주에트 부인. 어디까지나 공무를 수행하기 위한 것이니까요. 만약 부인의 프라이버시 침해를 염려한다면, 마을 사람들에게 전화번호를 알려 주지 않아도 돼요."

"아니, 그렇진 않아요."

"유의 사항을 말씀 드리죠."

엘리너 밸포어는 계속해서 말했다.

"우리에겐 간호사로서의 임무도 중요하지만 각 가정으로, 학교로 다니며 주민들을 계몽하는 일도 그에 못지않게 중요해요. 그러니까 위생과 청결에 대해서 강의할 준비를 늘 하고 있어야만 하죠. 오염된 물의 공급원이나 전염병, 특히 디프테리아와 홍역, 성홍열 등에 유의해야 해요. 필요할 땐 격리해야 하고, 기회가 있을 때마다 계몽을 해야만 하죠. 잘 아시겠지만 주에트 부인, 우린 무지를 상대로 싸우는 사람들이에요."

엘리너 밸포어는 웃으며 의자를 뒤로 밀었다.

"봄볕에 녹아 질척질척한 시골길과도 씨름을 하셔야겠지만."

"산골의 길은 특히 엉망이겠죠."

로베타도 따라 일어나며 말했다.

"말을 타고 다니실 건가요?"

"아니에요, 미스 밸포어. 난 자동차를 가지고 있어요."

"그래요? 정말 대단하시군요!"

"지금까진 별 탈이 없었죠."

"운전을 마스터했단 말씀이군요?"

"겨우 끌고 다닐 정도예요."

엘리너 밸포어는 웃음을 터뜨렸다.

"아무튼 행운을 빌어요, 주에트 부인."

새로 산 차를 몰고 사무실에 출근해서 첫 임무를 부여받았다는 사실 때문에 로베타는 흥분하지 않을 수가 없었다. 이제부터는 모든 일이 쉽게 술술 풀려 나갈 것만 같은 기분이었다. 로베타는 일단 집으로 돌아가기로 했다. 지시받은 업무를 수행하자면 우선 세부 계획부터 세워야겠다는 생각이 들었던 것이다.

"다녀왔어요, 팔리 씨!"

흥분이 아직 가라앉지 않은 표정으로 그녀는 가브리엘에게 말했다. 가브리엘은 사다리 위에서 멀뚱한 얼굴로 내려다보았다. 그는 천천히 포치 바닥으로 내려오며 물었다.

"벌써 퇴근했단 말이오?"

"아니죠."

로베타는 괜히 웃음이 헤퍼졌다.

"업무 지시만 받고 돌아온 거예요. 학교 아이들에게 디프테리아 예방 접종을 실시하는 일이에요. 이곳 캠든부터 시작해야겠어요. 여름방학이 되기 전에 가능한 한 많은 학교를 마쳐야 하니까요."

"주사바늘로 아이들 팔뚝을 마구 찌르는 일 말이오? 당신이 오는 걸 아이들이 별로 좋아하지 않겠군."

"아이들의 생명을 구하는 일이에요."

"흠."

"예방주사를 맞아 본 적이 있으세요, 팔리 씨?"

"아뇨."

"원하신다면 제가 지금 놓아 드리죠."

"천만에, 사양하겠소. 바늘로 사정없이 팔뚝을 찔러 놓고 내가 비명 지르는 걸 보고 싶은 거요?"

로베타가 웃으며 물었다.

"엄살이 심한 편인가요, 팔리 씨?"

"아픈 걸 좋아하는 사람은 없죠."

"아프긴요. 망치질하다 가끔 손가락을 칠 때도 있잖아요. 그 아픔에 비하면 바늘로 꼭 찌르는 정도는 아무것도 아니죠."

갑자기 모직물 공장에서 요란한 부저 소리가 났다. 어찌나 요란한지 창문이 다 덜덜 떨렸다. 공원들의 점심 시간을 알리는 신호였다. 로베타는 두 손으로 귀를 막았고, 가브리엘은 이맛살을 찌푸렸다. 부저 소리가 끝난 뒤에도 한참 동안이나 귀가 먹먹했다.

"어유, 굉장히 시끄럽군요."

로베타가 귀에서 손을 떼고 말했다.

"하루에 한 차례씩 좀 괴롭겠는데요."

"그러게 말이에요. 아무튼 벌써 정오군요. 도시락을 가져오셨나요?"

"트럭에 있소."

"원하신다면 가지고 들어오세요. 커피라도 끓여 드리죠."

"감사합니다. 금방 가지고 오죠."

10분 뒤 두 사람은 부엌의 흠집투성이 식탁에 마주 앉았다. 가브리엘이 두터운 샌드위치 두 개를 먹는 동안 로베타는 냉동육과 코티지 치즈를 먹었다. 실내는 깨끗한 것과는 거리가 멀었지만, 그래도 창문들은 물로 말끔히 씻어 낸 모양이었다. 가브리엘은 로베타가 가진 소유물들이 너무 빈약하다는 것을 알았다.

"전화를 놓기로 했어요."

그녀는 기쁜 듯이 말했다.

"설치비만 들이면 전화 요금은 메인 주 정부에서 지불해 주기로 했어요."

"그럴 리가."

가브리엘은 샌드위치를 씹으며 웃었다.

"정말이에요. 공무상 필요한 거니까요. 앞으론 전화로 업무 지시를 받고 약품 주문도 하게 될 거예요."

"거참 잘됐군요."

커피잔을 잡으며 가브리엘이 말했다.

"하지만 전화로 얘기할 땐 조심하셔야 합니다."

"왜요?"

"공동 가입선이니까요."

"아, 그렇군요."

"제 어머니는 거기에 대고 엿듣기를 좋아하시죠."

"마을에 나에 관한 많은 소문이 돌고 있다는 걸 알아요."

"사실이오."

두 사람은 한참 동안 말없이 먹기만 했다.

"당신 어머님께서는 저에 대해 뭘 알고 계시죠?"

"이혼한 여자라는 정도겠죠, 뭐."

"흠, 꽤 지저분한 소문이에요. 안 그래요?"

가브리엘은 히죽 웃었다.

"소문이라는 것이 대개는 그렇죠, 부인."

로베타는 편안한 자세로 앉아 가브리엘을 바라보았다.

"어머님은 어떤 분이시죠?"

"우리 어머니요?"

그는 잠시 생각하는 표정을 지었다.

"아주 좋은 분입니다. 오랜 세월 홀몸으로 사시면서 나와 이소벨을 돌봐 주고 계시죠. 세탁이라든가 요리, 과자 항아리를 채워 주시는 일 따위 말입니다."

"우리 어머니를 알고 계시던가요?"

"아마 알고 계실 겁니다."

"그렇지만 친구 사이는 아니시죠?"

"네. 왜요?"

"우리 엄마는 그렇게 좋은 분이란 생각이 들지 않으니까요."

가브리엘은 커피잔을 들며 그들 모녀가 다투던 일을 머릿속에 떠올렸다.

"전날 여기 오셔서 당신과 다투는 걸 봤습니다."

"우린 늘 그런 식이었어요. 그게 제가 캠든을 떠났던 이유 중 하나였고요."

"그게 언제였습니까?"

"제가 열여덟 살 때였죠. 고등학교를 졸업하자마자였으니까요. 엄마는 내가 그 지옥 같은 공장으로 들어가길 원했어요. 난 결사적으로 버텼죠. 엄마는 내가 그레이스처럼 여기서 살며 당신에게 순종하길 바랐어요."

"착한 딸이 아니었군요."

가브리엘이 웃으며 농조로 말했다.

"아니었죠."

"그렇지만 어떻게 가출할 생각까지 하게 되었습니까?"

"내가 원하는 삶을 살고 싶었으니까요. 할머니가 돌아가실 때 언니와 내 앞으로 유산을 조금 남기셨어요. 그레이스는 그것을 엘프레드에게 주어 사업 자금으로 쓰게 했죠. 그렇지만 난 그 돈으로 대학갈 결심을 했어요. 엄마가 막 야단을 쳤어요. 그 돈은 그레이스처럼 지참금으로 사용해야 한다는 거였죠. 엄마 말을 들을 걸 그랬어요."

로베타는 풀기 없이 웃었다.

"결과가 그렇잖아요. 그레이스는 멋진 저택에서 돈 잘 버는 남자와 떵떵거리며 살고 있는데, 난 지금 이게 뭐예요. 딸만 셋이나 딸린 이혼녀 팔자라니……."

"밝고 귀여운 아이들이에요."

가브리엘이 미소 지으며 말했다.

"엄마는 내가 힘들게 대학 공부까지 하더니, 남편을 걷어차고 이혼녀가 되어 초라한 꼴로 고향으로 돌아온 것이 남부끄러운 거예요. 그렇지만 제가 만약 대학에서 간호학을 전공하지 않았다면, 지금 세 딸을 먹이고 공부시킬 꿈이나 꿀 수 있었을까요? 아비 되는 사내는 거들떠도 안 보는데 말이에요."

"아이들 아빠는 캠든 사람이 아닙니까?"

"아니에요. 보스턴 출신이죠. 노름꾼에다 바람둥이로 카드와 여자들이 있는 곳이면 어디든 찾아다니며, 집에는 잊어버릴 만하면 나타나곤 했죠. 참다못해 나는 마침내 그를 해방시키기로 결심했어요. 이혼 서류에 서명하고 자기 가고 싶은 대로 가라고 했어요. 처음엔 거부하더군요. 하는 수 없이 나는 집에 있는 돈을 모조리 긁어내어 그를 매수했죠. 그게 모두해서 얼만지 아세요?"

로베타는 조용히 가브리엘의 얼굴을 바라보았다.

"25달러였어요."

그녀는 슬프게 말했다.

"그는 단돈 25달러에 자기 아내와 세 딸을 내팽개친 거예요."

가브리엘은 로베타의 눈에 가득 고인 아픔을 보았다. 그녀는 눈길을 창밖으로 슬쩍 돌렸다. 부엌 안이 갑자기 고요하게 느껴졌다. 로베타가 다시 커피를 마시기 시작했지만, 가브리엘은 자기 손에 들고 있는 커피 잔에 대해서 까맣게 잊어버린 듯한 표정을 짓고 있었다.

"그렇지만 말이에요."

아픔이 고여 있던 로베타의 눈에 어느새 자랑스러움이 반짝이고 있었다.

"난 지금처럼 행복한 적이 없어요. 가진 건 별로 없지만, 그렇게 많은 것이 필요하지도 않아요. 내겐 남편이란 존재가 필요하지도 않고 또 원하지도 않아요. 난 남편 없이도 이곳에서 내 딸들과 잘살아 갈 수 있을 거라고 믿고 있으니까요. 마을 사람들이 나를 어떤 식으로 욕하든, 그딴 것에 난 눈도 깜짝하지 않는다고요. 왜냐하면 나는 조지와 이혼하면서 삶의 진실이 무엇인지 분명히 깨닫게 되었거든요. 지금까지 나를 지탱시켜 온 것은 내 아이들이었고, 앞으로도 내겐 그 아이들밖에 없어요."

로베타는 일어나서 가브리엘의 잔에다 커피를 다시 가득 채워 주고는 자기 잔도 채웠다. 가브리엘은 그녀의 동작을 조용히 지켜보기만 했다. 로베타가 다시 의자에 앉자 가브리엘과 눈길이 서로 마주쳤다. 그는 아무 말 없이 가져온 과자를 그녀 앞으로 살며시 밀어 주었다.

그녀는 조용히 과자 하나를 집어 들었다. 그리고는 지금까지 자신이 한 얘기들을 반추하며 과자를 커피에 찍어 조금씩 먹기 시작했다. 남편과의 일을 다른 남자 앞에서 이렇게 솔직히 털어놓기는 처음이었다. 가브리엘의 어디가 나의 마음을 이렇게 열게 만들었을까, 하고 그녀는 새삼 의아한 생각이 들었다.

"그렇다면 왜 그와 결혼했습니까?"

가브리엘이 마침내 물었다.

"모르겠어요. 조지는 아주 매력 있게 생긴 남자였죠. 재미있는 게임도 많이 알고 있고. 그래서 그냥 반했던 거죠 뭐, 그를 따라다니는 다른 많은 여자들처럼. 우리 엄마까지도 조지에겐 흠뻑 반해 버렸을 정도였으니까요. 결혼한 뒤 한두 번 여기에 데려온 적이 있었어요. 조지는 엄마의 손에 키스하며 장모님이 이렇게 우아하신 분인 줄은 몰랐다고 하더군요. 그리고는 장모님의 요리 솜씨가 정말 훌륭하다고 칭찬했어요."

"애교가 있는 사내였군요."

가브리엘의 대구에 로베타는 코웃음을 쳤다.

"여자의 기분을 돋워 주는 데는 거의 천재였죠. 그의 여성 편력이 심해지면서부터 나는 고향과 발을 끊었어요. 남편에 대한 이런저런 질문들에 대답하기가 싫어서요. 그렇지만 이혼을 하고 나자, 아이들한테 할머니와 이모의 존재를 알려 주고 싶었어요."

로베타는 씁쓸한 표정으로 웃었다.

"엘프레드라는 쓰레기 같은 이모부가 있다는 것두요."

가브리엘이 따라 웃자 그녀는 시선을 옆으로 돌렸다. 그러고는 갑자기 꿈에서 깨어난 듯한 목소리로 변했다.

"원 세상에, 내가 무슨 넋두리를 늘어놓고 있는 거죠?"

"괜찮습니다, 주에트 부인."

"당신은 남의 얘길 아주 잘 들어 주시는군요, 팔리 씨."

"제가요? 아마 열네 살짜리 딸하고만 사느라고 어른끼리의 대화에 약간 굶주렸던 모양입니다."

"무슨 말씀인지 이해가 가요. 가끔 이런 식으로 얘기를 나누는 것은 유쾌한 일이죠. 기분 전환에도 도움이 되고요."

"그렇다면 계속하십시오. 전 얼마든지 들을 용의가 있습니다."

가브리엘은 팔짱을 끼고 한쪽 다리를 접어 올리며 말했다.

"오, 세상에! 이젠 팔리 씨 차례죠. 부인에 대한 얘기는 어때요?"

"제 아내요?"

"네. 부인에 대해서는 말하기 싫으세요?"

그는 잠시 생각하더니 로베타를 바라보았다.

"별로 좋아하지 않아요."

"왜죠?"

"글쎄……."

그는 다시 생각하는 표정이었다.

"기억하기도 두려우신 건가요?"

그는 로베타의 얼굴에서 냉소의 기미를 찾기 시작했다. 그러나 그런 기미를 전혀 발견할 수 없자 그는 안도의 한숨을 가만히 내쉬며 대답했다.

"네, 아마…… 그런 것 같소."

로베타는 그가 예상외로 소심하고 마음이 여린 사내라는 느낌을 받았다. 모든 것을 자기 가슴속에만 꿍 하니 담고 사는 사내 같았다.

"당신의 결혼 생활은 나와는 전혀 다른 것이었겠죠?"

"아, 그럼요."

가브리엘은 소금통을 들고 공연히 만지작거렸다.

"밤과 낮처럼요."

그가 너무 소심하게 나오자 로베타는 약간 답답한 기분이 들었다. 그녀의 모델 티 포드에 시동을 걸 때처럼 그를 한 번 세게 밀어 주고 싶은 심정이었다. 아무래도 힘들겠다 싶어서 포기하려고 했을 때 그가 입을 열었다.

"캐롤라인은 아름다운 여자였죠. 나는, 에……."

그는 얼굴을 붉히며 마른기침을 두어 번 하고는 자세를 약간 곧추세웠다. 시선은 계속 소금통에 고정시키고 있었다.

"난 우리가 열너덧 살이었을 때부터 장래 그녀와 결혼하길 원했습니다. 그렇게 되리라고 믿고 있었고요. 그녀는 친절하고 상냥하고, 또 장미 봉오리처럼 예뻤죠. 나는 그때……."

그는 머리를 저으며 낄낄 웃었다.

"난 그때도 지금처럼 비척 마른데다 손만 커다란 녀석이었죠. 캐롤라인처럼 예쁜 아가씨가 나 같은 녀석에게 눈길을 주리라곤 정말 꿈도 꾸지 말아야 할 처지였습니다. 게다가 난 목수의 아들로서, 나 자신도 목수밖에 될 것이 없었어요. 제가 그녀에게 무얼 해줄 수 있었겠습니까? 막상 그녀가 나와 결혼하겠다고 말했을 때, 난 정말 너무나……."

가브리엘은 말을 제대로 잇지 못했다. 로베타는 자기가 얘기할 때 그가 그랬듯이 조용히 기다렸다.

"난 그때 내가 세상에서 가장 행복한 사내라고 생각했습니다. 우린 함께 꿈 같은 신혼에 들었죠. 난 벨몬트 거리에 있는 조그마한 집을 샀고, 그녀는 그곳을 인형의 집처럼 꾸몄어요. 날마다 내가 집으로 돌아오면, 그녀는 따뜻한 저녁을 준비해 놓고 미소로 맞아 주었습니다. 그러다가 이소벨이 태어났고, 아내는 더 많은 아기를 원했지만 뜻대로 되지 않았어요. 전 그 정도만으로도 감사하고 만족했습니다. 이소벨을 낳을 때 너무 고생을 했기 때문이죠. 아내는…… 몸집이 좀 작은 편이었거든요."

그는 잔기침을 두어 번 했다.

"이소벨이 일곱 살 때였어요. 다음주 화요일이면 정확하게 7년이 되는 4월 18일에 있었던 일이죠. 모처럼 햇빛이 따뜻하고 화창한 봄날이었습니다. 아내는 이륜마차를 타고 호스머 연못가로 산책을 나갔어요. 물가에 핀 꽃들을 구경하며 한가로이 오후 시간을 보내고 돌아오다가, 갑자기 터져 나온 모직물 공장의 부저 소리에 말이 놀라……."

가브리엘은 말을 중단하고 마른침을 억지로 삼킨 뒤 계속하려 했다.

"말이 앞다리를 쳐들고……."

"그만하세요, 팔리 씨."

로베타는 두 손을 앞으로 쳐들며 그의 말을 막았다. 그녀는 어느새 가브리엘의 눈에 고인 눈물을 보았다. 그가 시선을 돌렸다. 그녀는 목이 메는 듯한 느낌이었다. 창밖에 부푼 햇살로 보아 시간도 어지간히 흘러간 듯이 보였다.

"함께할 것들이 아직도 많이 남았는데, 사람을 잃어버린다는 것은 정말 못 견딜 일입디다."

가브리엘의 목소리는 완전히 갈라져 있었다. 그는 그렁그렁한 눈을 손등으로 찍으며 의자를 뒤로 밀었다.

"너무 오래 쉬었는데요. 칠하던 거나 마저 끝내야죠."

여자 앞에서 눈물을 보인 것이 약간 창피한 듯 그는 고개를 돌렸다.

로베타는 그가 예상외로 마음이 여린 사내란 걸 알았다. 그녀가 무슨 자극을 준 것도 아니고, 그 자신의 이야기에 스스로 목이 메어 눈물을 글썽이는 남자를 그녀는 일찍이 본 적이 없었다.

"괜찮아요, 팔리 씨."

그녀는 따라 일어나며 부드럽게 말했다.

"눈물을 보이는 걸 부끄러워할 필요는 없어요."

가브리엘은 머리를 끄덕였다. 그는 부엌문 쪽으로 돌아서기 전에 말했다.

"커피 고마웠소."

"과자 잘 먹었어요, 팔리 씨."

＊

가브리엘이 집수리를 시작하고부터, 로베타는 여러 차례 감정의 굴곡을 겪어야만 했다. 처음엔 그에게 까닭 없는 적대감과 경멸감을 느꼈다. 그러나 그가 운전을 가르쳐 주었을 때부터 그런 감정은 차츰 누그러지기 시작했다.

그러나 오늘 부엌에서 함께 나눈 이야기들은 지금까지 두 사람이 다른 누구에게도 할 수 없었던 그런 내용이었다. 홀아비 마음 과부가 알아준다는 식으로, 동병상련을 느낄 수 있는 사이가 아니고서는 털어놓기 어려운 얘기였던 것이다.

얘기를 통해 두 사람은 서로의 마음속에서 아직도 피를 흘리고 있는 상처를 볼 수 있었고, 그 상처로 인해 새로운 사랑이 뿌리내릴 자리가 전혀 없다는 사실도 확인할 수가 있었다. 로베타는 남자라면 이제 진절머리가 날 지경이었고, 가브리엘은 아직도 죽은 아내를 깊이 사랑하고 있었다.

더 중요한 것은 두 사람 다 마음이 여릴 대로 여려져 있다는 사실이었다. 그들은 또다시 상처를 입게 될까 봐 몹시 두려워하고 있었고, 서로가 상대방의 그런 마음을 잘 알고 있었다.

두 사람은 서로 각자의 일을 하면서도 상대방을 의식하고 있었다. 집 안에서 달그락거리는 소리만 나도 가브리엘은 붓질을 멈추고 귀를 기울였고, 현관에서 무슨 소리만 나도 로베타는 일손을 멈추고 거실 쪽을 돌아보았다. 두 사람은 서로 자신들의 마음속에서 상대방에 대한 생각을 잠시도 밀어내지 못하고 있었다.

어느덧 학교에 간 아이들이 돌아올 시간이 가까워 오고 있었다. 가브리엘은 이소벨이 오늘도 이쪽으로 올 거라는 데 생각이 미쳤다. 그는 포치의 벽면에 페인트칠을 끝낸 뒤 테레빈유에 붓을 씻었다. 오늘은 이 정도로 끝낼 생각이었다. 그는 현관문을 열고 로베타를 불렀다.

"주에트 부인?"

간호사 유니폼에 다림질을 하고 있던 그녀는 고개를 번쩍 들었다. 이상한 일이었다. 그가 부르는 목소리에 공연히 가슴이 덜컥 내려앉는 기분이었다. 그녀는 다리미를 한쪽으로 밀어 놓고 현관으로 나갔다.

"왜요?"

가브리엘은 테레빈유 냄새를 풍기며 현관 앞에 서 있었다.

"여기는 이제 끝났습니다. 주말 동안 페인트 통과 붓을 포치 한쪽 구석에다 둬도 괜찮을까요?"

"물론이죠."

"토요일엔 가게에서 일하니까, 이곳엔 월요일 아침에 오겠습니다. 혹시 아침에 일찍 나가시면 뵙지 못하게 될지도 모르겠군요."

"알겠어요. 전 아이들 학교로 나갈 거예요."

로베타는 미소 지으며 말했다.

"다음주부터 집 안을 수리할 생각입니다."

"어디부터 시작하실 건데요?"

"위층 창문부터 고친 뒤 벽을 손봐야죠."

"좋아요. 편하신 대로 하세요."

그는 잠시 머뭇거리다가 말했다.

"아까는 공연한 소릴 지껄여서 미안합니다."

"아니, 괜찮아요."

"내가 아무래도 아침에 뭘 잘못 먹은 모양입니다. 부인 앞에서 그런 주책을 떨다니. 죄송합니다."

그는 로베타의 눈을 잠시 바라보다가 다시 말했다.

"이소벨이 곧 따님들과 함께 나타나겠군요. 6시까지는 집으로 돌아오라고 하더라고 전해 주시겠습니까?

"그러죠."

가브리엘은 머리를 끄덕이고도 금방 돌아서질 못했다. 이틀 동안 서로 만나지 못하게 될 거라고 생각하니 약간 서운한 생각이 들었던 것이다.

"가야겠어요."

그가 다시 말했다.

"즐거운 주말 보내세요."

로베타가 말했다.

"부인께서도요."

*

로베타는 이소벨을 6시까지 보내겠다는 약속을 지키는 데 애를 먹었다. 그들은 사촌인 그레이스의 딸들뿐만 아니라 셀비 드모스라는 새 친구까지 데려와서, 이젠 도합 여덟 명이나 되는 계집애들이 자작나무 껍질을 벗기기 위해 뒷산으로 올라갔던 것이다.

1시간 뒤 그들은 고사목 하나를 끌고 내려왔다. 나무껍질을 벗겨서 연극에 쓸 카누를 만든다는 것이었다. 그들이 가브리엘의 연장으로 나무를 쪼고 벗기느라고 한창 부지런을 떨 때, 로베타는 이젠 각자 집으로 돌아가서 저녁 먹을 시간이라고 알려 주었다.

"오, 안 돼요!"

아이들은 일제히 합창을 했다.

"조금만 더 있다가요, 네?"

"안 돼요. 이소벨 아빠랑 약속했어."

"그러면 이소벨만 보내면 되죠?"

수잔이 잔머리를 굴리며 물었다.

"글쎄, 안 돼. 내일 또 놀면 되잖아."

로베타는 아이들의 불만을 눌러 버렸다.

＊

다음날이 되자 아이들은 다시 몰려들었다. 로베타는 그들을 데리고 배티 산으로 소풍을 갔다. 그들은 산사와 층층나무, 버드나무 등이 움트는 모습과 숲에서 지저귀는 새들, 연못에서 울어대는 개구리들을 구경하며 재잘거렸다. 산정에서 내려다보니 바다와 하늘 사이에 떠 있는 섬들과 햇빛에 반짝이는 캠든 항구가 얇은 구름 위로 가려져 있었다. 그들은 산에서 해변 쪽으로 내려가다가 바위 위에서 가자미를 손질하고 있는 남자 아이들을 만났다. 베키는 그들을 '하이어워서' 첫 공연에 초대하기로 약속하고 가자미를 한 그릇 얻어냈다. 남자 아이들 중 하나는 연극에 대한 베키의 설명에 홀딱 빠져서 아까운 줄도 모르고 가자미를 덜어내 주었다.

집으로 돌아오자 로베타는 가자미를 튀겨서 아이들이 있는 포치로 내왔다. 아이들은 포치 가장자리에 걸터앉아 다리들을 아래로 늘어뜨린 채 구두 뒤축으로 격자를 툭툭 차고 있었다.

어스름이 내리기 시작한 마당으로 들어서던 가브리엘이 그들을 보았다. 저녁의 쌀쌀한 기온을 감안했는지 점퍼 단추를 단단히 채우고 있었다. 아이들은 생선을 씹거나 손가락을 핥으며 그를 바라보았다.

"안녕."

그가 미소를 지어 보였다.

"안녕하세요."

아이들이 밝은 목소리로 합창했다.

"여기로 온 줄 알았다, 이소벨."

그는 여덟 명의 소녀들 가운데 있는 자기 딸을 바라보며 말했다.

"전 벌써 저녁을 먹었어요, 아빠."

"그래?"

"주에트 부인이 가자미를 튀겨 주셨어요."

가브리엘은 시선을 로베타에게 돌렸다.

"어서 오세요, 팔리 씨. 가자미 좀 드시겠어요?"

로베타는 웃으며 물었다.

"아닙니다, 부인. 저녁을 먹고 나오는 길입니다."

"오, 유감이군요."

그녀는 아이들과 똑같이 한쪽 다리를 흔들며 말했다.

가브리엘은 자기가 정성껏 페인트칠을 해서 이제야 간신히 마른 격자에 아이들의 구두 뒤축 자국들이 나는 것을 보았다. 그는 포치 가장자리에 앉은 여자들의 수를 세어 보았다. 주에트 부인까지 모두 아홉. 그렇다면 아홉 개의 격자에 구두 뒤축 자국이 났다는 얘기였다.

"이소벨은 6시까지 집으로 가야 해요."

그는 목소리에 감정을 싣지 않고 로베타에게 말했다.

"오늘은 토요일이잖아요. 그래서 괜찮은 줄 알고."

"내일 아침 교회에 가려면 머리도 감고 구두도 닦아야 하거든요."

"아, 그렇겠군요. 자, 이소벨 이젠 가야지."

로베타는 이소벨을 돌아보며 말했다.

"아이, 정말 가기 싫어!"

"쉬이, 이소벨."

로베타는 아이를 달랬다.

"아빠 화나시게 하면 안 돼. 그리고 시간도 늦었잖니. 다른 아이들도 지금 모두 돌아갈 거란다."

이소벨이 일어나서 등 뒤로 오자, 로베타는 한쪽 팔을 쳐들고 살펴보았다. 이소벨은 머리를 숙여 로베타의 볼에 키스했다. 로베타도 마치 딸에게 하듯 이소벨의 볼에 살짝 입맞추며 인사했다.

"잘 가거라, 애야."

"안녕히 주무세요. 고마워요."

로베타는 부녀가 돌아가면서 아빠가 딸의 어깨를 감싸 안아 주기를 바랐지만 가브리엘은 그렇게 하지 않았다. 이소벨이 산에서 논 얘기랑 가자미를 구하게 된 일을 얘기하는 동안, 그는 따로 떨어져서 걷고 있었다. 울타리 근처에 당도하자 이소벨은 돌아보며 명랑하게 소리쳤다.

"안녕, 얘들아."

그리고는 부녀는 함께 어스름 속으로 사라져갔다.

✳

일요일 오후에 이소벨은 다시 나타났다. 교회당에서 예배가 끝난 뒤 할머님 댁으로 점심을 먹으러 갔다고 했다.

"안 가려고 했는데 아빠가 억지로 데려가셨어요. 일요일엔 오후 3시까지 할머님댁에서 시간을 보내야 하거든요. 정말 지루해 죽을 뻔했어요!"

"하지만 6시까진 집으로 돌아가야 한다. 네 아빠랑 약속했으니까, 알겠지?"

로베타는 미리 다짐을 받아 둬야겠다고 생각했다.

"알아요."

잠시 후 엘프레드가 운전하는 검은색 투어링 카를 타고 그레이스가 들이닥쳤다. 그녀는 마치 자기에겐 그럴 권리가 있다는 듯이 당당하게 거실로 들어와서 로베타에게 대뜸 소리쳤다.

"너에게 할 얘기가 있어! 우리 애들을 데리고 늦은 시간까지 여기서 뭘 하는 거니? 엘리자베스 드모스가 내게 전화를 해왔다고! 애들을 데리고 무슨 짓거리냐는 거야. 나도 좀 알아야겠어!"

엘프레드도 거실로 들어왔다. 그는 능글능글한 표정으로 집 안을 쓱 훑어보고는 담배를 꺼내 입에 물었다. 그리고는 로베타를 돌아보며 음흉하게 웃었다.

"난 내 딸들을 그렇게 키우지 않겠어!"

그레이스가 분하다는 듯이 말했다.

"세상에, 생선 튀김을 손에 들고 포치에 걸터앉아 먹게 하다니! 그리고 산으로 해변으로 온통 끌고 다녀서 옷을 엉망으로 만들어 놓다니!"

로베타는 역겨운 생각이 들었다. 아이들을 마치 애완견 기르듯이 하는 그레이스의 태도가 도무지 마땅치 않았다.

"그래서 어쨌다는 거야, 언니? 아이들은 마냥 좋아하기만 하던데. 좋아하는 정도가 아니라, 아예 집에 돌아가고 싶어하질 않았어."

"오, 로베타!"

그레이스는 질겁한 표정으로 동생을 바라보았다.

"나한테 어쩜 이럴 수가 있니. 난 네가 이곳으로 돌아오면 전보다 잘 지낼 수 있으리라고 생각했는데, 넌 조금도 달라진 것이 없구나. 그런 줄도 모르고 나와 네 형부는 널 위해서 친구들을 불러 놓고 조그마한 파티라도 열어 줄 생각이었어. 그런데 아무래도 생각을 다시 해봐야겠구나."

그레이스는 울먹이며 지갑에서 손수건을 꺼내 들었다.

로베타는 그레이스를 껴안으며 달랬다.

"미안해, 언니. 내가 괜히 해본 소리야."

"넌 언제나 그런 식으로 내 속을 뒤집어 놓고 재미있어 하지. 대체 왜 그러는 거니? 내가 이만큼이라도 해놓고 사는 것이 눈꼴셔서 그러는 거니?"

"언니두, 무슨 말을 그렇게 해? 미안하다고 했잖아."

로베타는 줄곧 히죽거리는 엘프레드를 한 번 흘겨보고는 그레이스를 다독거렸다. 저런 사내를 남편으로 두고도 행복하기만 하다면 더 이상 할 말이 있을 수 없었다. 그제야 그레이스는 기분이 좀 가라앉은 듯했다.

"좋아, 그러면 파티는 이번 토요일 밤이 좋겠어. 친구들과 만찬을 함께한 뒤 음악을 약간 즐기는 걸로 하자, 어때?"

"멋있을 거야."

로베타는 맞장구를 쳐주었다. 그러나 그레이스의 다음 말이 그녀의 기분을 싹 구겨 놓았다.

"우리가 아직도 너를 집안에 받아들이고 있다는 것을 모든 친구들에게 보여 주려고 해. 그러면 그들도 네가 이혼녀란 사실을 그다지 마음에 담아 두지 않을 거라는 생각에서지. 마을 사람들 사이에 떠도는 소문도 차츰 가라앉을 거고."

치밀어 오르는 분노를 참느라고 로베타는 필사적인 노력을 하지 않으면 안 되었다. 솟구치는 감정대로라면 돼지처럼 살찐 그레이스의 얼굴을 세게 후려갈겨 주고 싶었다. 나를 집안에 받아들인다고? 이거야말로 환장할 노릇이었다.

그레이스의 속셈은 뻔했다. 꼴에 그래도 그 잘난 바람둥이 남편을 거느리고 마을의 유지 노릇을 하고 싶었던 것이다. 남들이 등 뒤에서 콧방귀를 뀌며 비웃고 있는 줄도 모르고, 파티의 여주인공 노릇을 하며 못난 여동생을 거두고 있노라고 과시하고 싶은 것이다. 참으로 눈물겹도록 한심한 부부였다.

엘프레드와 그레이스가 돌아간 뒤에도 로베타는 화가 풀리지 않았다. 피아노 건반을 마구 두들겨 보았지만 그래도 불쾌감은 영 가시지 않았다. 그녀는 침대로 올라가 시트를 머리 위까지 푹 뒤집어썼다.

집안이 고요했다. 아이들도 어느새 잠이 든 것 같았다.

'엘프레드, 그레이스. 그레이스, 엘프레드. 우리가 아직도 너를 집안에 받아들이고 있다는 걸 모든 친구드에게 보여 주려고 해. 그러면 그들도 네가 이혼녀란 사실을 그다지 마음에 담아 주지 않을 거라는 생각에서지.'

로베타가 잠 속으로 빠져든 것은 그러고도 1시간이나 지난 후였다. 잠들기 전에 그녀가 마지막으로 생각했던 것은 가브리엘이 그 얘기를 들으면 과연 어떤 표정을 지을까 하는 것이었다. 가브리엘만이 그래도 이 고향 땅에서는 그녀를 조금이라도 이해해 주는 사람이라는 생각이 들어서였다.

첫키스

월요일 아침 가브리엘의 트럭은 로베타가 출근하기 전에 집 앞에 도착했다. 그가 거실로 들어갔을 때 로베타는 2층에 있었고, 아이들은 등교 시간에 늦은 모양인지 급하게 계단을 내려왔다. 그들은 가브리엘에게 허둥지둥 인사하고는 현관문으로 몰려갔다.

잠시 후 로베타가 계단을 내려왔다. 눈보다 더 하얀 간호복과 모자를 쓴 모습이었다. 그녀는 거실에서 가죽장갑을 낀 손으로 유리를 들고 서 있는 가브리엘을 발견하자 깜짝 놀란 표정을 지었다.

"어머, 벌써 오신 줄은 몰랐어요, 팔리 씨!"

"죄송합니다. 아이들이 인사하는 소릴 들으신 줄 알았는데요."

"못 들었어요!"

로베타는 환하게 웃으며 우기듯 말했다.

가브리엘은 자신도 모르게 넋 나간 표정으로 그녀를 빤히 바라보고 있었다. 위로 빗어 올린 머리 위에 쓴 하얀 간호모가 나비처럼 사뿐하게 앉아 있었다. 발목까지 내려오는 하얀 원피스 위에 다시 하얀 앞치마를 두르고 있었다. 풍만한 가슴과 잘록한 허리가 유난히 그의 시선을 사로잡았다.

가브리엘은 지금까지 그녀의 외모에 눈길을 주어 본 적이 한 번도 없었다. 그러나 하얀 간호복 차림의 그녀는 마치 배티 산정을 에워싸고 있는 메인의 해안선처럼 희고 깨끗하면서도 굴곡이 깊어 보였다. 세 딸들과 함께 그처럼 흐트러져 보였던 그녀가 이처럼 정결해질 수도 있다는 사실이 가브리엘을 놀라게 만들었다. 그녀는 낡아빠진 구두도 벗어 던지고, 티 하나 없는 하얀 옥스퍼드를 신고 있었다.

"창문 유리를 갈려고요."

한참 만에 간신히 정신을 차린 그가 말했다.

"아, 네, 좋아요."

그래도 가브리엘은 움직이지 않았다. 로베타는 이마를 살짝 젖히며 어리둥절한 표정을 지어 보였다.

"왜 그러세요, 팔리 씨?"

그는 유리를 안은 채 약간 당황했다.

"아니, 저어, 그 유니폼이……."

로베타는 간호복을 내려다보았다.

"뭐가 묻었나요?"

"아아, 아뇨. 그게 아니라……."

로베타는 웃음을 참으며 그를 바라보았다.

"너무 멋져요."

가브리엘은 간신히 말하고는 유리를 자기가 신고 있는 양쪽 구두 위에 조심스레 내려놓았다.

"주 정부에서 지급해 준 거예요."

"아, 전화뿐만 아니라 유니폼까지."

"네, 난 행운아라고요."

"정말 그렇군요."

"자, 이제 출근해야죠. 첫날부터 늦을 순 없으니까."

"그럼요, 어서 가보세요."

가브리엘은 장갑 낀 손으로 유리를 들고 계단 쪽으로 향했다.

"아참, 팔리 씨?"

그가 걸음을 멈추고 유리를 다시 구두 위에 내려놓았다.

"오늘 여기 하루 종일 계실 건가요?"

"그럴 것 같은데요."

"죄송한 부탁이지만, 아이들이 돌아오면 좀 봐주시겠어요? 제가 없는 동안 집 안을 엉망으로 만들지 않게 말이에요."

"그러죠. 하지만 나도 하루 종일 바쁠 텐데요."

"알아요. 그러니까 간혹 한 번씩 들여다보시기만 하면 돼요. 이소벨도 함께 올 테니까 크게 걱정하실 필요는 없어요."

"알았습니다. 염려 마십시오."

"그럼 나중에 봬요. 5시나 6시쯤 돌아올 것 같아요."

"다녀오십시오."

그는 로베타가 거실을 지나 문 밖으로 나가는 것을 지켜보았다. 그녀가 포치 계단에 이르렀을 때 그가 불렀다.

"주에트 부인!"

로베타는 현관문을 열고 그를 바라보았다.

"제가 자동차 시동을 걸어 드릴까요? 그 옷이 구겨질 것 같은데?"

"괜찮아요, 팔리 씨. 혼자 할 수 있어요."

가브리엘은 로베타의 눈에 보이지 않도록 문에서 멀찌감치 떨어진 불빛 그늘에 서서 그녀를 지켜보았다. 그녀는 하얀 유니폼 차림으로 자동차의 시동을 건 뒤 가브리엘이 가르쳐 준 대로 모든 사항을 체크했다. 엔진이 폭발하자 그녀는 환한 미소를 지으며 가브리엘이 있는 집 쪽을 돌아보았다.

가브리엘도 미소를 지으며 그녀가 차를 몰고 떠나는 것을 바라보았다. 바닥에 내려놓은 유리를 다시 들어올리며 그는 오늘 하루가 유난히도 외로울 것 같은 예감에 사로잡혔다.

아이들의 방은 엉망이었다. 침구도 정리하지 않은 상태였고, 벗어놓은 옷들이 마구 뒹굴고 있었다. 옷장 문은 열린 채로였다. 책들과 부채, 조개껍질, 새 둥우리, 돌, 나뭇가지, 구두, 접시, 물잔 등으로 방바닥이 거의 보이지 않을 지경이었다.

아이들의 방은 아이들의 방이니까 그렇다고 치고, 로베타의 침실을 들여다본 가브리엘은 기기도 별반 다를 것이 없다는 사실에 그만 기가 질렸다. 딱 한 가지 제대로 놓여 있는 것이라고는 그녀가 주 정부로부터 지급받았다는 두 벌의 유니폼 중 한 벌이 서랍장 위에 얌전히 개켜져 있는 것뿐이었다.

구겨진 침구나 아무데나 벗어 던진 옷들은 딸들의 방과 조금도 다를 바가 없었다. 열린 서랍에는 낡은 속치마 하나가 뱀 허물처럼 흉물스럽게 걸려 있었다. 캐롤라인이라면 모조리 한데 모아 불 질러 버릴 만한 것들이었다.

가브리엘은 혹시 그녀의 남편이었다는 작자의 사진이라도 걸려 있지 않을까 하고 방안을 둘러보았지만, 그런 건 눈에 띄지 않았다. 유리창을 갈아 끼우면서도 그는 조지 주에트라는 사내가 과연 어떻게 생겨 먹었을까 하는 궁금증이 머릿속에서 떠나질 않았다.

하루가 정말 어지간히도 더디게 흘러갔다. 지난 주일 동안 로베타가 쉴 새 없이 만들어 내던 소음에 그새 길든 탓이었다. 그릇이나 가구들의 딸그락거리는 소리, 콧노래 소리, 시도 때도 없이 두들겨대던 피아노 소리, 자동차 엔진 소리가 지금은 없었다. 그리고 이따금씩 문을 열고 나와 그에게 말을 걸던 그녀도, 짙게 풍기던 커피향도 없었다.

정오가 되자 그는 포치 계단에 걸터앉아 가지고 온 샌드위치를 먹으며 지난 금요일 그녀와 부엌에서 함께 식사하며 나눈 얘기들을 생각했다. 아무리 생각해 봐도 로베타는 캐롤라인과 너무 다른 여자였다. 가브리엘이 마지막 남은 과자 조각을 입에 넣고 있을 때, 그의 어머니인 모드 팔리가 마당으로 들어왔다.

"가브리엘!"

노부인은 한심하다는 표정으로 아들을 바라보았다.

"청승맞게 그게 무슨 꼴이냐? 누가 홀아비 아니랄까 봐서, 쯧쯧!"

"어머니가 여긴 웬일이세요?"

그는 과자 부스러기를 털며 일어났다.

"네가 여기서 어떤 꼴을 하고 있나 보러 왔지."

"일하고 있죠 뭐."

"포치는 말끔해졌구나."

"지난 주에 세스와 함께 한 거예요."

"페인트칠도 끝났고."

"네. 이번 주엔 내부 수리를 할 거예요."

"어디 좀 볼까? 그 여잔 학교에서 예방 주사를 놓고 있다더라. 그래서 난 이리로 달려왔지."

모드 팔리는 계단을 올라가기 시작했다.

"안 돼요, 어머니! 남의 집을 함부로 들여다보실 순 없어요!"

그렇지만 노부인은 아들의 말엔 아랑곳없이 거실로 들어갔다.

"그 여자가 어떻게 알겠니? 세상에, 이 가구들이 그 여자가 가진 전부라니? 가장 나은 것이 이 낡아빠진 피아노로구나."

"이리 나오세요, 어머니. 남의 방안을 기웃거리는 건 점잖은 행동이 못 된다고요!"

"누가 기웃거린다고 그래?"

말은 그렇게 하면서도 모드 팔리는 부엌 안을 기웃거렸다.

"난 이소벨 문제로 너와 좀 상의하려고 왔다."

"이소벨이 왜요?"

"이소벨이 이 집 아이들과 함께 어울려 다닌다고 마을 사람들이 다들 얘기하고 있어. 난 캐롤라인이 그걸 바라지 않을 거라고 생각해."

"캐롤라인은 죽었어요, 어머니. 그리고 그런 문제는 제가 알아서 결정할 일이에요. 지난번에 어머니도 그렇게 말씀하셨잖아요?"

모드는 아들을 돌아보았다.

"이 어미 말을 귀담아듣거라. 넌 이곳에서 쓸데없이 너무 많은 시간과 노력을 소비하고 있어."

"돈 받고 하는 일이에요."

"토요일 밤에도 말이냐?"

"토요일 밤엔 안 했어요."

"여기에 있었다는 소릴 들었다."

"어머니는 쓸데없는 소문들을 너무 많이 듣고 다니세요!"

"내가 하고 싶은 말은 그 여잔 행실이 그다지 정숙치 못한 이혼녀라는 거야. 그리고 난 내 손녀가 그런 막 돼먹은 들고양이 같은 계집애들하고 몰려다니는 걸 원치 않는다!"

"그 아이들에 대해서 엄마가 아세요?"

가브리엘은 언성을 높이지 않으려고 화를 억누르며 말했다.

"난 이곳이 자꾸만 좋아지고 있어요. 그리고 난 성인이고, 어딜 가든 그건 내 마음이라고요. 주에트 부인에 대해서 쥐뿔도 모르는 마을 사람들이 그녀에게 무슨 소릴 하든 난 믿지 않아요. 이소벨도 캐롤라인이 죽은 이후 가장 행복한 시간들을 보내고 있다고요. 같은 또래의 아이들이 한데 어울려서 노래하고 피아노 치고 연극하고 산으로 놀러 다니는 것이 뭐가 나쁘죠? 다들 즐거워하고 이소벨도 좋아하는데요."

사리에 어긋나지 않는 아들의 말에 모드 팔리는 대꾸할 말이 마땅히 없었다.

"나는 단지 여기 일을 빨리 끝내고 떠나라는 뜻으로 한 말이다."

"여길 떠나야 할 사람은 어머니인 것 같은데요."

가브리엘은 완강한 표정을 지었다.

✳

오후 일이 손에 영 잡히질 않았다. 어머니가 마을 사람들에게 또 무슨 얘기를 하고 다닐지 몰라 도무지 마음이 편치 않았기 때문이다. 로베타 주에트에 대해서 아무것도 모르는 마을 사람들이 그녀를 나쁘게만 헐뜯는 것이 가브리엘은 화가 나 견딜 수가 없었다.

3, 4시경에 세스가 나타났다.

"엄마가 화나셨던데?"

"그러실 거야."

"형이 무슨 말을 한 거유?"

"내 일에 간섭하지 마시라고 했지 뭐."

"그럴 줄 알았수."

"가게에 내려오셨든?"

"나더러 올라가서 형님 머릿속에 든 돌을 좀 빼내 보래요."

"마을이 너무 작아서 그래. 무슨 일이 있으면 금방 모르는 사람이 없을 지경이니까."

"그러니까 주에트 부인과 지금 잘되어 가고 있다는 얘깁니까?"

"그런 것도 아니라고, 우린 서로 두어 차례 얘기를 주고받았을 뿐이야."

"형은 그동안 다른 여자들과는 얘기를 나눈 적도 없었잖아요. 그래, 무슨 얘기를 주고받았습니까?"

"그 여자의 남편에 관한 이야기와 캐롤라인에 대한 얘기지 뭐."

"아아!"

세스는 머리를 끄덕이며 말했다.

"아주 재미있군요."

"뭐가? 그런 게 아니라니까 그러네. 너도 어머니랑 똑같구나, 세스!"

"아니죠. 난 그냥 재미있다고 말했을 뿐인데, 또 마을 사람들한테 소문도 내지 않을 거구요."

"집어치워. 가서 일이나 하라구."

가브리엘은 웃으며 동생의 어깨를 툭 쳤다.

＊

학교에서 돌아온 네 소녀가 뭐가 그리 즐거운지 깔깔거리며 들이닥치자, 집 안은 갑자기 생기가 도는 것 같았다.

"집 안을 엉망으로 만들지 말라고 네 엄마가 신신당부를 하시더라."

가브리엘이 아이들에게 웃으며 말했다. 그는 아이들이 깔깔거리며 즐거워하는 것을 보자 덩달아 기분이 좋아졌다. 그들은 학교에서 예방 주사를 맞은 팔뚝을 보이며 수다를 떨어댔고, 주사기에 너무 겁을 집어먹은 아이가 까무러친 얘기를 늘어놓으며 배꼽을 잡았다. 가브리엘도 안벽에다 회칠을 하며 몇 번이나 웃음을 터뜨렸다.

"다녀올 데가 있어요."

수잔이 불쑥 말했다.

"어딜?"

"그레이스 이모님댁이요. 헌 드레스들을 가져와야 해요."

가브리엘이 돌아보며 말했다.

"옷들을 먼저 갈아입어야지. 이소벨, 집에 가서 옷을……."

가브리엘은 뒤를 돌아보곤 멍한 표정을 짓고 말았다. 아이들이 벌써 나가고 없었기 때문이다. 그는 재잘거리며 마당으로 몰려나간 아이들을 바라보며 어이없는 미소를 지었다. 한편으론 그들이 누리는 자유와 행복이 부럽기도 했다.

그렇게 나간 아이들은 5시가 되어도 돌아올 기미가 없었다. 가브리엘이 펌프대에서 흙손과 연장들을 씻고 있을 때 로베타가 돌아왔다. 그녀는 조용한 집 안이 이상하지도 않은지 무표정한 얼굴로 가브리엘 곁으로 다가왔다.

"아직 계셨군요."

그녀는 반갑다는 듯이 말했다.

"그래, 첫 출근은 어땠소?"

그가 손에서 횟물을 뚝뚝 흘리며 물었다.

"나쁘진 않았어요. 까무러친 아이가 셋밖에 안 되었죠."

"그 중 한 아이 얘기는 이미 들었소."

"그래요? 그런데 다들 어디 갔죠?"

로베타가 두 손을 쳐들고 캡에 꽂힌 머리핀을 빼며 물었다. 하얀 유니폼 속에서 그녀의 가슴이 불룩하게 앞으로 도드라졌다. 가브리엘이 옆으로 눈길을 피하며 대답했다.

"그레이스 이모댁으로 간다더군요. 헌 드레스들을 가지러."

"아아."

로베타는 간호모를 벗은 뒤 핀을 다시 머리에다 꽂으며 물었다.

"일찍 돌아가셔야 해요?"

"아뇨. 가봐야 텅 빈 집이 기다리고 있을 뿐입니다."

"그러면 저와 얘기 좀 나누실래요?"

"그러죠."

가브리엘은 연장통을 한쪽으로 치워 놓고 로베타의 뒤를 따라갔다. 그녀는 현관 계단으로 가서 앉았다. 가브리엘도 얼마간의 거리를 두고 함께 앉았다. 로베타는 손에 든 캡을 잠시 만지작거리다가 그에게 물었다.

"제가 묻는 말에 정직하게 대답해 주실 수 있으세요, 팔리 씨?"

"무엇에 관한 물음이냐에 달렸겠죠?"

로베타는 길게 한숨지었다.

"어제 그레이스 언니와 형부가 이곳에 왔었어요. 나를 위해서 파티를 열어 주겠다는 얘길 하려고요. 친구들과 마을 사람들을 초대해서 나에 대한 나쁜 평판을 가라앉히겠다는 거였어요."

가브리엘은 의아한 표정으로 로베타를 바라보았다.

"그레이스가 그런 말을 했단 말입니까?"

"꼭 그렇게 말한 것은 아니지만, 그런 뜻이었던 것만은 분명해요."

"글쎄, 그럴 필요는 없을 것 같은데요."

"나에 대한 평판이 그렇게나 나쁜가요? 내가 이혼녀라고 해서 다들 그렇게 말이 많은 모양이더군요."

로베타는 가브리엘의 얼굴을 조용히 바라보았다.

"그들이 무어라고 하든 신경 쓸 것 없잖소? 개중에는 가끔 생각 없고 무지한 사람들도 있는 법이오."

"하긴 그래요."

가브리엘은 펌프대로 눈길을 돌렸다.

"소문이 어느 정돈지는 나도 잘 모르겠소."

"정직하게 대답해 달라고 부탁드렸잖아요, 가브리엘 씨."

가브리엘은 차마 어머니가 한 말들을 로베타에게 그대로 옮길 수가 없었다. 그런 말을 하면 그녀의 마음만 상하게 할 것 같았고, 또 그런 어머니를 가졌다는 사실이 처음으로 부끄럽게 느껴졌기 때문이었다.

"성실하지 못한 남자 때문에 왜 여자가 비난을 받아야만 하죠?"

"나도 모르겠소, 로베타."

"그 사람들은 나를 잘 알지도 못해요."

"그러게 말입니다. 그러니까 당신은 그들을 무시해 버릴 수밖에 없어요. 당신이 좋은 여자라는 걸 증명해 보이든가요."

"당신은 내가 좋은 여자라고 생각해요, 가브리엘?"

"그럼요. 이젠 당신에 대해 좀 알게 되었으니까요. 그래서 처음엔 나도 당신을 그들처럼 생각했던 것에 대해 약간 부끄러움을 느끼고 있습니다."

"처음엔 그랬죠."

"용서하신 겁니까?"

"용서받고 싶어요?"

가브리엘은 로베타의 눈길을 피하며 말했다.

"우리 가족들은 나와 당신 사이에 무언가 심상찮은 일이 벌어지고 있다고 생각하며 날 놀려대고 있습니다."

"그게 무슨 뜻이죠?"

"아무것도 아닙니다. 잊어버리십시오."

"당신을 놀리다니요? 경고를 한다는 뜻이에요?"

"잊어버리라니까요."

가브리엘은 일어서며 말했다.

"제가 괜한 소릴 지껄였나 봅니다. 이젠 가봐야겠소."

로베타는 화가 치밀어 올랐다. 그녀는 가브리엘이 정직하게 얘기해 주길 기대했던 것이다. 그런데 그는 뒤가 켕기는지 슬슬 꽁무니를 빼려 하고 있었다.

"좋아요, 가세요!"

그녀는 발끈하며 계단에서 일어나 거실로 들어가 버렸다.

가브리엘은 머뭇거리며 거실 쪽을 바라보았다. 로베타가 그처럼 화낼 줄은 몰랐던 것이다. 그리고 보니 자신이 좀 떳떳하지 못하다는 느낌이 들었고, 그녀를 화나게 했다는 사실이 마음을 무겁게 만들었다. 그는 연장통을 집어 들고 망설이다 다시 내려놓았다. 이대로 돌아가서는 안 될 것 같았다. 거실로 들어가니 로베타가 창밖을 응시하고 있었다.

"로베타."

그는 조용히 불렀다.

"뭐죠?"

여자는 돌아보지도 않았다.

"그들이 무슨 말을 하든 그건 중요하지가 않소."

로베타는 홱 돌아서며 소리쳤다.

"당신에겐 그렇겠죠! 하지만 내겐 중요해요! 내 언니를 포함한 온 마을 사람들이 사실도 아닌 일로 나를 욕하고 조소하고 있는데도 아무렇지도 않은 척하란 말이에요? 이혼한 여자는 자존심도 없는 줄 아세요?"

"그런 뜻은 아니오."

가브리엘은 조용히 대꾸했다.

"나가요!"

로베타는 현관을 가리키며 명령했다.

"애초부터 당신의 도움을 기대했던 내가 어리석었어요. 당신도 그들과 똑같아! 당신 도움 따윈 필요 없어요. 내겐 딸이 셋이나 있고, 그 아이들만 있으면 이 마을 사람들이 다 몰려와도 난 두렵지 않아!"

가브리엘은 엉거주춤한 동작으로 현관까지 밀려갔다.

"우리 가족 얘기는 하지 말았어야 했는데, 미안하게 됐소."

로베타는 싸늘한 표정으로 말했다.

"여기 남은 일은 당신 동생이 대신할 수 있겠죠."

가브리엘은 묘하게도 아픈 상실감 같은 것을 느꼈다.

"당신이 원하는 게 그거요?"

"그래요."

로베타는 곧 냉소를 띠며 말했다.

"하기야 당신 동생이 유부남이라고 해서 내가 그와 즐기지 말라는 법 있냐고 마을 사람들은 또 쑤군대겠죠, 안 그래요?"

"그건 내 동생을 잘못 생각하고 있는 거요. 세스는 이 마을에서 당신을 좋게 생각하는 유일한 남자요."

"아, 그러니까 동생하고도 내 얘기를 쑤군댔군요. 엘프레드와 동생과, 또 누구죠?"

말 끝마다 이기죽거리는 여자의 태도에 가브리엘은 그만 화가 울컥 치솟았다.

"그만하시오!"

그는 고함을 버럭 질렀다.

"그건 사실이 아니오. 당신도 알면서 왜 그러는 거요? 엘프레드와 그랬던 일은 이미 사과하지 않았소. 그 뒤로는 당신에 관해서 아무와도 얘기한 적 없소."

로베타는 어이가 없다는 듯이 웃었다.

"우리가 왜 다투고 있는지 난 까닭을 모르겠어요! 당신은 이 집을 수리하러 온 목수일 뿐인데, 왜 내가 이렇게 시간을 낭비해야 하느냐고요?"

그녀는 더 이상 얘기할 것도 없다는 듯이 2층으로 이어진 계단으로 올라가 버렸다. 잠시 후 그녀의 침실 쪽에서 그녀의 외치는 목소리가 들려왔다.

"동생에게 일을 끝내 달라고 전해 주세요!"

그러자 가브리엘이 소리쳤다.

"그렇게는 못하겠소!"

그녀가 다시 모퉁이에 얼굴을 내밀었다.

"오, 왜요! 난 그래야 되겠어요!"

그녀는 다시 사라졌다.

"내 손으로 시작한 일이니 내 손으로 끝내겠소!"

가브리엘이 소리쳤다. 그는 화가 나서 견딜 수가 없었다.

"로베타, 이리 내려와요!"

그녀는 앞치마를 벗은 모습으로 다시 계단 꼭대기에 나타났다.

"고함 좀 지르지 말아요, 팔리 씨. 연장통이나 어서 챙겨 들고 가시라고요. 난 당신과 다툴 이유가 없어요. 설사 있다 하더라도, 그런 하찮은 일로 내 기분을 엉망으로 만들고 싶진 않아요. 내겐 딸들이

있고, 직업이 있고, 자동차도 있어요. 난 지금 종달새처럼 행복하다
고요. 그러니까 날 귀찮게 하지 말고 곱게 돌아가요. 동생이나 내일
이리로 보내시라고요!"

쾅! 그녀는 방문을 거칠게 닫았다. 그러나 고장 난 문은 문설주에
세게 부딪히고는 다시 열렸다.

가브리엘은 맥이 탁 풀려 버렸다. 그는 머리를 절레절레 흔들며 내
가 왜 저런 여자와 말다툼을 벌여야 하나, 하고 속으로 탄식했다. 뭐
든 제멋대로 생각하고, 자기가 가장 똑똑한 줄 알고, 남자의 도움 따
위는 필요 없다고 생각하는 여자. 그것도 남편과 이혼하고 딸이 셋이
나 딸린 여자. 그런 여자 주위에서 맴돌고 있는 자기 자신을 그는 이
해할 수가 없었다.

로베타는 자기가 요란하게 닫은 문에 기대고 서서 분노의 숨결을
내뿜었다. 가브리엘에게서는 더 이상 아무 소리도 들려오지 않았다.
갑자기 집 안이 무거운 침묵에 빠져 들었다. 그 침묵이 길게 느껴지
자 로베타는 가브리엘이 무엇을 하고 있는지 궁금해졌다. 이윽고 그
의 발자국 소리가 들리고, 잠시 후 트럭이 떠나는 소리가 들려왔다.

로베타는 간호사 유니폼을 벗어 차가운 물 속에 담그고는 피아노
앞에 앉았다. 마음을 가라앉히는 데는 역시 피아노 연주가 최고였다.

그녀가 연주에 한참 몰두하고 있을 때 그레이스 이모 집에 헌 드레
스를 얻으러 갔던 아이들이 돌아왔다. 그들은 이번 일요일 오후에 포
치에서 '하이어워서의 노래'를 공연하기로 했다고 선언했다.

6시가 가까웠으므로, 로베타는 이소벨을 집으로 돌려보냈다. 그러
나 1시간 반쯤 지난 뒤 이소벨은 다시 돌아왔다. 몹시 화가 난 듯한
표정으로 그녀는 말했다.

"우리 아빠 오늘 밤 무지하게 저기압이셔. 내가 우리 공연에 오실

수 있느냐고 여쭤 봤더니 화만 내셨어. 일요일 오후는 할머니댁에 가기로 되어 있지 않느냐시면서……. 나도 화가 나서 그냥 뛰쳐나와 버렸어!"

로베타는 속으로 웃었다.

'나를 화나게 만들었으니, 자기도 당연히 속을 좀 끓여야겠지. 어디 잘해 보라지!'

＊

가브리엘은 로베타가 요구한 대로 세스를 보내지는 않았다. 그 대신 그는 로베타가 출근한 뒤에나 와서 작업을 시작하고는 그녀가 퇴근하기 전에 돌아가곤 했다. 로베타로서는 누가 작업을 했는지 확인할 수가 없었고, 구태여 그러고 싶지도 않았다.

날마다 그녀는 작업이 진척된 상태를 볼 수가 있었다. 벽에는 새로 페인트칠이 되어 있었고, 목조 부분에는 니스 칠이 되어 있었으며, 문에는 새 손잡이가 달려 있었다. 피아노 밑에도 받침대를 괴어 균형을 잡아 놓았다. 그녀의 방문도 바로잡아 제대로 닫히도록 해놓았다. 꼼꼼한 솜씨였다.

＊

토요일 저녁 로베타는 그레이스가 입던 헌 드레스들 중에서 그래도 입을 만한 것 하나를 골라 입었다. 그리고 낡은 구두지만 정성껏 솔질해서 신고 파티에 참가하기 위해 언니 집으로 차를 몰았다. 가브리엘 팔리도 와 있었다. 그녀와 눈이 마주치자, 가브리엘은 손에 든 펀치 잔을 쳐들어 보였다. 로베타는 자신도 모르게 살짝 미소를 지어 보이고는 얼른 시선을 돌렸다. 다른 사람들의 시선을 의식해서였다.

두 사람이 눈을 마주치며 웃는 것을 보면, 마을에 또 무슨 소문이 활개를 칠지 알 수 없는 노릇이었다.

엘프레드는 나름대로 성공한 사업가였다. 그의 친구란 친구들은 다 몰려온 듯했다. 로베타가 아는 얼굴로는 은행 지점장인 제이 턴스틸과 보인턴 자동차대리점장인 햄린 영 정도였다.

그 밖에도 많은 사내들이 화려하게 차려 입은 아내와 함께 파티에 참석했다. 여자들은 로베타와 인사할 때 예외없이 냉랭한 표정을 지었고, 소개가 끝나기 무섭게 돌아서 버렸다. 그러나 남자들은 대부분 로베타의 손을 불필요할 만큼 오래 잡고 있으려고 했으며, 자기 아내가 보지 않는다고 생각하면 거침없이 로베타에게 추파를 보냈다.

엘프레드는 기회가 있을 때마다 로베타의 허리와 엉덩이에 손을 댔다. 그는 그레이스가 보거나 말거나 친절한 파티 주인 노릇을 한답시고 로베타 곁에서 떨어질 줄을 몰랐다.

로베타가 간신히 엘프레드에게서 빠져나왔을 때였다. 9시가 넘어 음악과 함께 파티가 무르익어 가자, 가브리엘 팔리가 커다란 종려나무 뒤에서 그녀 옆으로 다가왔다.

"나하고는 끝내 말도 안 할 작정이오?"

로베타는 그를 싸늘하게 돌아보았다.

"안녕하세요, 가브리엘 씨."

"오늘 밤 아주 멋져 보이는군요."

"고마워요. 당신도 멋있어요."

그는 이발을 하고 검은 양복 안에 하얀 셔츠를 받쳐 입은 차림에다 넥타이를 단정하게 매고 있었다. 말끔하게 면도한 그의 얼굴은 실외에서 하는 작업으로 약간 그을려 있었다. 고르지 못한 눈썹이 좀 고집은 있어도 매력 있는 남자로 보이게 했다.

"아직도 나한테 화가 나 있는 거요?"

"그래요. 당신은 아직도 내 집을 수리하고 있죠?"

"그렇소."

"그럴 줄 알았어요. 피아노를 제대로 놓아 주셔서 고마워요."

"천만에요."

"내 방의 문도 이젠 잘 닫히더군요."

"다음엔 내 면전에서 세게 닫더라도 제대로 닫히라고요."

"알았어요. 다음에도 나를 화나게 하겠다는 말씀이군요."

"그럴 시간도 없을 거요. 다음 월요일에는 수리가 다 끝나니까, 그 이후부터는 당신 눈앞에 얼씬거리지도 않을 거요."

"아, 듣던 중 반가운 말씀이군요. 열쇠를 뒷문에 놓아두시는 거나 잊지 말아 줘요."

"물론이죠."

로베타는 파티에 참석한 손님들을 둘러보았다.

"당신 어머님께서도 오실 줄 알았어요. 어떤 분인지 한번 뵙고 싶었는데."

"말했잖소. 우리 어머니는 이 댁 분들과 그리 친하지 않다고."

"아, 그러셨죠. 난 그분께서 날 싫어하셔서 안 오신 줄 알았죠."

가브리엘은 그 말엔 대꾸하지 않았다.

"아이들이 일요일 오후에 '하이어워서'를 공연하기로 했다던데요."

로베타는 화제를 돌렸다.

"이소벨이 말해 줬소."

"그런데 안 된다고 하셨다면서요? 할머니댁에 가야 한다고."

"이소벨이 당신한테 그런 말까지 했소?"

"아이들은 정직하죠."

"나도 정직한 인간이오. 이날까지 정직하게 살려고 애써 왔소."

"호오, 그래요?"

로베타는 눈을 크게 뜨고 그를 바라보았다.

가브리엘은 어이없는 웃음을 지었다.

"로베타, 이따 돌아갈 때 내가 동행해도 되겠소?"

"그러실 필요는 없는데요, 가브리엘. 난 차를 몰고 왔거든요."

"그렇다면 내가 대신 운전해 주겠소. 난 걸어서 왔으니까."

"하지만 도대체 왜 그러시겠다는 거죠?"

가브리엘은 신경질이 치받는 것을 억지로 참으려 했지만 잘 되지 않았다.

"당신이라는 여자는 정말 모르겠소, 로베타! 꼭 그렇게 이유를 꼬치꼬치 따져야만 직성이 풀립니까? 그냥 이해하고 넘어갈 수도 있는 일 아니오?"

피아니스트가 연주하는 슈트라우스의 왈츠보다 두 사람의 언성이 더 높아지자, 사람들이 하나 둘 돌아보기 시작했다. 로베타는 그들의 시선이 싫어서 얼른 물러서고 말았다.

"그렇담 좋아요. 다른 사람들이 이상한 눈으로 볼지도 모르니까, 파티가 끝난 뒤 아무도 모르게 내 자동차로 와요."

그러나 가브리엘은 남의 시선을 의식할 생각이 전혀 없는 듯했다. 파티가 끝나자 그는 로베타의 팔을 잡고 그레이스와 엘프레드에게 걸어가서 즐거운 파티였다고 말했다.

"내가 바래다줄게, 버디."

엘프레드가 앞으로 나서며 로베타에게 말했다.

"그럴 필요 없어, 엘프레드. 주에트 부인은 내가 댁까지 잘 모셔다 드릴 걸세. 자넨 여기 일이나 잘 마무리하게."

사람들이 일제히 엘프레드와 가브리엘을 돌아보았다. 엘프레드의
시선이 로베타의 팔을 잡고 있는 가브리엘의 손에 머물렀다. 그는 묘
한 표정을 지으며 친구와 처제의 얼굴을 번갈아 바라보았다.

　"좋을 대로 하게."

　파티 주인으로서 체면을 생각해서인지 그는 순순히 물러섰다.

　자동차를 세워 둔 곳으로 걸어가며 로베타는 가브리엘에게 말했다.

　"좀 조심하는 게 좋지 않아요? 오늘 여기서 있었던 일은 곧바로 당
신 어머님 귀에 들어갈 텐데요."

　가브리엘은 유쾌한 목소리로 대꾸했다.

　"로베타, 제발 우리 어머니 애긴 이제 좀 그만해요."

　로베타는 살짝 웃고는 입을 다물었다.

　가브리엘은 그녀의 자동차 운전석에 올랐다. 그는 보나마나 로베
타가 '운전은 나도 할 줄 알아요, 가브리엘!' 하고 한마디 할 거라고
예상했었다. 그러나 그녀는 아무 말 없이 운전석 옆자리에 앉았다.
가브리엘은 처음으로 그녀를 위해 무언가를 할 수 있게 된 것이 즐거
웠다.

　차가 브레컨리지 저택 앞에 도착하자, 가브리엘은 시동을 끄고 로
베타와 함께 현관 앞까지 걸어갔다.

　"엘프레드의 기분이 찝찝하겠는데. 사람들 앞에서 친구인 나한테
한방 먹은 셈이니 말이오."

　가브리엘이 웃으며 말했다.

　"형부는 창피를 좀 당해야 해요."

　로베타가 대꾸했다.

　"내가 줄곧 지켜보고 있었지만, 그는 당신 몸에 손을 대고 싶어 환
장한 사내처럼 보였소."

"그것도 자기 집에다 나를 초대해 놓고, 자기 아내이자 내 언니인 그레이스가 보는 앞에서 말이에요. 뺨이라도 후려치고 싶었어요!"

"왜 후려치지 않았소?"

"다음엔 정말 가만두지 않겠어요. 바래다 주셔서 고마워요."

"천만에요."

"정말 내일 아이들 공연을 안 보실 생각이세요?"

"무슨 말씀을. 아이들이 그동안 애써 준비한 것을 어떻게 안 볼 수 있습니까? 그랬다간 아이들이 나를 당신 다음으로 퇴보한 인간으로 볼 거예요."

그의 농담에 로베타는 웃었다.

"내일 오후에 봐요, 그럼."

로베타는 계단으로 올라가며 말했다. 그녀는 계단 아래 서 있는 가브리엘의 머리 위로 달빛이 하얗게 내리고 있는 것을 보았다. 달빛은 마당의 풀밭 위로도 하얗게 내리고 있었다. 그녀는 문득 머리를 쳐들고 하늘을 보았다. 은가루를 뿌린 것처럼 무수한 별들이 밤하늘을 수놓고 있었다.

가브리엘은 얼른 돌아서지 못하고 있었다. 로베타도 곧바로 계단을 올라가서 거실로 들어가지 않았다. 두 사람은 한동안 그렇게 말없이 선 채 서로를 바라보았다.

"우리가 지금 뭘 하고 있는 거죠, 가브리엘?"

남자의 행동을 재촉하는 듯한 로베타의 말투에 가브리엘은 찔끔 놀랐다. 그러나 그는 꼼짝도 할 수가 없었다. 환한 달빛과 밤하늘에 총총한 별들. 하얗게 빛나는 풀밭과 바람결에 묻어오는 라일락 향기. 저 아래 항구에서 은은하게 비치는 가로등 불빛. 그 모든 것을 두고도 그는 감히 로베타에게 키스할 용기가 나지 않았다.

"글쎄요, 로베타."

무심결에 그의 입에서 나온 대답은 그렇게 한심했다. 그는 두려워하고 있었다. 마을 사람들의 경멸과 비웃음을, 그리고 어머니의 실망을. 그러나 무엇보다도 그는 나중에 후회하게 될 것이 두려웠다.

그래서 그들은 작별 인사를 하고 헤어졌다. 그가 수리한 현관문이 건널 수 없는 철책처럼 두 사람 사이를 가로막았다.

✳

하지만 그렇게 헤어진 덕분에 두 사람은 다음날 아이들의 연극을 보기 위해 다시 만났을 때는 한결 마음이 편할 수 있었다. 그들을 아는 사람이라면 두 사람의 표정만 봐도 그들 마음속에 어떤 감정이 흐르고 있는지 알아차릴 만했다. 그렇지만 그들의 딸들은 연극 준비에 정신이 없어 자기들의 엄마 아빠가 어떤 기분인지 전혀 눈치채지 못했다.

공연을 보러 온 관중은 좀 초라한 편이었다. 엘프레드와 그레이스는 로베타의 집 풀밭에 앉아 자기 딸들이 인디언 의상을 걸치고 이리 뛰고 저리 뛰는 꼴을 보는 것은 체면을 손상시키는 일이라고 생각한 모양이었다. 그래서 자기들 대신에 하녀인 소피를 보냈다. 로베타가 없을 때는 일부러 찾아와서 집 안을 살피고 간 이소벨의 할머니도 오지 않았다. 공연히 이런 자리에 나갔다가는 이혼녀를 인정하는 인상이라도 줄까 싶어 신경 쓴 모양이었다.

그런데 엘리자베스의 부모인 드모스 부부가 참석하리라고는 로베타도 미처 예상하지 못했던 일이었다. 그들은 자신들의 딸이 날마다 어디에서 그렇게 시간을 보내고 오는지 확인하고 싶었던 모양이었다. 그들은 로베타에게 매우 친절하게 대했지만 어쩐지 거리감을 두는 듯했다. 또 자신들이 깔고 앉을 담요를 준비해 온 사람도 그들뿐이었다.

베키에게 가자미를 준 동네 소년들과, 학교에서 온 아이들도 맨 앞자리를 차지하고 앉아 있었다. 그러나 무엇보다도 놀라운 것은 베키와 수잔의 영어 선생인 미세스 로버슨과 미스 웜이 참석한 일이었다.

아이들의 공연은 제법 창의적인 구석이 엿보였다. 롱펠로우의 시구에다 붙인 멜로디도 그럴듯했고, 자작나무 껍질을 붙여 만든 카누와 인디언 의상도 멋있어 보였다.

"오, 자작나무여, 너의 껍질을 우리에게 다오!"

마셀린이 카누를 젓는 시늉을 하며 노래를 부르자, 검은 옷을 뒤집어쓰고 노란 부리를 한 트루디가 나와서 딱따구리의 머리가 빨갛게 변한 내력에 대해서 노래하기 시작했다. 수잔은 달에 그림자가 생긴 이유를 노래했고, 코린다는 무지개의 빛깔에 대해서, 리디아는 왜 새가 노래하는지에 대해서 노래했다.

한걸음에 1마일을 간다는 아름다운 모카신을 신고 나온 베키는 하이어워서가 미네하하에게 고백하는 연시를 노래했다.

여자는 남자라는 활에 매인 시위와도 같은 것,
비록 그를 구부리나 그에게 복종하며,
그를 당기면서도 동시에 그를 따르니.
당신 없인 나 또한 아무 쓸모없도다!

풀밭에 앉아 아이들의 연극을 바라보면서도, 로베타는 자신의 옆얼굴에 쏟아지고 있는 가브리엘의 뜨거운 시선을 느끼고 있었다. 그녀는 무심한 표정으로 주위를 돌아보는 척하며 그를 힐끔 보았다. 가브리엘은 다른 사람들이 어떤 눈으로 보든 개의치 않는다는 표정으로 그녀를 뚫어지게 응시하고 있었다.

'활과 시위, 남자와 여자.'

로베타는 묘한 기분이 들었다. 마을 사람들의 비난과 경멸에 대한 반발이 강할수록, 가브리엘에 대한 호감이 오히려 높아지는 느낌이었다. 그렇다고 해서 남자에 대한 그녀의 혐오감이 갑자기 사라질 리는 없었고, 가브리엘 역시 죽은 자기 아내밖에는 모르는 사내였다.

이혼한 여자와 아내와 사별한 남자. 그들이 다시 활과 시위의 관계로 묶일 수도 있을까? 온 마을 사람들이 그녀를 경멸하고, 남자의 어머니는 지나치게 예민하게 아들을 지켜보고 있었다. 그런데도 그녀와 그의 딸들은 우정을 꽃피우고 있었다.

두 사람은 포치에서 진행되고 있는 공연에 시선을 돌렸다.

비록 그를 구부리나 그에게 복종하며
그를 당기면서도 동시에 그에 복종하니……

롱펠로우는 이런 상태의 남녀를 이해하고 있었음이 분명하다.

당신 없인 나 또한 아무 쓸모없도다!

그렇지만 난 가브리엘 팔리가 없어도 얼마든지 쓸모가 많은 여자니까 뭐, 하고 로베타는 생각했다.

'암, 난 이미 그걸 증명해 보였어. 보스턴에서 여기까지 어려운 이사를 했고, 내 딸들을 남들보다 더 잘 키울 거야. 내겐 집도 있고, 자동차도 있고, 버젓한 직장도 있어. 그런데 왜 또 사내한테 이끌려서

지옥 같은 삶을 자초하냔 말이야?'

그 점에서는 가브리엘도 마찬가지일 것이었다. 그에게도 사랑스런 딸과 깨끗하고 멋진 집이 있고, 그를 보살펴 주는 가족이 있고, 괜찮은 가게도 있다. 그런 사내가 뭐가 답답해서 혹이 셋이나 달린 이혼녀와 인연을 맺는 따위의 어리석고 무모한 짓을 할 것인가?

아이들의 연극 공연이 끝났다. 박수와 환성이 쏟아졌고, 학교에서 나온 두 여선생은 로베타와 가브리엘에게 아이들의 재능을 칭찬했다. 다른 사람들한테는 친절하고 상냥한 태도를 보이면서도, 로베타와 가브리엘은 서로에게 묘한 거리감을 느끼고 있었다.

로베타는 무대에서 내려온 딸들을 힘껏 안아 주며 칭찬을 아끼지 않았다. 그러나 가브리엘은 기특하다는 듯이 이소벨의 등을 두어 차례 어색하게 다독여 주었을 뿐이었다. 로베타는 그가 애정 표현을 전혀 할 줄 모르는 남자가 아닐까 하는 의심이 들었다.

손님들이 돌아가기 시작하자, 로베타는 가브리엘에게 다분히 의식적으로 냉담한 표정을 지으며 잘 가라고 말했다. 그러나 이소벨에게는 다정다감한 태도로 또 놀러오라는 말을 해주었다. 이소벨은 행복한 미소를 지으며 로베타를 정답게 껴안았다.

＊

월요일 오후 로베타가 퇴근해서 돌아왔을 때 가브리엘은 작업을 다 마치고 트럭의 시동을 걸고 있었다. 그녀는 그의 트럭 뒤에다 자기 차를 세우며 소리쳤다.

"잠깐만요, 가브리엘!"

그가 트럭에서 내리며 로베타에게 물었다.

"무슨 일이오?"

"당신에게 예방 주사를 놔 드리겠다고 약속했잖아요. 그래서 서둘러 돌아온 거란 말이에요. 자, 안으로 들어가요."

"오, 그럴 필요는 없소."

"없긴요. 어서 따라와요."

그는 머뭇거리다가 마지못해 그녀를 따라갔다.

"아프진 않소?"

거실로 들어서며 그는 자못 걱정스러운 듯이 물었다.

"음, 약간요. 하지만 그건 중요하지 않아요. 주사를 맞음으로써 디프테리아를 예방할 수 있다는 것이 중요하죠. 다음 주엔 노스포트에 있는 학교로 출장가기 때문에 시간이 없어요."

로베타는 그를 식당으로 데려가서 의자에 앉힌 뒤 명령했다.

"소매를 걷어 올려요."

그녀는 알코올을 적신 솜으로 그의 팔을 소독한 뒤 주사기를 꺼내 들었다.

"보기가 끔찍하면 눈길을 저리 돌려요."

그렇지만 가브리엘은 눈길을 돌릴 수가 없었다. 그녀가 들고 있는 주사기라는 것이 뜨개질용 바늘처럼 굵어 보였다. 그것이 피부를 뚫고 들어오면 한 길은 팔짝 뛸 것 같았다.

"눈길을 돌리라니까요."

얼굴이 하얗게 질린 그에게 로베타가 말했다.

가브리엘이 눈길을 돌리는 순간 바늘이 그의 팔뚝 속으로 파고 들어왔다. 그는 순간 근육을 긴장시키며 투덜거렸다.

"젠장!"

"괜찮아요?"

그가 한숨을 토하며 머리를 끄덕였다.

"당신이 욕하는 소린 처음 들어요."

"너무 아파서……."

"한참 갈 거예요. 내일쯤은 아마……."

가브리엘을 돌아본 로베타는 깜짝 놀랐다. 그는 얼굴이 백지장처럼 변해서 눈을 감은 채 가늘게 떨고 있었다.

"가브리엘, 정신차려요!"

로베타는 그를 의자 등받이에 편하게 기대도록 해주었다. 생전 주사를 안 맞던 사람이라, 가벼운 충격을 받은 모양이었다.

"미, 미안해요. 난……."

가브리엘은 어지러운 듯 말을 중단했다.

"머리를 뒤로 젖히고 두 다리를 쭉 펴세요."

로베타는 그의 머리를 조심스럽게 뒤로 밀었다. 그의 짙은 모래색 머리카락과 갈색 목덜미에 그녀의 차갑고 하얀 손이 닿았다. 로베타는 가브리엘의 목덜미를 부드럽게 문지르기 시작했다.

"좀 덜하세요?"

가브리엘은 가볍게 머리를 끄덕였다. 다시 현기증이 일었다.

"물수건을 가져올게요."

로베타는 하얀 타월을 차가운 물에 적셔서 가져왔다.

"이걸 얼굴에 대고 있으면 좀 나아질 거예요."

그는 물수건을 받아 거기에다 얼굴을 묻었다.

"심호흡을 서너 번 하세요. 금방 나아질 테니."

가브리엘이 시키는 대로 하는 동안, 로베타는 그의 어깨가 오르락내리락하는 것을 보았다. 그녀는 학교에서 쇼크를 받은 아이들에게 하듯이, 가브리엘의 굵은 목덜미와 어깨를 부드럽게 문질러 주었다.

가브리엘은 머릿속의 현기증이 차츰 가라앉는 것을 느꼈다. 그로서는 누군가에게 이렇게 안마를 받아본 지가 무척 오래된 것 같았다. 아내 캐롤라인이 죽은 이후로, 여자의 손길이라곤 거의 느껴 본 적이 없었던 그였다.

현기증이 완전히 가라앉은 뒤에도 그는 자신의 어깨와 목덜미에 느껴지는 그녀의 부드럽고 편안한 손길을 뿌리치고 싶지가 않았다. 늦은 오후 시간이라 햇빛이 부엌 안으로 깊숙이 비춰 들었고, 창밖에는 갈매기 울음소리만 낭자하게 들렸다. 그 소리와 함께 싱그러운 풀 냄새가 봄바람을 타고 방안으로 들어왔다.

그녀의 손길은 그가 오랫동안 잊고 있었던 감각을 되살려 놓았다.

"정말 기분이 좋은데요."

가브리엘은 상체를 식탁 위에 엎드린 채 나직이 중얼거렸다. 로베타가 미소를 지으며 문지르는 동작을 조금 더 계속하자, 그는 순한 어린아이처럼 조용히 있었다. 잠시 후 그녀는 동작을 멈추고 그를 살펴보며 물었다.

"졸고 계시는 거예요, 가브리엘?"

"으음."

"이젠 좀 나아졌죠?"

"으음."

목덜미에서 손을 떼자 가브리엘은 머리를 쳐들었다. 물수건의 물기 탓으로 얼굴과 머리카락 앞부분이 젖어 있었다. 그는 풀린 눈으로 로베타를 바라보았다. 그리고는 물수건을 돌려주며 그녀의 손을 살짝 잡았다.

"가브리엘, 나는……."

"아무 말도 말아요."

그는 여자를 끌어당겨 자기 무릎 위에 앉혔다.

"이러지 말아요, 가브리엘."

"진심이오?"

"네. 난 당신과 불편한 관계가 되고 싶지 않아요."

"그건 나도 마찬가지요. 난 단지 당신과 키스를 하고 싶다는 생각을 했을 뿐이오. 당신도 그럴 거라고 생각했는데."

"바보 같은 생각이에요."

"당신은 말이 너무 많아. 그거 알아요?"

그가 키스를 하자 로베타는 더 이상 저항하지 않았다. 그의 입술은 물수건으로 인해 차갑고 축축했다. 그리고 그의 혀는 약간 둔하긴 했지만 따뜻하게 느껴졌다. 로베타는 그가 하는 대로 얌전히 있었다. 남자로부터 키스를 받아 본 것도 오래전의 일이었다. 남편 조지와는 이혼하기 몇 년 전부터 키스는커녕, 포옹조차 하지 않았다.

가브리엘은 생각했던 것보다 훨씬 빠른 속도로 달아올랐다. 차갑던 그의 입술은 금방 뜨겁게 변했고, 그의 몸도 순식간에 격정에 휩싸이는 듯했다. 그녀의 엉덩이를 쓰다듬던 그의 손이 젖가슴으로 올라오자, 로베타는 그의 가슴을 밀어내고 무릎 위에서 내려왔다.

"이건 별로 좋은 생각이 아니에요."

로베타의 목소리도 흥분으로 떨리고 있었다.

"나도 방금 그런 생각을 했소."

"이건 어제 들었던 그 활과 시위라는 시 때문인 것 같아요."

"그럴지도 모르죠."

"파티에 참석했던 사람들이 방금 우리가 한 짓을 알면 온 마을에 또 한 차례의 소동이 벌어지겠죠?"

"난 말하지 않겠소."

그는 내가 언제 현기증이 났냐는 듯이 자세를 바로잡았다.

"그 정도의 지각은 있으니까."

"그럼은요."

로베타는 식탁 위에 놓인 물수건을 집어 들었다.

"아이들이 돌아올 시간이에요. 그만 가 보시는 게 좋겠어요."

"그러죠."

가브리엘은 의자에서 일어났다.

"현기증은 완전히 가셨어요?"

"감쪽같이."

그는 웃으며 말했다.

"미안해요, 어린애같이 굴어서."

"어린애 같아서가 아니에요. 이따금씩 쇼크를 받는 사람도 있죠."

"아무튼 고맙소."

로베타의 얼굴에 엷은 그림자가 어렸다. 그는 단지 장난으로 키스를 한번 해본 것일까? 이혼녀란 과연 소문대로 그런 여잔지를 시험해 보려고? 그러자 가슴속에 작은 후회 같은 것이 일었다. 내가 또 실수를 한 것일까?

"이곳 일은 이제 다 끝났나요?"

"네. 이젠 당신을 귀찮게 할 일이 없을 겁니다."

로베타는 그를 계단 아래까지 전송해야 할지, 그냥 그대로 서 있어야 할지 판단할 수가 없었다. 결국 그녀는 그대로 서 있었다. 가브리엘은 다른 말은 한마디도 하지 않고 그 자리를 떠났다.

장미를 가꾸는 시간

저녁이 되면 가브리엘은 외로웠다. 이소벨은 늦은 시간까지 주에 트 부인의 딸들과 놀다가 돌아오는 것이 버릇이 되고 말았다. 그동안 외롭게 커온 딸을 생각하면 친구들과 그렇게 즐겁고 행복한 시간을 보내는 것을 나무랄 수는 없는 노릇이었다. 그렇지만 딸 하나만 바라 보며 살아온 그로서는 갑자기 버림받은 듯한 쓸쓸한 기분을 떨쳐 버 리기가 어려웠다.

이소벨은 그런 아버지의 심정을 전혀 모르는 것 같았다. 아버지에 대한 관심도 점점 없어져 갔다. 조금씩 도와주던 집안 청소나 요리도 차츰 그에게 미루는 일이 많아졌다.

완고하고 엄격한 편인 그의 어머니도 아들이 자기 경고를 무시하 고 자꾸만 이혼녀와 가까워지자 차츰 발길이 뜸해졌다. 과자 항아리 가 비어도 채워 주지 않았으며, 음식을 만들어 찾아오지도 않았다. 어 미 말을 귀담아듣지 않는 아들은 꼴도 보기 싫다는 뜻임이 분명했다.

그날 저녁도 가브리엘은 텅 빈 집에서 혼자 스튜를 끓이며 이소벨이 돌아오기를 기다리고 있었다. 6시가 가까워 오고 있는데도 이소벨은 돌아올 기미조차 보이지 않았다. 그런데 느닷없이 전화벨이 울렸다. 그는 전화기에 다가가서 수화기를 집어 들었다,

"여보세요?"

"안녕하세요, 팔리 씨? 전 수잔 주에트예요. 우리도 전화를 놓았어요!"

"그래? 정말 멋지구나."

"엄마는 우리들에게 한 통화씩 해도 괜찮다고 하셨어요. 그래서 전 아저씨한테 하는 거예요. 이소벨이 우리와 함께 저녁을 먹어도 되는지 여쭤 보려고요."

뭘 먹을 건데, 하고 그는 물어보고 싶었다. 내가 가면 안 되니? 그렇지만 막상 그의 입에서 나온 말은 영 엉뚱한 것이었다.

"이소벨은 거기에서 너무 오래 놀았는데."

"오, 그렇지만 우린 괜찮아요. 그렇죠, 엄마?"

가브리엘은 수화기로 들려오는 피아노 소리를 들을 수 있었다. 아이들이 난리를 치거나 말거나 내버려두고, 피아노 앞에 앉아 연주를 하고 있는 로베타의 모습이 눈앞에 선했다. 수잔의 목소리가 다시 들려왔다.

"엄마가 괜찮대요. 제발요, 팔리 씨. 그러면 안 돼요?"

"숙제도 해야 할 거야."

"그렇지만 오늘은 금요일이에요. 숙제는 내일 해도 되고요, 팔리 씨. 우린 해안에서 조개 요리를 할 생각이에요. 무척 재미있을 거라고요!"

"난 이미 이소벨과 함께 식사할 준비를 다 해놓았는걸."

"그럼 안 돼요? 엄마, 아저씨가 안 된대요……."

수잔이 자기 엄마에게 애원하는 소리가 들려왔다. 그러자 피아노 소리가 뚝 그치더니 곧 로베타의 목소리가 흘러나왔다.

"가브리엘?"

"오, 로베타……."

"이소벨도 그러길 원하니 허락해 주세요."

내가 너무 외로워서 안 되겠소, 라고 그는 말하고 싶었지만 차마 그럴 수는 없었다.

"너무 폐를 끼치는 것 같아서……."

"우리 모두가 이소벨을 좋아하는데요 뭘. 아이들은 해안으로 피크닉을 나가서 조개잡이를 하고 싶어해요."

"그렇다면 할 수 없군요."

"고마워요, 가브리엘."

"천만에요. 이소벨이 너무 귀찮게나 해드리지 않으면 좋겠군요."

"그럴 리는 없어요, 가브리엘. 어두워지더라도 너무 염려 마세요. 제가 차에 태워서 데려다 줄 테니까요."

"고마우신 말씀."

"아무 일도 없을 거예요. 우린 자동차로 갈 테니까요."

가브리엘은 전화를 끊기가 어쩐지 아쉬운 생각이 들었다.

"노스포트에서는 예방 접종이 끝났소?"

"네. 지금은 링컨빌로 출근하고 있어요."

"나처럼 기절하는 아이는 없었소?"

"오, 가브리엘……, 당신은 기절하신 게 아니에요. 약간 현기증을 느꼈을 뿐이었죠."

"그래도 난 죽다 살아난 기분이었소."

"그래요? 하긴 주사 바늘이 좀 굵었죠."

수화기로 그녀의 웃음소리가 들려왔다.

"뭐가 그리 우습소? 혹시 날 골탕 먹이려고 일부러 굵은 바늘로 찌른 건 아니겠죠?"

그녀가 깔깔거리며 웃었다.

"그럴 리가 있나요, 가브리엘. 그건 성인용 주사기였어요. 아이들용과는 다르죠. 주사액도 좀 많았고요."

"아무튼 고마웠소. 그리고 로베타……."

"네에?"

"그날 일에 대해 곰곰이 생각해 봤는데……."

"아, 네……."

"아무래도 당신의 심사를 번거롭게 한 것 같아 미안하게 생각하고 있소. 늦었지만 사과드립니다."

"괜찮아요, 가브리엘. 잊어버리기로 한걸요."

"그렇다면 됐군요. 난 그 문제로 일주일 내내 고민했죠. 그래서 분명히 매듭을 지어야겠다는 생각을 했소."

"한 가지 여쭤 봐도 되겠어요, 가브리엘?"

"뭡니까?"

"이소벨 얘기로는 할머니가 이젠 과자도 안 가져오시고 집안 일에도 무심하시다고 들었는데, 혹시 나 때문인가요?"

"이소벨이 그런 말을 했소?"

"네, 그래요."

"두 식구가 사는 집안에 일이랄 게 뭐 있어야죠. 게다가 이소벨은 요즈음 학교가 끝나기 바쁘게 그곳에서 살다시피 하고 있잖습니까."

"제 질문에 대답하지 않았어요, 가브리엘."

가브리엘은 잔기침을 한 번 한 뒤 대답했다.

"당신 때문이 아니요."

로베타는 잠시 침묵했다. 가브리엘이 거짓말을 하고 있다는 생각이 들었다.

"그 문제에 대해서 우리 얘기를 좀더 하면 어때요? 그렇게 혼자 저녁을 드실 게 아니라, 해변으로 나오셔서 아이들과 조개도 함께 잡으면서 말이에요."

가브리엘은 그녀의 제안에 깜짝 놀랐다.

"저야 기쁘지만, 정말 그래도 괜찮겠소?"

"괜찮지 않고요. 조개잡이를 해본 지도 여러 해가 되었거든요."

"좋습니다, 로베타. 지금 당장 나가겠소."

15분 뒤 그는 로베타의 집 마당으로 들어섰다. 갈색 바지와 편해 보이는 노퍽 재킷(등과 가슴에 주름을 잡고, 그것을 허리 벨트로 누른 재킷) 차림이었다. 그는 계단을 두 걸음으로 오른 뒤 현관문을 열었다. 안에서는 아이들의 떠들썩한 웃음소리와 로베타의 고함 소리로 시끌벅적했다.

"조개를 캘 부삽과 갈고리가 없어. 이소벨, 아빠한테 전화해서 부삽과 갈고리가 있는지 여쭤 봐!"

가브리엘은 부엌문으로 다가가며 말했다.

"이미 준비해 왔소. 조개를 담을 마대와 불 지필 나무까지 트럭에다 실어 놨소."

로베타가 그를 돌아보고는 환하게 미소 지었다.

"오, 가브리엘, 벌써 오셨군요!"

그녀는 가브리엘이 처음 보았을 때의 모습으로 돌아가 있었다. 하얗고 깨끗한 간호사 유니폼 대신 커다란 단추들이 목에서 배까지 달린 시커멓고 풍성한 원피스 차림이었다. 구겨진 원피스는 다림질이 필요했고, 뒤축이 다 닳아빠진 검은 구두도 수선이 필요한 것 같았다. 머리카락도 엉망으로 헝클어진 상태였다. 그런데도 가브리엘은 그녀와 아이들을 다시 보니, 비로소 자신이 살아 있는 것 같은 느낌이 들었다.

"그렇소, 로베타."

그는 다정한 목소리로 말했다. 이소벨이 그에게 달려와 안겼다.

"아빠, 난 믿을 수가 없어요!"

"뭐가 말이냐?"

"아빠가 우리랑 같이 조개잡이 가신다는 게 말이에요!"

가브리엘은 딸의 어깨에 손을 얹고 말했다.

"주에트 부인이 초대해 주셨어. 괜찮겠니?"

"그럼요, 아빠! 무척 재미있을 거예요. 아줌마가 나도 조개를 캘 수 있대요."

"넌 조개를 싫어하는 줄 알았는데."

"그랬죠. 하지만……."

이소벨은 어깨를 약간 으쓱하곤 말을 계속했다.

"그건 엄마가 살아 계실 때 얘기죠. 지금은 저도 많이 컸어요. 어쩌면 조개 요리를 좋아하게 될지도 몰라요!"

가브리엘은 로베타를 돌아보며 모처럼 즐거운 저녁 시간을 보내게 될 것 같은 예감이 들었다. 그녀는 소금·후추·고춧가루 등의 양념을 식탁 위에 놓인 광주리에다 담고 있었다.

"어디 보자……, 감자를 좀 가져가야겠군. 베키, 접시와 수저들을 좀 챙기렴. 수잔과 이소벨은 컵을 챙기고, 리디아는 담요를 한 장 가져오렴."

가브리엘은 자기 딸이 로베타의 지시를 받아 다른 아이들과 함께 움직이는 것을 지켜보았다. 그런데 이소벨은 이미 이 집안의 물건들에 아주 익숙해진 듯한 느낌이었다. 컵은 어디에 있고 접시는 어디에 있는지 다 알고 있었다.

"이소벨이 이 집안의 살림살이에 대해 다 알고 있는 것 같군요."

"제가 그렇게 시키니까요."

로베타는 바구니를 보자기로 싸며 대꾸했다.

"그건 내가 들고 가죠."

가브리엘이 바구니를 받아 들었다.

"깨끗한 마포가 필요한데……."

"내가 가져왔소."

"그러면 물만 좀 담아 가면 되겠군요?"

"물도 트럭에 실어 놨소."

"세상에!"

로베타는 어이없다는 투로 웃었다.

"준비는 우리보다 오히려 더 많이 하셨군요? 그것도 15분 만에 말이에요."

"시간 걸릴 이유가 없죠. 모든 게 항상 제자리에 있으니까요."

"옷까지 갈아입으셨군요."

"물론이죠."

가브리엘은 싱긋 웃었다.

"아무튼 대단하시군요, 가브리엘."

로베타도 생긋 웃었다.

두 사람은 유쾌한 기분으로 아이들과 함께 마당으로 나갔다. 겉으로 보기에는 식구가 여섯 명인 아주 평범한 가족 같았다. 아이들 넷은 다정하게 잘 어울려서 마치 친자매처럼 느껴졌다. 로베타와 가브리엘도 지난번 키스 사건으로 좀 어색한 감정이 남아 있긴 했지만, 여러 해 동안 아이들과 함께 살아온 얘기들을 비교적 스스럼없이 주고받을 수가 있었다.

그들이 집을 나섰을 때 해는 아직 지평선 위에 머물고 있었다. 가브리엘은 운전석 옆자리에 앉았고, 네 소녀는 뒷좌석에 끼어 앉았다. 로베타가 차를 출발시키자 아이들은 일제히 노래를 부르기 시작했다.

"푸른 바다를 노 저어 가자, 우리의 아름다운 돛배를 타고……."

로베타가 가브리엘에게 물었다.

"조개가 많은 곳이 어디죠?"

"글렌코브 개펄이죠."

"아참, 그랬지. 락포트 쪽으로 내려간 곳 말이죠."

"자주 가본 모양이죠?"

"그럼요. 여기서 학교 다닐 때죠. 당신은요?"

"나도 그랬소. 캐롤라인과 결혼한 후에도 자주 갔죠."

"그런데 부인이 돌아가신 후로는 한 번도 안 가셨군요?"

가브리엘은 잠시 로베타의 얼굴을 살펴보고는 머리를 끄덕였다.

"그런 셈이오."

"괜찮겠어요?"

"글쎄, 모르겠소. 이제 가보면 알게 되겠지."

뒷좌석에서는 소녀들이 지칠 줄 모르고 외쳐댔다.

"마침내 우리들이 탄 돛배는, 포츠머스 물결 위로 닻을 내리네……."

로베타는 글렌코브 개펄이 내려다보이는 언덕 위에 차를 세웠다. 소녀들은 환성을 지르며 차에서 내려 개펄로 달려갔다. 푸른 산 그림자가 길게 드리워진 개펄 너머로 넘실대는 파도가 석양에 반짝이고 있었다.

로베타와 가브리엘은 자동차에 기대고 서서 아이들이 개펄에서 조개를 캐는 것을 조용히 지켜보았다. 기운을 잃은 파도가 모래톱 가장자리를 부드럽게 핥고 있었고, 저녁거리를 찾아나온 게들이 갑작스런 아이들의 출현에 깜짝 놀라 재빠르게 구멍 속으로 숨었다.

"아내는 조개 요리를 별로 좋아하진 않았소."

가브리엘은 눈앞에 펼쳐진 평화로운 풍경을 바라보며 입을 열었다.

"그렇지만 조개잡이는 무척 좋아했죠. 특히 해가 아직 물 아래에 있을 때, 그리고 저 섬들이 뿌연 아침 안개에 싸여 있을 때를 좋아했죠. 아내는 해돋이의 장관을 놓치지 않으려고 새벽에 이곳으로 데려다 달라고 졸라대곤 했어요."

로베타는 해안의 절벽을 배경으로 서 있는 가브리엘의 옆얼굴을 살펴보았다. 부드러운 해풍이 그의 앞머리를 가볍게 흔들었다. 그의 곧은 콧마루와 침울해 보이는 입술 가장자리로 석양이 부서져 내리고 있었다.

"그런 행복한 추억을 지니고 있다는 건 부러운 일이에요. 나에게도 그런 아름다운 추억들이 있으면 좋겠는데."

가브리엘은 깊은 생각에 빠진 듯한 얼굴을 돌려 로베타를 바라보았다. 로베타는 그의 표정에서 잃어버린 아내에 대한 깊은 슬픔과 사무치는 그리움 같은 것을 발견할 수가 있었다. 비록 젊은 나이에 세상을 떠났지만, 한 남자로부터 그만한 사랑을 받은 캐롤라인이 그녀는 부러웠다.

개펄에서 외치는 아이들의 목소리가 들려 왔다. 그것은 갈매기들의 울음소리와 섞여 산울림이 되어 수평선으로 멀리 퍼져 나갔다.

"우와, 여기도 있어! 캐내! 캐내라고!"

"나는 모닥불을 피울 테니 당신은 해초라도 좀 따봐요."

가브리엘이 로베타 앞에서 너무 자기 아내 생각만 한 것이 미안했던지, 어색한 미소를 지으며 말했다. 그가 바위들을 지나 앞으로 나가자, 게들이 구멍 속으로 일제히 도망쳤다.

모닥불이 활활 타오르기 시작하자 로베타와 아이들은 각자의 노획물들을 들고 주위로 몰려들었다. 로베타는 자신이 따온 다시마와 아이들이 캔 조개들을 깨끗한 물로 씻었다. 해가 산 너머로 숨자 공기는 차츰 푸르고 차가워졌다. 섬들의 꼭대기 부분에 남아 있던 황금빛 햇살마저 사라지자, 페놉스콧 만은 바야흐로 밤을 맞을 준비를 하고 있는 듯했다.

불에 탄 나무가 숯으로 변하자 로베타는 가브리엘 옆에 앉아 조개요리를 할 준비를 했다. 숯불 위에 납작한 돌을 올려놓고, 그 위에 다시마를 두껍게 깐 다음 깨끗한 마포를 깔고 양념한 조개들을 쏟아부었다. 그리고는 마포 가장자리를 잘 여민 뒤 여러 개의 돌로 단단히 눌렀다.

"자, 이제 1시간 후면 우리들은 왕이 부러워할 만한 식사를 하게 된다."

가브리엘이 뒤로 한 걸음 물러앉으며 말했다.

"아이, 배고파."

리디아가 응석을 부렸다.

"나도 배고파."

이소벨이 맞장구를 쳤다.

"다들 합창이라도 하렴. 그러면 시간이 후딱 지나갈 거야."

로베타가 말했다.

"노랜 많이 한걸요."

수잔이 아이들을 둘러보며 제안했다.

"우리 개펄에 가서 게라도 잡자."

땅거미가 내리기 시작한 개펄로 아이들이 몰려가자, 가브리엘은 자리에서 일어섰다.

"난 모닥불이나 하나 더 피워야겠소. 이따가 둘러앉을 자리가 있어야지."

모닥불이 활활 타오를 때는 해변이 어둑어둑해지며 공기도 더 차갑고 눅눅하게 느껴졌다. 그들은 모닥불 주위에 있는 거북등처럼 넙적한 바위에 모여 앉았다. 모닥불로 얼굴은 금방 발갛게 익어가는데도 등허리는 시려 왔고, 딱딱한 바위에 엉덩이가 감각을 잃을 지경이었지만 조개 요리의 맛은 둘이 먹다가 하나가 죽어도 모를 만큼 일품이었다.

로베타가 밤하늘을 바라보며 시를 암송했다.

"보랏빛 부드러운 저녁이 찾아와, 영롱한 별들을 저 창공에 매달았도다."

가브리엘이 그녀를 돌아보았다.

"그건 누가 지은 시요?"

"내가 지은 거예요, 방금."

로베타가 웃으며 대답했다.

가브리엘은 잠시 생각한 뒤 말했다.

"주에트 집안의 여자들은 모두 시의 재능을 타고난 모양이오."

"그런지도 모르죠. 하지만 난 당신처럼 포치를 짤 줄은 몰라요."

로베타는 목수의 재능도 아무에게나 주어지는 것은 아니라고 가브리엘에게 말했다.

"그건 몰랐군요. 방금 그 시는 그것으로 끝이오?"

"원하신다면 계속할 수도 있어요."

"그런가요?"

로베타는 별것 아니라는 듯이 어깨를 들썩해 보였다.

"2시간쯤 생각하고 참고 서적을 뒤적거린 뒤에 쓰는 것이 아니라, 지금이라도 당장 줄줄 읊어 나갈 수 있다는 말입니까?"

"난 언제나 시와 음악과 연극을 좋아했거든요. 내 딸들도 아마 나를 닮은 모양이에요."

"그러시다면 좀더 계속해 보시죠. 듣고 싶군요."

로베타는 떠오르는 달을 조용히 바라보았다. 그녀의 입술이 잠시 소리없이 움직이더니, 이윽고 다음 시구가 흘러나왔다.

"우리의 숱한 꿈들이 사위어 갈 무렵, 그 별들은 곤두박질치며 낮이 되누나."

"당신은 정말 굉장한 여자요, 로베타."

가브리엘은 감탄하며 말했다.

"당신도 굉장한 남자예요, 가브리엘."

"내가 뭘. 난 한 번도 시를 지어 본 적이 없소. 글쓰는 일이라면 워낙 손방이니까. 글은커녕 말이나 좀 제대로 하라고 내 동생은 노상 타박이오."

"말씀만 잘하시던데요 뭘."

"당신 집에선 그렇소. 분위기가 좋아서 그런지 말이 술술 잘 나오거든. 당신과 아이들이 워낙 쾌활하니까 그런 것 같소."

로베타는 웃으며 막대기로 모닥불을 뒤적거렸다.

"부인과는 얘기를 많이 하셨나요?"

"아니오. 우린 둘 다 조용한 편이었지만 서로 편안했소."

"멋지군요. 내 남편이었던 사람과 나도 조용하게 지내긴 했지만, 그건 서로를 경멸했기 때문이었어요."

"결혼 생활이 무척 끔찍했던 것처럼 말씀하시는군요."

"당신은 결혼 생활이 무척 행복했던 것처럼 말씀하시는군요. 이건 정말 놀라운 일이에요. 난 지금까지 행복한 결혼 생활을 누리는 부부를 본 적이 없었거든요. 다들 겉으로는 행복한 척하지만, 사실 모든 걸 인내하고 있을 뿐이라고 생각했죠."

"그건 그렇지 않소, 로베타."

"하지만 내가 본 부부들은 대개가 그랬어요. 이를테면 우리 부모님도 그러셨죠. 아버지는 날마다 술집에서 사시다시피 했고, 엄마는 그런 아버지께 쉴 새 없이 잔소리를 늘어놓았죠. 그런데 아버지께서 술을 끊으신 뒤에도 엄마의 잔소리는 조금도 줄어들지 않았어요. 그제야 난 아버지가 왜 집보다 술집을 더 좋아하셨는지 이해할 수가 있었어요. 내가 문학과 음악에 빠져들게 된 것도 따지고 보면 두 분의 싸움으로부터 탈출하기 위한 것이었죠."

가브리엘은 머리를 두어 번 끄덕이고는 말했다.

"우리 부모님은 비교적 사이가 좋으셨소. 물론 이따금 서로 다툴 때도 있었죠. 주로 어머니의 다변과 아버지의 파이프 담배가 원인이었죠. 그렇지만 별로 심각하진 않았어요."

"그런 부부는 좀 드물죠. 보스턴에 있는 친구들 중에서 이렌이라는 애가 있었어요. 그 친구는 날마다 남편과 싸우는 것이 일이었어요. 같이 길을 가다가 남편이 다른 여자와 인사만 해도 질투를 하는 거예요. 남편도 마찬가지였죠. 이렌이 다른 남자와 눈만 마주쳐도 비난을 퍼부었어요. 이렌 말로는 자기들은 서로 너무 사랑하기 때문에 그렇대요. 남편과 싸우고 나면 나한테 달려와서 울곤 했는데, 그

때마다 난 이렌을 달래느라고 바빴죠. 그런데 어느 날 그녀는 내가 자기 남편과 눈을 마주쳤다고 화를 내며 절교를 선언했어요. 어처구니가 없었죠."

로베타는 쓴웃음을 지었다.

"그리고 엘프레드와 그레이스의 경우도 그래요. 내가 보기엔 그들의 결혼 생활도 기만과 위선으로 가득한 광대극이에요."

"그건 그렇소."

가브리엘은 막대기로 모닥불을 뒤적이며 물었다.

"엘프레드가 아직도 당신에게 집적거리고 있소?"

"당신이 그러고 난 다음부터는 안 그래요."

"그렇담 다행이군요. 사실 그날 좀 흥분했었소."

"그래요?"

"엘프레드는 모든 여자들이 자기만 보면 금방 반한다고 생각하고 있죠. 그전엔 나도 그의 난봉기를 단순한 재미로 생각했지만, 그날은 조금도 재미있다는 생각이 들지 않았소."

두 사람은 작대기로 모닥불을 뒤적이며 이따금 서로 눈길을 주고받았다. 달이 바다 위로 황금빛 길을 놓았다. 해면 위로 달려온 바람결에 다시마 타는 냄새가 퍼져 나갔고, 모래톱을 때리는 파도 소리에 마음이 한없이 가라앉는 기분이었다. 모래언덕 너머에서 한 아이의 비명 소리가 들려왔고, 뒤이어 다른 아이들이 일제히 깔깔거리는 소리가 들렸다.

"어때요? 캐롤라인과 늘 함께 오셨던 이곳에 다시 오신 느낌말이에요."

"생각했던 것보다 나쁘지 않군요. 사실은 아주 즐겁습니다."

가브리엘은 히죽 웃었다.

"그렇다니 다행이군요."

"캐롤라인의 기일은 어떻게 보내셨나요?"

로베타는 가브리엘의 표정을 슬쩍 살피며 물어보았다. 예상외로 그의 표정은 담담했다. 그는 작대기 끝에 타오르는 불꽃을 바라보며 대답했다.

"해마다 하던 대로 그녀의 장미를 손질하고 물을 주며 보냈죠. 이젠 넝쿨이 부엌문을 통해 주랑 위로 기어올랐소. 그 아래로 지나다닐 때마다 허리를 굽혀야만 하죠."

"이소벨과 함께 그 일을 했나요?"

"아뇨."

"이소벨이 원치 않아선가요, 아니면 당신이 원치 않아선가요?"

"내가 장미를 가꾸는 시간은 캐롤라인과 만나는 시간이오. ......이소벨에게도 그 얘긴 했소."

로베타는 모닥불의 불꽃에 시선을 고정시키고 있는 그를 잠시 바라본 뒤 조용하게 말했다.

"조심하세요, 가브리엘."

그가 이마를 쳐들었다.

"뭘 말이오?"

"따님을 너무 오래 방치하지 말란 뜻이에요."

"난 내 딸을 방치한 일 없소."

가브리엘은 불끈했다.

"이소벨은 우리 집에 오면 다 얘기해요."

"무슨 얘길? 이소벨이 그런 얘길 했다면 그건 거짓말이오."

로베타는 그를 진정시켰다.

"물론 일부러 그랬다는 얘기는 아니에요, 가브리엘."

"만약에 이소벨이 없었다면, 캐롤라인이 죽었을 때 난 미쳐 버렸을 거요!"

"이소벨에게도 그렇게 말했나요?"

"말할 필요가 없었소. 그 애이도 알고 있으니까."

"이상하군요. 이소벨은 가끔 자기가 아빠의 짐이 되고 있다고 생각하는 것 같던데."

"내 짐이라뇨?"

로베타는 작대기를 불 속에 던져 넣은 뒤 두 손을 탁탁 털고는 자신의 두 무릎을 끌어안았다.

"아무래도 애정을 표현하는 방법에 문제가 있는 것 같군요. 당신의 가슴속에 이소벨에 대한 사랑이 아무리 가득한들 아이가 그걸 느끼지 못한다면 무슨 소용이죠? 당신은 그것을 입 밖으로 끄집어내지 않으면 안 돼요. 이소벨에게 사랑한다고 말해야죠."

"그렇지만 이소벨이 왜 그렇게 생각한단 말이오?"

"당신이 한 번도 안아 주지 않으니까요, 가브리엘. 머리를 쓰다듬어 주지도 않고, 다정한 대화도 나누지 않으니까요. 캐롤라인이 살아 있었다면 그 아이에게 그렇게 했을까요? 이소벨은 엄마의 사랑을 잃어버렸어요. 그래서 아빠의 사랑이 더욱 간절하게 필요한 거죠."

가브리엘은 입을 굳게 다물었다. 그는 불빛이 아른거리는 로베타의 눈동자를 한동안 조용히 응시했다.

"사람에 따라서는 그것이 무척 어려운 일처럼 느껴지기도 하는가 봐요. 하지만 사랑을 표현하는 방법은 수천 가지도 넘죠. 잘 모르시면 내가 하는 걸 잘 보세요. 꼭 사랑한다는 말을 하지 않더라도 그냥 슬쩍 건드려 준다거나, 미소를 지어 보인다거나, 혹은 옷을 따뜻하게 입으라고 하거나, 머리 좀 매만지렴, 드레스가 예쁘구나, 머리 리본을 바꿨니? 네 눈빛과 아주 잘 맞는데, 엄마의 장미를 돌보러 갈까? 등등 방법은 무궁무진하죠. 이소벨에게 이런 식의 애정 표현을 해보셨나요?"

가브리엘은 모닥불의 불꽃만 뚫어지게 노려보고 있었다.

로베타는 자신이 남의 일에 너무 지나친 간섭을 하고 있다는 느낌이 들었다. 그렇지만 기왕 내친 김에 이소벨을 위해서 꼭 한마디 더할 것이 있었다.

"이소벨에겐 엄마가 입던 옷에 절대 손대지 못하게 하신다면서요? 두어 차례 손을 댔다가 심한 꾸중을 들었다고 하더군요. 하지만 언젠가는 그 아이에게 허락을 하셔야만 해요. 만약 누군가가 지금이라도 당신에게 캐롤라인의 옷에 절대 손대지 말라고 명령한다면 기분이 어떻겠어요? 캐롤라인은 이소벨의 엄마였어요, 가브리엘."

가브리엘이 마침내 입을 열었다. 분노가 실린 음성이었다.

"나는 이소벨이 친구들을 끌고 와서 캐롤라인의 물건들을 엉망으로 만들까 봐 걱정이 되었소. 아이들의 손이 얼마나 파괴적일 수 있는지는 당신도 잘 알잖소?"

"이소벨에겐 친구가 없었어요, 가브리엘. 우리 아이들이 이곳에 오기 전까지는 친구가 아무도 없었다고 하더군요. 당신이 그 아이에게 엄마 대신 집안 일을 하게 하고, 숙제와 다른 모든 임무들을 우선하도록 강요했기 때문이죠."

가브리엘이 고개를 번쩍 들고 무슨 말인지 할 듯하다가 다시 시선을 불길로 돌려 버렸다.

"난 항상 그와는 반대로 하죠. 아이들에게 먼저 자유를 주고, 각자 임무를 다하지 못했을 땐 어떤 책임을 져야 하는지 스스로 깨닫게 해요. 그래야만 그들도 빨리 성숙해지니까요. 아이들은 아이들답게 자유롭게 내버려두는 거예요. 이소벨이 우리 집을 좋아하는 이유도 바로 그 때문이죠."

"하지만 캐롤라인을 잃은 뒤로 나도 무척 힘들었소. 당신은 아마 상상도 못할 거요!"

가브리엘의 목소리에는 강한 분노가 실려 있었다.

"그야 그럴 테죠. 내가 남편을 잃은 것과 당신이 부인을 잃은 것은 전혀 다른 성질의 것일 테니까. 그렇지만 상상은 할 수 있어요. 그리고 당신이 아직도 고통스러워하고 있다는 것도 알고 있고요. 내가 당신의 이해를 구하고 있는 부분은 이소벨도 당신과 똑같이 힘들어하고 있으며, 당신은 그 아이의 그런 마음을 헤아리려 하지 않았다는 점이에요. 당신은 이소벨과 죽은 부인을 별도로 생각해서 이소벨로 하여금 자기가 아빠의 짐이 되고 있다는 생각을 하도록 만들었다는 사실이죠. 내가 너무 직설적으로 얘기를 해서 당신은 지금 나한테 화가 나 있군요, 그런가요?"

"맞았소. 당신은 이곳에 오자마자 이런저런 일로 나를 계속 비난하고 있소. 하지만 난 그런 비난받을 만한 일은 하지 않았소."

"난 당신을 비난하는 게 아니에요, 가브리엘."

"아니라고요!"

가브리엘은 자리에서 벌떡 일어났다.

"당신은 내가 이소벨에게 좋은 아버지가 아니었다고 말하고 있소."

"그런 말은 한 적 없어요, 가브리엘."

"그런 뜻이 아니면 무슨 뜻이오? 이소벨과 나를 이간질시키려는 거요?"

"바보 같은 소리 말아요, 가브리엘."

"오, 이젠 나를 바보라고 했소? 그럴지도 모르지. 이소벨을 당신 집에 너무 자주 가도록 내버려두었으니."

"이거 봐요, 엄마!"

리디아가 커다란 불가사리를 들어 보이며 소리쳤다. 아이들은 저마다 불가사리를 손에 들고 있었다. 이소벨이 가브리엘에게 말했다.

"이걸 삶아서 말린 다음 금칠을 해서 크리스마스트리 꼭대기에 달면 멋있을 거예요, 그죠 아빠?"

가브리엘은 딱딱하게 대꾸했다.

"나중에 얘기해, 이소벨. 로베타 아줌마와 아빠는 지금 중요한 얘기를 하고 있는 중이란다."

로베타는 그의 말을 무시하고 이소벨의 손에서 불가사리를 받아 들었다.

"정말 예쁜 불가사리구나."

가브리엘이 말했다.

"저런 걸 집에 가져가선 안 된다, 이소벨. 삶기도 전에 고약한 냄새를 풍길 거야. 게다가 트리에 장식할 별은 집에 있잖아. 그러니 그건 버리도록 해라."

이소벨은 당황한 표정을 지었다.

"왜 그러세요, 아빠?"

막상 딸이 그렇게 묻자 가브리엘은 대답할 말이 없었다. 다들 즐거운 기분인데 자기 혼자만 화를 내고 있는 것처럼 생각되었다.

로베타가 끼어들었다.

"요리가 다 되었겠어. 어디 한번 열어 볼까?"

"내가 하겠소!"

가브리엘이 소리쳤다.

즐겁던 분위기가 갑자기 가라앉기 시작했다. 로베타는 식사를 하며 즐거운 얘기를 나누려고 몇 차례 시도해 보았지만, 가브리엘은 쉽사리 응하지 않았다. 도구를 다 챙기고 아이들을 차에 태웠을 때는 10시가 가까워지고 있었다.

로베타는 가브리엘이 모닥불 위로 모래를 끼얹는 것을 지켜보았다. 삽질 하나하나에 화가 잔뜩 배어 있었다. 마침내 타고 남은 재와 숯덩이들이 말끔하게 사라지자, 그 위로 하얀 달빛이 쏟아졌다. 그때서야 찰싹대는 파도 소리도 다시 들려오는 듯했다.

"당신 정말 나한테 화가 단단히 났군요."

로베타는 불필요한 삽질을 계속하고 있는 가브리엘에게 말했다.

"그렇소, 로베타."

"나한테 화를 내는 것은 좋아요, 가브리엘. 하지만 이소벨에게 화풀이를 하진 말아요, 아셨죠?"

"내가 왜 이소벨한테 화풀이를 하겠소, 로베타! 도대체 당신은 날 어떻게 생각하고 그런 말을 하는 거요?"

"그렇담 됐어요. 아무튼 오늘 밤 당신을 화내게 만든 사람은 나니까, 행여 이소벨에게 나쁜 영향을 미칠까 봐 걱정되어 하는 소리예요. 그 아인 아무 죄도 없으니까요."

가브리엘은 어이없다는 듯이 픽 웃었다.

"당신이 나타나기 전까진 우린 아무 일도 없었소. 나는 내 딸을 잘 돌봐 주었고, 우린 서로 잘 지냈어요. 그러니까 당신이 이래라저래라 간섭할 생각은 마시오. 나 혼자서도 잘할 수 있으니까. 그럴 시간이 있으면 쓰레기통 같은 당신 집이나 정리하고, 구겨진 그 치마나 좀 다려서 입어요!"

말해 놓고 보니 심했다 싶었지만, 그녀가 한 말도 그보다 덜한 것은 아니었다고 가브리엘은 생각했다. 그는 싸늘하게 굳은 표정으로 자기를 노려보는 여자의 눈초리를 마주 노려보았다. 눈길이 서로 마주치는 지점에 고드름이 맺힐 지경이었다. 그가 먼저 돌아서서 차를 세워 둔 쪽으로 걸어갔다. 그러자 등 뒤에서 여자의 악다구니와 함께 모래가 날아왔다.

"야, 이 호랑말코 같은 사내야! 내 치마가 뭐 어쩌고 어째?"

로베타는 고함을 지르며 발로 모래를 찼다.

'뭐 저런 사내가 다 있어! 아예 상종을 안 하려다가 자기 딸이 불쌍하고 가여워서 상대해 줬더니 지까짓 게 뭔데 남의 치마에 다림질해 입는 것까지도 참견이냔 말이야!'

분을 못 이겨 한참 동안 씩씩거리다가 자동차로 가니, 가브리엘이 시동을 걸고 있었다.

"저리 비켜요! 내가 할 거야."

로베타는 그를 왈칵 떠밀었다. 아이들이 눈을 동그랗게 뜨고 싸우는 두 어른을 바라보았다. 큰딸 베키는 생긋 웃어 보이며 이소벨을 안심시켰다.

"좋으실 대로."

가브리엘은 순순히 물러나서 운전석 옆자리로 갔다. 그는 로베타가 끙끙거리며 시동을 걸고, 카바이드 헤드라이트에 불을 켜는 것을 무표정한 얼굴로 지켜보았다. 트럭을 끌고 오지 않은 것이 후회막급이었다. 트럭을 몰고 왔더라면 여자가 무슨 짓을 하건 이소벨을 태우고 휭 떠나면 그만이었을 텐데. 게다가 그는 호랑말코란 말이 무슨 뜻인지 알 수가 없었다. 아무래도 족보에 있는 고약스러운 욕일 듯싶었다.

'참나, 무슨 여자가……. 나더러 호랑말코 같은 사내라니!'

뒷자리에 탄 아이들은 겁먹은 표정으로 앉아 있었다. 더 이상 재잘거리지도 않았고, 노래 부르지도 않았다. 로베타가 기어를 넣고 천천히 차를 움직이자, 뒤에서 조심스런 목소리가 날아왔다.

"무슨 일이에요?"

두 사람은 동시에 다르게 대답했다.

"아무것도 아니야."

"우린 싸웠단다."

"무슨 일로요?"

베키가 다시 물었지만 가브리엘은 말하지 않았다.

"아무것도 아니라니까."

그러자 로베타가 대답했다.

"우리가 어떤 부류의 부모인가 하는 문제로 조금 다퉜단다."

가브리엘이 경고를 했다.

"로베타……!"

"그건 너무 고식적인 태도예요! 이 아이들도 알 권리가 있다고요."

"로베타, 이 문제는 다음에 다시 얘기합시다."

"다음이라고요, 하아!"

로베타는 액셀러레이터를 힘껏 밟으며 소리쳤다.

"다음이란 것은 없어요, 팔리 씨."

엄마의 말에 베키가 용기를 얻어 다시 물었다.

"그게 무슨 뜻이에요, 엄마? 엄마와 아저씨는 좋은 부모님이시잖아요. 그렇지 않다는 뜻이에요?"

"글쎄다, 팔리 씨 생각으로는……."

"로베타, 입다물어요!"

"난 입다물 수 없어요, 팔리 씨! 우리 가족은 원래가 이런 식이라고요. 입 다물고 싶으면 당신이나 꽉 다물어요! 원래 입이 무거우신

분이니까 새삼 힘들 것도 없겠죠! 다른 사람 심정은 조금도 생각할 필요 없고, 당신 마음만 편안하고 좋으면 그만일 테니까요!"

가브리엘은 카바이드 불빛에 드러난 풀숲으로 시선을 돌렸다. 야생 동물 한 마리가 구덩이 속으로 도망치는 것이 보였다. 컴컴한 잡목림 뒤로 집들이 코끼리처럼 엎드려 있었다.

뒷자리의 아이들은 조용했다. 로베타가 급커브를 돌자, 가브리엘의 상체가 바깥쪽으로 심하게 기울었다.

"천천히 돌아요."

지옥에나 가라지, 하고 로베타는 속으로 대꾸했다. 그녀는 속도를 조금도 줄이지 않고 캠든의 전차로를 지나 공장 앞을 지나고, 언덕을 넘어 앨든 가로 들어섰다.

로베타가 차를 세울 때까지도 아무도 입을 여는 사람이 없었다. 그들은 모두 말없이 차에서 내렸다.

가브리엘은 가져온 도구들을 자기 트럭으로 옮겨 갔다. 이소벨은 금방이라도 울음을 터뜨릴 듯한 얼굴로 로베타에게 말했다.

"피크닉은 즐거웠어요. 이젠 우리 아빠와 말도 안 하실 건가요?"

가브리엘의 소행을 생각하면 정말 그러고 싶지만, 이소벨의 여린 마음에 상처를 줄 수는 없는 노릇이었다. 로베타는 미소를 지으며 이소벨의 볼을 쓰다듬어 주었다.

"난 그렇게 생각지 않아, 이소벨."

"하지만……."

이소벨은 트럭에 시동을 걸고 있는 아버지를 돌아보았다.

"난 아직도 아줌마 가족들의 친구죠, 그죠?"

로베타는 이소벨을 가슴에 안으며 말했다.

"그렇고 말고, 이소벨. 넌 언제나 우리의 친구라고 했잖니."

이소벨이 가슴에 바짝 매달려 오자, 로베타의 눈에는 갑자기 눈물이 솟았다. 그녀는 소녀의 머리를 쓰다듬으며 말했다.

"미안하구나. 멋지게 시작한 피크닉을 망쳐 놔서."

"이소벨, 집으로 돌아가야지!"

가브리엘이 딱딱한 목소리로 딸을 불렀다.

이소벨은 아쉬운 듯이 떨어졌다. 베키와 수잔과 리디아가 다가왔다.

"잘 자."

이소벨이 손을 흔들었다.

"내일 또 와도 되지?"

"그럼……."

리디아와 수잔은 머뭇거리며 말했다. 어른들이 무어라고 하실지 알 수가 없기 때문이었다.

트럭의 엔진 소리가 요란하게 났다. 가브리엘의 목소리가 그보다 더 크게 들려왔다. 운전석의 문이 세게 닫혔다.

"이소벨, 빨리 와!"

"안녕."

이소벨의 목소리에 울음이 섞여 있었다. 베키와 수잔, 리디아도 잘 가라며 손을 흔들었다.

로베타가 광주리를 집 안으로 나르는 동안, 아직은 날지 못하는 둥우리의 아기 새들처럼 로베타의 세 딸들은 가브리엘의 트럭이 어둠 속으로 사라지는 것을 지켜보고 있었다.

악몽

감정의 앙금이 가라앉을 때까지는 꽤 오랜 시간이 걸렸다. 두 사람은 서로에게 막 말을 한 셈이었고, 그로 인해 받은 상처가 예상외로 컸기 때문이다. 그러나 자신들이 로맨틱한 감정을 느끼고 있었다는 사실을 부인하지는 않았다. 사실 두 사람은 서로를 차츰 좋아하게 되었고, 함께 보내는 시간이 즐거웠다. 특히 지난번 키스를 나눈 뒤로, 로베타는 그와의 우정이 가벼운 육체적 접촉으로 발전하기를 기대하는 마음도 솔직히 없지 않았다.

가브리엘은 가끔 로베타와의 다툼이 마치 연인들 사이의 사랑싸움처럼 느껴질 때가 있었다. 그렇지만 혹이 셋이나 달린 이혼녀와 딸 하나를 가진 홀아비가 사랑싸움이라니! 그건 정말 웃기지도 않는 얘기였다.

해변에서 다툰 일은 서로의 자존심에 상처를 주었고, 그 상처는 두고두고 서로를 아프게 했다. 두 사람은 서로를 만나기 전 자신들의 생활이 차라리 속 편하고 좋았다고 생각했다. 그리고 상대방이 자신에게 한 비난 때문에 꼬일 대로 꼬인 심사를 달래느라 애를 먹곤 했다.

'내 집이 좀 지저분하다고 해서 위생적으로도 불결한 줄 아나?'

로베타는 분노했다.

'난 이래봬도 간호사고, 다른 사람들에게 위생에 관한 지식을 가르치고 다니는 사람이라고! 그리고 집 안 청소는 내 시간에 맞춰 하는 거고, 우리 가족은 아무런 불편도 느끼지 않는데 자기가 왜 간섭이야? 홀아비 주제에 감히 나더러 우리 아이들을 잘 돌보지 않고 있다는 따위의 말을 어떻게 지껄일 수 있는 거지? 자기 딸은 박물관처럼 아무것에도 손을 댈 수 없는 그런 집에서 키우면서! 아이들은 자유롭게 자라야 해. 그래야만 나중에 커서도 추억거리가 있지. 내 방법이 마음에 안 들면 저리 꺼지라지!'

가브리엘은 또 그 나름대로 심사가 뒤틀려 있었다.

'여자가 말이 너무 많아! 우리 집에 와서 이소벨과 내가 어떻게 해놓고 사는지 한번 봐야 하는데. 캐롤라인의 발꿈치도 못 따라갈 여자가……. 내가 이소벨을 사랑하지 않는다고? 도대체 말이 되는 소릴 해야지! 난 이소벨이 성장해서 나를 떠날 거란 생각만 해도 끔찍한데 말이야. 정말이지, 이소벨이 없으면 이 집은 감옥처럼 느껴질 거야. 자신의 행복을 위해서 떠나야겠다고 한다면, 그땐 난 정말 어떻게 해야 좋을지 모르겠어! 아이들 비위나 맞추며 제멋대로 행동하게 내버려두는 것은 그 여자의 방식이고, 자식에게 집안일을 시키며 자기 의무가 무엇인지를 알게 하는 것은 내 방식이야. 어느 쪽이 옳은지는 마을 사람들의 표정만 봐도 금방 알 수가 있지. 좋은 부모들은 자기 자식들을 다람쥐처럼 설치고 다니도록 내버려두진 않으니까! 이젠 두 번 다시 그 여자를 만나고 싶지는 않아!'

로베타와 싸운 지 일주일 후, 가게에서 돌아온 가브리엘에게 이소벨은 흥분한 듯한 표정으로 말했다.

"아빠, 오늘 학교에서 무슨 일이 있었는지 아세요?"

"무슨 일이 있었는데?"

"우리들의 연극 '하이어워서'를 학교에서 공연해 달라는 요청을 받았어요!"

"정말 굉장하구나, 이소벨."

"교장 선생님께서 직접요!"

"그래? 하긴 꽤 훌륭한 연극이니 그러실 만도 하지."

"로버슨 선생님과 웜 선생님이 교장 선생님께 말씀드렸대요. '하이어워서'는 우리나라의 고전이므로, 전교생에게 보여야만 한다고요. 그 얘기를 들은 애버너시 교장 선생님은 문화 운동 프로그램으로 아주 적격이라고 말씀하셨대요. 난 정말 좋아 죽겠어요! 아빠도 학교에 오실 거죠?"

가브리엘은 하지만 난 이미 본 거잖아, 라고 말하려다 입을 다물었다. 로베타의 충고가 머릿속에 번쩍 떠올랐기 때문이었다.

'사랑을 표현하는 방법은 수천 가지도 넘죠. 잘 모르시면 내가 하는 걸 잘 봐요.'

그는 자신도 모르게 로베타가 했음직한 대답을 하고 있었다.

"물론 가고말고. 절대로 놓치지 않을 거야."

예상 밖의 대답에 이소벨의 눈이 동그래졌다. 그녀는 자기가 혹시 잘못 들은 건 아닐까 하고 의심하는 듯한 표정이었다.

"정말이에요, 아빠?"

가브리엘은 자기 스스로도 좀 놀라서 껄껄 웃었다.

"그렇다니까. 아빠가 한번 간다고 했으면 가는 거야."

이소벨은 감동에 못 이겨 두 팔을 벌려 그의 목을 끌어안았다.

"오, 아빠, 정말 기뻐요! 전 정말 아빠가 오시리라고는 상상도 못 했어요. 정말 고마워요, 아빠!"

가브리엘의 머릿속에 로베타가 다시 나타났다.

'잘했어요, 가브리엘. 이소벨을 꼭 껴안아 줘요. 지금이 바로 기회라고요.'

그는 이소벨을 살짝 안아 주며 딸의 머리카락에 뺨을 갖다댔다. 딸이 흠칫 놀라는 것이 느껴졌다. 그는 가책을 느꼈다. 이걸 왜 이제야 깨달았단 말인가? 살며시 쳐든 이소벨의 얼굴에 가득한 미소를 보자, 그는 넘치는 보상을 받았다는 생각이 들었다.

"수잔과 리디아와 베키 언니를 만나야 해요. 가도 되죠, 아빠?"

"되고말고."

서둘러 나가는 딸의 뒷모습을 바라보며 가브리엘은 마음이 흐뭇했다. 그처럼 간단한 것이었다. 가벼운 포옹과 한두 마디의 다정한 말, 그것이 딸을 얼마나 행복하게 해줬던가? 옛날 이소벨이 아직 갓난아기였을 때, 한 방울만 더 보태어도 행복이 넘쳐날 것만 같았던 때, 그땐 가브리엘도 부드러운 포옹과 키스와 속삭임을 충분히 나눌 줄 알던 사람이었다.

가슴이 따뜻해지기는 이소벨뿐만 아니라 가브리엘 자신도 마찬가지였다. 얼마나 하고 싶었던 포옹이던가. 캐롤라인에 대한 그리움으로 그의 가슴은 미어질 것만 같았다. 아내에 대한 사무치는 그리움이 두려워서 그동안 이소벨을 안아 주지 못했다는 생각도 들었다.

어쩌면 로베타의 말이 옳을지도 모른다고 가브리엘은 생각했다. 그는 자신이 지니고 있는 죽은 아내에 대한 슬픔 속으로 이소벨이 끼어드는 것을 허락할 수가 없었다. 그렇다고 해서 아내의 죽음으로 인한 슬픔 때문에 사랑에 목말라하는 이소벨의 마음을 보살필 여유마저 없었다고는 생각하고 싶지 않았다. 그로 인해 이소벨이 상처를 받았다면, 그 책임은 그 자신에게 돌아올 수밖에 없을 것이다.

하지만 그는 딸을 사랑했다. 딸의 반응에 대해서 느끼는 이 감정이 바로 그 증거가 아니겠는가? 따라서 이소벨을 너무 방치하고 있다는 로베타의 주장은 아무리 좋게 생각하려고 해도 용납할 수 없는 것이었다.

✳

학교에서 있을 '하이어워서' 공연은 5월 마지막 주 목요일 오후 2시로 예정되어 있었다. 그날 가브리엘은 오전만 일하고, 오후 1시가 되자 집으로 돌아왔다. 면도를 하고 옷을 갈아입기 위해서였다.

로베타는 볼드 산 너머에 있는 학교에서 예방 접종을 실시하고 있었다. 일을 마치고 반스타운 거리로 접어들었을 때는 공연 시간이 너무 촉박해서 옷을 갈아입을 시간이나 머리를 매만질 여유가 없었다.

가브리엘은 공연 시간이 되기 10분 전에 학교에 도착했고 로베타는 10분 늦게 도착했다.

그는 맨 뒷자리에 혼자 앉아 있었고 그녀는 어머니와 그레이스가 앉아 있는 앞에서 셋째 줄로 가서 앉았다.

그는 조는 듯한 멍청한 얼굴로 아이들의 공연을 지켜보았다. 그녀는 아이들의 대사를 따라 하느라고 쉴 새 없이 입을 나불거렸다.

아이들은 연극을 훌륭하게 소화해 내었다. 공연이 끝나자 강당이 떠나갈 듯한 박수가 터졌다. 애버너시 교장이 무대 앞으로 걸어 나가 아이들을 칭찬했고, 초대받은 학부모들과 전교생이 일제히 일어나 박수를 치며 환성을 질렀다.

가브리엘은 곧장 강당 밖으로 걸어 나갔다. 로베타는 무대 앞으로 나가 아이들을 맞았다. 아이들은 예상 밖의 호응과 갈채에 다들 흥분해 있었다. 저마다 기뻐서 어쩔 줄 몰라하며 연신 무어라고 떠들어댔다. 출구로 몰려 나가는 관람객들이 던지는 축하 인사에 일일이 대답하기에도 바빴다.

로베타는 세 딸을 가슴에 안았다. 그리고 그레이스의 딸들도 안아주었다. 마지막으로 그녀는 이소벨을 좀더 오래 안아 주었다.

"다시 뵙게 되어 반가워요, 주에트 부인."

이소벨이 발갛게 상기된 얼굴로 말했다.

"네가 자랑스럽다, 이소벨. 너희들 모두 멋지게 해냈어!"

"정말 괜찮았나요?"

"다들 입이 닳도록 칭찬하고 있어."

그들은 출구를 향해 걸어갔다. 로베타는 이소벨의 손을 잡으며 말했다.

"네 얼굴이 보고 싶더라, 이소벨."

"저도요, 주에트 부인. 하지만 아빠가 집에 있길 원해요."

"나도 알아. 하지만 네가 놀러 오면 우린 언제든지 환영이다. 알고 있지?"

"네……, 알아요."

이소벨의 얼굴에 잠시 그늘이 스쳤다.

로베타는 한쪽 팔로는 수잔을, 다른 팔로는 이소벨을 안고 강당 밖으로 나갔다. 다른 아이들은 그들을 삥 둘러싸고 걸었고, 핼버턴 부인의 팔을 잡은 그레이스가 그 뒤를 따랐다.

가브리엘은 땡볕 아래 혼자 서 있었다. 그는 '콘웨이 비석'이라는 거대한 바위 옆에서 이소벨을 기다리고 있었다. 캠든 전투에서 전사한 용사들의 공적과 이름들이 새겨져 있는 30톤쯤 되는 바위였다.

로베타의 눈길이 그와 마주쳤다. 가브리엘은 표정의 변화를 보이지 않았다. 그는 옆에 선 거대한 바위처럼 무뚝뚝했다. 로베타는 다른 방향으로 자동차를 세워 둔 곳으로 갈까, 하는 생각이 들었다. 그렇지만 이소벨을 옆에 끼고 그럴 수는 없었다. 그녀의 팔에서 빠져나간 이소벨이 가브리엘에게 달려가 안겼다.

"아빠."

이소벨은 환한 표정으로 가브리엘을 바라보며 말했다.

"다들 주에트 부인댁으로 레모네이드를 마시러 간대요. 저도 가도 되죠?"

가브리엘은 로베타를 쳐다보았다가 다시 이소벨을 내려다보았다. 안 된다고 말할 이유를 그는 찾을 수가 없었다.

"되고말고. 하지만 저녁 시간 전에는 돌아와야 한다, 알겠지?"

"알았어요."

그는 딸이 자기 품에서 빠져나가 로베타와 그녀의 딸들에게로 달려가는 것을 멍하니 바라보았다.

로베타는 가브리엘의 태도에 나타난 변화를 감지했다. 이소벨이 달려가서 안기자, 그는 꼭 안아 주며 아이의 등을 토닥였던 것이다. 그의 눈이 로베타의 눈과 마주쳤다. 냉정한 눈빛이었다. 그렇지만 로베타는 그 눈빛에서 어떤 애틋한 느낌을 발견할 수 있었다. 그들과 함께 어울리고 싶지만 남자의 자존심이 허락하지 않는다는 듯한 눈빛, 바로 그것이었다.

게다가 때와 장소도 좋지 않았다. 그녀의 어머니와 언니가 지켜보고 있었고, 두 사람이 다툰 것을 알고 있는 그들의 딸들이 호기심 어린 눈으로 관찰하고 있었다. 결국 두 사람은 어색한 미소도 없이 서로 고개만 한 번 끄덕인 뒤 돌아설 수밖에 없었다.

그레이스가 로베타의 팔을 잡으며 속삭이듯 말했다.

"가브리엘이 웬일이지? 그가 이런 장소에 나타난 건 처음 봤어."

핼버턴 부인이 눈살을 찌푸리며 로베타에게 물었다.

"너 요즘도 저 남자를 만나고 있는 건 아니겠지?"

로베타는 한마디 쏴 주고 싶었지만 꾹 참고 대답했다.

"안 만나요, 엄마."

그들이 멀어져 갔지만, 가브리엘은 간호사 유니폼을 입은 로베타의 뒷모습을 끝까지 지켜보았다. 등 뒤로 매여 있는 엑스(x)자 모양의 어깨띠를 바라보았다. 그녀가 쓰고 있는 간호모는 햇빛에 반짝이는 산정의 하얀 눈처럼 눈부셨다. 갈색 머리도 단정하게 뒤로 말아 올려져 있었다.

그의 집이 머릿속에 떠오르자 가브리엘은 갑자기 외로운 기분이 들었다. 그는 그들과 함께 그녀의 집으로 가서, 포치에 앉아 아이들이 재잘거리는 얘기를 듣고 싶었다. 그리고 그녀와 시원한 음료수를 마시며 즐거운 저녁 한때를 보내고 싶었다.

아이들은 모두 로베타의 자동차에 올라탔다. 한 다스는 족히 될 인원인데도 로베타는 눈 하나 깜짝하지 않았다. 그녀가 자기 어머니와 언니에게 작별 인사를 한 뒤 차의 시동을 걸기 시작했을 때, 갑자기 엘프레드가 나타나 대신 해주겠다고 나섰다.

가브리엘은 엘프레드가 어디에 있다가 나타났는지 알 수가 없었다. 확실히 강당에는 없었던 것이다. 아마도 자기 아내와 장모를 집으로 태워 가기 위해서 온 것 같았다. 아무튼 그는 로베타에게 자신의 유용성을 증명해 보이려고 필사적이었다.

그러나 로베타는 그의 호의를 한마디로 거절하고는 자기 손으로 자동차의 시동을 걸었다. 그것을 보자 가브리엘은 자기도 모르게 웃음이 나왔다. 그는 로베타가 차를 출발시키기 전에 마지막으로 자기 쪽을 한 번 더 돌아볼 것이라고 예상하고 기다렸다. 그러나 그 예상은 보기 좋게 빗나가고 말았다. 그녀는 눈길 한 번 주지 않고 자동차의 핸들을 꺾었다.

✻

그날 오후 아이들과 함께 레모네이드를 마시며 있었던 일 중에서, 나중까지 로베타의 마음에 남았던 것은 두 가지였다. 하나는 이소벨이 한 얘기로, 가브리엘이 마침내 세탁과 집안 청소를 위해 가정부를 고용하기로 했다는 것이었다. 그리고 또 한 가지는 머리 손질을 말끔히 다시 하고 입술에 루즈까지 살짝 바르고 나온 베키가 이던 오기어라는 소년과 해변을 산책하고 오겠다는 말을 한 일이었다. 이던은 일전에 그들에게 생선을 한 양동이 준 대가로 연극에 초대되었던 바로 그 소년이었다.

✻

전몰용사 기념일이 닥쳐오자 학기는 끝났다. 한여름으로 접어들면서 본격적인 피크닉 시즌이 시작되었다. 로베타는 모처럼 어머니와 언니네 가족과 함께 소풍을 나갔다가 다시 엘프레드의 위협을 느꼈다. 그레이스와 장모가 잠시 자리를 떠난 틈을 이용하여 그는 로베타를 다짜고짜 자동차 안으로 밀어놓고 덮치려 했던 것이다. 이번에는 그도 거의 필사적이었다. 로베타는 눈에서 번갯불이 번쩍할 정도로 그의 뺨을 힘껏 후려갈겼다.

엘프레드는 손으로 얼굴을 감싸 쥐고 물러났다. 그의 눈에서 분노와 증오의 불길이 활활 일고 있었다. 로베타의 손에 얻어맞은 그의 왼쪽 뺨은 금방 시뻘겋게 부풀어 올랐다.

"망할 것. 난 널 기어코 가지고 말겠어! 가브리엘에겐 허락하면서 나한테는 왜 안 된다는 거야? 나한테도 한 번쯤은 줘야지!"

로베타는 그가 시뻘겋게 부풀어 오른 뺨으로 어떻게 그레이스에게 돌아갈 수 있었는지 알 수가 없었다. 아내에게 과연 그는 무어라고 변명을 했을까? 그렇다고 그에게 물어볼 수도 없는 노릇이었고, 그레이스도 그 일에 대해서는 일언반구도 없었다. 하늘이 무너지면 무너졌지, 그레이스가 자기 남편이 크녹스 카운티에서 가장 악명 높은 바람둥이라는 사실을 인정하는 일은 결코 없을 터였다. 그녀는 자신의 알량한 자존심 때문에 스스로를 기만하고 있었다.

*

6월이 오자 해변의 조그마한 마을인 캠든에도 더운 날씨가 계속되었다. 산기슭의 잡목 숲은 초록색이 더욱 짙어졌고, 페놉스콧 만의 수면도 더욱 눈부시게 빛났다. 계곡의 등성이로부터 들쭉날쭉한 해변에 이르기까지 들국화가 노란 물결을 이루었다. 자작나무 아래는 양치류가 뒤덮였고, 시원한 산들바람에 미나리아재비는 몸을 흔들며 향기를 내뿜었다.

여름이 되자 항구는 부산해졌다. 고기잡이 배들은 새벽 일찍 출항하여 어두워서야 돌아왔고, 소금에 절인 대구를 널어놓은 부두의 건조대 주위로는 비린내가 진동을 했다.

피서객들이 몰려와서 딜링험 곶에서 호스머 연못 사이에 늘어서 있는 숙박소들을 모조리 차지해 버렸고, 그들이 탄 범선들이 만을 가득 채웠다. 레이테 수영장에는 형형색색의 수영복 차림을 한 선남선

녀들이 짝을 지어 바닷속으로 뛰어들고 있었다.

로베타 주에트의 떼거리도 해변에서 수영을 즐긴 뒤 보트를 타고 니그로 섬으로 건너가서 낚시를 하며 시간을 보냈다. 그들은 햇빛이 지겨워지자 보트를 타고 섬에서 나와 배티 산으로 올라갔다. 그러고는 나무 그늘에 앉아 시원한 바람을 쏘이며 휴식을 취했다.

이소벨도 가끔 그들과 어울렸다. 가브리엘이 엘리스 플로먼이라는 서른여섯 살 먹은 여자를 가정부로 채용했기 때문에, 이소벨은 더 이상 집안 청소나 빨래 따위에 신경 쓸 필요가 없게 되었다.

가브리엘의 어머니는 아직도 아들에 대한 화가 풀리지 않은 상태였다. 그래서 할머니댁에 가지 않아도 된 이소벨은 오히려 더 좋아했다. 덕분에 주에트 자매들과 더 자주 어울릴 수 있게 되었기 때문이다.

로베타의 집은 아예 마을 아이들의 집합소가 되었다. 그리고 이제는 여자 아이들뿐만 아니라 남자 아이들까지도 몰려들었다. 그러나 베키는 동생들과 보내는 시간보다 이던 오기어와 보내는 시간이 점점 더 길어졌다.

여름 해가 차츰 길어지고 있었다. 로베타는 자신이 하는 일이 점점 더 좋아졌다. 자동차를 몰고 먼 시골까지 출장가는 경우가 잦아졌고, 그런 날엔 어두워질 무렵에야 집으로 돌아오곤 했다. 그녀는 각종 질병의 예방에만 힘쓰는 것이 아니라, 위생에 대한 교육도 게을리하지 않았다.

모델 티 자동차에 대해서도 그녀는 많은 것을 배웠다. 바닥을 들어내는 방법, 변속기 박스를 벗기고 드라이버로 밴드를 조정하는 법, 터진 타이어를 땜질하는 법, 가솔린이 떨어졌을 때 응급조치를 취하는 법, 심지어는 크랭크를 사용하지 않고 키만으로 사동을 거는 방법도 익혔다.

6월 마지막 날 그녀는 태어난 지 6주 지난 아이와 산모를 진찰하기 위해 마을 변두리로 차를 몰았다. 그런데 거기로 이어지는 길은 크녹스 카운티의 도로들 중에서도 최악의 상태였다. 그날따라 날씨도 무척 무더웠다. 하우 언덕 위에서 내려다보니, 페놉스콧 만 전체가 뜨거운 태양 아래 지글지글 끓고 있는 것처럼 느껴졌다.

자동차가 내리막길을 굴러 내려가기 시작하자, 로베타는 목제 핸들을 꽉 쥐고 방향을 잡았다. 손바닥에서 땀이 스며나와 미끈거렸다. 차바퀴가 돌을 치자 차체가 공중으로 높이 튀어올랐다. 그리고는 다시 땅에 닿는 순간 엔진이 갑자기 멎어 버렸다. 차는 교차로가 있는 지점까지 그대로 굴러 내려갔다. 로베타는 차를 멈추기 위해 도로 옆 잡목 숲으로 핸들을 꺾었다. 차는 바위에 오른쪽 모서리를 긁히며 간신히 멎었다.

"빌어먹을 차!"

로베타는 핸들을 주먹으로 후려치고는 문을 열고 풀밭 위로 내려섰다. 그녀는 두 손을 엉덩이 위에 올려놓고 마뜩찮은 눈으로 자동차를 한번 노려본 뒤 주위를 살펴보았다. 자동차 주위로 민들레가 피어 있고, 사마귀와 여치들이 뛰어다니고 있었다. 구름 사이로 해가 나오자 정수리가 뜨겁게 느껴졌다.

'어디부터 점검을 해야 하나? 팬 벨트? 라디에이터가 조용한 걸 보면 그건 아닐 것 같아.'

그러나 로베타는 일단 후드를 젖히고 안을 들여다보았다. 엔진에서 열이 끔찍하게 나고 있었지만 팬 벨트는 제자리에 잘 있었다. 그녀는 점화 플러그 선을 흔들고 마그넷 단자를 검사했다. 모두 괜찮아 보였다. 그렇다면 변속기 밴드에 이상이 있을 수도 있겠지만, 설사 그렇더라도 엔진이 이런 식으로 멈출 리는 없었다.

그러자 문득 가솔린이 떨어졌을지도 모른다는 생각이 들었다. 로베타는 의자를 뒤로 젖히고 가솔린 통의 뚜껑을 연 뒤 나무 막대기를 넣어 보았다. 역시 기름이 없었다. 그렇다면 문제는 간단했다. 뒷좌석에 비상용으로 마련해 둔 가솔린 통을 꺼내어 부으면 해결될 문제였다.

로베타가 뒷좌석으로 가려고 머리를 쳐들었을 때 자동차 엔진 소리가 다가왔다. 돌아보니 검은 투어링 카 한 대가 언덕을 돌아 그녀가 서 있는 쪽으로 달려오고 있었다. 자동차가 스르르 멈추더니, 문이 열리고 엘프레드가 내렸다. 시가를 입에 문 그가 로베타를 응시하며 다가왔다.

"자, 드디어 무슨 문제가 생기신 모양이지?"

로베타는 흘러내린 머리카락을 귀 뒤로 쓸어 올리고 대꾸했다.

"별것 아니에요. 기름만 채우면 되니까."

"내가 해드리지, 주에트 부인."

엘프레드는 물고 있던 시가를 로베타에게 건네주며 말했다.

"이걸 좀 들고 있어."

상의는 차 안에 벗어 두고 내린 모양이었다. 그는 회색 줄무늬 바지 위에 하얀 셔츠를 받쳐 입고 검은 멜빵을 어깨에 걸치고 있었다. 더운 여름날 오후인데도 엘프레드의 셔츠 칼라와 넥타이는 빳빳했다. 속은 음흉하기 짝이 없는 사내가 겉은 언제나 말쑥하게 하고 다녔다.

"고마워요, 형부. 하지만 나 혼자서도 할 수 있는데."

"별소릴. 마을에서 이렇게 멀리 떨어진 곳에서 곤란을 겪고 있는 여자를 돕지 않고 그대로 지나가는 남자가 어디 있겠어?"

그가 비상용 가솔린을 통에 채우는 동안 로베타는 시가에서 피어

오르는 연기를 손으로 저어 쫓기에 바빴다. 그녀는 상체를 기울이고 가솔린을 붓고 있는 엘프레드를 의식적으로 보지 않으려고 애썼다. 그와 눈길이 마주치면 틀림없이 기분이 나빠질 것 같은 예감 때문이었다.

"그런데 여긴 웬일이에요?"

"멀린의 집을 좀 보느라고. 그 여자가 집을 내놓았거든. 처제는 어딜 가는 길이었어?"

"저 윗마을에 산모가 있어서요. 아기를 낳은 지 6주쯤 되었죠. 진찰도 할 겸 육아법에 대해서도 좀 가르쳐 주려고요. 초산이라 아직 아무것도 모르는 여자거든요."

엘프레드는 로베타를 힐끔 한번 돌아보고는 말했다.

"전몰용사 기념일에 본 이후로 오늘이 처음이군."

"그동안 시골로 다니느라고 좀 바빴어요."

로베타는 그의 뺨을 후려친 일을 떠올리며 약간 불길한 예감이 들었다. 아무도 없는 이런 산골길에서 또다시 덮치려고 하면……. 완력으로 여자가 남자를 이겨낼 수는 없을 것이었다.

그가 가솔린 주입을 끝내고 돌아서며 말했다.

"그날은 나한테 정말 너무했다고. 뺨이 시뻘겋게 부어올라서 그레이스에게 변명해대느라 혼났어."

그가 다가오자 로베타는 본능적으로 한걸음 물러섰다.

"넌 겁이 너무 많아, 버디."

그는 로베타의 손에서 시가를 받아들며 히죽 웃었다.

"빨리 가봐야 해요. 5시까진 집으로 돌아가기로 아이들과 약속했으니까."

"그렇게 급할 건 없어."

엘프레드는 그녀의 손목을 잡으며 말했다.

"이렇게 도와줬는데도 고맙단 말 한마디 없기야?"

로베타는 손을 뿌리쳤지만 그는 놓지 않았다.

"고마워요, 형부. 자, 이젠 이 손 좀 놓으시겠어요?"

"너무 성의가 없군. 난 좀더 성의 있는 반응을 기대했는데."

엘프레드는 음흉하게 웃으며 말했다.

"이 손 놔요, 엘프레드!"

로베타는 그의 손가락을 잡아 비틀었다. 그러자 그는 로베타를 와락 끌어안고 하체를 바짝 밀착시키며 그녀의 얼굴로 입술을 가져왔다.

"못 놓겠다면? 그러면 어쩔 테야, 로베타?"

그녀의 얼굴에 시가 냄새를 풍기며 엘프레드는 늑대처럼 웃었다.

"내가 가브리엘이라면 이러진 않겠지? 그 자식을 위해서 네 치마 속에 감춰 두고 있는 그 소중한 것을 딱 한 번만이라도 먹게 해 줘, 버디."

"미쳤군요, 엘프레드!"

로베타는 그의 가슴을 힘껏 밀어내며 소리쳤다.

"이번엔 안 돼, 버디. 여기선 날 말릴 사람이 아무도 없다고."

그가 얼굴을 숙이고 키스를 하려 했다. 로베타는 고개를 돌리며 애원했다.

"제발요, 형부. 날 놔줘요."

"애원은 내가 할게, 버디. 한 번만, 딱 한 번만 하게 해줘, 응?"

"죽어도 안 돼요, 엘프레드!"

겁에 질린 로베타의 표정이 그의 욕망에 더욱 불을 지르는 것 같았다. 그는 격정을 주체하지 못해 뜨거운 숨결을 토해 내기 시작했다. 그가 달아오를수록 로베타의 두려움은 점점 더 커져 갔다.

"이리 와, 버디. 너무 앙탈 부리지 말고."

"이러지 말아요, 엘프레드!"

엘프레드는 그녀를 푹신한 풀밭으로 끌고 가려고 했다. 로베타는 그에게 끌려가지 않으려고 바둥거렸다. 그러자 엘프레드는 그녀의 엉덩이를 두 손으로 힘껏 누르며 빳빳하게 발기한 그의 연장을 여자의 허벅지 사이에 마구 문질러댔다.

"이게 싫다고는 말하지 마. 난 이혼한 여자들에 대해서는 누구보다도 잘 알아. 다들 이게 그리워서 속으로는 미칠 지경이지. 기회만 있으면 뭇 사내들을 흘끔거린다고. 넌 네 처제야. 난 내 처제가 이것에 굶주려서 뭇 사내들을 흘끔거리도록 내버려둘 수는 없어. 그런 애로 사항쯤은 내가 해결해 줘야 할 책임이 있단 말이야. 안 그래, 버디?"

"미쳤어!"

로베타가 계속 저항하자, 그는 그녀의 머리카락을 잡아 뒤로 왈칵 젖히고는 그녀의 입속으로 자신의 혀를 밀어 넣으려 했다. 그녀의 하얀 캡이 풀밭 위에 떨어졌다. 시가 냄새와 구취가 그녀의 콧구멍 속으로 훅 밀려들었다.

로베타는 필사적으로 그의 가슴을 떠밀었다. 그가 균형을 잃고 비틀거리자, 로베타는 도로 쪽으로 도망쳤다. 그러나 두어 발짝도 못 가서 억센 사내의 손아귀에 붙잡혔다. 두 사람은 한 덩어리가 되어 자갈길 위로 뒹굴었다. 로베타의 엉덩이와 어깨로 자갈이 박혔다.

"아야! 내 팔! 엘프레드, 내 팔이…….."

로베타는 자기 몸 아래 깔린 오른팔이 부러져 나갈 듯이 아팠다.

"엄살떨지 마, 제기랄! 이번엔 안 통할 테니까."

엘프레드는 필사적으로 저항하는 그녀의 허벅지를 엉덩이로 깔고 앉았다.

"엘프레드, 제발! 제발 이러지 마! 아, 내 오른팔이……."

로베타는 자유로운 왼손으로 엘프레드의 얼굴을 사정없이 후려쳤다. 주먹으로 얼굴을 얻어맞은 그는 한쪽으로 쓰러지며 잠시 비틀거렸다. 순간 로베타는 몸을 빼어 달아나려고 했다. 그러나 사내는 로베타의 유니폼을 꽉 잡고 놓아주지 않았다. 그는 다시 로베타를 자갈길 위에 쓰러뜨리고 배 위로 올라왔다. 그녀의 엉덩이와 등판을 자갈이 사정없이 찔렀다.

엘프레드는 화가 머리끝까지 난 듯했다. 로베타의 주먹에 얻어맞은 그의 왼쪽 눈 언저리가 벌써 부어 올라 있었다. 그는 얼굴이 새빨개져서 왼손으로 그녀의 목덜미를 누르며 고함을 질러댔다.

"빌어먹을, 버디! 이젠 좀 진정해, 나도 지겹다고! 이렇게 계속 앙탈을 부리면 내게도 생각이 있어!"

그는 들고 있던 시가를 로베타의 턱 아래로 가져왔다. 로베타는 발버둥쳤지만 아무 소용이 없었다. 엘프레드는 사악한 표정을 지으며 시가를 한 모금 깊숙이 빨아들였다. 그리고는 빨갛게 타오른 불덩이를 로베타의 얼굴 가까이로 가져왔다. 그의 두 눈에 빨간 불이 켜졌다.

"계속 앙탈하면 이걸로 얼굴을 문질러 버리겠어."

로베타는 하얗게 질린 얼굴로 그를 바라보았다.

"나도 네 얼굴을 흉하게 만들고 싶지는 않아. 그러니까 내게 그런 짓을 하도록 강요하지 말라고!"

로베타는 숨을 쉴 수가 없었다. 엘프레드의 억센 손아귀가 그녀의 목덜미를 누르고 있었기 때문이다. 그의 오른손에 들린 시가에서는 매캐한 연기가 계속 올라왔다. 비명을 지르고 싶어도 목소리가 나오지 않았다.

"넌 네 자신을 무슨 대단한 존재인 양 착각하고 있는 모양인데, 내가 오늘 그 착각을 깨뜨려 주지! 일찍이 내 앞에서 팬티 내리길 주저하는 여자를 본 적이 없어. 그리고 그걸 올릴때 방긋방긋 웃지 않는 계집을 본 적도 없고! 너라고 별수 있는 줄 알아, 버디? 지금은 이렇게 싫은 척 앙탈을 부리지만, 이제 곧 좋아서 안 떨어지려고 할걸?"

로베타는 초점을 잃은 눈으로 그를 바라보고 있었다. 엉덩이와 등을 찌르는 자갈의 감각도 사라졌다. 엘프레드의 손목을 잡고 있는 그녀의 손에서는 힘이 다 빠져나가고 없었다. 숨을 쉴 수가 없어서 곧 정신을 잃을 것만 같았다.

마침내 알프레드는 그녀가 간신히 숨을 쉴 수 있도록 목덜미를 누르고 있던 손아귀를 약간 풀었다. 그리고 시가를 들고 있던 오른손도 그녀의 턱 아래서 치웠다. 그는 야비한 표정으로 그녀를 내려다보며 말했다.

"자, 슬슬 시작해 보자고."

"나를 죽이고 해."

로베타는 잠긴 목소리로 말했다.

"그건 안 돼지."

엘프레드는 시가를 깊숙이 빨아들인 뒤 새빨갛게 타오른 불덩이를 그녀의 얼굴 가까이로 가져오며 말했다.

"네 얼굴을 망치도록 만들지 마, 버디. 난 그럴 생각이 없지만, 사내란 자신이 한 말에 책임일 지기 위해서도 가끔 어리석은 짓을 해야만 하거든. 나를 그런 막다른 골목으로 몰아넣지 말란 말이야. 자, 내 바지를 좀 벗겨 봐."

그는 시가를 그녀의 뺨에 바짝 가져왔다. 로베타는 고개를 옆으로 돌려 보았지만 아무 소용이 없었다. 시가가 곧바로 따라왔다. 두려움으로 그녀의 눈동자가 커졌다.

"나를 너무 같잖게 보지 마, 로베타. 넌 언제나 날 우습게만 봤지. 그것 때문에 넌 화를 입게 될 거라고. 자, 빨리 내 바지를 벗기는 게 좋을 걸?"

"제발 이러지 말아요, 형부."

그녀의 눈에서 눈물이 흘러내렸다.

"빨리 해."

엘프레드는 시가를 그녀의 뺨에다 살짝 대었다. 로베타가 비명을 질렀다.

그녀는 엘프레드의 바지 단추를 풀기 시작했다.

어깨에서 멜빵을 벗기며 그가 다시 명령했다.

"이젠 치마를 벗어."

로베타는 치욕감에 눈을 감았다. 나머지는 아주 쉬웠다. 그가 바지를 내리기 위해 엉덩이를 살짝 쳐들었고, 뒤이어 그의 우악스런 손이 그녀의 팬티를 끌어내렸다. 그 순간을 이용해서 그녀는 마지막으로 그의 얼굴을 향해 손을 뻗었지만 무위로 끝나고 말았다. 그는 재빨리 그녀의 두 팔을 머리 위로 고정시킨 뒤 자신의 두 무릎을 이용하여 그녀의 허벅지를 강제로 열었다.

형부란 사내가 자신을 강간하는 동안 그녀의 눈에서는 뜨거운 눈물만 하염없이 흘러내렸다. 눈물은 그녀의 볼을 타고 흘러내려 바닥의 자갈들을 적시며 스며들었다. 그녀는 지금 자신에게 일어나고 있는 일을 생각하지 않으려고 애썼다. 이것은 잠시 후면 깨어나게 될 악몽이라고 생각했다.

그렇지만 엘프레드가 풍기는 악취 때문에 그녀는 구역질이 났다. 독한 시가 냄새와 입 냄새……, 가솔린과 시큼한 땀냄새……, 그가 하체를 상하로 움직일 때마다 엉덩이와 등을 찌르는 자갈들로 인한 통증……, 그리고 자기 의지와는 상반되게 육신을 꿰이고 있는 것에 대한 치욕감.

로베타는 차가운 물 한 잔을 생각했다. 그리고 포치에 앉아 재잘거리며 자기를 기다리고 있을 세 딸들의 얼굴을 눈앞에 떠올렸다. 또 황혼녘에 집 앞 나뭇가지에 앉아 지저귀는 새들의 맑은 울음소리를 들었다.

짐승 같은 행위를 끝내자 엘프레드는 그녀의 배 위에서 내려왔다. 로베타는 오른팔을 눈 위에 올려놓은 채 꼼짝도 하지 않았다. 엘프레드는 부스럭거리며 옷을 입는 눈치더니, 그녀에게 들으라는 듯이 투덜거렸다.

"제기랄! 푹신한 풀밭에서 했으면 좋았을 텐데, 이런 자갈밭에서 하느라고 무릎이 다 까졌잖아!"

로베타는 눈을 가리지 않은 다른 손으로 치마를 끌어내리고는 그가 가버리기를 기다렸다. 이럴 때 만약 손에 총이 있다면, 그를 죽이는 일은 얼마나 간단하고 쉬울 것인가? 앞뒤를 생각할 겨를도 없이 그의 머리통을 날려 버리고 말았을 것이었다. 짐승 같은 그는 그렇게 죽어도 마땅했다.

"일어나, 버디. 이제 가봐야지."

엘프레드가 그녀의 팔을 잡으며 말했다.

"손대지 마!"

로베타는 그의 손을 사납게 뿌리쳤다. 그녀는 한쪽 팔로는 여전히 눈을 가린 채 싸늘한 목소리로 조용히 말했다.

"내 몸에 한 번만 더 손대면 네 놈을 내 손으로 죽여 버리고 말겠어! 지금은 아니지만 곧 그러고 말거야. 먼저 무기를 준비한 뒤 기다리겠어. 칼이든, 독액을 넣은 주사기든, 총이든. 길을 건널 때도 조심하는 게 좋아. 내 자동차가 네놈의 옆구리를 박아 버릴지도 모르니까. 내 몸에 손가락 하나라도 대보라고!"

나지막하지만 원한에 사무친 듯한 말이었다. 그녀의 말이 진심이라는 것을 엘프레드는 충분히 느낄 수 있었다. 얼음장 같은 그녀의 표정과 음성으로 그는 가슴이 얼어붙는 느낌이었다.

"그렇게까지 말할 필요는 없잖아, 버디. 난 너와 잘 지내고 싶었지만 넌 내 말을 들으려고 하지 않았어."

"그런 말로 네 놈이 방금 나한테 한 범죄가 정당화 될 수 있을 것 같아!"

로베타는 한 팔로 여전히 눈을 가린 채 말했다.

"만약 이 일로 내가 임신이라도 하면, 네 놈은 단단히 각오를 해야 할 거야. 산파가 떼낸 그 악의 씨앗이 담긴 바구니가 네 아내와 딸들에게 보내질 테니까! 내가 일어나서 자동차로 네 놈을 깔아뭉개기 전에 빨리 꺼져 버려!"

엘프레드는 돌처럼 굳은 표정으로 도로에 세워 둔 투어링 카에 올랐다. 그는 마지막으로 로베타를 힐끔 돌아보고는 곧 그 자리를 떠났다.

그가 떠난 뒤에도 한동안 로베타는 한 팔로 눈을 가린 채 죽은 듯이 그 자리에 누워 있었다.

라벤더 향기

시간이 얼마나 흘렀을까. 로베타는 땅속으로 꺼져 버릴 것만 같은 몸뚱이를 움직여서 옆으로 돌아누웠다. 온몸이 심하게 떨리며 뜨거운 눈물이 흘러내렸다. 그녀는 마음속으로 자신을 다잡았다. 이대로 꺾일 수는 없었다. 집에서 기다리는 딸들을 생각해서라도 살아야만 했다.

'일어나, 일어나라고. 로베타!'

그녀는 내부에서 들려오는 소리에 누에고치처럼 몸을 웅크렸다. 날카로운 자갈에 찔린 엉덩이와 등에서는 아무 감각도 느껴지지 않았다. 근처 풀숲에서 여치 소리와, 방울새들이 지저귀는 소리도 들려왔다. 그녀는 하늘을 바라보았다. 형부에게 강간당하는 여자를 처음부터 끝까지 지켜본 하늘이었다. 그녀는 심한 부끄러움을 느꼈다.

다시 시간이 흘러갔다. 5분이나 10분쯤……, 아니면 20분쯤. 외딴 산길이라 아무도 지나가는 사람이 없었다. 산새 소리와 풀벌레 소리밖에 들려 오지 않았다. 아니, 또 있었다. 아까부터 그녀의 내부에서 들려오는 소리.

'일어나, 로베타! 일어나야만 해!'

그녀는 한 팔로 땅을 짚고 억지로 상체를 일으켜 세웠다. 가슴이 두근거리기 시작하더니 다시 몸이 부들부들 떨렸다. 그녀는 흙투성이가 된 간호사 유니폼과 저만치 떨어져 있는 한쪽 구두를 물끄러미 바라보았다. 어디선가 까마귀 우는 소리가 요란하게 들렸다. 머릿속이 지끈거려 왔다.

'난 샤워를 해야만 해. 그 자식이 묻혀 놓은 더러운 점액질을 내 몸에서 깨끗이 씻어 내야만 해. 아, 제발 일어날 수 있어야 할 텐데……'

그녀는 두 손바닥으로 바닥을 짚고 억지로 상체를 일으켜 세웠다. 두 팔이 마구 후들거리며 등에서 식은땀이 흘러내렸다. 뾰족뾰족한 자갈에 찔린 두 손바닥이 얼얼했다. 그녀는 떨리는 손으로 발목에 걸려 있는 팬티를 끌어올린 후 다시 옆으로 푹 쓰러져 의식을 잃고 말았다.

로베타가 다시 의식을 회복한 것은 가브리엘의 목소리를 듣고서였다. 그녀는 처음엔 꿈을 꾸고 있는 것이라고 생각했다. 가브리엘의 목소리를 들은 것뿐만 아니라, 엘프레드에게 겁탈을 당했던 일도 모두 꿈만 같았다. 그러나 지금 그녀의 이름을 부르며 어깨를 흔드는 사람은 틀림없이 가브리엘이었고, 온몸에 느껴지는 통증은 엘프레드에게 강간당한 사실을 말해 주고 있었다.

"이제 정신이 좀 드시오, 로베타?"

가브리엘은 물통을 기울여 얼굴에 찬물을 끼얹어 주며 물었다.

"도대체 어떻게 된 겁니까? 왜 이런 모습을 하고 누워 있는 거요?"

로베타는 가브리엘이 주는 찬물을 한 모금 마시고 난 뒤 정신을 가다듬었다. 그에게 보여선 안 될 꼴을 보이고 말았다는 생각이 먼저 들었다. 그는 눈치를 전혀 못 채고 있는 걸까? 내가 엘프레드에게 겁탈당했다는 사실을 알면 그는 과연 어떤 표정을 지을까? 소문이 온 마을에 쫙 퍼지겠지. 고향으로 돌아온 지 한 달도 못 되어 또 떠나야만 하나?

"무슨 일입니까, 로베타?"

가브리엘이 다시 물었다.

"그보다도……. 여긴 어떻게?"

이 시간에 가브리엘이 여기까지 트럭을 몰고 나올 일이 있을 것 같지 않았다. 어떻게 알고 왔을까? 그녀는 가브리엘의 부축을 받아 일어나 앉았다.

"전화를 받았소. 엘프레드한테서."

"엘프레드라고요?"

로베타는 놀란 표정으로 가브리엘을 바라보았다.

"그렇소. 당신이 내 도움을 필요로 할 거라면서 여기로 가보라고 했소."

로베타의 얼굴이 무섭게 일그러졌다.

'개자식! 일을 저지르고 나니까 겁이 났던 게지. 혹시 내가 무슨 일이라도 저지를까 봐! 그게 아니면 자기가 한 짓을 가브리엘에게 확인시켜 주고 싶었는지도 모르지! 이 여자는 이제 내 것이 되었으니, 넌 건드릴 생각 마라.'

"누가 이렇게 했소, 로베타? 역시 엘프레드요?"

가브리엘은 바보가 아니었다. 엘프레드의 전화를 받는 순간 이미 심상찮은 일이 벌어졌다는 예감이 들었다. 그리고 트럭을 몰고 20분가량 전속력으로 달려와, 자갈길 위에 상처투성이가 되어 정신을 잃고 있는 로베타를 본 순간 불행하게도 자기 예상대로임을 깨달았다.

로베타는 말없이 눈물만 흘렸다. 다른 남자도 아니고 형부에게 겁탈당한 여자가 무슨 말을 할 수 있겠는가? 거짓말을 해서 속일 수 있는 상황도 아니었다. 흙투성이가 된 그녀의 하얀 간호사 유니폼과 그녀의 팔다리에 난 수많은 생채기가 그 증거였다. 아, 없었던 일로 되돌릴 수만 있다면…….

가브리엘도 더 이상 묻지 않았다. 그 이상 추궁한다는 것은 로베타를 괴롭히는 일밖에 안 된다는 것을 그는 깨달았다. 이제 그가 그녀를 위해서 할 수 있는 일은 차에 태워서 집으로 데려다 주는 것뿐이었다.

"이런 상태로는 운전하실 수 없습니다. 내가 댁까지 모셔다 드리겠습니다."

"안 돼요!"

로베타가 펄쩍 뛸 듯이 소리쳤다.

"우리 아이들에게 이런 꼴을 보여 줄 순 없어요."

"그러면 어머님댁으로 모셔다 드릴까요?"

"차라리 죽는 편이 나아요."

가브리엘은 곤혹스런 표정이 되었다. 그녀를 그레이스의 집으로 데려다 줄 수는 없는 노릇이었다. 그곳은 그녀를 겁탈한 형부의 집이기도 했다. 그는 마침내 결심했다.

"그렇다면 우리 집으로 갑시다."

"안 돼요, 거긴 이소벨이 있잖아요!"

로베타는 머리를 세차게 저었다.

"이소벨은 지금쯤 당신 집에서 수잔과 놀고 있을 거요. 걱정 말고 우리 집으로 갑시다. 상처를 빨리 치료해야 하니까."

그는 그녀의 팔다리에 생긴 상처를 살펴보며 말했다. 피가 난 상처들에는 흙이 말라붙어 있었다. 빨리 깨끗한 물로 씻어 내고 소독을 해야 했다.

"오, 가브리엘, 정말 미안해요. 차라리 죽고 싶어……."

"그런 소리 말아요. 그 예쁜 딸들을 다 어떻게 하고 죽는단 말이오? 그리고 당신은 잘못한 것이 없소. 죽일 놈은 그 엘프레드지! 짐승 같은 놈!"

그는 로베타를 부축해 일으키며 치를 떨었다. 다른 여자도 아니고 자기 처제를 겁탈하는 놈이 어디 있단 말인가? 제 놈이 인간의 탈을 썼다면, 아내를 봐서라도 차마 그럴 순 없는 일이었다.

"내 트럭은 내일 아침에 가져가면 되니까 당신 차를 타고 갑시다."

가브리엘은 그녀를 운전석 옆자리에 앉혀 주었다. 그리고는 자기가 몰고 온 트럭을 도로에서 벗어난 풀밭 위에 세워 두었다. 내일 아침 일찍 운동삼아 나와 몰고 갈 생각이었다.

"제가 당신을 곤경으로 몰아넣고 있군요. 정말 미안해요, 가브리엘."

"그런 말씀 말라니까요, 로베타. 당신을 도와줄 수 있는 사람이 나 하나뿐이란 사실이 난 정말 기쁘오. 이건 진심입니다."

로베타는 핼쑥한 얼굴에 미소를 지어 보였다.

두 사람은 한참 동안 침묵에 빠져들었다. 로베타는 기진한 표정으로 등받이에 머리를 기댄 채 눈을 감고 있었고, 가브리엘은 묵묵히 전방을 바라보며 운전만 했다. 차가 미건티쿡 강변로를 지나 벨몬트 거리로 들어섰을 때 가브리엘이 무겁게 입을 열었다.

"그처럼 상처투성이가 되도록 저항했는데도 놈은 물러나지 않았단 말입니까? 그리고 뺨에 난 그 상처는 또 뭡니까?"

"그놈은 미쳤어요. 내가 필사적으로 저항하자 담뱃불로 내 뺨을 지졌다고요! 난 죽을 때까지 그놈을 용서할 수 없어요!"

"세상에……."

로베타는 다시 울음을 터뜨렸다.

"죽일 놈! 그 자식이 앞에 있으면 정말 죽이고 싶소."

가브리엘은 피가 거꾸로 흐르는 듯한 기분이었다. 그는 입을 굳게 다물고는 차가 집 앞에 도착할 때까지 잠자코 있었다. 이혼녀가 형부 되는 사내에게 겁탈을 당했다고는 하지만, 자기와는 아무 상관도 없는 일인데 왜 이렇게 흥분되는지 그는 자신을 이해할 수가 없었다.

로베타를 부축해서 집 안으로 들어간 가브리엘은 그녀를 조심스럽게 침대에 눕혔다. 그는 로베타의 상처 부위를 다시 살펴보며 물었다.

"의사를 부르지 않아도 되겠소?"

"안 돼요! 의사가 다녀가면 금방 소문이 마을에 퍼질 거예요. 내 딸들의 귀에 그런 소문이 들어가는 걸 난 원치 않아요. 상처는 별로 심하지 않으니까, 깨끗이 씻은 뒤 소독하고 약만 바르면 될 거예요."

"그렇지만 뺨에 화상까지 입었는데……."

"대단한 건 아니에요. 일주일쯤 후에는 깨끗이 아물 거예요. 그보다는 좀 씻어야 할 텐데……."

로베타는 땀투성이 몸에다 더러워진 옷을 입고 남의 침대에 누워 있는 것이 미안하기 짝이 없었다. 그리고 상처에 말라붙은 흙을 빨리 씻어 내고 소독을 하지 않으면 파상풍이나 다른 병에 걸릴 위험도 있었다. 그렇지만 이혼녀인 형편에 홀아비가 사는 집에 들어와서 샤워를 하겠다는 것이 너무 뻔뻔스러운 것 같아서 그녀는 얼굴을 붉히며 말끝을 흐렸다. 로베타의 심정을 간파한 가브리엘이 흔쾌히 대답했다.

"그러십시오. 욕실 문은 저쪽입니다. 나는 그동안 이소벨에게 전화하여 그곳에서 놀고 있으라고 하겠소."

그는 거실로 나가다 말고 돌아섰다.

"참, 갈아입을 옷이 있어야겠군요."

옷장 문을 여는 그의 등을 보며 로베타가 말했다.

"당신을 너무 번거롭게 하는군요, 가브리엘."

"그래요, 로베타. 하지만 당신이 생각하고 있는 그런 번거로움은 아닙니다. 그리고 오늘은 경우가 좀 달라요."

그는 옷장에서 고른 옷을 침대 위에 펼쳐 놓았다.

"이건 캐롤라인이 입던 옷이오. 아내는 당신보다 체구가 작았지만, 이건 이소벨을 임신했을 때 입었던 옷이니까 대충 맞을 겁니다."

"고마워요, 가브리엘. 그리고 면목이 없어요."

"그런 말씀 마시라니까. 샤워를 한 뒤 편안히 쉬고 있어요. 난 좀 나갔다가 오겠소."

"어딜 가시려고요?"

홀아비 집에 혼자 남게 되는 것이 로베타는 마음에 걸렸다.

"가게에요."

가브리엘은 거짓말을 했다.

"그러시다면 한 가지만 더 부탁드릴게요."

"말씀하세요."

"제 간호모 좀 찾아봐 주세요. 거기 풀밭 어디쯤에 있을 거예요. 다른 사람의 눈에 뜨일까 봐 걱정도 되고, 또 내일 아침 출근 때 써야 해요."

"알았소. 20분쯤 걸릴 겁니다. 그동안 괜찮겠소?"

"염려 말아요."

가브리엘이 나가고 텅 빈 집 안에 혼자 남은 로베타는 갑자기 깊은 적막감 속으로 빠져들었다. 그녀는 방안을 조용히 살펴보았다. 먼저 간 여주인의 성격을 증명이라도 하듯 모든 것이 말끔하고 질서정연했다. 가구들은 하나같이 반들거렸고, 바닥엔 먼지 한 톨 떨어져 있지 않았다.

　로베타는 침대 위에 놓인 캐롤라인의 임산부복을 집어 들었다. 가
브리엘이 딸인 이소벨에게도 손대지 못하게 했다는 그의 아내의 옷
이었다. 그렇게 소중히 여기던 것을 그가 로베타에게 내놓은 것이다.

　로베타는 그 임산부복에 얼굴을 묻으며 캐롤라인에게 속삭였다.

　'난 아무래도 당신 남편을 사랑하고 있나 봐요, 캐롤라인. 난 사랑
에 빠지고 싶지 않지만, 그리고 가브리엘도 나와 똑같은 생각을 하고
있는 것 같지만, 우린 어쩔 수가 없을 것 같아요. 가브리엘은 당신에
대한 사랑 때문에, 그리고 나는 이혼한 전 남편에 대한 혐오감 때문
에 서로 망설이고 있을 뿐이죠. 설사 그가 나를 사랑한다 하더라도,
결코 당신에게처럼은 아닐 거라는 걸 알아요. 하지만 난 다르죠. 난
아직 어떤 남자든 진심으로 사랑해 본 적이 없거든요. 이 옷 잘 입을
게요, 캐롤라인.'

　그녀는 옷을 어깨에 걸치고 침실 한쪽에 있는 욕실로 향했다. 그리
고 생전의 캐롤라인이 그 욕실에서 샤워하는 모습을 머릿속에 떠올
려 보려고 애썼다.

　밖으로 나온 가브리엘은 로베타의 차를 몰고 엘프레드의 집으로 달
려가고 있었다. 자기 처제를 겁탈하고 뻔뻔스럽게도 친구에게 뒤처리
를 시킨 엘프레드를 도저히 용서할 수는 없다고 그는 생각했다. 그런
개자식은 마을의 정서를 위해서라도 단단히 혼을 내줄 필요가 있었다.

　엘프레드의 집 대문은 열려 있었고, 집 안에서 사람들이 두런거리
는 소리가 들려왔다. 저녁 시간이 지났을 무렵이라, 가족들이 식사
를 마친 뒤 휴식을 취하고 있는 듯했다. 가브리엘은 주먹으로 현관문
을 요란하게 두드리며 고함을 질렀다.

　"엘프레드, 당장 이리 나와! 자네와 할 얘기가 좀 있어!"

집 안에서 새어 나오던 소리가 딱 그쳤다. 가브리엘은 다시 주먹으로 문을 두드리며 소리쳤다.

"엘프레드, 당장 안 나오면 내가 들어가서 끌어내겠어!"

안에서는 속삭이는 소리가 난 뒤 다시 조용해졌다.

"엘프레드, 내가 왜 이러는지 네 놈은 알 거야! 가족들 앞에서 내가 다 까발리기 전에 빨리 나와. 이리 나와서 남자 대 남자로 해결하자고! 빨리 나오지 않으면 다 때려 부수고 들어가겠어!"

마침내 현관문이 열리고 엘프레드의 머리가 나타났다. 그 뒤로 그레이스의 목소리가 들렸다.

"무슨 일이에요, 엘프레드? 가브리엘 팔리 씨 아니에요?"

엘프레드가 불쾌한 표정으로 물었다.

"자네 미쳤나, 가브리엘?"

"미친놈은 바로 네 놈이지. 이리 좀 나와, 이 나쁜 자식!"

가브리엘은 엘프레드의 멱살을 쥐고 잡아당겼다. 목수질로 단련된 그의 강인한 팔에 엘프레드는 저항도 못하고 질질 끌려서 현관 계단을 내려왔다.

"이 손 놓지 못하겠나. 가브리엘? 경찰을 부르겠어!"

"얼마든지 불러. 하지만 그 전에 너 같은 놈은 뜨거운 맛을 좀 봐야 돼!"

가브리엘은 멱살을 잡혀 캑캑거리는 엘프레드를 마당 한가운데에 개구리처럼 내던졌다. 엘프레드는 화단 한쪽 모서리에 쓰러졌다.

"가브리엘! 오, 맙소사, 이걸 어째!"

그레이스가 계단 위에서 발을 동동 굴렀다. 그 뒤로 그녀의 세 딸 마셸린과 트루디, 코린다가 따라 나와 동그래진 눈으로 바라보았다.

가브리엘은 나지막한 목소리로 엘프레드에게 말했다.

"이건 네가 겁탈한 여자를 대신해서 네 놈에게 되돌려 주는 거야! 그녀에게는 이렇게 할 만한 완력이 없으니까. 네 놈도 그걸 알고 힘없는 그녀를 겁탈했겠지, 안 그래?"

그는 엘프레드의 배를 사정없이 걷어찼다. 엘프레드가 공중으로 붕 떠올랐다가 화단에 개구리처럼 납작 뻗자, 가브리엘은 그의 머리카락을 움켜잡고 그의 얼굴을 바닥에 사정없이 찧어댔다. 순식간에 엘프레드의 코가 뭉개지며 시뻘건 코피를 쏟아냈다.

계단 위에서는 그레이스와 그녀의 세 딸이 어찌할 바를 모르고 발을 동동 구르며 울기만 했다. 그들은 남편이자 아버지인 엘프레드의 얼굴이 검붉은 피와 흙으로 범벅이 되는 것을 겁에 질린 표정으로 바라보았다. 가브리엘은 뒤로 한걸음 물러나 주머니 속에서 시가를 꺼내 불을 붙였다. 연기를 서너 모금 길게 빨아들이고 내뱉은 뒤 그는 엘프레드에게 다가앉으며 나지막한 목소리로 말했다.

"아직 한 가지가 남았어, 엘프레드. 네 놈이 연약한 여자한테 했던 짓이니까, 사내인 네 놈한테는 아무것도 아니겠지."

가브리엘은 시뻘겋게 타오른 시가를 엘프레드의 턱수염에다 문질렀다. 수염이 타면서 노린내가 확 풍겼다. 피 범벅이 된 얼굴로 엘프레드는 숨이 넘어갈 듯한 비명을 질렀다. 가브리엘은 그의 얼굴을 땅바닥에 눌러 주고는 일어났다.

"너 같은 놈은 누구에겐가는 이런 일을 당하게 되어 있었지. 그게 우연히 나였을 뿐이야. 유감이 있다면 언제든지 찾아와, 집에서 기다리고 있을 테니까. 경찰을 불러도 좋고, 네 놈이 직접 와도 좋아. 이에는 이, 눈에는 눈으로 대해 주겠어. 그럼 잘 있게, 엘프레드."

가브리엘은 아직도 엔진이 부릉거리고 있는 로베타의 차를 향해 걸어갔다.

＊

　욕조에서 나온 로베타는 몸을 떨었다. 엘프레드의 짐승 같은 행위를 생각하면 그를 죽이고 싶은 생각밖에 없었다. 셋이나 되는 딸을 이끌고 어떻게든 살아 보겠다고 고향엘 찾아온 처제에게 어쩌면 이럴 수가 있는가? 로베타는 자기 몸에 묻은 엘프레드의 더러운 흔적을 말끔히 씻어 내기라도 하듯, 상처가 쓰린 것도 꼭 참으며 구석구석 비누칠을 하고 또 했다.

　'혹시 임신이 되면 어떻게 하지?'

　그 생각만 들면 로베타는 눈앞이 캄캄해지는 느낌이었다. 만약 그런 일이 일어난다면 고향을 다시 떠나지 않으면 안 될 것이다. 마을 사람들에겐 어떤 변명도 통하지 않을 것이다. 어머니와 그레이스에게도, 어쩌면 세 딸과 그녀 자신에게마저도.

　'이건 정말 너무 억울해. 난 아무 잘못도 없는데……. 두고 봐, 엘프레드! 반드시 복수하고 말겠어! 하늘에 두고 맹세해. 반드시 이 빚을 갚아 주고 말 테야!'

　로베타는 눈물이 핑 돌았다.

　수건으로 몸의 물기를 닦으면서 로베타는 조심하지 않으면 안 되었다. 말라붙었던 상처에서 다시 피가 스며나와 수건이 스칠 때마다 몹시 쓰렸다. 팔다리, 허벅지, 등, 엉덩이 등 상처가 없는 곳이 없었다. 그렇지만 기운은 한결 회복된 느낌이었다.

　캐롤라인의 옷은 로베타의 몸엔 약간 작았지만 부드럽고 매끄러웠으며, 은은한 라벤더 향기를 풍겨 기분을 상쾌하게 했다. 언제 내놓았는지도 모르게 가브리엘이 내놓고 간 슈미즈는 너무 짧아 입을 수가 없었다. 로베타는 그것을 잘 접어 침대 위에 놓아두고, 더러워진 자신의 속옷들을 돌돌 말아 간호사 유니폼과 함께 따로 간수했다.

화장대 위에는 캐롤라인이 놓아 둔 대로인 것 같은 빗 하나와 손거울이 있었다. 로베타는 머리에 꽂힌 핀들을 빼내고 빗질을 하며 캐롤라인의 사진을 살펴보았다. 남자라면 누구나 좋아할 만큼 섬세하고 장미처럼 아름다운 여자였다. 그녀에 비하면 거울에 비친 로베타 자신의 모습은 너무 거칠었다. 툭 불거진 광대뼈에다 고집스런 코, 적의를 품은 듯한 눈빛, 단호한 느낌을 주는 입술은 남자들로 하여금 일단 뒤로 한걸음 물러서게 만드는 데가 있었다.

빗질을 끝낸 로베타는 빗과 거울을 제자리에 놓았다.

"신세를 지고 있군요, 캐롤라인. 그 대신 당신 딸에게 갚아드리겠어요. 그러면 되겠죠?"

그녀는 의자에 앉아 가브리엘을 기다렸다. 20분 내로 돌아오겠다던 그가 늦어지고 있었다. 잠시 후 침대 밑에서 갈색 고양이 한 마리가 기어 나왔다. 고양이는 앙증맞은 울음소리를 내며 로베타의 무릎 위로 올라왔다. 로베타는 이소벨의 입을 통해 그 고양이의 이름을 이미 알고 있었다.

"안녕, 캐러멜."

고양이는 로베타의 몸에 코를 대며 냄새를 맡았다.

"넌 캐러멜이지, 그렇지?"

로베타는 고양이의 목을 살살 긁어 주며 물었다.

"그런데 네 주인님은 왜 이렇게 늦으시니?"

마침내 가브리엘이 돌아와서 침실의 문을 노크했을 땐, 로베타는 턱을 가슴에 박고 잠들어 있었다.

"로베타?"

그의 목소리에 로베타는 깜짝 놀라 잠에서 깨어났다.

"네에, 가브리엘!"

"들어가도 괜찮소?"

"들어오세요, 가브리엘."

가브리엘은 문을 열고 방안을 살펴보았다. 해가 졌는데도 방안에는 램프를 켜지 않아 어둑어둑했다. 북쪽 창문을 벌겋게 태우고 있는 노을이 로베타의 모습을 밝히고 있었다. 그녀는 머리카락을 뒤로 길게 빗어 내린 채 안락의자에 앉아 있었고, 무릎 위에는 고양이 캐러멜이 주인의 눈치를 살피고 있었다.

"미안해요, 깜박 잠이 들었나 봐요."

로베타는 의자에서 일어나며 말했다. 캐러멜이 그녀의 무릎에서 방바닥으로 잽싸게 뛰어내렸다.

"괜찮아요. 아주 잘했소. 난 아직도 울고 있거나, 끔찍한 생각을 하고 있지는 않을까 하고 걱정했는데, 어서 앉아요."

로베타는 의자에 다시 앉았다.

"난 좀처럼 울지 않는 편이에요. 운다고 해서 달라질 건 없으니까요. 오히려 나 자신을 더 파괴할 뿐이죠."

"당신을 혼자 남겨 두기가 싫었지만 어쩔 수가 없었소."

"당신은 오늘 저녁 제게 무척 친절했어요, 가브리엘. 더할 나위 없을 정도로 말이죠. 더군다나 우린 전날 싸우고 헤어졌잖아요."

가브리엘은 로베타의 얼굴을 조용히 바라보며 이 여자와 나는 앞으로 어떻게 될까, 하고 생각했다. 아무래도 이대로는 끝나지 않을 것 같은, 꼭 무슨 일이 벌어지고야 말 것 같은 예감이 강하게 들었다.

"모자 여기 있소."

그가 내미는 간호모를 받으려던 로베타의 손이 멈칫했다.

"불 좀 켜 보세요, 가브리엘."

"왜요?"

"아무튼요."

가브리엘은 손을 등 뒤로 감추었다.

"손이 왜 그렇죠? 무슨 짓을 한 거예요?"

로베타가 캐묻자 그는 마지못해 대답했다.

"그런 놈은 용서할 수가 없소."

"오, 맙소사! 엘프레드와 싸웠군요?"

로베타는 두 손에 얼굴을 묻었다. 갑자기 눈물이 쏟아지려고 했고, 가브리엘에 대한 자신의 감정을 드러내고 말 것 같은 생각이 들었기 때문이었다. 아직은 그럴 때가 아니었다.

가브리엘은 그녀 앞에 한쪽 무릎을 꿇고 앉으며 간호모를 바닥에 놓았다. 그는 로베타를 안아 주고 싶은 마음을 억누르고, 그 대신 고양이의 목을 살살 긁어 주며 말했다.

"미안하오, 로베타. 하지만 참을 수가 없었소. 이제 곧 모든 사람들이 알게 될 거요. 엘프레드의 아내와 그의 아이들, 그리고 당신 아이들까지도. 그렇지만 그런 괴물은 누가 처단을 해도 해야만 합니다. 그 기회가 우연히 나한테 왔을 뿐이오."

로베타는 두 손으로 얼굴을 가린 채 머리를 끄덕였다.

"알아요. 하지만 당신이 그러실 필요는 없었는데. 마을 사람들이 당신을 어떤 눈으로 보겠어요? 지금까지 난 혼자서도 잘해 왔어요. 아무도 날 위해 싸워 주는 사람은 없었죠."

가브리엘은 그의 거칠고 커다란 손으로 로베타의 갈색 머리를 어루만졌다. 그의 손으로 여자의 흐느낌이 전해져 왔다. 그는 로베타의 머리를 두 손으로 조심스럽게 감싸 쥐며 머리카락에 입술을 갖다댔다.

두 사람은 한참 동안 그런 상태로 말없이 있었다. 창밖은 어둑어둑해졌고, 방안은 이제 컴컴해졌다. 캐러멜은 어둠 속에서 두 사람의 모습을 조용히 응시하고 있었다.

"당신 모자를 찾으러 갔다가 도로 위에 떨어져 있는 단추 하나를 발견했소. 그곳에서 당신이 몸부림을 친 흔적을 보자 다시 피가 끓더 군요. 엘프레드의 집으로 돌아가서 놈을 아주 끝장내고 싶었소. 내 평생 살의를 느껴 본 적은 없었는데, 오늘 저녁엔 정말 놈을 죽여 버 리고 싶더군요."

로베타는 고개를 쳐들었다. 어둠 속에서 가브리엘의 얼굴 윤곽만 간신히 드러났다.

"그를 얼마나 때렸죠?"

"좀 심하게. 아마 몇 군데 부러졌을 거요."

"오, 가브리엘! 그가 고소하지 않겠어요?"

"모르겠소. 그럴 가능성도 있지. 아무튼 마을 전체가 떠들썩해질 거요."

로베타는 가느다랗게 한숨을 내쉬고는 눈을 감았다. 가브리엘이 자 신을 위해 그런 무모한 짓을 불사한 것에 대해서는 기뻤지만, 그로 인 해 그와 이소벨이 겪게 될지도 모를 곤경을 생각하면 마음이 착잡했다.

"따님들이 걱정됩니까?"

가브리엘이 물었다.

"이소벨도요……, 그리고 당신도 걱정돼요. 마을 사람들은 당신이 이혼한 여자 때문에 엘프레드를 폭행했다고 할 거예요."

"하지만 그건 사실이 아니지 않습니까! 난 확실한 증거를 보았어요."

"게다가 난 바로 당신의 집으로 왔어요. 그런 상태에서 이혼녀가 홀아비의 집으로 달려가야 할 이유가 어디 있겠어요? 어머니 집을 두고 말이에요. 내가 왜 어머니에게 가지 않았는지 알고 싶으세요? 왜냐하면 우리 어머니도 다른 사람들과 마찬가지로 모든 잘못은 나한테 있다고 말할 것이 뻔하기 때문이죠."

"아니오, 로베타. 그러실 리가……."

"그러고도 남을 분이에요. 생각이 그런 분이니까요."

가브리엘은 잠시 생각에 잠긴 듯한 표정을 지었다.

"로베타, 내가 생각 없는 행동으로 당신을 더욱 곤경에 빠뜨리고 말았군요. 정말 미안합니다."

로베타는 그의 팔에 손을 올려놓으며 말했다.

"사과하실 필요 없어요, 가브리엘. 나 때문에 하신 일이잖아요. 따지자면 당신도 피해잔걸요. 하지만 옳은 일을 하신 거예요. 엘프레드의 파렴치한 행위를 징벌한 셈이니까요. 아무튼 그레이스가 남편의 그 꼴을 직접 보았다니, 이대로 넘어갈 것 같지는 않군요."

"그의 딸들도 보았소. 그 아이들은 아무 죄도 없는데 말이오. 아이들 앞에서는 내가 참았어야 옳았소."

"그래요. 하지만 이미 늦었어요. 이제 그 아이들은 자신들의 아버지가 그런 파렴치한 인간이라는 사실을 평생 가슴에 담고 살아야만 해요. 어쩌면 그건 엘프레드에게 가장 가혹한 벌이 될 거예요. 아비로서 자식들의 존경과 사랑을 더 이상 기대할 수 없게 될 테니까요."

"그렇다면 그를 고소하지 않을 생각입니까?"

로베타는 천천히 머리를 끄덕였다.

"소란을 떨긴 싫어요."

"하지만 말입니다. 그건 불공평해요. 그자도 마땅히 다른 범죄자들처럼 감옥에 보내 벌을 받게 해야 합니다."

"가브리엘, 그 얘긴 이제 그만해요."

방안은 이제 완전히 캄캄해져서 가브리엘의 얼굴 윤곽만 간신히 드러났다.

"난 너무 피곤해서 집으로 돌아가야겠어요."

"제가 모셔다 드리겠습니다."

"아니, 괜찮아요. 아이들이……."

"아이들도 우리 사이를 이미 눈치채고 있소. 우린 그들을 속이고 있는 게 아닙니다."

"우리 사이라뇨, 가브리엘? 무슨 뜻이죠?"

"피곤하다고 했잖소. 그러니까 이런 얘기는 나중에 합시다, 주에트 부인. 나는 지금까지 살아오면서 신혼 첫날밤에 딱 한 번 했던 일을 하려고 하오."

그는 로베타를 두 팔로 안아 올려 침대로 향했다.

"가브리엘, 내려 줘요. 난 캐롤라인이 아니에요."

그녀는 앙탈했다. 가브리엘은 계단 쪽으로 걸어가며 대꾸했다.

"알고 있소."

"불을 켜요. 스위치는 당신 히프 아래쪽에 있소."

주위가 갑자기 환해지자 두 사람은 순간 흠칫하고 몸을 움츠렸다. 가브리엘은 여자를 두 팔로 안은 채 계단을 내려갔다.

"당신은 말을 안 듣는군요. 내려 달라고 했잖아요."

로베타는 그의 목에 매달리며 말했다.

"얌전히 있어요."

그는 부엌을 지나 발로 바람막이 문을 열었다. 장미 넝쿨 사이로 보이는 하늘에 별들이 총총했다. 짙은 장미 향기가 저녁의 산들바람을 타고 두 사람의 콧속으로 스며들었다.

"캐롤라인의 장미 정원으로 나왔군요."

로베타는 감동한 목소리로 말했다.

"그렇소."

"당신이 내 차를 운전하시면 돌아오실 때는 걸어오셔야 하잖아요."

"전에도 많이 걸었소."

"그리고 만약 누군가의 눈에 띄기라도 하면, 우린 함께 이곳을 떠나야만 할지도 몰라요."

"엿이나 먹으라고 하죠 뭐."

로베타는 웃지 않을 수 없었다. 가브리엘의 평소 부드러운 언행이 오늘 밤엔 달라진 것 같았다. 그는 자동차 앞에 도착하자 로베타를 땅에 내린 다음 조수석 문을 열고 태워 주었다. 그리고는 곧 시동을 걸고 차를 출발시켰다.

"아이들한텐 뭐라고 얘기할 거요?"

램프 불빛으로 어두운 도로를 비추며 한참을 달려가던 가브리엘이 걱정스런 표정으로 물었다. 로베타의 집에 가까워올수록 아이들의 질문에 대답할 일이 마음에 걸리는 모양이었다.

"사실대로 얘기할 수도 없고……."

"철부지 아이들에게 이모부를 증오하도록 만들 순 없어요. 그건 아이들에게도 지옥일 테니까요. 마음속에 지옥을 간직하는 건 나 혼자만으로도 충분해요. 당신도 오늘 있었던 일은 잊어버리세요, 가브리엘."

"그럴 순 없소, 로베타. 또 엘프레드가 그러도록 내버려두지도 않을 거요."

가브리엘은 천천히 머리를 저었다.

"아이들한테는 당신이 잘 말해요. 난 동의만 하겠소."

"고마워요, 가브리엘."

두 사람은 잠시 후 로베타의 집 앞에 도착했다. 그리고 흡사 면접관 앞에 나가는 수험생처럼 아이들의 질문에 어떻게 대답하면 좋을까, 하고 생각하며 함께 집 안으로 들어갔다.

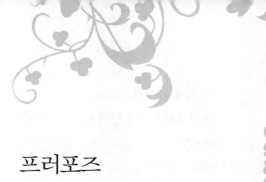

프러포즈

집 안에는 초콜릿 냄새가 짙게 풍겼다. 거실은 캄캄했지만, 부엌 문으로 환한 불빛이 흘러나왔다. 로베타가 들여다보니 네 소녀가 식탁에 둘러앉아 재잘거리며 냄비 속에서 무언가를 퍼먹고 있었다. 리디아가 깔깔거리며 의자에서 일어나 깡충깡충 춤을 추며 식탁을 한 바퀴 돌았다.

"얘들아, 엄마가 왔다. 이소벨 아빠도."

로베타는 부엌으로 들어서며 밝은 표정을 지으려 애썼다.

아이들이 일제히 부엌문 쪽으로 눈길을 돌렸다. 로베타와 가브리엘이 함께 들어서는 것을 본 아이들은 표정이 환해졌다.

"두 분이 함께 오셨군요!"

베키가 소리치며 일어났다.

"그렇다니까."

"그러면 이제 화해하신 거예요?"

리디아가 엄마에게 물었다.

"그런 것 같아. 냄비 안에 든 것이 뭐니?"

"퍼지(설탕 · 버터 · 우유 · 초콜렛으로 만드는 과자)예요. 베키가 저녁 대신 만든 거예요."

"퍼지라고? 저녁 대신에 그걸 먹었어?"

"네, 뭘 먹어야 할지 몰라서요. 또 다들 퍼지가 먹고 싶댔어요."

수잔은 호기심 어린 눈길로 엄마의 옷차림을 살피며 물었다.

"그 옷은 어디서 난 거예요?"

"저건 우리 엄마 옷이야."

이소벨이 냉큼 대답했다.

"왜 이소벨 엄마의 옷을 입으셨어요?"

수잔이 다시 물었다.

로베타는 낡은 드레스를 내려다보았다.

"엄마가 유니폼을 다 버려서 급히 갈아입을 옷이 필요했거든. 그래서 팔리 씨가 빌려 주신 거야."

"아빠가요?"

이소벨이 눈을 동그랗게 뜨고 자기 아빠를 돌아보았다.

"정말 아줌마한테 엄마 옷을 입어도 좋다고 하셨어요?"

"그랬단다."

가브리엘은 아무 일도 아닌 척하며 냄비 속에서 퍼지를 집어 입 안에 넣었다.

"하지만 저건 임산부복이잖아요."

로베타가 설명했다.

"내가 네 엄마보다 약간 더 크기 때문에 이것밖에 맞는 것이 없었단다."

베키는 침묵을 지키고 있었다. 이제 곧 열일곱 살이 되는 베키는 다른 아이들에 비해 의심스러운 듯한 표정을 짓고 있었다. 엄마와 가브리엘이 늘어놓은 변명만으로는 아무래도 이해하기가 어렵다는 표정이었다.

"엄마가 입고 있던 유니폼이 어떻게 되었는데요?"

베키가 마침내 물었다.

"버렸다고 했잖니."

로베타가 대답했다.

퍼지 조각을 집은 가브리엘의 손을 본 이소벨이 물었다.

"아빠 손은 왜 다쳤어요?"

"주먹질을 했지."

네 소녀가 동시에 비명을 내질렀다.

"네?"

"주먹질이라고요!"

"우리 엄마랑요?"

맨 마지막에 베키의 조용한 물음이 흘러나왔다.

"도대체 무슨 일이 있었던 거죠?"

로베타의 체념한 눈빛이 가브리엘을 돌아보았다.

"아무래도 얘기하는 편이 낫겠군요. 어차피 내일 밖에 나가면 마을 사람들을 통해 알게 될 테니까요."

가브리엘도 천천히 머리를 끄덕였다.

"생각대로 하십시오. 전 아무래도 괜찮습니다."

"정말 미안해요."

로베타는 진심으로 말했다.

"천만에요, 주에트 부인."

가브리엘은 들고 있던 퍼지를 냄비 속에 도로 넣었다.

"수잔, 어머니께 의자를 갖다 드리렴. 오늘 매우 힘든 일을 겪으셨단다."

수잔이 거실에서 의자를 가져오자, 로베타는 힘겹게 앉았다. 가브리엘은 의자 뒤로 돌아가서 그녀의 어깨 위에 두 손을 올려놓았다. 아이들은 두 어른의 태도에 놀라며 긴장했다.

"지금부터 엄마가 하는 말을 다른 사람들에게 옮겨서는 안 돼, 알겠니?"

로베타는 진지한 표정으로 아이들을 돌아보았다.

"그리고 마을 사람들이나 친구들이 혹시 무슨 말을 하더라도, 너희들은 긍정도 부정도 할 필요가 없어."

"약속할게요, 엄마."

베키가 대표로 말했다.

로베타는 마음속으로 어떻게 얘기해야 좋을지 생각했다. 그녀는 가까이 있는 두 딸에게 손을 내밀며 말했다.

"엄마 손을 좀 잡아 주렴. 이런 얘기하기 무척 힘들거든."

수잔과 리디아의 손을 잡고 그녀는 엘프레드와 있었던 일을 얘기하기 시작했다.

"팔리 씨가 손을 다치신 것은 엘프레드 이모부를 때리다가 그렇게 되신 거야. 엘프레드가 이 엄마를 겁탈했기 때문이지."

로베타의 말에 아이들은 입을 딱 벌렸다. 어떻게 그런 일이……. 그들은 믿을 수 없다는 표정이었다.

"엄마가 산길을 달리고 있을 때 차의 가솔린이 떨어졌어. 그런데 마침 엘프레드가 지나가다가 가솔린을 넣어 주었지. 그 대가로 그는 엄마의 키스를 원했어. 엄마가 거절하자 강제로 키스하려 했단다.

엘프레드와 싸우다가 엄마는 여기저기 다쳤고, 옷도 엉망이 되었어. 정말 무서웠단다."

사태를 제대로 이해한 아이는 베키뿐인 듯했다. 베키의 표정이 그것을 말해 주었다. 더 이상 자세한 설명을 하지 않아도 엄마에게 어떤 일이 일어났는지 다 알겠다는 표정이었다.

"너희들의 이모부인 엘프레드는 별로 좋은 사람이 아니란다. 그 사람은 그러니까……."

로베타는 가브리엘을 돌아보며 도움을 청했다.

"색광이라고 하지."

가브리엘이 말했다.

"그 말이 가장 적당하군요. 너희들 무슨 뜻인지 알겠니?"

소녀들은 서로의 얼굴을 돌아보며 모르겠다는 듯 어깨를 으쓱했다.

"엘프레드는 그레이스 이모 외에도 다른 여자들의 꽁무니를 쫓아다닌다는 뜻이지. 그러다가 이번엔 이 엄마에게 그런 못된 짓을 한 거야."

리디아가 순진하게 물었다.

"이모부가 엄말 막 때렸어요?"

"그건……, 아니야."

로베타는 잠시 생각한 뒤 힘주어 말했다.

"하지만 엄마는 그를 막 때렸어. 아주 세게 말이야."

"엄마가요?"

리디아의 눈이 동그래졌다.

로베타는 아이들이 더 질문을 쏟아내기 전에 화제를 돌렸다.

"엄마 말 잘 들어. 이건 아주 중요한 일이야. 가브리엘 아저씨가 이모부를 마구 때릴 때, 너희들의 사촌인 마셀린과 트루디와 코린다도 그 자리에 있었대. 그레이스 이모도 물론 있었고. 그러니까 이제 그들은 너희들과 함께 놀기 위해 이곳으로 오지 않을 거야."

"오라고 얘기할 수도 없나요?"

수잔이 물었다.

"당분간은 안 될 거야. 그리고 너희들이 이모댁으로 놀러 가서도 안 돼."

리디아는 몹시 실망한 것 같았다. 그곳 가정부 소피가 만든 프랄린 과자를 이제 먹을 수 없기 때문이었다.

"하지만 우린 모두 프랄린 과자를 좋아하는걸요, 엄마."

"그렇더라도 엄마는 너희들이 그곳에 가는 걸 원치 않아."

베키는 엄마의 어깨 위에 올려져 있는 가브리엘의 손을 말없이 응시하고 있었다. 소피의 프랄린 과자 따위에는 관심도 없다는 듯한 표정이었다. 이제 곧 열일곱 살이 되는 베키는 엘프레드 이모부가 엄마에게 한 짓이 어떤 것이었는지 짐작하고 있는 것 같았고, 또 엄마와 가브리엘 사이에 어떤 일이 일어나고 있는지도 이미 눈치챈 것처럼 보였다.

로베타는 가느다랗게 한숨을 내쉬고는 큰딸을 바라보았다. 마을 사람들에게 이상한 소문을 듣게 되더라도 너무 크게 상처받지 않기를 바라는 마음에서 딸들에게 얘기를 하긴 했지만, 막상 해놓고 보니 공연한 말을 한 것이 아닐까 하는 후회감이 일었다. 이럴 경우에도 부모들은 과연 자식들에게 정직해야만 하는 걸까?

"자, 이제 그 얘긴 그만하기로 하자. 엄마는 괜찮으니까 걱정할 필요 없어. 가브리엘 아저씨가 엄마를 잘 보살펴 주셨단다. 이젠 저녁 먹을 궁리나 하자. 다들 퍼지로 저녁을 때웠다니까 말이야."

어린아이들은 아이들답게 곧 명랑한 본성을 되찾았지만, 베키의 표정은 여전히 어두웠다. 이던 오기어와 데이트를 시작한 이후부터 부쩍 어른스러워진 베키는 요즈음 동생들과 함께 노는 시간도 줄어들었다. 그녀는 저녁 생각이 별로 없다면서 먼저 침실로 올라가 버렸다.

잠시 후 가브리엘과 이소벨은 돌아가겠다고 일어났다. 아이들과 함께 현관까지 따라 나온 로베타를 이소벨이 포옹하며 말했다.

"안녕히 주무세요. 상처 치료 잘하시고요."

"고맙다, 이소벨. 하지만 걱정할 것 없어. 잘 가."

수잔과 리디아, 이소벨이 먼저 계단을 내려갔다. 앞쪽 덤불숲에서 반딧불이 날아다니고 있었다. 습기를 머금은 써늘한 바람이 바다로부터 불어왔고, 달이 훤한 하늘 아래 마을은 조용히 엎드려 있었다.

가브리엘은 로베타와 헤어지기가 아쉬운 듯 포치에서 머뭇거렸다. 곁에서 그녀를 보호해 주고 싶다는 강한 욕망이 가슴속에서 끓고 있었다. 그는 로베타의 어깨 위에 두 손을 올려놓으며 물었다.

"괜찮겠소?"

그로서는 꽤나 하기 힘든 애정 표시를 하고 있다고 로베타는 생각하며 혼자 슬며시 미소 지었다. 제대로 하려면 아직 멀었지만, 어쩌면 그런 점이 그의 매력이라는 생각도 들었다.

"그럼요. 푹 쉬고 나면 나아질 거예요."

가브리엘은 귓전에서 웽웽거리는 모기를 손으로 쫓았다.

"내일은 집에서 쉬는 게 좋지 않겠소?"

"안 돼요. 출근해야죠."

"또 시골로 나갑니까?"

"오전엔 락포트로 나갈 거예요. 오후는 지시를 받아야 하고요."

"이젠 당신이 차를 몰고 다니는 것이 걱정됩니다."

"걱정하실 필요 없어요. 엘프레드는 그만하면 혼이 났을 테니까요."

로베타는 손으로 모기를 쫓으며 말했다.

"그래도 걱정됩니다."

"난 그만한 일로 물러서거나 꼬리를 사리진 않아요, 가브리엘. 내 딸들을 위해 차를 몰고 산길을 달려야 한다면 달릴 수밖에 없죠. 물론 위험할 수도 있죠. 하지만 지금까지 그렇게 살아온걸요, 뭐."

가브리엘은 로베타의 손을 잡으며 말했다.

"당신은 정말 대단한 여자요. 그걸 알고 있소?"

"그냥 보통 여자일 뿐이에요, 가브리엘. 아무튼 그렇게 말씀해 주니 고맙군요. 그리고 나 대신 엘프레드를 혼내 줘서 고마워요. 그 때문에 당신에게 곤란한 일이 생기지 않았으면 좋겠는데……."

"그런 일은 없을 겁니다. 사실 알고 보면 엘프레드 같은 사내는 대개 비겁하거든요. 만약 그가 나를 고소한다면, 그는 먼저 그 이유부터 설명하지 않으면 안 될 겁니다. 제가 생각하기에 그는 그럴 만한 배짱이 없어요."

그때 저만치 앞서가던 이소벨이 소리쳤다.

"빨리 와요, 아빠! 모기가 자꾸 물어요!"

"그래, 이소벨."

그는 로베타의 손을 놓았다.

"그럼 잘 자요. 내일 저녁 때 들르겠소."

"기다릴게요."

로베타는 계단을 내려가는 그에게 말했다. 이젠 그에게 기다리겠다는 말까지 한 것이다. 갑자기 그와 헤어지고 싶지 않다는 생각이 그녀를 강하게 사로잡았다. 아이들만 아니라면 그의 목을 힘껏 끌어안으며 제발 가지 말라고 애원하고 싶었다.

이소벨과 헤어져서 돌아오던 수잔과 리디아가 가브리엘을 향해 합
창했다.

"안녕히 가세요, 팔리 씨!"

"그래, 애들아. 엄마를 잘 보살펴 드리렴."

두 소녀는 현관 계단을 다람쥐처럼 달려 올라갔다. 수잔이 리디아
에게 소곤거리는 소리가 로베타의 귀에 들려 왔다.

"빨리 들어가, 눈치 없이 꾸물대지 말고!"

*

캐롤라인 팔리의 임산부복을 벗어 문 뒤의 옷걸이에다 걸며 로베
타는 자신의 침실을 둘러보았다. 캐롤라인의 침실과 너무 대조적이
었다. 일주일 전부터 벗어 던져 둔 옷들이 방바닥 여기저기 뒹굴고
있었다. 침대 모서리에 걸쳐져 있는 것도 아니고, 화장대 위에 놓여
있는 것도 있었다.

로베타는 라벤더 향기가 나는 캐롤라인의 옷을 손끝으로 어루만지
다가 뺨으로 가져갔다. 옷에서 풍기는 향기 속에는 어쩌면 캐롤라인
의 체취가 아직도 남아 있는지 모른다. 깨끗하고 정연한 것을 좋아했
던 캐롤라인은 과연 어떤 여자였을까?

'오, 가브리엘, 우린 지금 무슨 일을 벌이고 있는 거죠?'

임산부복을 벗어 버린 로베타는 알몸으로 거울 앞에 섰다. 아랫배
가 묵직하게 느껴지는 것이 영 불쾌했다. 양쪽 허벅지와 종아리는 온
통 긁힌 자국투성이었다. 그녀는 아랫배를 손으로 쓰다듬으며 엘프
레드 스피어에 대한 증오심을 다시 불태웠다. 비록 아이를 셋이나 낳
고 힘들게 살아 망가질 대로 망가진 몸이긴 하지만, 그녀에겐 소중한
자산이었다.

낡은 잠옷을 몸에 걸치고 침대에 눕자 눈물이 저절로 핑 돌았다. 아무리 울지 않겠다고 결심해도 소용없었다.

'남자 없이 여자 혼자서 세상을 살아가기가 이다지도 어렵단 말인가? 왜 사내들은 혼자 사는 여자를 가만히 내버려두지 않는 걸까?'

몸을 똑똑 두드리는 노크 소리에 로베타는 기겁을 하며 시트 자락으로 황급히 눈물을 찍어 냈다.

"들어가도 돼요, 엄마?"

베키였다.

"그럼, 베키. 들어와."

베키는 문을 열고도 얼른 들어서지 못하고 엄마의 얼굴을 살피며 머뭇거렸다. 어색한 표정으로 미소를 지으려고도 했지만 그나마 제대로 되지 않았다.

"아직 자지 않고 있었니?"

로베타가 부드러운 목소리로 딸을 안심시켰다.

"기다리고 있었어요."

배키가 어렵게 말했다.

'오, 베키, 난 네가 눈치채지 못하기를 바랐는데. 엄마는 네가 그냥 넘어가 주기를 바랐어.'

로베타는 슬픈 표정이 되었다.

"역시 그랬구나."

모녀 사이에 한동안 침묵이 이어졌다. 얘기를 어떻게 시작해야 좋을지 둘 다 알 수가 없었기 때문이었다. 세상사를 너무 많이 알아 버린 서른여섯 살의 어머니와 오로지 의심만 품고 있는 열여섯 살 난 딸이, 그것도 엄마가 겁탈당한 일을 놓고 얘기한다는 것이 결코 쉬울 리는 없었다. 딸은 알고 싶어했고, 엄마는 무작정 감추고 싶었다.

"엄마는 다 얘기하지 않았어요, 그렇죠?"

결국 베키가 먼저 입을 열었다.

로베타는 뜨거운 덩어리가 목구멍을 꽉 틀어막는 듯한 기분이었다. 딸 앞에서 눈물을 보여서는 안 된다고 속으로 다짐하면서도 어느새 눈시울부터 뜨거워졌다. 그렇다고 대답하려고 했지만 목소리가 나오지 않아 그녀는 머리만 두어 번 끄덕였다.

베키는 맞은편 침대 모서리에 앉았다. 하얀 잠옷 차림에 맨발이었다. 왕관 모양으로 올린 머리카락은 아직 풀지 않고 있었다. 이턴 오기어한테 고백을 받은 이래로 베키는 머리를 왕관 모양으로 올리고 다녔다. 오늘따라 그 헤어스타일은 베키를 한결 더 어른스럽게 보이도록 했다.

"엄마는 내가 모를 거라고 생각하겠지만, 난 엘프레드 이모부가 엄마한테 무슨 짓을 했는지 다 알아요."

베키의 커다란 눈동자는 확신으로 빛났다.

로베타는 속일 수 없다는 것을 알았다. 베키는 이미 아무것도 모르는 순진한 어린애가 아니었다. 그녀는 다시 머리를 끄덕였다.

"역시 그랬군요."

베키는 머리를 숙이고 자신의 무릎께를 응시했다. 하얀 잠옷 위로 금방 눈물방울이 뚝뚝 떨어졌다.

"이모부가 어쩜 엄마한테 이럴 수가 있죠? 정말 끔찍해요!"

"그래, 끔찍한 일이야. 그래서 난 어린 네 동생들한텐 알리고 싶지 않았어."

베키는 슬프게 머리를 끄덕였다.

"엘프레드는 엄마가 여기에 도착했을 때부터 그랬어. 그는 교활하고 응큼한 악질이야. 그레이스 이모가 보지 않는 곳에선 언제나 다른 여자들에게 집적거리는 바람둥이지. 그런 사내와 결혼한 그레이스 이모는 참으로 불쌍한 여자란다."

"엄마한테 이런 짓을 한 거 그레이스 이모도 알고 있나요?"

"가브리엘은 그럴 거라고 했어. 엘프레드를 두들겨 패면서 그 이유를 말해 줄 때, 그레이스와 네 사촌들도 다 있었다니까."

"그러면 이모도 엄마처럼 이혼을 할까요?"

"그러진 않을 거다, 베키. 그레이스는 내가 변변찮은 제 남편을 유혹했다고 생각할 테니까. 이 엄마가 이혼녀이기 때문이지. 할머니와 이모는 모든 잘못은 이혼녀에게 있다고 생각하는 사람들이거든."

"하지만 그레이스 이모가 어떻게 그런 식으로 생각할 수가 있죠?"

베키는 분노했다.

"엄마가 그런 분이 아니라는 걸 이모는 잘 아시잖아요! 엄마는 좋은 분이에요. 우리한테도 늘 옳은 것만 가르치셨어요!"

"오, 베키……."

로베타는 베개에 등을 기대며 눈을 감았다. 내가 낳고 기른 자식들이 이 어미를 그렇게만 생각해 준다면, 세상 사람들이 무어라 하든 견딜 만하다고 그녀는 생각했다.

"하지만 세상 사람들은 다 너처럼 공정하지가 못한단다. 마을 사람들 중에도 엘프레드 편을 들 사람들이 아주 많아. 그는 남자거든. 그리고 남자들은 가끔 그런 사악한 짓을 저질러도 용서가 된단다. 비난은 여자들만 받는 거야. 특히 이혼한 여자들만."

"그건 너무 불공평해요."

"불공평하지."

로베타는 딸의 손을 잡으며 말했다.

"하지만 우린 진실을 알고 있어. 너와 나, 그리고 팔리 씨도. 엄마한테 중요한 것은 그것뿐이야. 다른 사람들이 무슨 말을 하든 내겐 아무 의미도 없어. 엄마는 이 일로 너희들이 상처를 입게 될까 봐 두려워. 내가 엘프레드를 증오하는 것도 그 때문이고. 그 괴물이 내 소중한 딸들의 순진성을 훔쳐 가는 것은 결코 용서할 수 없어. 보렴, 그런 추악한 일에 대해서는 몰라야 할 네가 지금 그것으로 갈등하고 있지 않니. 오, 베키, 너 보기 부끄럽구나."

그러자 베키는 침대에서 벌떡 일어나서 엄마 곁으로 다가와 얼싸안았다.

"엄마, 난 오히려 엄마가 더 걱정이에요."

베키가 어느새 이만큼이나 성숙했나, 하고 생각하자 로베타는 자꾸만 눈물이 나왔다. 그래도 큰딸이라 이따금 기대고 싶은 마음이 있었고, 조지와 이혼한 뒤로는 그나마 의논할 상대라고는 베키뿐이었던 것이다. 요즘 이성에 눈을 떠서 조금 등한시하곤 있지만, 아래로 두 동생을 보살피는 데도 은근히 정성이었다.

"엄마는 괜찮으니 걱정하지 말라고 했지. 그보다는 수잔과 리디아가 바깥에 나가서 마음 상하는 일이 없도록 네가 잘 보살펴야 한다. 엄만 집에 없으니까 말이야."

"염려마세요, 엄마."

베키는 제법 엄마의 등을 다독이며 안심시켰다.

"그런데요, 엄마, 이소벨의 아빠가 엄마한테 너무 잘하시는 것 같아요, 안 그래요?"

로베타는 베키의 섬세한 두 손을 잡으며 말했다.

"정말 고마운 분이셔. 팔리 씨가 아니었다면 엄마는 거기서 더 큰 일을 당했을지도 몰라."

"전날 두 분이 싸우셨을 땐 참 속상했어요."

"나도 그랬다."

"이제 화해하셨으니 정말 기뻐요."

"엄마도 기뻐."

"이소벨도 그럴 거예요."

모녀는 서로 마주보며 웃었다.

"그런데요, 엄마. 이소벨이 그러는데, 자기 아빠가 엄마랑 결혼하면 좋겠대요. 수잔과 리디아도 들었어요."

"이소벨이?"

로베타는 웃으며 대꾸했다.

"그렇지만 좀 어렵지 않을까? 우린 서로 너무 다르거든."

"어떻게 다른데요?"

"뭐랄까, 팔리 씨는 꼼꼼한 성격인데 비해 난 너무 엉망진창이지. 또 그는 계획성 있게 생활을 하는데, 난 시계조차도 보기 싫어하잖니. 그는 포크와 스푼으로 식사하기 위해 식탁이 있다고 생각하는데, 엄마는 두 다리를 올려놓기 위해서 있는 거라고 생각하거든. 게다가 나는 이혼녀이기 때문에 이소벨의 할머니는 우리의 결혼을 절대로 허락하지 않을 거야."

베키는 잠시 생각하는 표정을 지었다.

"그렇지만 팔리 씨가 청혼해 오면 받아들이실 거예요?"

"잘 모르겠어. 넌 엄마가 팔리 씨와 결혼하면 좋겠니?"

"글쎄요……, 우리를 위해선 아니에요. 우린 팔리 씨가 없어도 얼마든지 즐거울 수 있거든요. 하지만 엄마는 그분과 함께 있을 때 더 행복해 보였어요."

"난 별로 못 느꼈는데."

로베타는 잠시 생각한 뒤 다시 말했다.

"어쩌면 네 말이 맞을지도 몰라. 전날 학교에서 만났을 때, 그가 아무 말도 하지 않으니까 내 기분이 좀 참담했거든. 그 이후로 그에 대한 생각을 떨쳐 버릴 수가 없었어. 엄마는 잘 모르겠구나, 베키. 결혼에 한번 실패한 여자는 다시 시도하기가 무척 두려운 법이야. 그리고 네가 말한 대로, 우린 그동안 남자 없이도 잘해 왔잖니."

베키는 엄마의 잠옷 단추를 채워 주며 말했다.

"그렇지만 팔리 씨는 엄마를 위해 엘프레드를 때려눕혔잖아요. 그리고 자기 아내의 옷을 엄마에게 입게 했고, 이소벨도 이곳을 자유롭게 드나들도록 허락했어요. 제 생각엔 팔리 씨는 엄마를 사랑하고 있어요. 자신은 모르고 있지만 엄마를 무척 사랑하고 있음이 분명해요."

베키는 말을 마치자 침대에서 발딱 일어나 엄마의 이마에 키스를 했다.

"하지만 염려 마세요, 엄마. 이제부턴 제가 엄마를 잘 보살펴 드리겠어요. 그리고 결혼을 하든 않든, 팔리 씨도 엄마를 계속 보살펴 주실 거예요."

*

여름 내의로 시원하게 갈아입은 가브리엘 팔리는 로베타가 누워 있던 흔적이 남아 있는 침대를 바라보며 생각에 잠겨 있었다. 그런 충격적인 일을 당하고도 짧은 시간 내에 자기 자신을 추스르는 로베타의 강인함에 그는 솔직히 감탄하지 않을 수 없었다. 그것은 세 딸에 대한 강한 모성애와 그녀 자신의 강인한 의지 없이는 불가능한 일이었다.

그에 비하면 엘프레드 같은 놈은 야비하기 짝이 없는 짐승이었다. 그런 놈은 인간 쓰레기였다.

'나쁜 자식!'

엘프레드의 얼굴을 떠올리자 가브리엘은 다시 흥분했다. 그가 로베타에게 한 짓을 생각하면 공연히 피가 펄펄 끓었다.

'로베타 주에트. 얼마나 대단한 여잔가! 꺾이지 않는 갈대와도 같은 여자. 그래서 더욱 사랑스럽게 느껴지는 그런 여자. 딸들은 또 얼마나 밝고 건전하게 길러 놓았는가. 그리고 이소벨에게도 얼마나 잘 대해 주고 있는가. 보진 않았지만 그녀가 돌봐 주는 환자들도 틀림없이 그녀를 고맙게 생각하고 있을 거야. 나한테 대하는 태도도 처음에 비하면 얼마나 많이 부드러워졌고!'

가브리엘은 혼자 한 마지막 말을 생각하며 미소 지었다.

이제 겨우 정들기 시작하여 차츰 가까워지려는데, 그녀를 그 지경으로 만들어 놓은 것이다!

'엘프레드 그 자식, 오늘 내 손에 죽지 않은 것만으로도 천행인 줄 알아야 한다. 그런 놈 손에 로베타 같은 여자가 희생당한다는 것은 너무 불공평한 일이야.'

엘프레드를 아는 사람이라면 누구든지 그가 수완 좋은 사업가이며, 좋은 저택과 멋진 가족을 가진 행운아라고 생각하고 있다. 그래서인지 엘프레드가 저지르는 엽색 행각에 대해서는 다들 낄낄 웃으며 재미있는 얘깃거리 정도로만 생각하는 경향이 있었다. 아무도 그의 행동을 비난하거나 제지하려는 사람은 없었다.

그런 인간들이 감히 로베타 같은 훌륭한 여자를 헐뜯고 있는 것이다! 그녀의 발꿈치를 핥을 자격도 없는 것들이! 단지 그녀가 자기 가족도 잘 돌보지 않는 무능한 남편과 이혼했다는 그 한 가지 이유만으로 비웃고 있는 것이다!

'그런 사내가 과연 그녀를 사랑했을까? 그런 사내에게 그만한 사랑이 있었으리라고는 믿기 어렵다. 그랬다면 아내와 딸들을 그렇게 내팽개치진 않았겠지! 가여운 로베타. 그녀는 여자 몸으로 힘든 삶을 살아오면서도 단 한마디의 불평도 할 줄 모른다. 그러나 만일 그녀에게 또 한 아이가 생긴다면? 엘프레드 그 자식이 그녀의 뱃속에 또 하나의 씨앗을 심어 놓았다면? 그건 두고두고 이곳 캠든 사람들의 가십거리가 될 것이다. 그것은 또한 그녀뿐만 아니라, 그녀의 귀여운 세 딸에게도 깊은 상처를 주게 될 것이다. 오, 맙소사, 그건 정말 너무 가혹한 일이야.'

가브리엘은 그 방면의 전문가는 아니었다. 그렇지만 그녀가 엘프레드에게 겁탈당한 후 그의 집 욕실 안으로 들어가기까지, 설사 그녀가 욕실 문을 잠그고 그 안에서 어떤 조처를 취했다 하더라도 그 사이에 엘프레드가 뿌린 씨앗이 그녀의 난자 속으로 침투했을 가능성은 충분하다는 정도는 그도 알고 있었다.

그는 로베타도 지금 같은 걱정을 하며 잠을 못 이루고 있을 것이라고 생각했다.

'혹시 아기가 들어서면 어떡하지? 그땐 정말 어쩌지?'

그는 한숨을 길게 내쉰 뒤 상체를 일으켜 불을 껐다. 방안이 캄캄해지자 그는 뒤로 벌렁 누워 잠을 청했다. 그러나 로베타의 얼굴이 머릿속에서 좀처럼 사라지질 않았다. 엘프레드 같은 놈들로부터 안전한 곳으로 그 여자를 옮겨 놓기 전에는 도무지 안심이 될 것 같지 않았다.

*

다음날 아침 로베타는 아래층에서 울리는 전화벨 소리에 잠이 깨었다. 깜짝 놀라 상체를 일으킨 뒤에도 그녀는 한참 동안 꿈속을 헤매는 듯한 기분이었다. 마음이 뒤숭숭했고, 머리까지 지끈거렸다.

전화벨이 다시 울렸다.

"오, 이런!"

로베타는 침대 아래로 내려오며 괘종시계를 보았다. 7시 30분. 정신이 번쩍 들었다. 서두르지 않으면 출근이 늦어질 판이었다. 그녀는 허둥지둥 계단 아래로 내려가서 수화기를 들었다.

"여보세요?"

"안녕, 로베타."

"아, 가브리엘⋯⋯."

로베타는 손으로 흘러내린 머리를 쓸어 올리며 무의식중에 창밖을 돌아보았다. 하지만 집에서 전화를 걸고 있는 가브리엘이 거기에 있을 리는 없었다.

"이 시각에 웬일이세요?"

"오늘 무얼 하실 건지 궁금해서요."

"일하러 나가야죠. 그렇잖아도 늦었어요, 가브리엘."

"몸은 좀 어떻소?"

"한결 나아졌어요. 정말 괜찮아요, 가브리엘."

"다행이군요. 당신에게 드릴 말씀이 있습니다. 전화로는 곤란하고, 정오쯤 어디서 좀 만났으면 하는데요."

"정오에요?"

"시간은 상관없습니다. 오전에 락포트에서 일할 거라고 하셨죠? 마침 제가 락포트로 나갈 일도 있고 하니, 체스트넛 거리에 있는 백합 연못에서 만나면 어떻겠습니까?"

"그러죠, 뭐."

"약속하셨습니다. 그러면 거기서 11시 반부터 기다리겠습니다."

가브리엘은 로베타의 마음이 변할까 봐 겁났던지 얼른 전화를 끊어 버렸다.

로베타는 수화기를 한동안 멍하니 바라보았다. 나한테 무슨 할 말이 있다는 걸까? 전날 그가 베풀어 준 호의는 평소의 그답지 않은 일이었다. 게다가 그는 신혼 첫날밤에 캐롤라인에게 했던 것처럼 그녀를 두 팔로 안고 침실에서 자동차를 세워둔 곳까지 가지 않았던가? 그건 의미가 있는 일임이 분명했다. 이제 그가 막상 이렇게 나오니, 로베타는 더럭 겁이 나며 가슴부터 뛰었다.

'혹시……?'

그러나 지금 당장은 그런 생각으로 꾸물거릴 시간이 없었다. 가브리엘의 얘기는 정오에 그를 만나 들어 보면 저절로 알게 될 일이다. 지금 그녀는 서둘러 출근해야 했다.

*

약속 장소로 나간 로베타는 연못 아래쪽 공터에 세워져 있는 가브리엘의 트럭을 발견하고는 그 뒤에다 차를 세웠다. 연못 가장자리를 돌아가며 하얀 백합들이 활짝 피어 있었다. 호수 너머로 주택들이 드문드문 보였고, 근처의 숲속으로는 시원한 바람이 불고 있었다. 숲을 경계로 널따란 목장이 펼쳐져 있었고, 가축들이 한가로이 꼬리를 치며 풀을 뜯는 모습이 시야에 들어왔다.

차에서 내린 로베타는 가브리엘을 향해 손을 흔들었다. 그는 밀짚 모자를 쓰고 바위 위에 걸터앉아 있었다. 입에는 풀잎이 하나 물려 있었다. 로베타가 손을 흔들자, 그는 바위에서 일어나 그녀 앞으로 걸어왔다. 푸른 대님 바지에 하얀 셔츠 소매를 펄럭이며 그는 성큼성큼 걸었다.

"여긴 공기가 아주 향기롭군요."

그가 열 걸음쯤 앞으로 다가오자 로베타가 먼저 말했다.

"클로버 향기예요."

그가 대꾸했다.

"평화롭군요."

"너무 조용한 곳이라 당신이 혹시 겁먹지나 않을까 걱정했소. 주위에 사람이 너무 없어서 말입니다."

"오, 가브리엘, 당신을 무서워하진 않아요."

"그렇담 다행이오."

로베타의 하얀 유니폼이 정오의 햇빛에 눈부시게 빛났다.

"여긴 좀 덥군요. 트럭 옆의 그늘로 가서 앉읍시다."

"네."

두 사람은 어깨를 나란히 하고 풀밭 위를 걸었다. 뜨거운 햇빛을 받아 후끈하게 달아오른 공기가 짙은 풀냄새와 꽃향기를 담고 콧속으로 스며들어 왔다. 목장에서 풀을 뜯던 소가 길고 느릿하게 울었다.

"개구리를 보고 있었소."

가브리엘이 말했다.

"네……."

"파리를 잡아먹고 있더군."

"흠……."

로베타는 발끝을 내려다보며 웃었다.

"연못엔 자라들도 있었소."

"아이들한테 얘기해 줘야겠군요. 틀림없이 자라를 잡으러 여기로 몰려올 거예요."

"내가 어릴 땐 자라를 먹었소. 엄마가 자라 수프를 끓여 주시곤 했죠."

"지금도 먹어요. 맛있어요."

로베타가 웃으며 대꾸했다.

두 사람은 트럭 옆의 시원한 나무 그늘로 들어가 앉았다. 로베타가 가브리엘을 돌아보며 말했다.

"설마 개구리와 자라 수프 얘기를 하려고 날 여기까지 불러내신 건 아니겠죠?"

가브리엘은 밀짚모자 챙 아래로 로베타를 바라보았다. 오전 작업으로 그의 하얀 셔츠 깃은 더러워져 있었고, 어깨에는 톱밥이 달라붙어 있었다. 햇볕에 탄 그의 목덜미는 붉었고, 그의 눈동자는 연기처럼 푸르스름한 회색이었다.

"물론 아니죠. 하지만 마침 점심 때도 되었으니, 내가 싸온 샌드위치나 함께 먹읍시다."

"무슨 샌드위친데요? 혹시 자라?"

"아니, 쇠고기요."

그는 트럭으로 걸어가서 트렁크를 열었다.

"사실을 말하면 당신은 믿지 않겠지만, 난 아침에 이걸 만들어 달라는 부탁을 하기 위해 어머니댁에 들렀소."

로베타는 입을 딱 벌렸다.

"설마 나와 함께 먹을 것이라고 말씀드리진 않았겠죠?"

"아니, 내가 얘기했소."

가브리엘은 주저 없이 말했다.

"오, 맙소사!"

두 사람은 샌드위치가 담긴 그릇을 가운데 놓고 마주 앉았다. 가브리엘은 아이스티가 담긴 병의 뚜껑을 열어 풀밭 위에다 조심스럽게 놓았다. 그리고는 컵에다 차를 따라 로베타에게 건네주었다.

"고마워요."

두 사람은 푸른 들판을 바라보며 샌드위치를 먹기 시작했다. 한동안 침묵이 흐른 뒤 가브리엘이 다시 입을 열었다.

"어젯밤 잠을 통 못 잤소."

"왜요?"

로베타가 의아한 눈빛으로 그를 쳐다보았다.

"당신이 그런 끔찍한 일을 당했다는 생각 때문에."

가브리엘은 로베타의 눈길을 피하며 말했다.

"당신이 걱정되어 별 생각이 다 듭디다."

"걱정하지 말아요, 가브리엘."

"그렇지만 자꾸 걱정되는 걸 어쩌겠소? 만약에 당신이, 만에 하나라도 엘프레드의……."

"무슨 얘길 하시려는 건지 알겠어요. 설사 내가 엘프레드의 아이를 임신하게 되더라도 그건 어디까지나 내 일이에요, 가브리엘. 당신이 걱정할 일은 아니죠."

"로베타, 만약 그런 일이 일어난다면 난 당신과 결혼하겠소."

로베타의 표정이 돌처럼 굳어졌다. 그녀는 손에 든 샌드위치를 내려놓고 가브리엘의 얼굴을 뚫어지게 노려보았다.

"진심이에요?"

가브리엘은 말없이 고개를 끄덕였다.

"제가 임신을 하면 말이죠?"

"그렇소."

"마을 사람들의 멸시로부터 나를 보호하기 위해선가요?"

"그런 의미도 있소."

"또 다른 의미도 있단 말인가요?"

"굳이 따진다면 당신의 세 딸과 이소벨을 보호하겠다는 의미도 있겠죠. 그것은 곧 나 자신을 보호하는 것이기도 하고."

"거기까지 생각하셨군요. 하지만 우린 너무 다른 성격이잖아요?"

"그건 극복할 수 있다고 생각하오."

가브리엘은 컵에 따른 차를 다 마신 뒤 손등으로 입꼬리를 닦았다.

"당신을 위해서도 그 방법이 최선이라고 생각했소."

로베타는 한참 동안 말이 없었다. 그녀는 먹다 남은 샌드위치를 그릇 속에 넣고 보따리를 싸기 시작했다.

"왜 그러죠?"

"당신은 첫번째 결혼을 그런 식으로 마감한 내가 또다시 그런 끔찍한 결혼을 할 것이라고 생각했나요?"

"끔찍한 결혼이라뇨?"

"주변의 여건이나 편의에 따른 결혼은 할 수가 없어요, 가브리엘. 내가 비록 캐롤라인처럼 말끔하고 완벽한 여자가 아닐지는 몰라도, 나 역시 감정을 지닌 여자예요. 따라서 결혼을 하려면 무엇보다도 사랑이 전제되어야만 하겠죠."

가브리엘은 입을 굳게 다물었다.

"제 생각엔 말이죠, 가브리엘, 당신은 나를 사랑하고 있으면서도 그렇게 말하기가 두려운 거예요. 캐롤라인에 대한 감정에서 아직 자유로워질 자신이 없기 때문이죠. 나는 죽은 아내를 사랑하고 있는 그런 남자와는 결혼할 순 없어요. 당신의 제의는 순수한 호의에서 나온 것임을 알고 있지만, 나로서는 거절하지 않을 수가 없군요."

로베타는 자리에서 일어나 자동차로 걸어갔다.

"샌드위치 고마웠어요. 다 먹지 못해서 미안하지만."

"로베타, 잠깐만요!"

가브리엘도 풀밭에서 일어섰다.

"오후엔 밴골까지 달려가야 해요."

로베타는 자동차의 시동을 걸기 시작했다.

가브리엘은 그녀의 손에서 크랭크 손잡이를 빼앗으며 화난 소리로
물었다.

"내가 어떻게 해주길 바라는 거요?"

"이미 말했잖아요."

"로베타, 우린 이미 중년이오!"

"중년이 되면 사랑의 감정도 다 메말라 없어지나요? 가브리엘, 만
약 그렇게 생각하고 있다면 당신은 내가 생각한 것보다 훨씬 더 어려
운 사람이에요."

"나는 당신을 곤경에서 구해 주고 싶어서 그런 제의를 했던 거요."

"알아요. 호의는 고맙지만 난 받아들일 수가 없어요."

"왜요?"

"가브리엘, 몇 번이나 설명해야 해요? 사랑 없는 결혼 생활은 이
미 지겨울 만큼 했어요. 이젠 무엇이든 하려면 진짜로 해야만 해요.
사랑도 진짜 사랑을 해야 하고, 결혼 생활도 진짜 행복하지 않으면
안 돼요. 내겐 더 이상 낭비할 시간이 없거든요. 그런데 당신은 그런
마음가짐이 되어 있지 않아요. 아직도 캐롤라인에게서 벗어나지 못
하고 있으니까요. 오해하진 말아요, 가브리엘. 난 당신에게 캐롤라
인을 잊어버리라고 강요하고 있는 건 아니에요. 다만 그녀를 사랑했
던 만큼 나를 사랑하지 않는다면 당신의 제의는 아무 소용이 없다는
얘기죠. 난 죽을 때까지 캐롤라인의 그늘에서 살아야만 할 것이고,
그 그늘은 내가 인내하기에는 너무 춥고 고통스러울 테니까요."

로베타는 그의 손에서 다시 크랭크를 빼앗아 시동을 걸기 시작했다. 두 사람은 요란한 엔진음 속에서 잠시 입을 다물었다. 가브리엘이 다시 소리쳤다.

"로베타, 아이들은 모두 우리가 결혼하기를 원하고 있소!"

"나도 알아요! 하지만 결혼 동기에 대해서 다시 좀 생각해 봐요, 가브리엘. 생각이 제대로 정리가 되면 다시 얘기하도록 해요."

로베타가 운전석에 오르려고 하자, 가브리엘은 그녀를 잡고 우격다짐으로라도 항복을 받아 내고 싶었다. 그러나 그런 방법은 엘프레드 같은 건달들이나 쓰는 것이지, 결코 신사들이 취할 태도는 아니라는 생각이 들었다.

그는 로베타를 부축해서 떠나보낸 뒤 나무 그늘로 돌아와서 그녀의 차가 멀어지는 것을 물끄러미 바라보았다.

'내가 뭘 잘못한 것일까?'

그는 다시 곰곰이 생각해 보았지만 통 알 수가 없었다.

사랑에 대한 두려움

　로베타의 어머니인 마이라 핼버턴 부인은 캠든 부녀 친목회의 회원이었다. 그리고 이던 오기어의 할머니 태비더 오기어 부인과 남편이 자동차 판매 대리점을 하고 있는 모드 보인턴 부인도 같은 친목회 회원이었다. 또한 가브리엘의 이웃집에서 살고 있는 조이슬린 두에로, 그레이스의 가정부인 소피의 백모가 되는 엘렌 발로스키, 세스 팔리의 아내와 사촌간이라는 한나 메리 골드, 그레이스의 이웃에서 사는 닐라 윈스, 샌드라 얀스 등도 빼놓을 수 없는 열성 회원들이었다.

　엘프레드가 가브리엘에게 코가 뭉개지도록 두들겨 맞은 이틀 뒤, 캠든 부녀 친목회 회원들은 회장인 완다 리발디의 집 뒤뜰에 있는 느릅나무 아래로 일제히 모였다. 올해의 사건 중 최대의 화제가 될 그 얘기를 놓고 조촐한 가든파티라도 벌일 참이었다. 부녀 친목회의 삼중창단에 속해 있는 완다는 장미 넝쿨이 우거진 향기로운 정원에서 '아름다운 꿈' 이라는 노래로 파티의 막을 열었다.

그러나 그들이 기다리던 진짜 즐거움은 친목회의 공식적인 일들이 모두 끝난 다음부터 일어나기 시작했다. 자동차 대리점 사장의 부인인 모드 보인턴이 그들의 가려운 데를 먼저 긁고 나왔다.

"마이라, 엘프레드에 대해서 들리는 소문들이 모두 사실이에요?"

로베타의 어머니는 시치미를 딱 뗐다.

"무슨 소문 말인가요, 모드?"

"새침떼기 할망구! 무슨 소문은 무슨 소문이야. 엘프레드가 가브리엘에게 죽도록 맞았다는 소문 말이지!"

"그런 일은 감출 수가 없지. 이제 두고보라고요. 가브리엘은 그 일로 혹독한 대가를 치르게 될 테니까!"

딸 수잔이 포티어 박사의 간호부로 일하고 있는 샌드라 얀스가 보다 정확한 정보를 제공했다.

"내 딸 수잔이 병원에 치료받으러 온 엘프레드의 얼굴을 보았는데, 마치 망치로 짓이겨 놓은 것 같더래요. 코뼈가 다 내려앉고, 입술이 다 터지고……."

엘렌 발로스키가 안타깝다는 듯이 탄식했다.

"어머나, 세상에……, 그 핸섬한 얼굴이 다 망가졌겠구먼! 그레이스가 얼마나 속상해 할꼬."

조이슬린 두에로가 마이라 핼버턴에게 물었다.

"이혼한 당신 딸이 가브리엘과 자주 만난다는데, 사실이에요?"

핼버턴 여사는 성질을 버럭 냈다.

"난 요즘 내 딸과는 잘 만나지도 않아요! 그놈의 자동차를 몰고 시골 구석구석 안 가는 데가 없는데, 내가 그 아이 꽁무니를 무슨 재주로 다 따라다니겠어요?"

마이라 핼버턴이 발끈하자 다른 회원들이 조이슬린에게 그녀를 더 이상 자극하지 말라는 눈짓을 보냈다.

'야이 할망구야, 조금만 참고 기다리면 저절로 다 나올 텐데, 웬 조급증이니, 글쎄?'

회원들은 정원의 뷔페 식탁에 마련되어 있는 샌드위치와 파이 등 각종 음식들을 즐기며 시간을 보냈다. 그들은 마이라 핼버턴이 멀어지기만 하면 서너 명씩 모여서 귓속말을 주고받으며 깔깔거리곤 했다. 회원들의 화제가 온통 자기 딸 로베타와 사위 엘프레드에 관한 것뿐이라는 사실을 감지한 마이라는 회장인 완다에게 먼저 실례하겠다는 말을 남기고 파티장을 나가 버렸다.

마이라 핼버턴이 찬바람을 일으키며 파티장을 빠져나가자, 이번에는 회장이 직접 화제를 입에 올렸다.

"입만 열었다 하면 엘프레드의 재산 자랑을 늘어놓던 떠벌이 마이라가 오늘은 입을 다문 채 그냥 가버리다니, 사건은 분명 대사건이로군 그래. 아마 마을에 떠도는 소문들이 모두 사실인가 보죠?"

"마이라가 아무리 시치미를 떼도 그녀의 작은 딸 로베타가 이번 가브리엘과 엘프레드의 싸움의 원인이라는 걸 모르는 사람은 아무도 없어요. 그러지 않고서야 오랜 세월 동안 함께 친구로 지내 오던 두 남자가 갑자기 주먹다짐을 벌일 이유가 없잖겠어요?"

"그것도 식구들이 다 보는 자기 집 마당에서!"

테비더 오기어도 집안의 비밀 하나를 털어놓았다.

"내 손주 녀석은 요즈음 날마다 로베타의 집에 가서 살다시피 하는데, 가만히 눈치를 보니 그 여자의 큰딸인 베키한테 홀딱 반한 것 같아요. 그런데 이 녀석이 그 집에서 보고 와서 하는 얘기들을 들어 보면 정말 기절초풍 하겠더라니까!"

조이슬린 두에로가 잽싸게 가로챘다.

"가브리엘이 엘프레드를 두들겨 팼다는 바로 그날 저녁, 난 가브리엘의 집으로 들어가는 로베타를 두 눈으로 똑똑히 봤어요! 글쎄, 그의 집 앞에 그 여자의 자동차가 뻔뻔하게 서 있더라고! 가브리엘의 딸은 집에 없는 것 같았고."

그러나 닐라 윈스도 빠질 수 없다는 듯 한마디 했다.

"지금까진 마이라의 얼굴을 봐서 입다물고 있었지만, 난 그날 두 사람이 싸우는 걸 직접 봤어요."

"설마!"

"진짜라니까요. 내 침실 창문을 통해서 거의 다 봤다고요. 그 끔찍한 비명 소리라니! 아무도 말릴 수 없었죠. 그 이혼녀 때문에 벌어진 싸움이라고요! 그 여잔 홀아비든 유부남이든 가리지 않나 봐."

목격자의 생생한 증언을 듣고 난 친목회 회원들은 잠시 침묵 속으로 빠져들었다. 그러자 누군가가 나지막하게 중얼거렸다.

"가여운 그레이스!"

"그래, 정말 불쌍한 여자는 그레이스야."

"캐롤라인도 불쌍해. 지금의 자기 남편을 보면 어떤 생각이 들까?"

"아이들은 어떻고요? 그런 엄마를 가졌다는 사실을 알면 얼마나 실망하겠어요. 아이들이 무슨 죄가 있다고……."

"18년 전 로베타가 도회지로 나간다고 할 때부터 난 알아봤지. 글쎄, 말 같은 계집애가 집을 박차고 타향에 나가 무슨 영광을 보겠어요? 결국 남편한테 이혼을 당하고 새끼들만 주렁주렁 달고 다시 기어들었잖아요. 그러면 행실이라도 바르게 해야지, 우릴 아주 바보 멍청이로 아는 거라고!"

"가브리엘은 로베타가 우리 마을로 들어오던 날부터 그녀 곁에 아예 붙어 살다시피 했다는군. 엘프레드도 그 집 주위를 도둑고양이처럼 맴돌았고, 그 여자가 풍기는 짙은 암내에 두 사내가 아주 취해 버린 거지 뭐!"

"그 여자의 딸들은 어떡하죠? 그 집이 마치 매춘굴 같다면 누군가가 아이들을 거기서 격리시켜야 하지 않을까요?"

"누가 그 짓을 해?"

"몰라요. 하지만 누군가는 해야죠."

"제발 나한테 하라고는 마."

"친목회 회장이 그런 일을 마다하면 누가 하겠어요?"

"아니, 내 말 좀 들어 봐. 우리 친목회가 남의 사생활까지 간섭할 권리는 없어. 그건 어디까지나 로베타 개인의 일이라고."

"아이들 교육상 나쁜 영향을 미치니까 그러죠. 따지고 보면 그 아이들도 우리 친목회 회원의 손녀들이잖아요."

"그렇다면 마이라 핼버턴에게 그 일은 맡겨."

"그건 안 돼요. 마이라는 자존심이 너무 강하고 보수적인 데가 있어서 자기 딸이 그런 여자라는 사실을 결코 인정하지 못할 거야. 그리고 어머니인 동시에 할머니인 그녀한테 그런 가혹한 일을 시킬 수야 없잖아요?"

"내가 가브리엘의 집에서 로베타를 봤다고 말했는데도 마이라는 그다지 화내는 것 같지 않던데?"

"로베타가 가브리엘의 집에 있었다는 것만으로는 충분한 증거가 되지 못하니까요. 그 여자의 행실이 반듯하지 않다는 것은 나도 알아요. 처녀 몸으로 가출을 해서 아무 남자와 결혼을 하고, 또 제멋대로 이혼을 하고, 고향에 돌아오자마자 홀아비를 유혹해서 못쓰게 만들고, 형부에게 꼬리를 쳐서 자기 언니의 결혼 생활까지 망치려 하고 있어요. 게다가 셋이나 되는 자기 딸들을 팽개쳐 놓고 밤낮없이 돌아다니지. 집 안은 마치 돼지우리 같다고들 하더군요. 책임 있는 당국에 신고해서 그 집안이 어떻게 돌아가고 있는지 조사해 보라고 해야 해요. 그 아이들을 보호하기 위해서라도 말이에요."

"하지만 누가 그 일을 하겠냐고?"

"당신이 회장이잖아요, 완다. 난 당신이 해야 한다고 생각해요."

여자들이 입방아를 찧어대는 동안 시종 입을 다물고만 있던 엘리자베스 드모스가 더 이상은 못 참겠던지 화를 버럭 내며 소리쳤다.

"그만들 해요! 정말 듣자듣자 하니까 너무들 하시네! 도대체 누가 누구를 비난하고 있는 거예요? 정작 비난받아야 할 사람은 엘프레드라고요! 희멀끔하게 생겨 가지고 돈 좀 있다고 아무 여자나 집적거리고 다니잖아요. 여기도 그 사내한테 망신을 당한 사람이 없진 않을 텐데?"

엘리자베스는 주위를 한번 돌아보고는 계속했다.

"마을에서 아예 내놓은 바람둥이 엘프레드한테는 한마디도 못하면서 왜 아무 근거도 없이 로베타만 비난하는 거죠? 내가 보기엔 그 여자, 셋이나 되는 딸을 이끌고 용감하고 건전하게 잘살아가는 것 같던데. 시시하게 남자 호주머니 따위를 노릴 것 없이, 여자 혼자의 힘으로 벌어서 당당하게 살아가는 게 뭐가 나빠요? 그 여자는 곁눈 한번 주지 않는데 주위의 사내들이 몸 달아서 그러고 있고, 또 그 여자처럼 당당하게 살아갈 용기도 능력도 없는 사람들이 주로 그녀를 비난하고 있더군요."

"말이 좀 지나치잖아요, 엘리자베스!"

친목회 회장인 완다 리발디가 제동을 걸었다.

"지나친 것 없어요, 모두 사실이니까! 난 우리 친목회가 왜 이렇게 변질되었는지 모르겠어요. 선행과 친목을 목적으로 설립된 친목회가 언제부터인지 모이기만 하면 남의 험담이나 하고 나쁜 소문만 퍼뜨리는 장소로 바뀌었어요. 그래서 난 오늘부로 총무직을 사임하고, 이 친목회에서 탈퇴할 결심을 했어요. 이건 오래전부터 생각했던 일이에요. 다들 안녕히 계세요."

엘리자베스는 말을 마치자 양산을 챙겨 들고는 주저 없이 그 자리를 떠났다. 엘리자베스가 일장 연설을 늘어놓는 동안 고개를 숙이고 얼굴만 붉히고 있던 캠든 부녀 친목회의 회원들은 그녀가 정원을 돌아 사라진 후에야 일제히 한마디씩 비난을 퍼부었다.

*

엘리자베스 드모스는 베이 뷰 거리에 있는 가브리엘의 가게로 갔다. 그러나 가브리엘은 일하러 나가고 없었다. 엘리자베스는 그의 집으로 갔다. 현관문을 노크해도 아무 응답이 없자, 그녀는 메모지를 꺼내 급히 갈겨쓴 뒤 문틈으로 밀어 넣었다.

가브리엘 팔리 씨에게
팔리 씨, 급히 알려 드릴 일이 있어 몇 자 적습니다. 캠든 부녀
친목회에서는 로베타 주에트의 불행한 사건을 빌미로 그녀의
아이들을 그녀로부터 격리시킬 음모를 꾸미고 있습니다. 우린
그렇게 하도록 내버려둬서는 안 돼요. 가급적 빨리 84번으로
전화해 주시거나, 저의 집으로 와주시기 바랍니다.
엘리자베스 드모스

엘리자베스 드모스는 갈색 눈동자를 가진 예쁘고 상냥한 여자였다. 남편은 캠든의 펄 거리에 큰 저택을 소유하고 있었고, 락포트에

석회암 채석장을 가진 부유한 사내였다.

그녀가 이번 일로 캠든 부녀 친목회를 탈퇴한 데에는 그만한 이유가 있었다. 그녀는 가브리엘 팔리보다 한 살 아래로, 초등학교 4학년 때부터 그를 오빠처럼 따르다 짝사랑하게 되었다. 물론 지금은 네 아이와 남편을 사랑하며 매우 행복한 가정을 꾸려 나가고 있지만, 어린 시절 그 짝사랑의 불씨는 아직도 완전히 꺼지지 않고 있었다. 어쩌면 그것은 영원히 꺼지지 않을 불씨인지도 몰랐다.

그녀는 여러 가지 이유로 로베타가 부러웠다. 그중에서도 가장 부러우면서 한편으로 서운한 것은 그녀가 그렇게도 애를 태우면서도 얻을 수 없었던 첫사랑의 마음을 로베타가 너무나 쉽사리 차지해 버렸다는 사실이었다.

그날 저녁 6시 15분에 가브리엘이 엘리자베스 저택의 현관문을 노크했을 때, 그녀는 식탁에서 일어나며 하녀에게 말했다.

"내가 나갈게, 로제타. 넌 식사 시중이나 계속하렴."

그녀는 대저택의 여주인답게 우아한 걸음걸이로 현관으로 나가 어린 시절의 짝사랑을 맞았다.

"어서 와요, 가브리엘."

"안녕, 엘리자베스."

가브리엘은 싱긋 웃으며 손을 내밀었다. 그는 엘리자베스가 내민 손을 잡고 다정스럽게 흔들며 물었다.

"재미가 어때요?"

"오, 좋아요. 최소한 오늘 저녁 부녀 친목회에 나가기 전까진요."

가브리엘은 그녀에게서 언제나 느끼곤 하던 친밀감을 다시 확인했다. 어릴 땐 비록 오빠오빠 하고 쫓아다녔지만, 이젠 아이가 넷이나 되는 남의 부인에게 함부로 대할 수도 없고 해서 그는 말투가 아무래도 좀 어색했다.

"당신이 남긴 쪽지를 봤소."

"잠깐만요, 가브리엘."

엘리자베스는 그를 현관에 세워 놓고 식당 쪽으로 걸어갔다. 그리고는 식사 중인 남편과 아이들에게 말했다.

"실례해요, 여보. 가브리엘 팔리 씨가 오셨어요. 얘들아, 너희들은 식사를 계속하도록 하렴. 엄마 아빠 금방 돌아올 거야."

의자를 뒤로 물리는 소리가 난 뒤 출렁거리는 허리살과 양끝이 아래로 처진 콧수염이 특징인 앨로이셔스 드모스가 거실로 천천히 걸어 나왔다. 그는 퉁퉁하게 살이 찐 손을 가브리엘에게 내밀며 말했다.

"응접실로 갑시다. 거기가 조용하니까."

얘기는 10분도 걸리지 않았다. 가브리엘은 드모스 부부와 헤어지자 곧바로 로베타의 집으로 차를 몰았다. 사태가 악화되기 이전에 조처를 취할 필요가 있었다. 자칫 방심하고 있다가는 정말 말도 안 되는 일이 벌어질 수도 있었다. 만약 만에 하나라도 그런 일이 일어난다면, 로베타는 아마 미쳐 버리고 말 것이라는 생각이 들었다.

가브리엘은 현관 포치에서 놀고 있는 아이들을 보았다. 그들은 그물 침대와 의자에 나눠 앉아 마른 라일락 가지로 모기를 쫓으며 얘기에 열중하고 있었다. 그들 가운데는 이던 오기어도 끼어 있었다. 그는 포치 난간에 기대어 거실 유리창 아래의 벽에다 고무공을 던지고 받는 놀이를 하고 있었다. 가브리엘이 하얀 페인트로 깨끗하게 칠해 놓은 그 벽은 이미 얼룩투성이로 변해 있었다.

"안녕하세요, 팔리 씨!"

아이들은 그다지 관심이 없다는 듯한 말투로 인사를 건넸다.

"어머님 집에 계셔?"

가브리엘은 계단을 두 칸씩 올라가며 물었다.

"부엌에 계세요."

"들어가도 될까?"

"엄마!"

수잔이 창문으로 고함을 질렀다.

"팔리 씨가 오셨어요!"

현관문을 열고 들어가니 로베타가 수건에 손을 닦으며 부엌에서 나왔다.

"이렇게 빨리 재회하게 될 줄은 몰랐는데요."

그녀는 농담조로 말했다.

"당장 고백이라도 하실 건가요?"

가브리엘은 여자의 팔을 잡고 부엌 안으로 이끌며 말했다.

"당신이 원하는 것이 사랑 고백이라면 못할 것도 없소, 로베타. 난 당신과 결혼하고 싶으니까."

"세상에, 오후에 만났을 때와는 태도가 엄청 달라졌군요! 그땐 마을 사람들의 비난과 멸시로부터 나를 구해 주기 위해 결혼하려는 거라고 하셨잖아요?"

"맹세코 말하는 거지만, 난 지금까지 당신처럼 멋진 여자를 본 적이 없소. 그러니까 제발 좀 입 다물고 내 말을 들어 보겠소?"

"입 다물라……. 오, 굉장히 시적인 말이군요. 후아!"

로베타는 손에 든 수건으로 달아오른 얼굴을 부치며 웃었다.

"그런 달콤한 말을 들으니 갑자기 얼굴이 후끈 달아오르는군요. 어디서 그런 멋진 말을……."

가브리엘은 여자를 와락 끌어안으며 입술로 그녀의 입을 틀어막았다. 멈칫하며 저항하려던 여자의 태도가 금방 순해졌다. 가브리엘은 여자를 부엌의 벽면으로 바짝 밀어붙였다. 목수질로 탄탄하게 발달된 그의 두 팔이 여자의 허리를 끊어져라 조여댔다.

로베타는 가슴이 터질 것만 같았다. 그녀는 가쁜 숨을 몰아쉬며 남자가 하는 대로 자신의 몸을 맡길 수밖에 없었다. 그는 무서운 힘으로 그녀의 허리를 조였다. 허리가 끊어질 것 같았고, 하체가 온통 녹아 내리는 듯했다. 그의 입술이 미친 듯이 그녀의 입술을 애무하더니, 갑자기 그의 혀끝이 그녀의 입 속으로 불쑥 들어왔다. 머릿속이 하얘지며 눈앞이 아뜩해지는 느낌이었다.

가브리엘은 무섭게 뻗쳐 오는 하체의 힘을 주체하기가 어려웠다. 그는 두 손으로 여자의 히프를 미친 듯이 눌러댔다. 그러자 여자에게도 강렬한 전류가 통한 듯했다. 그의 목에 죽자 사자 매달리며 몸을 부딪혀 왔다.

아무리 미칠 듯이 애무를 해도 해소되지 않을 지독한 갈증이 두 사람을 사로잡고 있었다. 오직 터뜨리는 것만이 그 갈증을 해소할 수 있었다. 시원한 오아시스로 뛰어들고 싶은 절박한 갈망에 몸부림을 치고 있는 그 순간, 두 사람의 귀에 수잔의 속삭이는 목소리가 들려왔다.

"우리 엄마가 네 아빠에게 키스하고 있어!"

"그래, 키스하고 있어."

가브리엘은 머릿속이 아찔했다. 로베타에게서 입술을 떼내고 돌아보니, 부엌 문간에 수잔과 이소벨이 그들을 보고 있었다.

"너희들, 저쪽으로 가 있어."

가브리엘은 어정쩡한 말투로 두 아이에게 명령했다. 그래도 수잔과 이소벨이 움직이려 하지 않자, 로베타가 다시 말했다.

"이소벨, 아줌마는 지금 네 아빠랑 사랑하고 있는 중이니까 끝날 때까지 포치에 나가 있겠니? 수잔도 같이, 알겠지?"

두 아이는 킥킥 웃으며 물러났다.

로베타는 가브리엘의 목을 잡아당겨 키스를 계속하게 했다. 그녀는 지금쯤 수잔과 이소벨이 포치에 있는 다른 아이들에게 자신들이 본 것을 얘기하고 있을 것이라고 생각했다. 가브리엘의 키스가 한결 여유로워졌다. 로베타도 일단 위험한 고비는 넘겼다는 안도감이 들었다.

가브리엘이 키스를 멈추고 자신의 코끝으로 로베타의 코끝을 살살 문질렀다. 그는 이제 마음의 여유를 찾자 장난치고 싶어진 모양이었다. 그래도 로베타의 가슴에 밀착시키고 있는 그의 가슴은 격렬하게 뛰고 있었다. 이 여자는 정말 묘하게 나를 흥분시켜, 하고 그는 마음속으로 생각했다.

"기어코 날 물었어요."

로베타가 웃으며 말했다.

"내가?"

"아뇨, 모기가요."

가브리엘은 웃음을 터뜨렸다.

"어디요? 내가 키스해 주지."

"여기에요."

그녀가 뺨을 가리키자 가브리엘은 그 자리를 혀끝으로 핥아 주었다.

"고마워요."

로베타는 그의 가슴을 파고들며 속삭였다.

"더 해줘요?"

그가 물었다.

"여기?"

그는 로베타의 눈썹에다 키스했다.

"여기도?"

그녀의 코끝이었다.

"그리고 여기?"

그는 그녀의 입술을 살짝 빨았다.

"음, 맞아요, 바로 거기에요."

가브리엘이 입술에 키스하는 사이에, 그녀는 모기한테 물린 뺨을 손으로 긁고 있었다. 그는 여자의 손을 잡으며 말했다.

"긁으면 안 돼요, 로베타."

"키스하면서 말하지 말아요. 김샌다고요!"

로베타는 앙탈을 부렸다.

"알았소, 알았어."

가브리엘은 키스를 계속했다.

한참 후 두 사람은 창문을 활짝 열어 놓고 열기를 식혔다. 로베타는 가브리엘의 어깨 위에 다정스럽게 손을 올려놓으며 말했다.

"가브리엘, 무엇이 당신을 그렇게 오래 붙잡고 있었죠?"

"말도 안 돼. 내가 당신에게 처음 키스했을 때 어떻게 반응했는지 벌써 잊어버렸소? 나무토막도 그보다는 나았을 거요."

"나무토막처럼 굴진 않았어요."

"아니라고요, 주에트 부인. 부인께서는 나무토막처럼 구셨을 뿐만 아니라, 나에게 빨리 꺼져 달라는 식으로 말씀하셨습니다."

"이죽거리지 말아요, 가브리엘. 난 그때 당신과 어떤 관계를 맺는 것은 옳지 않다고 생각했을 뿐이에요."

가브리엘은 빙그레 웃었다.

"그 생각이 이젠 변했단 말이오?"

"그래요, 가브리엘. 변했어요."

"다행이오. 왜냐하면 당신에게 해줄 말이 있기 때문이오. 당신은 그 때문에라도 나와 결혼해야만 해."

"그 때문이라뇨? 그게 뭐죠?"

가브리엘은 그녀의 허리를 끌어안으며 말했다.

"캠든 부녀 친목회에서 당신의 자녀 양육 자격을 문제삼고 있어요. 당국에 고발해서 아이들을 당신으로부터 격리시켜야 한다고 주장하고 있소. 일이 이렇게 된 것은 내 탓이오. 내가 엘프레드의 낯짝을 뭉개 놨기 때문이지. 그 여자들은 나와 엘프레드의 싸움이 모두 당신 때문이라고 생각하고 있소. 또 누군가가 그 일이 있은 후에 당신 자동차가 내 집 앞에 서 있는 것을 목격했다더군. 그 문제로 당국에 고발이 들어가면, 당신은 원치 않더라도 엘프레드의 폭행에 대해서 설명을 해야 할지도 모릅니다."

로베타는 벽에 등을 기대고 가브리엘의 얼굴을 빤히 바라보았다.

"누가 그런 얘길 하던가요?"

"엘리자베스 드모스 부인이오."

"셸비의 어머니 말이에요?"

"그렇소. 그 여자도 친목회의 회원이었죠. 그런데 당신의 양육 자격 문제가 제기되자 자신의 소신을 말하고는 친목회를 탈퇴했답디다. 그리고는 나한테 와서 그들의 음모를 사전에 귀띔해 준 거요."

"우리 엄마도 거기 회원이에요."

가브리엘은 길게 한숨을 내쉬었다.

"오, 맙소사!"

로베타는 싱크대 쪽으로 걸어가며 물었다.

"엘리자베스 드모스는 왜 내 편을 든대요?"

"엘프레드가 나쁜 자식이라는 걸 잘 아니까요."

"그가 나한테 한 짓을 그녀에게 얘기했나요?"

가브리엘은 잠시 머뭇거렸다.

"아니, 얘기하진 않았소."

"그런데도 알고 있던가요?"

"내가 엘프레드와 싸운 얘기를 듣고 짐작한 것 같소. 로베타……."

그는 로베타의 등 뒤로 다가와서 그녀를 돌려 세웠다.

"일이 이렇게 된 건 모두 내 탓이오. 엘프레드 놈을 마을 바깥 한적한 곳으로 불러내어 두들겨 줬더라면, 일이 이런 사태로까지 악화되지는 않았을 텐데. 이건 다 내가 미련하고 아둔한 탓이오. 성질만 불같아서 앞뒤를 가리지 못하고 당신을 이런 곤경에 빠뜨린 것 같소."

"자책하실 필요는 없어요, 가브리엘 씨. 나를 곤경에 빠뜨린 사람은 당신이 아니라 엘프레드예요."

가브리엘은 로베타를 안으며 말했다.

"우리 함께 힘을 합쳐 이 곤경을 헤쳐 나갑시다. 내가 돕겠소."

"아뇨, 진흙탕에서 허우적거리는 것은 나 혼자만으로도 족해요. 왜 그런 곤경을 자초하세요? 마을 사람들을 모두 적으로 돌리고 살아가는 일이 그렇게 만만한 일인 줄 아세요? 그런 일은 나같이 독한 여자나 해낼 수 있는 거라고요!"

"알아요, 알아, 주에트 부인. 그렇지만 백지장도 맞들면 낫다고 했잖소. 우리 두 사람이 힘을 합치면 훨씬 견디기가 쉬울 거요."

"이건 어디까지나 나의 일이에요. 아무나 대신할 수 있는 일이 아니라니까요. 당신의 그 말이 진심이라면, 분명한 이유가 있어야만 해요. 그게 뭐죠? 당신은 제게 어떤 존재이며, 저는 당신에게 어떤 의미가 있죠?"

가브리엘은 자신의 오른쪽 뺨을 로베타의 머리에 갖다댔다. 그녀를 안고 있는 그의 가슴이 몹시 뛰고 있었다. 목이 메어 말소리가 잘

안 나왔다.

"당신을 사랑하고 있소, 로베타."

로베타는 그 순간 가브리엘이 그 말을 취소하고 돌아설까 봐 겁이라도 나는 듯, 그의 허리를 안고 있던 팔에 힘을 불끈 주었다.

"나도 당신을 사랑해요, 가브리엘. 믿어 줘요. 하지만 내가 한두주일 이내에 당신과 결혼하지 않는다고 해서 실망하실 필요는 없겠죠. 우린 오늘에야 겨우 두 번째 키스를 주고받았을 뿐이고, 그나마 그다지 호의적인 관계를 유지해 온 사이도 아니잖아요. 게다가 난 내일은 내 방식대로 처리해야만 직성이 풀리는 타입이거든요. 그러니까 잠시만 물러나 있으라고요."

"우리가 결혼한다고 해서 당신 방식대로 처리하지 못한다는 법도 없잖소?"

"그건 그렇지가 않아요."

로베타의 말투는 단호했다.

"로베타, 제발……."

"안 돼요, 가브리엘. 우리가 만약 결혼하면 그 여자들의 주장이 옳다는 것을 증명하는 꼴이 되고 말아요. 게다가 난 좋은 엄마예요. 누가 뭐래도 나는 우리 아이들에겐 둘도 없는 좋은 엄마라고요!"

"그렇지만 우리가 결혼을 하면 그 여자들은 음모 자체를 포기할 거요. 그런데도 구태여 그들과 싸울 필요가 뭐 있겠소?"

"그야 알 수 없죠. 지금까지는 그들의 음모란 것도 단지 소문에 지나지 않는 것이니까요."

가브리엘은 오늘 밤엔 이 여자를 설득시키기가 불가능하다는 것을 깨달았다. 그녀는 나름대로 고집과 신념이 있었다. 그것을 억지로 꺾으려고 했다가는 불화밖에 낳을 게 없었다. 또 호락호락 꺾일 여자

도 아니었다. 그는 로베타를 부드럽게 포옹한 채 조용히 창밖을 내다
보았다.

"가브리엘?"

"왜요, 내 사랑?"

"청혼해 줘서 고마워요. 그리고 사랑한다는 말씀두요. 당신은 내
가 이곳 캠든으로 돌아왔을 때부터 줄곧 도와주셨는데, 난 그동안 한
번도 고맙다는 인사를 못 드렸군요."

"괜찮소."

"난 당신을 화나게만 했어요."

"그것도 괜찮소. 그래도 자꾸 찾아오고 싶은 걸 보면 난 그걸 은근
히 즐기고 있었던 것 같소."

로베타는 가브리엘의 튼튼한 가슴에 기대고 있는 것이 기분 좋았
다. 그녀의 일생에서 믿음직한 남자의 가슴에 그처럼 푸근히 안겨 있
어 본 기억도 그리 많지 않았다.

"조금 전에 나를 뭐라고 불렀는지 아세요?"

"뭐라고 불렀소?"

"내 사랑이라고 했어요."

"그랬소?"

로베타는 미소를 지으며 말했다.

"우리에겐 아직 희망이 있는 것 같아요. 게다가 당신은 키스의 명
수예요."

그가 웃었다.

"바로 그거요. 그런데 당신도 그다지 나쁘진 않아. 잘하겠다고 마
음만 먹으면 말이오."

그렇지만 언제까지나 남자의 품안에 푸근히 안겨 있을 수만은 없

는 형편이었다. 로베타를 기다리고 있는 현실은 가혹했다.

"결심했어요."

그녀가 마침내 말했다.

"어떻게?"

"이 문제를 어머니와 상의하겠어요."

로베타는 가브리엘의 눈을 바라보며 말했다.

"엄마도 그 친목회의 회원이니까요. 그 여자들처럼 엄마도 내 아이들을 격리시켜야 한다고 생각하면, 난 이곳을 떠날 수밖에 없어요. 당신도 그건 이해하실 수 있겠죠."

가브리엘로서는 그건 생각도 못했던 일이었다.

"그런 식으로 날 겁주지 말아요, 로베타. 이제 겨우 당신과의 사랑에 대한 두려움을 극복한 참이오."

"그게 바로 나예요, 가브리엘. 난 상황 판단을 매우 냉철하게 하죠. 내가 가야 할 길과 피해야 할 길을 분명하게 가려서 냉정하게 행동해요. 당신이 결혼하고 싶은 여자가 그런 타입인가요?"

"그렇지만 여기서요, 보스턴이나 필라델피아가 아니라. 캠든은 내 고향이고, 난 이곳을 떠나고 싶지 않소."

로베타는 그의 품에서 빠져나오며 말했다.

"그렇다면 우린 기다려 봐야겠군요. 그렇죠, 가브리엘?"

그는 한숨을 길게 내쉬었다. 로베타의 말에 동의하긴 싫었지만, 그녀의 말이 옳다는 것을 인정하지 않을 수 없었다.

"할 수 없군요, 로베타."

두 사람은 포치로 걸어 나갔다. 호기심에 반짝이는 눈망울들이 두 사람을 기다리고 있었다. 가브리엘과 로베타는 아이들에게 무슨 말을 해야 좋을지 몰라 당혹스런 표정으로 서로를 돌아보았다.

음모

　어머니가 살고 있는 집으로 향하는 로베타의 마음은 우울했다. 그녀에겐 그레이스 언니와 함께 어린 시절을 보냈던 진정한 의미의 고향집이었다. 그런 고향집에 가까워질수록 마음이 점점 더 우울해진다는 것은 정말 슬픈 일이 아닐 수 없었다.

　부엌으로 통하는 뒷문을 노크하고 로베타는 곧 후회했다. 내 집 문을 노크하는 바보가 이 세상에 어디 있단 말인가? 왜 어릴 때처럼 당당하게 문을 쓱 열고 들어가지 못하는 걸까? 이 집이 내게 그처럼 어렵고 불편한 곳이란 말인가?

　"아, 너로구나."

　문을 열고 내다본 마이라 핼버턴이 모처럼 찾아온 딸에게 한 첫마디였다. '아니, 우리 로베타가 찾아왔구나. 어서 들어오렴' 따위의 부드럽고 자상한 말은 한마디도 없었고, 딸을 대하는 표정도 맹물 같았다.

로베타는 자신이 달갑잖은 존재인 것처럼 느끼며 안으로 들어갔다.

마이라의 부엌은 온통 탁한 초록색 페인트로 칠해져 있었고, 그녀가 사철 끓여대는 차 때문에 카밀레와 탠지(국화과의 약용식물) 냄새가 배어 있었다. 부엌 한가운데 놓인 식탁도 탁한 초록색이었고, 찬장에 쌓여 있는 나무 사발이나 사기 그릇들도 온통 초록색이었다. 그래서 그런지 마이라의 얼굴조차도 푸르죽죽해 보였다.

"앉아도 돼요, 엄마?"

로베타는 아무 말 없이 돌아서 나와 버리고 싶은 마음을 억누르며 말했다.

"그레이스한테는 가봤니?"

"아뇨. 거긴 왜요?"

"글쎄다. 나보다 네가 더 잘 알겠지."

로베타는 한참 동안 말없이 어머니를 바라보았다. 나는 내 딸들에게 절대로 이러지는 말아야지, 하는 생각 외에는 아무 생각도 나지 않았다.

'베키와 수잔, 리디아가 설사 아주 몹쓸 짓을 했더라도 결코 이런 식으로 대하진 않으리라.'

로베타는 식탁의 의자를 끌어당겨 앉았다.

"사실은 그 문제 때문에 여기 온 거예요, 엄마."

"네가 상처를 준 사람은 내가 아니라 네 언니야! 그레이스는 사흘째 울기만 하고 있어."

"무엇 때문에요?"

"무엇 때문이냐고!"

마이라의 두 눈이 독수리의 그것처럼 로베타를 노려보았다.

"어떻게 그런 말이 입에서 나오니! 네가 언니에게 한 짓을 정말 몰라서 그래? 하나님이 두렵지도 않으냐!"

"내가 언니한테 뭘 어쨌기에요?"

"온 마을 사람들 앞에서 바보로 만들었지! 아니란 말이냐?"

"단 한 번만이라도 내 편에 서서 말을 들어 보실 수 없나요? 제발 소원이에요, 엄마. 친목회랍시고 모여서 남을 헐뜯기나 하는 그 늙어빠진 할망구들 얘기에만 귀를 기울이지 마시구요! 나도 엄마 딸이에요. 그러니까 그 할망구들보다는 내 편을 드셔야죠! 엄마가 딸 편을 들어 주지 않으면 누가 들어 주겠어요?"

항상 이래서 문제였다. 이성을 가지고 차분하게 얘기하자고 아무리 다짐을 해도 엄마와 마주 하면 먼저 흥분부터 되었다. 흥분되면 감정적인 말들이 쏟아져 나오고, 그러면 타협이나 화해는 물 건너간 것이 되고 말았다.

"그레이스와 엘프레드의 저 비참한 결혼 생활도 이젠 정리를 해야만 해요! 엘프레드의 계집질을 뻔히 알면서도 언제까지나 저렇게 가만히 내버려둘 순 없다고요. 그레이스가 못하면 우리라도 나서야죠!"

로베타는 어느새 주먹으로 식탁을 치고 있었다.

"그리고 난 오늘만큼은 꼭 알아야겠어요. 이 상태로는 도저히 더 이상 살 수 없으니, 엄마가 왜 나를 싫어하는지 그 이유를 말씀해 주세요!"

마이라 핼버턴은 입을 굳게 다물었다. 그녀의 눈빛도 순간 흐려졌다.

"바보 같은 소리. 난 널 싫어하지 않아."

"그래요? 나더러 그 말을 믿으란 말이에요?"

"난 네 어미야, 고얀 것."

마이라는 그 말이 모든 것을 설명한다는 듯이 말했다.

"엄마라면 자식 편을 들어야죠. 엄마는 한 번도 내 편을 들어 준 적이 없었어요. 단 한 번도! 언제나 그레이스 타령만 했죠. 그레이스를 봐라, 그레이스를 닮으렴. 그저 그레이스, 그레이스! 나는 아마 샴의 왕과 결혼했더라도 엄마를 기쁘게 하진 못했을 거예요! 왜 그랬죠?"

"너무 지나치구나, 로베타!"

마이라는 발을 굴렀다.

"조금도 지나칠 것 없어요, 엄마! 거기 앉으세요. 오늘은 절대 이대로 지나칠 순 없을 테니까요."

마이라 핼버턴은 마지못해 의자에 앉았다.

로베타는 흥분을 가라앉히려고 애썼다. 마른침을 두어 번 삼킨 뒤 목소리를 최대한으로 낮추었다.

"초등학교 시절 내가 교내 백일장에서 시 부문 장원을 했을 때, 엄마는 시상식에 나오지도 않았어요. 그 이유가 뭐였는지 기억하고 계세요?"

마이라는 마치 코브라를 노려보듯이 입을 꼭 다물고 로베타를 바라보았다.

"그레이스가 아프다는 핑계였죠. 언니는 걸핏하면 감기에 걸리거나 머리가 아프거나 아무튼 탈이 많았거든요. 아버지한테 잠시 맡겨 놔도 될 텐데, 엄마는 그러지 않았어요. 그레이스를 돌본다는 핑계로 내 시상식엔 나오지 않았죠. 입상한 아이들 중에서 나만 다른 부모들이 지켜보는 앞에서 상장을 받았어요. 그래도 나는 집으로 달려오자마자 그 상장을 엄마한테 갖다 드렸어요. 그런데 엄마는 그걸 어떻게 했는지 알아요?"

마이라로서는 기억에도 없는 일이었다.

"며칠 뒤 내가 상장을 찾으니까, 엄마는 그걸 어디에 뒀는지도 몰 랐어요. 나중에 알고 보니 다른 신문지들과 함께 뒀다가 그만 모르고 태워 버렸다는 사실이 밝혀졌죠. 난 그 일로 내 방에서 하루 종일 울 었어요. 상장이 아까워서가 아니라, 엄마가 너무 원망스러웠기 때문 이었죠."

마이라는 딸의 시선을 피해 고개를 옆으로 돌렸다.

"그때 난 확실히 깨달았죠. 엄마는 날 조금도 사랑하지 않는다. 그 러니까 앞으로도 엄마의 사랑이나 도움은 아예 기대하지도 말자. 내 가 고등학교를 우등으로 졸업했을 때도 엄마는 날 대학에 보내지 않 으려고 했어요. 공장에나 들어가서 돈이나 벌어 오라는 식이었죠. 내가 대학 진학을 위해 보스턴으로 가겠다고 하니까 엄마는 후회하 게 될 거라고 했고, 내가 결혼할 거라고 하자 엄마는 그 남자가 부자 냐고 물었어요."

"다 널 생각해서 한 소리였다."

마이라 햘버턴은 눈살을 찌푸리며 말했다.

"네, 그러셨군요, 엄마. 정말 눈물겹군요."

로베타는 어느새 다시 이죽거리고 있었다.

"그렇게도 나를 생각하셨다는 엄마가 어째서 내가 첫 아이를 낳고 너무 힘들어서 도움을 요청했을 때 시종 묵묵부답이었죠? 둘째 아이 부터는 아예 도움을 청하지도 않았지만요. 청해도 오지 않았을 거구 요. 조지가 바람을 피워 내가 한창 괴로워할 때도 엄마는 날 거들떠 보지도 않았어요. 그렇지만 그레이스가 결혼할 때는 엘프레드가 잘 생기고 장래성이 촉망되는 젊은이라고 엄마는 동네방네 떠들고 다녔 다죠? 그리고 그레이스가 가벼운 몸살만 해도 엄마는 쪼르르 달려가 서 요리와 빨래까지 다 해주셨죠? 내게 하신 것과는 너무나 대조적이었어요. 안 그래요, 엄마?"

로베타는 쓸쓸한 미소를 지으며 엄마의 표정을 살펴보았다. 그녀의 엄마라는 사람은 그 따위 소리는 귀에 들어오지도 않는다는 듯한 표정을 하고 있었다.

"내가 조지와 이혼했을 때도 그랬죠. 난 그의 여성 편력을 견디다 못해 가진 것을 모두 긁어 주고 이혼을 했는데, 엄마는 그 일로 나를 비난했어요. 내가 왜 엄마의 비난을 들어야만 하죠?"

"이제 그만하지 않겠니?"

마이라 핼버턴은 분노를 억누른 듯한 표정으로 말했다.

"아뇨! 진짜 중요한 것이 남았어요. 친목회의 그 쥐뿔도 모르면서 세상사를 다 아는 척하는 그 늙은이들 말이에요! 그들이 당국에다 말 같지도 않은 고자질을 해서 내 아이들을 빼앗아 갈 음모를 꾸미고 있다더군요. 엄마도 그들과 한 패라면 내 얘기를 똑똑히 들어 둬야 할 거예요!"

마이라는 기막힌다는 표정을 지었다.

"어떻게 그런 소리를……."

"믿느냐 말이죠? 믿을 수밖에 없죠. 엄마는 평생 내 편을 들어 준 적이 없으니까요. 그런 엄마를 어떻게 믿겠어요? 그 할망구들은 내가 가브리엘과 이상한 관계를 맺고 있다고 주장하는 모양이지만, 난 아니에요. 그들은 또 내가 엘프레드와도 그런 관계를 맺고 있다고 생각하는 모양이지만, 난 아니라고요. 그렇지만 이것만은 분명하게 밝혀 두겠어요. 엘프레드는 내가 이곳에 도착할 때부터 내 꽁무니를 쫓아다녔어요. 내가 혼자된 여자니까 어떻게 해 보려는 수작이었죠. 그가 아내 아닌 다른 여자들을 닥치는 대로 집적거리고 다닌다는 것은 마을 사람들이 다 알고 있는 일이에요. 그레이스와 엄마만 모르는 척하고 있을 뿐이죠."

"쓸데없는 소리!"

마이라 핼버턴은 머리를 세차게 저었다.

"다 아시면서 공연히 그러지 말아요! 엄마가 그런 식으로 눈감아 주니까 마침내 이런 일이 생긴 거예요. 언제쯤 그 위선의 가면을 벗어 던지시겠어요? 가브리엘이 엘프레드를 폭행한 것은 엘프레드가 나를 겁탈했기 때문이에요, 아시겠어요?"

로베타는 호프 도로에서 일어났던 일을 어머니에게 자세히 설명했다. 그 얘기를 들은 마이라의 얼굴이 핼쑥하게 변했다.

"오, 하나님!"

"그레이스가 사흘이나 방안에 쳐박혀 얼굴을 내밀지 않는 것도, 그날 밤 내 자동차가 가브리엘의 집 앞에 있었던 것도 모두 그 일 때문이었어요. 엄마가 해야 할 일을 가브리엘이 해 줬어요. 겁탈을 당해서 울고 있던 딸이 엄마를 찾아가는 대신 가브리엘을 따라가야만 했단 말이에요. 그가 나를 달래 주고, 부상당한 곳을 치료해 주고, 보살펴 주었어요. 난 엄마한테 올 수가 없었어요. 너무 슬픈 일 아니에요? 보나마나 엄마는 내가 잘못해서 일어난 일이라고 할 테니까, 내가 엘프레드를 유혹했다고 할 것이 뻔하니까 엄마한텐 올 수 없었던 거죠. 엄마는 지금도 그렇게 생각하고 있죠?"

마이라는 손으로 얼굴을 가린 채 떨고 있었다.

"난 형부한테 꼬리친 적 없어요. 오히려 그의 뺨을 후리치고 필사적으로 저항했다고요. 그러자 그가 날 이렇게 만들었어요."

로베타는 뺨에 난 화상 자국을 가리켰다.

"엘프레드가 시가 불로 지진 거예요. 내가 저항하자 담뱃불로 나를 이렇게 만들었다고요, 엄마가 그렇게도 대견스러워하는 그 큰 사위가 말이에요!"

딸을 바라보는 마이라 핼버턴의 두 눈에 눈물이 가득 고여 있었다.

로베타는 갑자기 맥이 탁 풀리는 기분이었다. 엘프레드에게 겁탈당한 후 밀려들던 그 지독한 피로와 탈진감이 다시 느껴졌다. 그러나 이젠 결판을 내야만 했다. 두 눈에 맺힌 몇 방울의 눈물 정도로 근본적인 생각이 달라질 엄마가 아니라는 것을 로베타는 잘 알고 있었다.

"난 알아야겠어요, 엄마. 엄마도 내 아이들을 내게서 빼앗아가려는 친목회의 그 할망구들과 한패인가요?"

사뭇 시비조로 묻는 딸의 물음에 마이라 핼버턴은 입을 다물고 한동안 앉아 있었다.

"아니, 난 그 소리를 너한테 처음 들었어."

로베타는 안도의 한숨을 가만히 내쉬었다.

"그건 불행 중 다행이군요. 만약 엄마도 그들과 한패였다면 난 엄마를 다시는 안 보려고 생각했어요. 안 볼 뿐만 아니라 원수로 대할 결심이었죠. 나에겐 내 아이들을 빼앗아 가는 인간보다 더한 원수는 없을 테니까요."

"네 말에는 독기가 잔뜩 서려 있구나. 그 독기로 인해 너와 네 아이들에게 저주가 내릴까 두렵다. 어쨌거나 넌 내 딸이고, 그 아이들은 내 손녀들이야."

"그런데 왜 그리 미워했나요? 엄마는 나뿐만 아니라, 내 아이들도 미워하시잖아요. 오늘은 그 이유를 듣기 전엔 돌아가지 않겠어요."

마이라 핼버턴은 곤혹스런 얼굴로 길게 한숨을 내쉬었다.

"널 미워한 적은 없다. 네 딸들도. 다만 정이 가지 않았을 뿐이지. 나로선 어쩔 수가 없었어. 아무리 애써도 정이 안 가는 걸 어떡하니?"

"그러니까 그 이유가 뭐냔 말이에요?"

"그걸 꼭 알아야 하겠니?"

마이라는 얼굴을 붉히며 반문했다.

"알아야만 엄마를 용서할 수 있을 것 같으니까요. 그러지 않고선 도저히 용서가 안 돼요."

그러자 마이라는 다시 길게 한숨을 내쉬었다.

"네 아버지는 네가 알고 있는 칼 핼버턴이 아니라 로버트 코일이란 분이시다."

"네?"

혹시나 했던 마음이 역시나가 되고 만 셈이었다. 로베타는 어릴 시절부터 의심쩍게 생각해 왔던, 그렇지만 누구에게도 물어볼 수가 없었던 미스터리 하나를 이제야 풀어낸 듯한 기분이었다.

'역시 그랬구나! 칼 핼버턴은 나의 생부가 아니었어. 그렇다면 나의 생부인 로버트 코일은 어떤 사람이었을까? 그래서 내 이름을 로베타로 붙였던 것일까?'

"자세히 얘기해 주세요, 엄마."

로베타는 마음을 다져 먹으며 말했다.

얼굴을 붉힐 만한 이야기였다. 한마디로 말해서 로베타는 마이라가 남편 몰래 바람을 펴서 얻게 된 딸이었던 것이다. 마이라는 남편 칼 핼버턴에게서 느껴 보지 못했던 애틋한 사랑을 그에게서 처음 느꼈었고, 그래서 로베타만 덜컥 임신시켜 놓고 말도 없이 사라져 버린 로버트 코일에 대해 원망하는 마음을 품고 살아온 것이었다.

마이라 핼버턴은 매우 엄한 집안에서 자라났다. 일요일마다 교회엘 나갔고, 밤마다 침대 아래 꿇어앉아 십계명과 주기도문을 외워야만 했다. 욕을 하거나 함부로 웃어서도 안 되었고, 재미있게 놀 수도 없었다. 재미있게 노는 것은 신의 뜻에 어긋나는 일이며, 열심히 일하는 것만이 천국으로 가는 지름길이라고 목사님은 설교했고, 마이라는 그 말을 그대로 믿었다.

마이라의 부모는 무척 근엄한 편이었으나 그녀는 그들을 사랑했다. 그들은 덴마크에서 건너온 사람들로, 이따금 고국의 땅과 거기에서 살고 있는 마이라의 조부모에 대해서 얘기하곤 했다.

그들이 딸의 신랑감으로 결정한 칼 핼버턴이란 사내는 약간 침울한 청년이었다. 두 사람은 일정한 연애 기간을 갖지도 않았고, 특별한 구애 행위도 없이 결혼을 했다. 천만다행인 것은 칼이 건실하고 착한 남자였다는 사실이었다. 비록 따뜻하고 상냥한 남자는 못 되었지만, 그는 열심히 일해서 마이라를 부양했다. 그리고 그레이스가 태어나자 무척 자랑스러워하기도 했다.

그러나 마이라는 칼을 사랑한 적이 없었다. 그녀를 대하는 칼의 태도에도 살가운 정 같은 것을 느낄 수는 없었다. 더욱 중요한 것은 그녀는 단 한 번도 칼에게서 여자로서의 기쁨을 느껴 본 적이 없었다.

사건의 발단은 우연히 이루어졌다. 마을 앞으로 철도가 들어오게 되었고, 레일을 깔기 위한 기술자와 노무자들이 밀려들었다. 철도 기술자들 중에서 로버트 코일이라는 젊은 기사가 있었다. 그는 집 앞으로 난 길을 지나갈 때마다 마이라에게 손을 흔들었고, 이따금씩은 뒤뜰에 있는 펌프에서 물을 마시고 가기도 했다.

레일이 깔림에 따라 기술자들과 노무자들은 마을에서 차츰 멀어져 갔다. 그러나 잘생긴 로버트 코일은 날마다 그 시간이면 마이라의 집 앞을 지나갔고, 언제나 그녀에게 상냥한 미소를 지어 보였다. 그게 마이라에겐 마침내 병이 되고 말았다. 어느샌가 그녀는 단 하루도 그의 얼굴을 못 보면 못 살 것만 같았다.

"그는 나더러 예쁘다고 했어. 칼은 나에게 그런 말은 한 번도 해준 적이 없었지. 그리고 그는 나를 항상 웃도록 만들었어."

마이라 핼버턴의 눈빛에 그리움이 묻어났다.

"그래서 그와 계속 만났나요?"

로베타는 얘기를 계속 듣기 위해서 물어볼 필요도 없는 질문을 던졌다.

"마을 뒤 숲이나 산속에서 계속 만났지. 우린 서로 사랑에 빠졌고, 넘어서는 안 될 선을 넘고 말았어. 여름이면 시원한 숲의 그늘에서, 겨울이면 따뜻한 산등성이에서 우린 한 쌍의 사슴처럼 서로 다정한 사랑을 나누었지."

로베타는 자신의 출생에 대해서 지금까지 속여 온 엄마가 무척 가깝게 느껴지는 묘한 기분이 들었다. 자신의 부정한 과거를 얘기하면서도, 마이라는 그때가 무척 그리운 듯한 표정을 짓고 있었다. 그녀는 로베타의 생부 로버트 코일을 아직도 사랑하고 있음이 분명했다.

"그래서 그 이후론 어떻게 되었나요?"

"떠나 버렸어. 함께 온 철도 기술자들과 함께. 떠난 후에야 나는 그의 아기를 임신했다는 걸 알았지. 칼은 아기의 아버지가 로버트라는 걸 알았어. 로버트를 만난 이후로 칼과는 잠자리를 같이한 적이 거의 없었거든. 그나마 로버트가 떠난 뒤로 칼과는 사이가 아주 멀어지고 말았지."

마이라는 괴로운 듯 머리를 두어 번 저었다.

"그래도 칼은 나를 손님처럼 친절하게 대해 주었어. 그리고 네가 태어나자 이름을 로베타라고 붙여 주었지. 내가 저지른 죄를 잊지 말라는 뜻으로 그렇게 한다더군. 칼이 성실하고 믿을 만한 남자라는 것을 내가 깨닫는 데는 그렇게 오랜 시간이 걸렸어. 하지만 그걸 알았을 때는 너무 늦었던 거야. 그는 죽는 날까지 나를 가까이하지 않았어."

"칼을 사랑하셨나요?"

로베타는 언제나 무표정한 얼굴을 하고 있던 칼 핼버턴을 떠올리며 물었다. 그녀에게 단 한 번도 부성애를 보여 준 적이 없었던 남자였다.

"사랑했지. 하지만 그것도 나중에야 깨달았어."

"칼은 나를 사랑하지 않았어요. 내겐 무정한 아버지로밖에 기억되어 있지 않아요. 나를 볼 때마다 아내를 훔친 로버트 코일의 얼굴이 생각났을 테니까 정말 가증스러웠겠죠. 그건 이해가 가요. 그렇지만 엄마가 나의 생모임에는 변함이 없잖아요. 그런데도 왜 그레이스만 예뻐하고 난 그토록 미워했나요? 난 그걸 이해할 수가 없어요."

"로베타, 그건 설명하기가 좀 괴롭구나. 그렇지만 얘기하마. 따지고 보면 너한테는 아무 죄도 없어. 모두가 이 어미의 죄지. 로버트가 그렇게 가버린 뒤 한마디 소식도 없자, 난 심한 배신감을 느꼈던 거야. 그만큼 그를 사랑했다는 뜻도 되겠지. 그 사랑은 증오로 변했고, 그것을 쏟아 놓을 대상이 너밖에 없었던 거지. 나중에는 속았다는 생각이 들더라. 로버트의 달콤한 속삭임에 속아 성실한 남편을 배신했다는 생각이 들자, 칼에 대한 죄스러운 마음과 함께 너에 대한 증오심이 더 커지더라."

마이라는 의자를 좌우로 조금 움직이며 불편한 표정을 지었다.

"나로서도 어쩔 수가 없었어. 너에겐 정이 가지 않았다."

그렇게 얘기하는 엄마에게 나는 그래도 당신의 딸이라고 강조해 봐야 아무 소용도 없다는 것을 로베타는 알았다. 마이라의 태도에서도 딸에게 용서를 구하는 그런 기미는 전혀 보이지 않았다. 진작에 포기해 버린, 용서받기조차도 포기해 버린 그런 태도였다. 로베타는 머릿속이 멍해지는 기분이었다.

"엄마한테 한 가지는 똑똑히 배웠군요."

"무슨 소리냐?"

"내 아이들에게는 절대로 그래선 안 되겠다는 걸 배웠다는 뜻이에요."

마이라는 얼굴을 붉혔다.

"나도 힘들었다, 로베타. 넌 고집이 무척 세고 유별난 아이였어. 내가 시키는 일이면 뭐든 반대로만 했어. 그런 아이한테는 엄마 노릇하기도 어려워."

사람들 중에는 자신의 잘못을 결코 인정하지 못하는 부류가 있다. 마이라 헬버턴이 바로 그런 인간들 중의 하나라고 로베타는 생각했다. 그런 인간을 설득하려고 애쓰는 것보다 더 어리석은 짓은 없다.

"그레이스도 이런 사실들을 알고 있나요?"

"아니. 얘기한 적이 없다."

"내가 추궁하지 않았다면 나한테도 얘기하지 않았겠죠?"

"그랬겠지."

"부녀 친목회에서 내 아이들을 빼앗아가겠다는 음모를 꾸미고 있다는 얘기는 뭐예요? 엄마는 정말 모르고 있단 말이에요?"

"몰라! 아무것도!"

"오, 로베타, 설마 그 일로 법석을 떨 생각은 아니겠지?"

"내 말 똑똑히 들어요, 엄마! 이건 내 아이들 문제예요. 엄마가 말해 주지 않으면, 난 다른 곳에서 알아낼 거예요."

"회장은 완다 리발디라는 내 친구야. 사실도 아닌 일로 그 여자를 마구 비난하지는 마라."

'늘 이런 식이지.'

로베타는 생각했다. 마이라에게는 자신의 딸과 손녀들보다 친구가 더 소중한 존재인 것이다. 자기 딸이 화상을 입고 겁탈을 당했다는 말을 듣고 나서도 동정의 말 한마디 없었고, 엘프레드의 행동에 대해 분노하거나 비난하지도 않았다. 그녀는 단지 눈물 몇 방울로 그 모든 것을 때워 버리거나, 잊어버리기로 한 것일까?

"엄마, 엘프레드에게 겁탈을 당했다는 내 말을 믿기는 하나요?"

"오, 로베타, 제발……."

"내가 왜 그런 말을 지어내겠어요? 그리고 그게 거짓말이라면 이 화상은 어디서 입었겠어요?"

"너와 그레이스는 둘 다 내 딸이야. 나한테 뭘 기대하는 거니?"

'그 팔을 벌려서 날 안아 달라고요.'

그러나 막상 그런 말은 로베타의 입에서 나오지도 않았고, 설사 나왔더라도 그녀가 받아들일 리가 없었다. 단 한 번도 신체 접촉을 통한 애정 표현을 한 적이 없는 그녀였다. 그녀가 사랑하는 큰딸 그레이스에게조차도.

"아무것도 기대하지 않아요."

로베타는 마침내 그렇게 대답했다. 그것은 진심이었다. 자신을 낳아 길러 준 생모에게 그녀는 더 이상 아무것도 기대하는 것이 없었다.

"진심이에요, 엄마. 난 엄마한테 아무것도 기대하지 않아요. 난 단지 내가 느끼는 감정을 밖으로 발산할 뿐이죠. 엄마가 그레이스를 진정으로 사랑한다면, 언니에게도 그럴 수 있는 기회를 만들어 줘야 할 거예요. 난 내게 성실하지 못한 남편을 내쫓아 버려서 이젠 안전하지만, 그레이스는 아직도 쓰레기 같은 자식을 끌어안고 끙끙거리고 있거든요."

로베타는 의자를 뒤로 밀고 일어섰다.

"이젠 가봐야겠어요. 여기 오느라고 근무 시간을 축냈거든요. 이젠 가서 보충해야죠. 이래봬도 난 이 지역에 하나밖에 없는 공무원 간호사란 말이에요."

그러자 마이라의 얼굴에 비로소 안도감이 어렸다. 그녀는 따라 일어서며 로베타에게 물었다.

"네 생부에 관한 얘기로 나한테 화난 거니?"

"아뇨. 그 얘기를 들었다고 해서 양아버지에 대한 내 생각이 변한 건 아니니까요. 다만 그분이 내게 왜 그런 태도를 취할 수밖에 없었는지, 이제는 완전히 이해할 수 있게 되었어요."

"그래, 그렇다면 됐구나."

뭐가 됐다는 것인지 로베타는 알 수가 없었다. 잠시 거북스러운 침묵이 두 사람 사이에 흘렀다. 로베타는 빨리 끝내고 나가고 싶었다.

'그래, 잘된 일이야. 어차피 우린 이 이상은 될 수 없는 사이지.'

서른여섯 살이 된 오늘에야 비로소 무언가가 일단락된 듯한 기분을 그녀는 느낄 수 있었다.

로베타는 전방 도로를 응시하며 천천히 차를 몰았다. 당장 캠든 부녀 친목회 회장인 완다 리발디를 찾아가서 그들이 꾸미고 있는 음모에 대해 따져 볼 시간은 없었다. 해야 할 일이 남아 있었다.

그리고 혼자 조용히 생각해 봐야 할 일도 많았다. 처음으로 남자 친구를 사귀기 시작한 베키, 그리고 수잔과 리디아. 가브리엘과 그의 괴팍한 어머니, 엘프레드의 씨를 잉태했을 가능성, 자신에 대한 마을의 소문, 엘프레드에 대한 그레이스의 반응, 엘프레드의 세 딸이 받았을 충격, 가브리엘과의 결혼 문제, 결혼하면 누구 집에서 살 것인가, 성격이 정반대인 두 사람이 어떻게 살아갈 것인가…….

늦게 시작한 만큼 일은 늦게 끝났다. 어두워질 무렵에야 집에 돌아오니 가브리엘의 트럭이 집 앞에 서 있었다. 포치에는 벤치형의 튼튼한 그네가 굵은 쇠줄에 매달려 있었고, 수잔과 리디아와 이소벨이 신나게 타고 있었다. 베키와 이던 오기어는 마당으로 기어든 낯선 고양이를 어루만지고 있었고, 가브리엘은 현관 계단에 앉아 신문을 읽고 있었다.

로베타가 시동을 끄고 차문을 닫자, 가브리엘이 신문 위로 머리를 들고 그녀를 바라보았다. 그는 계단에서 엉거주춤 일어서더니 그녀를 맞으러 걸어왔다.

가브리엘이 가까이 다가오자 로베타는 묘하게 가슴이 뛰는 것을 느꼈다. 그는 깨끗이 면도를 하고 머리를 말끔하게 빗은 모습이었다. 카키색 바지와 하얀 셔츠는 잘 다려져서 줄이 날카롭게 선 상태였다. 소매를 팔꿈치까지 걷어올려 햇볕에 탄 갈색 팔뚝이 드러나 있었다.

로베타는 미소 띤 얼굴로 걸어오는 가브리엘을 보자 걱정이 앞섰다. 이혼한 여자의 집에서 그녀가 돌아오기를 기다리고 있는 남자. 이웃 사람들이 그의 이 모습을 보면 과연 어떻게 생각할까? 게다가 그의 딸과 그녀의 딸들은 함께 포치에서 놀고 있었다.

"가브리엘."

로베타는 그래도 그가 기다리고 있었다는 사실이 행복하게만 느껴졌다.

"로베타."

"저 그네는 어디서 났어요?"

"내가 만들었소."

"베키와 이던이 좋아하겠군요."

"나도 좋아해요. 어두워진 후에는."

로베타의 눈길이 그의 입술에 잠시 머물렀다.

"나도 그럴 거예요. 고마워요. 가브리엘. 정말 멋진 그네예요."

가브리엘은 로베타의 입술을 바라보며 물었다.

"내가 지금 무얼 하고 싶어하는지 알아요?"

"아뇨. 뭐죠?"

"당신에게 키스하고 싶소."

"나도 그런 생각을 했어요. 오늘은 여러 번이나요."

"좋은 징조로군요. 나와 결혼하겠다는 뜻이오?"

"꼭 그런 뜻은 아니에요. 하지만 그것에 대한 생각도 많이 했죠. 특히 우리 어머니를 만나 본 뒤엔 말이죠."

"그래요?"

"우리 어머닌 부녀 친목회에서 꾸미고 있는 음모에 대해서는 전혀 들은 바가 없다고 하더군요."

가브리엘은 천천히 머리를 끄덕였다. 그러나 생각은 다른 곳에 가 있는 것처럼 보였다. 그는 잔잔한 미소를 지으며 말했다.

"난 이 유니폼을 입고 있는 당신이 아주 좋소."

"그래요? 왜 그럴까요?"

"머리카락을 간호모 안으로 말아 넣은 것도 보기 좋고, 엑스 자 모양의 어깨띠와 하얀 구두도 깨끗하고 단정해 보여서 좋소."

"당신은 내가 언제가 깨끗하고 단정해야 좋아하시겠군요?"

"그렇겠죠."

"내가 그렇지 않으면 어쩌죠? 집도 지저분하고, 아이들도 지저분하면요? 우리가 결혼을 하면 그것 때문에 싸우지 않을까요?"

"모르겠소."

"결혼하면 어디서 살죠?"

"그것도 모르겠소."

"당신 집은 너무 작을 것 같소."

"그렇지만 당신 집은 캐롤라인의 체취가 너무 짙게 배어 있어요."

"캐롤라인을 질투할 생각이오?"

"설마. 침실에서 그녀의 사진을 보고 한 얘기가 생각나요."

"뭐라고 했는데요?"

그러자 포치에서 수잔이 소리를 질렀다.

"거기서 밤새 얘기하실 참이에요? 우린 배가 고파 죽겠다고요!"

가브리엘이 돌아보며 말했다.

"곧 갈게."

그는 다시 로베타에게 물었다.

"뭐라고 얘기했소?"

로베타는 그의 차분한 푸른 눈과 날카로운 입꼬리, 짙은 눈썹, 그리고 큼직한 덩치가 마음에 들었다.

"당신을 사랑한다고 했어요."

"그런 말은 하지 않았소."

"했어요, 가브리엘. '난 당신의 남편을 사랑하고 있어요, 캐롤라인'이라고 분명히 말한걸요."

로베타는 자기가 한 말이 가브리엘에게 충격을 주었다는 것을 알았다. 그는 한동안 할 말을 잃고 멍한 표정으로 그녀를 바라보았다.

"로베타. 당신은 정말 알 수 없는 여자군요. 나를 사랑하고 있으면서 결혼은 하지 않겠다니요?"

"이제 그만 들어오세요!"

이번에는 이소벨이 소리쳤다.

"벌써 7시 반이 지났다고요!"

로베타가 이소벨을 힐끔 돌아보고는 가브리엘에게 말했다.

"아이들이 배가 고픈가 봐요. 우리 이 얘기는 나중에 해요."

"나중에 언제?"

"오, 우선 아이들에게 저녁이나 먹인 뒤에요. 그리고 잠자리에 들
여보내고 나면 시간이 나겠죠."

"그때가 언젠지 까마득하게만 생각되는군."

두 사람은 현관 쪽으로 함께 걸었다.

∗

두 사람에겐 저녁 식사 시간이 그처럼 길게 느껴질 수가 없었다.
아이들한테 맡겨 놓은 설거지는 기약이 없었다. 그것이 끝나자 아이
들은 종이접기 놀이를 벌였다. 로베타가 아이들에게 어질러 놓은 종
이들을 치우라고 시켰을 때는 밤 10시가 훌쩍 지나 있었다.

밤이 깊어지자 가브리엘은 먼저 이소벨을 집으로 데려가지 않을
수 없었다. 또 너무 늦은 시각에 트럭을 몰고 로베타의 집을 오락가
락하기도 이웃의 눈이 성가셨다. 그래서 그는 이소벨을 집에 데려다
놓고 걸어서 언덕을 넘어 로베타의 집으로 돌아왔다. 이미 밤 11시
가 지난 시각이었다.

그 사이에 로베타는 재빨리 샤워를 마치고 아몬드 크림을 얼굴에
찍어 발랐다. 종아리까지 내려오는 나이트가운 위에 스웨터를 걸진
그녀는 불을 끈 캄캄한 거실 의자에 앉아 가브리엘이 도착하기를 기
다렸다. 포치 계단을 올라오는 그의 발소리가 들리자, 그녀는 현관
문을 살짝 열고 밖으로 나왔다.

"트럭은요?"

"걸어왔소."

"왜요?"

"이웃의 눈이 무서워서."

로베타는 쿡쿡 웃었다.

"남몰래 못된 짓하는 애들이 된 기분이군요."

"그러게 말이오. 아이들은 다 잠들었소?"

"지극히 의심스러운데요. 이소벨은요?"

"지금쯤은 자겠지."

"여기로 오신다고 말해 줬나요?"

"아니, 그 아이가 다 알아야 할 필요는 없죠."

"하긴 그래요. 이 나이에 내가 보이프렌드를 만나려고 아이들 눈을 피해 오밤중에 살금살금 빠져나올 일이 있으리라고는 상상도 못 했죠."

"그건 나도 마찬가지요. 하지만 재미있군."

"모기가 무는 것만 빼면요."

"오늘 밤엔 모기도 별로 없는 것 같소. 이리 와요."

가브리엘은 로베타를 그네로 데려가서 앉힌 뒤 그녀의 어깨 위로 느슨하게 팔을 두르며 옆에 같이 앉았다. 아이들이 아직 잠들지 않았는지도 몰라 두 사람은 계속 속삭이는 말투로 얘기했다.

"머리를 내렸군요."

"모기한테 목을 물리기 싫어서요."

가브리엘은 손을 그녀의 머리카락 속으로 집어넣어 목덜미를 어루만졌다.

"자, 우리 무슨 얘기를 하다 말았죠?"

두 사람은 하루 종일 이 순간만을 기다려 온 듯한 기분이었다. 무슨 얘기를 하다 말았는지가 지금 무슨 의미가 있단 말인가? 두 사람의 입술은 가까워지기가 무섭게 마치 자석처럼 서로 힘차게 달라붙었다. 격렬한 열정이 두 사람의 육체를 뜨겁게 달구었다.

"이런 느낌 얼마만이에요?"

로베타가 입술을 떼어 내고 물었다.

"캐롤라인이 떠난 후 처음이오."

"그게 몇 년이죠?"

"7년."

"조지는 돈이 필요할 때가 아니면 내게 키스하지 않았죠. 그래서 난 싫었어요. 그렇지만 지금 다시 해보니, 아주 좋은데요."

그들은 흔들리는 그네에 앉아 다시 키스를 계속했다. 마치 그동안 잃어버렸던 즐거움을 벌충이라도 하려는 듯이, 두 사람은 서로를 힘껏 끌어안고 뜨겁게 키스했다. 모기들이 집요하게 덤벼들었다.

"로베타, 우리 안으로 들어갑시다."

"오, 안 돼요."

"조용히 하면 아무도 모를 거요."

"하지만 내가 알고 당신이 알아요. 그리고 난 마을 사람들에게 나를 물어뜯을 빌미를 주고 싶지 않아요."

"거실로 들어가서 모기나 좀 피하자는 거요. 다른 뜻은 없소, 로베타."

"미안해요, 가브리엘. 하지만 마을 사람들은 우리가 그러길 기다리고 있어요. 이혼한 여자가 아이들이 다 잠든 밤에 외간 남자를 집 안으로 끌어들이기를 말이죠. 우리가 지금 육체 관계를 맺게 되면, 나나 당신이나 매우 어려운 상황에 빠지게 될 거예요."

모기가 뺨에 앉자 가브리엘은 손바닥으로 철썩 때리며 말했다.

"그러면 담요라도 한 장 들고 나와요."

"오, 농담 말아요, 가브리엘."

로베타는 킥킥 웃었다. 그러나 그 순간 그녀는 자기 뺨에 앉은 모기를 손바닥으로 쳐서 잡았다.

"로베타, 아무래도 안 되겠소. 담요라도 있어야지."

로베타는 마지못해 그네에서 발을 내려놓으며 말했다.

"알았어요, 가져올게요."

그녀는 발소리를 죽여가며 포치를 따라 현관문으로 살금살금 걸어 갔다. 그리고는 소리나지 않게 문을 열고 집 안으로 들어갔다가, 잠시 후 담요 한 장을 들고 나왔다.

"여기 있어요."

"어느 방에서 가져왔소?"

가브리엘은 담요를 펼치며 물었다.

"2층 내 방에서죠."

"아이들이 깨어 있는 것 같았소?"

"난 신경 쓰지 않아요. 여긴 내 집이고, 난 누구의 간섭도 받지 않고 이 그네에 앉아 있을 권리가 있다고요, 안 그래요?"

두 사람은 담요를 머리 위로 뒤집어쓰며 킥킥 웃었다.

"아주 좋은데요, 이거."

가브리엘이 로베타의 어깨를 감싸 안으며 말했다. 그의 입술이 어둠 속에서 로베타의 입술을 찾고 있었다. 동시에 그의 두 손은 그녀의 젖가슴을 부드럽게 더듬었다. 여자의 입술을 살살 빨며 손으로 유방을 어루만지자, 입술과 유두는 금방 탱탱하게 부풀어 올랐다.

"그만둬요, 가브리엘."

로베타가 그의 손을 떼어 내며 속삭였다.

"기분이 이상해진단 말이에요!"

"우리 결혼합시다, 로베타. 우린 서로를 원하고 있잖소."

"그래요, 가브리엘. 하지만 지금은 안 돼요."

로베타는 두 손으로 그의 머리카락과 얼굴을 쓰다듬으며 말했다.

"왜 안 된다는 거요? 내 생각엔 지금이 가장 적기인 것 같은데."

"오, 가브리엘, 가브리엘. 당신은 너무 순진하시군요. 우선 당신 어머니가 우리의 결혼을 허락하실 것 같아요? 우리 엄마는 또 어떻고요? 그리고 부녀 친목회가 하려는 일부터 막아야죠. 결혼은 그 후에 해도 늦지 않아요."

"난 그렇게 생각지 않소, 로베타. 우리가 언제 어머님 허락받고 결혼을 했소?"

"최소한 이해는 구해야죠."

"그리고 친목회가 꾸미고 있는 음모는 우리 두 사람이 결혼만 하면 저절로 깨어질 거라고 생각해요."

"그렇지가 않아요!"

"어째서 그렇지 않다는 거요?"

"두 분 거기서 담요를 뒤집어쓰고 뭘 하시는 거예요?"

베키가 창문으로 머리를 내밀고 물었다.

"응, 모기 때문에 이러고 얘길 하고 있단다."

로베타는 담요를 걷어내고 딸을 돌아보았다.

"거실에서 하시면 되잖아요. 꼭 어린애들 같아!"

베키는 어른처럼 타박을 한 뒤 창문을 닫았다.

"거봐요, 어린애들 같대지. 이제 얘기 그만하고 이소벨한테나 가세요."

로베타는 쿡쿡 웃고는 가브리엘의 입술에 키스하며 조그맣게 속삭였다.

"잘 자요, 내일 또 만나요."

오페라 하우스

    다음날 새벽 로베타는 비명을 지르며 악몽에서 깨어났다. 그녀를 겁탈하려고 덤벼드는 엘프레드에게 저항하는 꿈이었다. 정신을 차려 보니 온몸이 땀에 흥건히 젖은 채 비명을 지르며 머릿장 쪽으로 벌벌 기어가고 있었다.

    옆방에서 베키가 달려왔다. 놀라서 방금 잠에서 깨어난 듯 구겨진 잠옷 차림 그대로였다.

    "왜 그래, 엄마! 무슨 일이야?"

    "오, 베키……. 오, 오!"

    베키는 침대 위로 올라가서 엄마를 힘껏 끌어안았다.

    "나쁜 꿈을 꾸었어요?"

    "정말 끔찍해, 엘프레드 그 인간! 꿈에까지 나타나 날 괴롭히다니……."

    로베타는 손으로 머리카락을 쓸어 올리며 울먹였다.

"그런데 마지막 순간 고개를 번쩍 쳐들었을 때, 그는 엘프레드가 아니라 가브리엘이었어! 얼마나 놀라고 가슴이 아팠던지……. 꿈속에서도 난 가브리엘을 그런 인간이라고는 생각하지 않았거든. 나는 그의 가슴을 밀어내며 거짓말쟁이라고 소리소리 질렀어. 얼마나 절망스러웠는지!"

"그래요, 엄마. 그건 꿈일 뿐이에요. 진짜 가브리엘 팔리 씨는 그런 분이 아니에요. 착하디 착한 이소벨의 아빠인걸요."

베키는 제법 어른스럽게 엄마의 등을 다독여 주며 말했다.

"보세요, 하늘이 훤해 오고 있잖아요. 멋진 새벽이 오고 있어요. 아이들은 아직도 곤히 자고 있고, 나쁜 일은 아무것도 일어나지 않아요. 그러니까 두려워하지 마세요, 엄마."

로베타는 마음이 조금 가라앉았다.

"가브리엘이 왜 그런 모습으로 내 꿈에 나타났을까?"

베키는 엄마의 두 손을 꼭 잡아 주며 말했다.

"그러게 말이에요. 어젯밤 두 분이 늦게까지 함께 계셔서 그럴 거예요. 그렇지만 싸우시는 것 같진 않았는데……. 오히려 그 반대가 아니었나요?"

베키가 웃으며 엄마를 쳐다보았다.

"오, 세상에!"

로베타는 시선을 창밖으로 피했다. 전날 밤 일을 생각하자 마음이 차분히 가라앉으며 진정되었다.

"엄마가 그런 행동을 해서 속상하니?"

"내가 왜요? 오히려 그 반대예요, 엄마. 어젯밤 엄마랑 팔리 씨가 담요를 뒤집어쓰고 키스하시는 걸 봤어요. 솔직히 좀 놀랐지만, 난 기뻤어요. 엄마가 행복하기만 하다면 우리도 행복한 거죠, 뭐."

"정말?"

"진심이에요, 엄마."

"고맙구나."

"팔리 씨는 우리에게 멋진 여름을 선사하셨어요. 이곳 캠든에서 첫 여름을 멋지게 보낼 수 있도록 해주셨으니까요. 난 엄마가 그분과 결혼하면 좋겠어요."

"어젯밤에도 청혼을 하더구나."

"결혼하실 거죠?"

"글쎄, 결국은 하게 되겠지."

"팔리 씨와 결혼하면 엄마는 훨씬 안전할 거예요. 엘프레드 같은 인간이 더 이상 엄마에게 집적거리지 못할 거고, 마을 사람들도 더 이상 입방아를 찧어대지 못할 테니까요. 그리고 나중에 우리들이 자라서 결혼하더라도 엄마 혼자 외롭지 않아 좋을 거구요. 이소벨을 포함한 우리들이 손자 손녀를 데리고 이곳 캠든으로 여름휴가를 온다면 얼마나 멋지겠어요. 그러니까 엄마, 팔리 씨와 결혼하세요, 네?"

로베타는 말없이 베키를 가슴에 안았다. 그동안 그녀의 큰딸은 엄마를 위해 나름대로 고민해 왔던 게 분명했다. 곁에서 엄마가 겪는 어려운 일들을 지켜보며 속으로 괴로워했던 흔적이 역력했다. 불성실한 남편에게서 고통을 당하고, 마침내 이혼하고 고향이라고 찾아온 곳에서 형부란 사내한테 겁탈까지 당한 엄마를 바라보는 딸의 심정이 오죽할까. 로베타는 그런 딸 앞에서 그만 할 말을 잃고 목이 메었다.

"오, 베키, 베키…… 엄마가 널 얼마나 사랑하는지 아니?"

"알고말고요, 엄마."

로베타는 딸의 볼에다 입을 맞추며 말했다.

"널 사랑한다, 베키. 최근 두 해 동안은 네가 없었다면 엄만 아마 견뎌 내지 못했을 거야. 넌 커 갈수록 점점 멋진 딸이 되어 가는구나."

베키는 엄마의 얼굴을 조용히 바라본 뒤 말했다.

"팔리 씨와 결혼해요, 엄마. 엄만 그분을 사랑하고 계세요."

"그렇게 보이니?"

"이마에 씌어 있어요. 나는 가브리엘을 사랑한다, 이렇게요."

"베키! 엄마를 놀리는구나."

모녀는 마주보며 웃음을 터뜨렸다.

베키는 침대에서 일어나며 말했다.

"좋잖아요. 결혼하면 어젯밤처럼 포치 그네에 앉아 담요를 뒤집어 쓰고 키스하지 않아도 되고요."

"베키!"

베키는 깔깔거리며 방에서 나갔다.

*

1시간쯤 뒤 로베타는 가브리엘에게 전화를 걸었다.

"안녕하세요, 가브리엘?"

"아, 아니……."

가브리엘은 예기치 않은 전화에 놀란 모양이었다.

"설마 여태 주무시고 계셨던 건 아니겠죠?"

"아니, 커피 마시고 있었소. 출근 준비를 하면서."

"간밤엔 잘 주무셨나요?"

가브리엘은 잔기침을 두어 번 했다.

"사실 잘 자지 못했소, 로베타."

"오, 왜요?"

그는 깊숙이 울리는 목소리로 웃었다.

로베타도 그와 함께 웃었다. 대답은 들어 보나마나기 때문이었다.

"연극 싫어하세요?"

로베타가 엉뚱하게 물었다.

"연극이오?"

"네. 오페라 하우스에 보스턴 극단이 왔다는데 오스카 와일드를 공연한다고 해서 아이들을데려가기로 했거든요. 생각이 있다면 이소벨과 함께 오셔도 말리진 않아요."

"오스카 와일드라고 했소?"

"제목이 뭐라더라? 성실함의 중요성인가 뭔가래요."

"아아."

"잘 아시는 모양이군요?"

"천만에, 들어 본 적도 없소."

"그런 줄 알았어요."

둘은 다시 쿡쿡 웃었다.

"연극을 보신 적은 있어요? 아무 연극이라도."

"이소벨이 유치원에 다닐 때 딱 한 번 본 적이 있소."

"유치원에서요."

"그렇죠."

"그만하면 자격은 충분해요. 그래서 인생의 가장 중요한 것은 유치원에서 배운다는 말이 있잖아요."

"그렇다면 큰맘 먹고 한번 따라가 보죠."

로베타는 그 말에 미소 지었다. 갑자기 그가 보고 싶었고, 저녁까지 기다릴 일이 지겨워지는 느낌이었다. 로맨틱한 감정은 결코 젊은 이들만의 전유물은 아닌 모양이었다.

"가브리엘?"

"왜요, 로베타?"

"저녁까지 어떻게 기다리죠?"

✳

그날따라 로베타는 일이 엄청 많았다. 다섯 살 먹은 아이가 콧구멍 안에 밀어 넣은 콩을 빼내기도 했고, 장작을 패다가 도끼로 발가락을 찍어 풍선처럼 퉁퉁 부어오른 사내를 병원으로 실어 보내기도 했고, 말에서 떨어져 갈비뼈가 부러진 사내를 응급처리하여 병원으로 보내기도 했다. 마을 남서쪽에 있는 농장에서는 홍역에 걸린 세 아이와 돼지를 치료해 주었다.

그 모든 일들을 처리하기 위해 로베타는 비포장 산길을 자그마치 65마일이나 달려야 했다. 하얀 간호사 유니폼은 땀과 먼지로 누렇게 변했고, 먼지를 뒤집어쓴 머리카락은 제멋대로 휘날려서 엉망이었다.

그래도 로베타는 가브리엘과 함께 보낼 저녁 시간을 생각하면 조금도 짜증이 나지 않았다.

'집에 돌아가면 뜨거운 물로 샤워를 하고, 가브리엘이 좋아하는 스타일로 머리를 말아 올려야지. 그리고 소매를 부풀린 린네르 드레스를 입고 그와 함께 극장엘 가는 거야. 그의 청혼은 언제 받아들일까? 그에게 이렇게 말해 줘야지. 가브리엘. 당신의 청혼을 받아들이겠어요. 그리고 난 당신의 아내가 되는 것이 무척 자랑스러워요.'

로베타 주에트가 집에 도착해 보니 낯선 여자가 포치의 그네에 앉아 있었다. 날아갈 듯이 멋진 모자를 쓰고, 갈색 레이스가 달린 여름용 슈트 차림이었다. 그리고 팔굽까지 올라오는 하얀 장갑을 끼고 있었다.

여자는 그네를 타고 있지 않았다. 핸드백을 팔에 걸고 다리를 얌전하게 접은 채 그림같이 앉아 있었다. 로베타가 차를 세우고 내리자, 여자는 그네에서 일어나 계단 위에서 기다렸다.

"주에트 부인이시죠?"

"그런데요."

"나는 앨다 킴비라고 합니다. 캠든 교육위원회의 위원이죠. 보인턴 회장님의 지시를 받고 나왔습니다."

"무슨 일로요?"

"조용히 얘기 나눌 곳이 없을까요?"

"없어요. 여기가 제일 조용해요. 거기 앉으세요. 나는 서서 들을 테니. 잠깐, 아이들한테 내가 돌아왔다고 말해야겠군요."

로베타는 집 안으로 들어가며 고함을 질렀다.

"얘들아! 엄마 왔어!"

아이들은 모두 뒤뜰에 모여 있었다. 오늘은 모두 다섯 명이었다. 이던 오기어와 그의 동생 앨머가 와 있었다. 베키와 이던은 해변에서 주워 온 조개껍데기들을 계단에 나열하고 있었고, 앨머 오기어는 수잔과 리디아를 감동시키기 위해 바지랑대에 다리를 걸치고 거꾸로 매달려 있었다.

"포치에서 기다리는 여자가 누구예요, 엄마?"

수잔이 쪼르르 달려와서 물었다.

"엄마도 몰라. 나중에 얘기해 줄게."

포치로 돌아오는 앨다 킴비는 선 채로 그녀를 기다리고 있었다.

"자, 킴비 부인. 무슨 일로 오셨죠?"

"전 여기 공무로 왔어요, 주에트 부인. 미리 말씀드린다면 별로 유쾌한 일은 아닙니다."

로베타는 들어 보나마나 뻔하다고 생각했다.

"말해 보시죠. 부녀 친목회의 그 여편네들이 내가 아이들에게 좋은 엄마가 못 된다고 하던가요?"

앨다 킴비의 입이 딱 벌어졌다가 홍합 껍질처럼 다시 닫혔다. 얼굴이 시퍼렇게 질려 갔고, 장미를 두른 그녀의 모자가 파들파들 떨리기 시작했다.

"보인턴 씨의 부인이 그 친목회 회원인데, 그녀가 남편에게 아주 놀라운 일을 전했다는군요."

"보인턴이 사내대장부라면 왜 나한테 직접 와서 얘기 못하는 거죠? 다음에 내가 새 차를 구입할 때 그의 대리점을 찾지 않을까 겁이 났던 모양이죠. 그건 옳은 판단이에요. 난 두 번 다시 그 작자의 차는 팔아 주지 않을 테니까!"

"보고된 바로는 부인의 딸들은 일주일에 닷새 동안이나 어른들의 보호 없이 지내야 하고, 다른 마을의 남자 아이들까지 이곳에 몰려들어 제멋대로 행동하고 있다는데, 그게 사실입니까?"

여자는 꼭 뺨맞기 좋을 말투였다. 이런 여자는 너무 순진해서 자신이 지껄이고 있는 말이 얼마나 위험한지조차도 모르는 경우가 많다. 그렇지만 로베타처럼 산전수전을 다 겪은 여자는 적어도 위험을 자초할 소리는 하지 않는다.

"맞아요. 난 아이들을 부양하기 위해 일을 해야만 하니까."

"남자 아이들이 지금도 뒤뜰에 와 있나요?"

"그럼요."

앨다 킴비는 마치 뜨거운 차를 마실 때처럼 입을 오므렸다.

"당신은 이혼녀라고 하더군요?"

"그래요, 맞아요. 그리고 공인받은 간호사이며, 이 집의 주인이고,

저 자동차의 주인이며, 내 아이들을 부양할 능력을 지닌 어머니죠. 뭐가 잘못되었나요?"

"주에트 부인, 서로 시간을 절약하는 의미에서 제가 간단히 말씀 드리죠. 부인 때문에 이 마을의 두 남자가 주먹다짐을 벌였다는 보고가 들어왔습니다. 한 남자는 유부남인 동시에 부인의 형부 되는 사람이고, 다른 한 사람은 최근 부인과 갑자기 가까워진 어떤 홀아비라고 하더군요. 더군다나 두 사람은 한 남자의 아내와 세 딸이 지켜보는 앞에서 당신에 대한 매우 비교육적인 언사들을 늘어놓으며 피투성이가 되도록 싸웠다는군요. 그 결과 캠든에서는 상당히 존경받는 한 사업가의 얼굴이 엉망으로 망가졌고, 그날 밤 다른 한 남자의 집에는 부인이 다녀갔으며, 부인과 그 남자의 아이들은 저녁 식사도 못했다는 겁니다. 그리고 오늘은 부인과 팔리 씨가 어젯밤 늦게까지 이 그네에서 한 덩어리가 되어 있더라는 소문이 파다하게 퍼지고 있어요. 그래서 우리 교육위원회에서는 사창굴 같은 이런 환경으로부터 아이들을 보호하지 않으면 안 된다고 결정한 것입니다. 부인께서도 충분히 이해해실 줄 믿습니다."

로베타는 함부로 나불거리는 앨다 킴비를 사정없이 쥐어박아 계단 아래로 굴려 버리고 싶은 충동을 간신히 참아 냈다.

"당신 같은 속물 쓰레기들은 참다운 부모가 어떤 건지도 몰라! 그걸 안다면 지금쯤 엘프레드 스피어에게 가 있어야 옳을 일이지. 당장 여기서 꺼져, 킴비! 당신이 나의 도덕성과 모성애를 문제삼아 내 아이들을 빼앗아가고 싶다면, 법 절차를 밟을 준비를 해야만 할 거야. 난 죽을 때까지 당신과 싸울 테니까! 자, 빨리 여기서 꺼지고 다시는 내 앞에 나타나지 말라고!"

"교육위원회에서는 나에게……."

"당장 꺼지라고 했어!"

"주에트 부인, 교육위원회의 다음 회의에서는……."

"꺼져!"

로베타는 앨다 킴비를 계단 쪽으로 밀어내며 고함을 버럭 질렀다. "가서 그 얼간이 같은 보인턴에게 다음부터는 여자를 보내지 말고 직접 오라고 해!"

로베타는 여자를 더 이상 밀지는 않았다. 조금만 더 밀었다가는 앨다 킴비가 치마를 뒤집으며 계단 아래로 굴러 떨어질 것 같았기 때문이었다.

✳

그날 저녁 로베타를 찾아온 가브리엘은 그녀의 신경이 가시처럼 곤두서 있다는 것을 알았다. 그녀는 샤워도 하지 않은 상태에서 더러워진 유니폼을 그대로 입고 있었다. 가브리엘은 그녀가 설명할 때까지 묵묵히 기다릴 수밖에 없었다. 자초지종을 설명하면서 그녀는 흥분으로 몸을 떨었다.

"정말 죽이고 싶었어요, 가브리엘! 총이 있었다면 그 여자를 쏴버렸을 거예요! 돼먹지도 않은 속물이 무슨 동정녀 마리아라도 되는 양 장미를 수놓은 화사한 모자를 쓰고 팔꿈치까지 오는 하얀 장갑을 끼고 왔더라고요. 그리고는 내게 한다는 소리가 아이를 기를 자격이 없다나요!"

아이들도 엄마처럼 흥분한 상태였다.

"교육위원회에 찾아가서 항의를 해야겠어요!"

베키가 화난 표정으로 말했다.

"그래, 우리 엄마는 세상에서 가장 훌륭한 엄마야!"

수잔이 주장했다.

"나도 그 바보들에게 한마디 해줄 거야."

이소벨도 거들었다.

"그 여자들이 정말 엄마한테서 우리를 빼앗아갈 수 있을까요?"

이제 겨우 열 살인 리디아는 겁이 더 나는 모양이었다.

"그럴 리가 없단다."

가브리엘이 리디아를 안심시킨 뒤 로베타에게 말했다.

"정말 미안하게 됐소, 로베타."

그러자 아무도 예상하지 못했던 멋진 일이 그 자리에서 일어났다.

아이들이 바라보고 있는 거실 한가운데서 가브리엘과 로베타는 마치 무언가에 의해 등을 떠밀리기라도 한 것처럼 서로를 힘껏 끌어안았다.

두 사람은 서로를 포옹한 상태에서 한참 동안 말없이 서 있었다. 아이들도 입을 다문 채 서로의 눈치만 살피고 있었다.

"오, 가브리엘, 당신이 함께 있어서 기뻐요."

로베타는 딸들의 귀에 다 들릴 만한 목소리로 속삭였다.

"조금도 걱정할 필요 없소, 로베타. 그 누구도 당신에게서 아이들을 빼앗아가지 못하게 하겠소. 절대로!"

감고 있는 로베타의 눈에서 눈물이 나왔다.

"난 울보가 아니거든요. 그런데 그 여자가 다녀간 후엔 자꾸만 서러운 생각이 들지 뭐예요. 남편 없이 혼자 살려니까 그런 여자들의 말도 안 되는 소리까지 듣게 되는구나 싶은 게 말이죠."

"당신은 혼자가 아니오. 로베타. 내가 있잖소? 그리고 영리하고 예쁜 딸들이 당신을 도와주고 있고. 그렇지, 얘들아?"

"그럼요!"

로베타의 세 딸과 이소벨이 우르르 달려들어 두 사람을 등 뒤에서 안았다. 두 가족이 갑자기 한 가족이 된 듯한 느낌이 드는 순간이었다.

"자, 계속 이러고만 있을 셈인가? 극장엔 안 가고?"

가브리엘이 웃으며 묻자, 로베타는 눈이 동그래지며 말했다.

"오, 가브리엘! 난 아직 옷도 안 갈아입었어요. 빨리 샤워하고 머리 손질을 좀 해야겠군요."

가브리엘이 시계를 보았다.

"서둘러야겠소. 우린 포치에서 놀며 기다리지."

가브리엘이 아이들을 데리고 포치로 나가자, 로베타는 재빨리 2층 침실로 올라갔다. 남자와 함께 극장에 가는 것이 몇 년 만인가? 그녀는 준비를 서둘러야겠다고 생각했다.

✳

그날 저녁 7시 반경, 가브리엘의 모친인 모드 팔리 여사는 정원 한쪽에 있는 채마밭에서 괭이질을 하고 있었다. 그 시각엔 각다귀들이 극성을 부릴 때라, 그녀는 수건으로 얼굴을 가리고 있었다. 둘째 아들 세스가 그녀에게 다가왔다.

"엄마."

모드는 석양에 벌겋게 물든 얼굴로 아들을 돌아보았다.

"왜, 무슨 일이 있니?"

"말씀드릴 것이 있어서요."

"일하면서 들어도 되는 거냐?"

"오렐리아가 어머님 드시라고 만든 애플 베티를 한 접시 가져왔어요. 이제 일은 그만하시고 그거 드시면서 저랑 얘기 좀 해요."

"네 처는 그래도 기특하구나. 이 시어미를 위해서 애플 베티를 만들기도 하니까 말이다."

모드 팔리는 잡초를 뽑아 흙을 털어 낸 뒤 채마밭 가장자리로 던졌다.

"엄마두 참……."

모자는 뒤뜰에 있는 펌프대로 갔다. 세스가 펌프질을 했고, 모드는 물을 받아 손과 얼굴을 씻었다. 그녀는 수건으로 물기를 닦으며 말했다.

"그러면 며느리가 만든 애플 베티 한번 먹어 볼까?"

"엄마 입맛에 잘 맞을 거예요."

"오렐리아는 좋은 여자다. 넌 행운아야, 그녀를 아내로 맞았으니."

"알아요, 엄마."

세스는 히죽 웃었다.

"애플 베티를 이리로 가지고 나오렴. 여기가 시원하고 좋구나."

모드는 계단에 앉으며 말했다.

세스는 부엌으로 들어가서 접시를 들고 나왔다. 그리고 어머니와 나란히 계단에 앉았다. 석양이 토마토밭과 오이밭을 붉게 물들이고 있었다. 그녀가 취미 삼아 재배하는 것들이었다.

"엄마, 다른 얘기가 아니라 형과 주에트 부인에 대해서예요."

모드는 애플 베티를 먹다가 작은 아들을 힐끔 돌아보았다.

"네 형이 그 여잘 자주 만나니?"

"네."

"흠."

모드는 다시 먹기 시작했다.

"엄마가 그 여자를 좋아하시지 않는다는 걸 알아요. 하지만 형이 벌써 여러 차례 청혼을 한 만큼, 엄마도 이젠 마음의 준비를 하셔야 할 것 같아서."

"그래야겠지."

"엄마는 그 여자에 대해서 강한 선입견을 가지고 계신 것 같아요. 아직 그 여자를 만나 본 적도 없잖아요?"

"어떻게 만나? 네 형이 데려와서 소개한 적도 없는데, 안 그러니?"

"엄마가 늘 냉담한 표정만 짓고 계신데 어떻게 데려와요?"

"너희들 둘은 많은 얘기를 나눴던 모양이구나."

"그럼요, 형은 그 여자와 사귀면서 무척 말이 많아졌거든요."

"그래서 네가 형의 특사로 이렇게 온 거니?"

"아니에요. 어디까지나 저 혼자의 판단으로 온 거죠. 엄마도 미리 알고 계셔야 할 것 같아서요."

"헛수고를 했구나. 그 여자의 소문이라면 마을에서 모르는 사람이 없다. 부녀 친목회와 교육위원회에서는 그 여자의 자녀 양육 자격을 심사하고 있는 중이야. 이소벨이 그 여자 집에서 살다시피 한다더니, 이젠 그 아비까지 그러고 있는 모양이로구나."

"오, 그건 아니에요. 형은 그 여자에게 구애를 하고 있는 중이에요. 그러니까 그 여자 집의 포치에 가끔 앉아 있을 만하잖아요?"

모드는 애플 베티가 담긴 접시를 옆으로 밀어 놓고 수건으로 입가를 닦았다.

"넌, 언제부터 그 여자 편이 되었니?"

"형이 너무 행복해하니까요. 캐롤라인 형수가 가신 이후로 그렇게 행복해하는 형을 본 적이 없어요. 엄마도 곁에서 자주 보셨다면 틀림없이 그렇게 생각하셨을 거예요."

모드 팔리는 먼 산으로 눈길을 던졌다. 그리고는 가느다란 한숨을 내쉬며 머리에 쓴 수건을 벗어 무릎 위에다 놓으며 말했다.

"네 말이 옳은 것 같다. 이 어미는 좀 완고한 편이지. 난 내 아들이 하필이면 혹이 셋이나 달린 이혼녀와 합친다는 것이 싫었어."

"저도 그래서 처음엔 달갑지 않게 생각했는데요. 엄마, 가까이서 보니까 우리가 생각하는 것처럼 그렇게 형편없는 여자는 아니었어요."

"그런데 그 여자는 아직도 가브리엘의 청혼을 받아들이지 않았단 말이냐?"

"제가 알기론 그래요. 하지만 아이들끼리 잘 어울리는 거랑, 형이 얘기하는 걸로 봐선 곧 받아들일 것 같아요."

모드는 손에 든 수건을 물끄러미 내려다보았다.

"그래, 네 말이 옳겠지. 이 늙은이가 고집을 부려 봤자 외롭기밖에 더 하겠니? 난 가브리엘과 이소벨에게 다시 과자도 만들어 주고 싶고, 저 토마토와 오이도 같이 수확하고 싶다. 너와 오렐리아는 너무 바쁘잖니."

세스는 엄마의 양 어깻죽지를 잡고는 이마에 키스하며 물었다.

"오늘 밤 그 여자가 형을 어디로 데려갔는지 알아요?"

"어디로 데려갔는데?"

"오페라 하우스에요."

모드 팔리는 어이없는 표정을 지었다.

"삶은 호박에 바늘도 안 들어갈 소리!"

"정말이라니까요!"

모드는 픽 웃었다.

"그게 정말이라면 배꼽이 하품할 일이로구나. 가브리엘이 오페라 하우스 같은 델 다 갔다니!"

"형이 변했어요, 엄마."

"그건 그렇고 가브리엘이 엘프레드를 두들겨 팼다는 얘기와, 그 여자가 그 둘과 동시에 놀아나고 있다는 소문은 어디까지가 사실이냐?"

"엄마도 참, 엘프레드 스피어가 어떤 인간이란 건 마을 사람들이 다 알고 있는 일이잖아요. 마을에 이혼한 여자가 새로 들어왔으니 그 바람둥이 녀석이 가만히 있겠어요?"

"자기 처제가 되는 여잔데도 말이냐?"

"개 눈엔 뭐밖에 안 보인다잖아요."

모드 팔리는 잠시 생각하는 표정을 지었다.

"그러니까 가브리엘은 그 여자 때문에 엘프레드를 그렇게 만들었단 말이구나."

"내가 형이라면 아마 엘프레드 놈을 끝장내 버렸을 거예요."

어머니와 아들은 잠시 침묵 속으로 빠져들었다. 세스는 공연히 부글부글 끓어오르는 성질이 가라앉기를 기다렸고, 모드는 엘프레드와 로베타 주에트에 대해서 이것저것 생각하고 있었다. 이윽고 그녀는 계단에서 일어나며 말했다.

"내일은 가브리엘의 과자 항아리에 생강 크림 과자나 채워 줘야겠다. 가정부가 들어왔다는데, 뭐 필요한 것이 없는지도 좀 물어보고."

"그러세요, 엄마."

"김매기를 계속하기에는 너무 늦었구나. 각다귀가 들어가니 이젠 모기들이 덤벼드는구나."

*

로베타와 가브리엘의 가족들은 그날 밤 오페라 하우스에서 많은 사람들의 눈길을 끌었다.

쉬는 시간이 되자 가브리엘은 모두 로비로 데리고 나가 레모네이드를 한 잔씩 돌렸고, 그들은 샹들리에 아래에 서서 남들이 힐끔거리며 수군거리거나 말거나 그것을 마셨다.

드모스 부부가 그들을 알아보고 다가왔다. 엘리자베스 드모스가 가브리엘과 로베타에게 손을 내밀고 악수를 청했다.

"어머나, 안녕하세요? 주에트 부인? 가브리엘……. 공주님들을 모두 데리고 나오셨군요. 안녕, 공주님들?"

아이들은 일제히 '안녕하세요'를 합창했다.

"저 잠깐만 보실까요, 주에트 부인?"

엘리자베스는 로베타의 손을 잡아 한쪽으로 끌고 가며 말했다.

"꼭 드릴 말씀이 있어서요. 이번에 일어난 일로 교육위원회에서는 월요일 밤에 회의를 열기로 했대요. 당신이 오늘 앨다 킴비를 쫓아냈다는 얘기가 들리더군요. 그래서 전선이 형성된 거죠."

"빠르기도 하군요. 내가 그 여자를 쫓아낸 건 불과 3시간 전인데요."

"그런 일엔 원래 빠른 여자들이죠."

엘리자베스는 장갑 낀 손으로 로베타의 팔을 잡으며 말했다.

"그 인간들의 협박에 넘어가선 안 돼요. 겁먹은 표정을 보이면 더 기세를 부리는 여자들이라고요. 그들에겐 이런 짓을 할 힘이 없어요. 별것 아닌 자기 남편들의 힘만 믿고 입방아를 찧어대는 것뿐이에요. 그럴 권력도 없고, 아무 권리도 없는 여자들이에요!"

로베타는 엘리자베스 드모스의 흥분에 오히려 놀랐다.

"그럴지는 모르죠. 하지만 그들이 어떤 협박을 하든, 난 내 권리에 대해서 조언해 줄 변호사를 고용할 돈도 없어요."

"돈은 필요하지 않을 거예요. 그리고 만약 그런 상황이 벌어지면 제가 맨 먼저 달려가서 도와 드리겠어요."

"부인께서요? 왜죠, 드모스 부인?"

"엘리자베스라고 불러 줘요."

"엘리자베스, 왜 그런 말씀을 하시는 거죠? 남편되시는 분이 아시면 뭐라고 말씀하실까요?"

"우리 남편은 아마 대찬성일 거예요."

"왜요, 부인께서는 절 아시지도 못하는데?"

엘리자베스는 로베타의 팔을 잡은 손에 힘을 주며 말했다.

"난 부인을 잘 알아요. 그리고 그 여자들이 그런 짓을 하도록 내버려둘 순 없잖아요."

연극의 뒷부분은 로베타의 머리에 들어오지도 않았다. 그보다는 드모스 부인의 말만 머릿속에서 빙빙 맴돌았다. 로베타는 그녀의 호의를 어떻게 해석해야 좋을지 알 수가 없었다. 그녀는 누가 보낸 것일까? 왜 가브리엘과 나를 돕겠다는 걸까? 교육위원회가 회의를 열면 도대체 어떻게 하겠다는 걸까? 기껏해야 입방아만 요란하게 찧을 뿐이지, 감히 아이들을 빼앗아가겠다는 수작 따위는 못할 것 같았다.

연극이 끝나자 그들은 모두 로베타의 자동차를 타고 집으로 돌아왔다. 아이들은 언제나처럼 배가 고프다고 아우성이었고, 그래서 로베타는 집에 도착하자마자 팝콘을 만들어 아이들에게 안겼다.

"우리 뒤뜰로 나가요, 가브리엘."

로베타는 포치의 그네를 피하고 싶었다.

부엌의 창문으로 새어 나오는 불빛이 잔디에 맺힌 이슬방울을 드러냈다. 식탁에 둘러앉아 재잘거리는 아이들의 목소리가 들려왔다. 캄캄한 느릅나무 아래로 걸어가자, 펌프대 근처에서 피고 있는 금잔화 향기가 콧속으로 밀려들었다. 가브리엘이 로베타의 손을 살며시 잡으며 물었다.

"엘리자베스가 무슨 얘길 했소?"

"나더러 겁내지 말래요. 교육 위원회와 싸우게 되면 나를 도와 주겠다고도 했고, 그들에겐 그럴 권리가 없다고도 했어요. 만약 내가 변호사를 고용해야 할 입장이 되면 돈도 지원해 주겠다고 했지만, 그 이유는 끝내 말해 주지 않았어요. 가브리엘, 그녀는 날 잘 알지도 못하잖아요."

"엘리자베스는 좋은 여자요. 그녀의 말이라면 이 마을에선 무게가 있죠."

"그렇지만 왜 날 돕겠다는 걸까요?"

"그건 나도 모르겠소."

그가 허리를 껴안자 로베타는 그의 목을 얼싸안으며 말했다.

"오, 가브리엘, 오늘은 정말 정신이 하나도 없었어요. 하루 종일 일에 쫓기면서도 당신과 저녁에 만날 생각만 하고 있었죠. 머리를 깨끗이 감고 멋진 옷으로 갈아입은 뒤 당신에게 결혼하겠다는 말을 하려고 했죠. 그런데 막상 집에 와보니 킴비라는 여자가 포치의 그네에 앉아 나를 기다리고 있었어요. 교육 위원횐가 뭔가가 내 아이들을 어떻게 하려고 한다는 얘기를 들었을 때는 하늘이 다 무너지는 줄 알았어요. 그런데 오페라 하우스에서……."

"잠깐만!"

가브리엘이 그녀의 허리를 안은 팔에 힘을 불끈 주며 말했다.

"나와 결혼하겠다는 말, 그거 진심이오?"

"진심이지 않고요. 아침에 베키도 말했어요. 아무리 봐도 내가 당신을 사랑하고 있는 게 분명하대요. 그런데도 난 잘 모르고 있다나요. 요즘 아이들은 정말 맹랑한 데가 있어요."

"맹랑한 게 아니라 정직하고 분명한 거지. 아이들도 다 알고 있는 일을 그래, 당신은 여태 몰랐단 말이오?"

가브리엘은 그녀를 으스러지게 가슴에 껴안으며 말했다. 가슴이 터질 듯이 울렁거렸고, 갑자기 몸이 뜨겁게 달아올랐다. 여자의 커다란 젖가슴이 가슴에 탱탱하게 눌려 왔고, 하체에 힘이 불끈 솟아올랐다. 그는 속으로 가느다랗게 탄식했다. 너무 오랫동안 여자에 굶주려 왔다는 생각이 들었다.

"그렇지만 난 교육위원회가 그걸 알길 원치 않아요. 그들은 내가 아이들을 빼앗길 것 같으니까 당신의 도움을 청하기 위해 서둘러 당신과 결혼하려 한다고 할 거예요. 그러니까 우리, 이 일부터 깨끗이 매듭지은 다음에 결혼해요, 네?"

"로베타……."

가브리엘은 답답하다는 듯이 말했다.

"그게 뭐가 중요하다고 그렇게 고집이오?"

"내겐 중요한 문제예요, 가브리엘. 당신도 이젠 절 웬만큼 아시니까 이해하실 거예요. 다른 일로 고집피우진 않겠어요. 그러니까 이 일만큼은 제 방식대로 하도록 해줘요, 네?"

길게 한숨을 토해 내며 가브리엘은 맥풀린 투로 말했다.

"당신 좋을 대로 합시다."

그는 로베타를 안고 있던 팔을 스르르 풀어 버렸다. 모처럼 달아올랐던 기분이 미지근하게 식어 버린 느낌이었다. 낭만스런 분위기도 사라져 버렸다.

"가브리엘."

로베타가 그의 손을 잡으며 말했다.

"당신 기분을 망쳐서 정말 미안해요."

그는 어린애처럼 불퉁한 표정으로 그녀의 손을 뿌리쳤다.

"화내지 말아요, 가브리엘. 나한테 키스도 안 해주실 거예요?"

"교육위원회의 스파이가 우릴 감시하고 있을지도 모르잖소."

로베타는 어둠 속에서 미소를 지었다. 가브리엘의 손을 두 손으로 감싸 쥐고 입술로 가져 가며 그를 다정하게 불렀다.

"가브리엘?"

그래도 가브리엘은 그녀를 포옹하지 않았다.

"부엌 창문으로 아이들이 내다볼 거요."

"그렇지 않아요. 당신이 키스 안 해주시면 제가 할 거예요. 좋아요. 그렇게 가만히 계시라고요. 자……."

로베타는 그의 목을 얼싸안으며 입술을 내밀었다.

"로베타……."

"쉬잇! 난 지금 교육위원회의 스파이에게 보고 거리를 제공하고 있는 중이라고요."

그녀는 가브리엘의 입술을 힘껏 빨아 당겼다.

승리

로베타는 교육위원회로부터 소환을 받지는 않았다. 그렇지만 그들이 자신에 대한 문제를 놓고 회의를 하겠다면, 로베타는 기꺼이 거기에 참가할 생각이었다. 이럴 경우 괜히 겁을 집어먹고 피하다가는 더 창피한 꼴을 당하기가 십상이고, 또 그녀로서는 비난받아야 할 하등의 이유가 없었다.

회의는 캠든고등학교 강당에서 저녁 7시 30분에 열렸다. 가을 학기를 앞두고 마지막으로 열리는 교육위원회의 회의에 로베타도 참석했다. 가브리엘과 그의 동생 세스, 세스의 아내인 오렐리아, 그리고 캠든 부녀 친목회의 회원들 대부분과 학교 선생님들, 그리고 1904년 본 강당을 건축할 때 건축 기금 조성에 지대한 공헌을 한 엘리자베스와 앨로이셔스 드모스 부부도 참석했다. 그 밖에도 로베타와 가브리엘과 엘프레드의 삼각 관계에 대한 소문으로 호기심을 잔뜩 품고 있는 마을 사람들이 떼로 참석했다.

보인턴 회장이 개회를 선언했고, 곧 학교 일들에 관한 평범한 내용의 토의부터 시작되었다. 앨다 킴비는 책상 위에 팔꿈치를 세우고 두 손을 맞잡고 있다가, 회장이 그녀의 이름을 언급하자 로베타를 돌아보며 입을 열었다.

"주에트 부인, 캠든 부녀 친목회의 회원들이 제기한 문제에 대해서 한두 가지 질문을 드리고 싶습니다만……."

앞에서 둘째 줄에 앉은 로베타는 자신의 손을 꼭 잡아 주는 가브리엘의 손길을 느꼈다.

"뭐든 물어보세요."

강당 뒷문이 소리 없이 열리며 아이들이 살며시 들어왔다. 로베타의 세 딸과 이소벨, 엘리자베스의 딸 셀비, 이던 오기어와 그의 동생, 그리고 그레이스의 세 딸인 마셀린과 트루디, 코린다도 끼어 있었다. 그들은 조용히 뒷줄의 자리로 들어가서 앉았다.

앨다 킴비는 아이들이 들어온 것을 알고도 별로 개의치 않았다. 그녀는 참석자들을 천천히 한번 돌아보고는 로베타에게 물었다.

"주에트 부인, 부인은 금년 봄에 이곳으로 오셨죠?"

"그렇습니다."

로베타는 모든 사람들이 들을 수 있도록 큰소리로 분명하게 대답했다.

"보스턴에서 오셨죠, 그리고 그곳에서 이혼을 하셨고요?"

"맞아요. 그게 문제가 되나요?"

킴비 부인은 자기 회원들을 돌아보았다. 그러나 아무도 그녀를 거들어 주는 사람은 없었다. 다들 책상만 물끄러미 바라보고 있었다.

"그게 문제라고는 안 했어요. 아무튼 부인은 이곳으로 오시자 브레컨리지 저택을 구입하시고, 팔리 씨의 도움을 받아 집수리를 하셨어요."

"그래요."

"그리고 부인은 주 정부에 채용되어 출장 간호사로 일하시죠?"

"맞아요. 난 보스턴의 사이먼즈 대학의 간호학과를 졸업했어요."

"그리고 자동차를 타고 시골을 다니며 일하시고요."

"그 자동차를 바로 저기 앉아 계시는 보인턴 씨한테 구입했죠. 안녕하세요, 보인턴 씨? 다시 만나뵈어 반가워요."

참석자들이 일제히 폭소를 터뜨렸다. 보인턴의 얼굴은 삶은 바닷가재처럼 빨개졌다. 명색이 교육 위원회의 회장이라는 사람의 체면이 말이 아니게 되어 버린 것이다.

'그 변변찮은 햄린 녀석! 하필이면 저런 여자한테 자동차를 팔다니. 돌아가면 당장 모가지를 날려 버려야지!'

앨다 킴비가 재빨리 질문을 재개했다.

"그러니까 출장 간호사라는 부인의 직업은 이른 아침부터 밤늦은 시각까지 집을 떠나 있어야만 하죠?"

"그런 날도 있죠."

"그런 때는 당신 아이들이 스스로를 보호하는 수밖에 없겠군요."

"내 아이들은 열여섯 살, 열네 살, 열 살이에요. 필요할 땐 스스로를 보호할 수 있도록 교육을 받았죠."

"그렇지만 주에트 부인, 댁의 집은 지금 캠든의 아이들이 모여드는 집합소처럼 되었어요. 그렇지 않은가요?"

"그렇게 말할 수도 있겠군요."

"그런데 감독하는 어른도 없이 밤늦은 시간까지 그곳에서 놀도록 내버려둬도 아무 문제가 없다는 겁니까?"

뒷좌석에서 한 아이의 목소리가 들려왔다.

"그런 질문은 우리한테 하시는 게 어떠세요?"

그러자 다른 아이가 맞장구를 쳤다.

"그래요. 거기서 무엇을 하는지는 우리한테 물어보셔야죠."

"그리고 주에트 부인이 우리들과 무얼 하시는지두요."

"이번 여름 우리가 그 집 포치에서 얼마나 재미있는 공부를 했는지는 아마 모르실 거예요. 그런 공부는 아무도 가르쳐 주지 않았어요!"

로베타와 가브리엘은 고개를 돌려 아이들을 보았다. 참석자들도 모두 강당 뒤쪽으로 고개를 돌리고 웅성거렸다.

"여긴 오면 안 된다고 말했는데요!"

로베타가 가브리엘에게 속삭였다.

"자신들의 일이라고 생각한 모양이오."

가브리엘이 나지막하게 대꾸했다.

"하지만 엘프레드의 얘기가 나오면 어떡해요?"

"두고 볼 수밖에 없지."

아이들은 베키를 따라 중앙 통로로 대담하게 걸어 내려왔다.

"우리도 드릴 말씀이 있어서 이렇게 왔어요. 어른들이 말씀하실 수 있다면, 우리도 말할 수가 있죠."

"아이들은 교육위원회 회의장에 들어오지 못하게 되어 있어요!"

앨다 킴비가 아이들을 향해 소리쳤다.

"우리 집에서는 마음대로 얘기할 수가 있는데 여기선 왜 못해요? 더군다나 여러분들이 모두 우리를 비난하고 있는데 말이에요!"

베키가 야무지게 대꾸했다. 어릴 때부터 무대에서 연마해 온 말솜 씨가 빛을 발하는 순간이었다.

"우리 엄마 같은 사람을 둔 아이는 이 세상에서 가장 행복한 아이 예요. 단지 이혼을 했다는 이유 하나만으로 우리 엄마를 비난하신다 면, 이 세상 사람들은 마땅히 부끄러운 줄 알아야만 해요! 왜냐하면 우리는 엄마가 아버지를 쫓아낸 뒤부터 비로소 행복해지기 시작했기 때문이죠."

리디아가 끼어들었다.

"우리 아빠 몇 주일 동안이나 집에 안 들어오시다가 밤에만 한 번씩 들어오시곤 했어요."

수잔도 거들었다.

"아빠 돈이 떨어졌을 때만 집으로 돌아오셨죠. 그리곤 엄마가 모아놓은 돈을 모조리 빼앗아가곤 했어요."

"우린 엄마가 이혼을 해서 모두 기뻤어요."

베키가 얘기를 계속했다.

"그리고 우린 엄마가 간호사라는 직업을 가지고 계신 것도 무척 자랑스럽게 생각하고 있어요. 몸이 불편하거나 아픈 사람을 돕는 것은 좋은 일이잖아요."

수잔이 냉큼 받았다.

"우린 엄마가 자동차를 운전하시는 것도 자랑스럽게 생각해요. 다른 여자들은 무서워서 감히 엄두도 못 내잖아요? 그렇지만 우리 엄마는 아무것도 무서워하지 않는다고요."

"당신들도 두려워하지 않아요. 두려웠다면 오늘 밤 여기에 나오시지도 않았겠죠. 우리들도 그렇고요."

베키는 멸시하는 눈길로 부녀 친목회의 여자들을 죽 돌아보았다.

"그렇지만 우리가 모여서 무슨 놀이를 하며 시간을 보내는지는 여러분께 설명해 드려야겠다고 생각해서 이렇게 온 거예요."

이소벨이 맨 먼저 앞으로 한걸음 나오며 설명했다.

"주에트 부인이 우리 마을로 오시기 전에는 전 외톨이 소녀였어요. 친구도 없었고, 재미난 놀이에도 관심이 없었죠. 어머니가 돌아가신 뒤로는 방과 후 집에 돌아와도 맞이해 줄 사람이 없었죠. 그렇지만 베키 언니랑 수잔과 리디아, 그리고 주에트 부인을 만난 뒤론 모든 것이 달라졌어요. 우리가 처음으로 시작했던 것은 '하이어워서' 공연이었는데, 주에트 부인은 우리에게 포치를 사용하게 해주시고 피아노를 현관으로 옮겨 놔주셨어요."

"우리가 필요로 하는 의상도 마련해 주시고요."

셀비 드로스가 한마디 거들자 그레이스의 세 딸도 함께 거들었다.

"그리고 소도구들도요. 우리 엄마라면 포치를 그렇게 어지르지 못하게 했을 거예요."

"주에트 부인은 우리 부모님들을 초청해서 그 연극을 공연하게 해주셨어요."

"많이 오시진 않았지만요."

"그렇지만 우린 그 연극을 학교에서도 공연했어요. 그렇죠, 로버슨 선생님?"

베키가 담임 선생님 얼굴을 찾느라고 참석자들을 둘러보았다. 앞에서 네 번째 줄에 앉아 있던 로버슨 선생이 일어났다.

"그건 사실입니다. 아이들의 창의력이 반짝이는 상당히 인상적인 연극이었어요. 윔 선생과 제가 주에트 부인의 댁으로 초대되어 그 연극을 보고 너무 감동해서, 교장 선생님께 말씀드려 학교에서도 공연할 수 있도록 주선했죠."

윔 선생이 자리에서 일어났다.

"연극뿐만 아니라, 음악도 아주 좋았어요. 저는 그 속에서 자연의 신비로움이 우러나는 듯한 느낌을 받았습니다."

"맞아요! 주에트 부인은 가끔 저희들을 배티 산으로 데려가서 나무와 꽃, 새들의 이름을 가르쳐 주시고, 곤충 채집도 하게 하시곤 했어요. 시도 읊어 주시고요."

아이들이 또 중구난방으로 떠들어대기 시작했다.

"우리는 학교에선 시를 싫어했어요, 그런데 주에트 부인이 가르쳐 주신 다음부터는 시를 조금씩 이해할 수 있게 되었죠."

"그곳에 모이기만 하면 우린 즐거웠어요. 모두가 웃게 되니까요."

"그리고 그곳엔 언제나 할 일이 있어요."

"주에트 부인은 우리에게 바다갈매기와 재갈매기를 구분하는 법을 가르쳐 주셨어요."

"배가 고플 땐 바닷가재를 요리해 먹죠. 마당에다 모닥불을 피워 놓고요."

"그러면 저는 로버트 루이스 스티븐슨이 쓴 책을 읽죠."

"그게 우리가 다음에 공연할 연극 내용이 되는 거예요."

"주에트 부인이 허락하신다면요."

아이들의 재잘거림이 멈추자 강당 안은 갑자기 조용해졌다. 아무도 먼저 입을 열지 않는 가운데서 가브리엘이 로베타의 손을 놓고 조용히 일어났다. 그는 앨다 킴비를 바라보며 차분한 목소리로 말했다.

"나도 이번 여름 동안 내 딸아이를 유의해서 관찰해 보았습니다만, 눈에 띄게 밝고 명랑해졌습니다. 주에트 부인이 이사 오시기 전에는 정말 외로웠던 아이였죠. 그런 이소벨을 주에트 부인은 마치 친딸처럼 다정하게 대해 주셨습니다. 난 아마 죽을 때까지 그 고마움을 못 잊을 겁니다."

가브리엘이 자리에 앉자, 앨다 킴비가 아직도 끝나지 않았다는 투로 그에게 말했다.

"팔리 씨, 아직 얘기하지 않은 문제가 있어요. 그런데 아이들이 이렇게 듣고 있는 데서는 얘길 꺼내기가 좀 곤란하군요."

우아하게 차려 입은 엘리자베스 드모스가 오른쪽에서 일어나며 말했다.

"킴비 부인의 말씀은 잘 알겠습니다. 아이들도 있고 하니, 잠시 쉬었다가 진행하는 것도 방법이겠죠. 회장님, 그리고 킴비 부인, 그 문제에 대해서는 조용한 방에서 따로 잠깐 얘기를 나누실 수 있겠습니까?"

"물론입니다, 드모스 부인."

"제 생각엔 주에트 부인과 팔리 씨도 함께 가시면 좋겠군요."

"그러죠, 드모스 부인."

엘리자베스는 남편인 앨로이셔스와 변호사 대니얼 하비에게 따라오라고 손짓했다. 그들은 교육 위원회의 위원들과 함께 앨다 킴비가 안내하는 사무실로 들어갔다. 각자 의자에 앉자, 앨로이셔스가 변호사 하비를 모두에게 소개했다.

하비는 키가 크고 붙임성 있어 보이는 사내였다. 그는 로베타와 가브리엘, 킴비 부인, 보인턴 등을 차례로 둘러본 뒤 마치 제자들을 달래는 선생님처럼 부드러운 목소리로 말했다.

"교육위원회 여러분, 그리고 주에트 부인과 팔리 씨…… 드모스 부처께서는 이 분쟁을 가급적 빨리 조용하게 마무리 지어 달라고 제게 부탁하셨습니다. 분쟁이라는 말이 적절한지는 모르겠습니다만, 아무튼 주에트 부인과 팔리 씨와 엘프레드 스피어 사이에 일어난 일을 두고 드리는 말씀입니다."

교육위원회 사람들은 예상치도 않았던 드모스의 변호사가 나서는 바람에 약간 움츠러든 표정들이었다. 보인턴 회장이 약간 어색한 표정으로 대꾸했다.

"계속하시오, 하비 씨."

"네, 회장님. 드모스 부인께서는 이 문제에 대해서 어떤 정보를 제공할 생각이십니다. 단, 그 이전에 여기서 얘기된 모든 내용을 비밀에 붙이겠다는 동의서에 여러분들이 서명해 주시길 바라십니다."

대니얼 하비는 타자된 용지를 교육위원회 회장에게 내밀었다. 보인턴은 투덜대기부터 했다.

"아니, 하비 씨. 이건 유례가 없는 일이오."

"내용이 일반에게 알려짐으로써 한 사람의 명예에 상처를 내는 일을 막기 위해섭니다. 더군다나 엘프레드 스피어에 관한 얘기가 그의 아이들 귀에 들어가서는 절대로 안 되겠죠. 그 아이들을 보호하기 위해서도 비밀이 지켜져야 한다는 것이 드모스 부인의 생각이십니다."

"그렇지만……."

보인턴은 서류를 힐끔 보고 나서는 말했다.

"내용을 들어 보기도 전에 서명부터 하라고 요구하는 것은 우리의 결정권을 제한하는 처사가 아닙니까?"

"그런 셈이죠. 그렇지만 그 내용은 위원회에서 결정을 내려야 할 그런 사항은 아닙니다. 드모스 부인의 말씀을 듣고 나시면 이해하실 겁니다."

위원회 사람들은 이런 까다로운 요구를 받아 본 적이 없었다. 그렇지만 과거 앨로이셔스 드모스의 학교에 대한 공적이 너무 큰데다가, 앞으로도 그의 자금 지원을 계속 받아야 할 형편이라 무턱대고 무시할 수도 없었다.

"좋습니다. 서명할 테니 계속하십시오."

대니얼 하비는 은빛 만년필을 꺼내 뚜껑을 열고 회장에게 건네주었다. 보인턴을 선두로 나머지 여섯 명도 차례대로 서류에 서명했다. 서명이 끝나자 변호사는 서류와 만년필을 챙긴 다음 말했다.

"감사합니다. 그렇다면 이제부터 드모스 부인께서 말씀하시겠습니다."

엘리자베스 드모스가 굳은 표정으로 마른침을 두어 번 삼키자, 남편 앨로이셔스가 그녀의 어깨에 손을 얹으며 진정시켰다. 그녀는 두 손을 모아 잡으며 세련된 말투로 얘기를 시작했다.

"제가 오늘 밤 여러분들께 말씀드리려는 것은 오랜 세월 동안 저의 가슴속에만 묻어 두었던 얘깁니다. 몇 년 동안 저를 괴롭혀 왔던 얘기죠. 여러분들은 저를 잘 아시니까, 제가 거짓말을 꾸며댈 이유가 없다는 것도 아실 겁니다. 제가 지금부터 말씀드리는 내용은 거짓 없는 진실이며, 제 남편도 옛날부터 다 알고 있었던 일입니다."

서두가 그쯤 되자, 듣고 있던 사람들은 자연 긴장하지 않을 수 없었다.

"캠든에 전화가 가설된 이래로 마을 사람들은 공동 가입선을 통해 다른 사람들이 감추고 싶어하는 얘기까지도 엿듣게 되었고, 그것을 신이 내린 특권이나 되는 것처럼 소문내고 다녔어요. 그래서 나도 다른 사람들처럼 이런저런 소문들을 듣게 되었죠."

마치 변명처럼 들렸다.

"최근엔 가브리엘 팔리 씨와 엘프레드 스피어가 주먹다짐을 벌였다는 소문을 들었어요. 나중에 엘프레드가 붕대를 둘둘 감은 얼굴로 돌아다니는 걸 보고서야 그 소문이 진짜라는 걸 확인했죠. 그런데 팔리 씨가 엘프레드를 그의 아내와 딸들이 보는 앞에서 폭행하며 내뱉은 그 말이 차마 입에 올릴 수 없는 말이었다는 것입니다. 그건 '겁탈'이라는 말로서, 나는 그 말의 의미를 잘 알고 있습니다. 왜냐하면 옛날에 내게도 일어났던 일이기 때문이죠."

사람들의 표정이 일제히 굳어지며 방안의 공기가 갑자기 싸늘하게 식는 듯했다. 앨로이셔스가 아내를 진정시키려는 듯이 그녀의 어깨를 지그시 눌렀다. 맞잡은 그녀의 두 손 마디들이 하얗게 변해 있었다.

"저는 열일곱 살 때 엘프레드에게 겁탈을 당했습니다."

갑자기 그녀의 목소리가 흐려졌다. 눈에서는 눈물이 나왔고, 목이 메어 더 이상 말을 계속할 수 없게 되고 말았다. 앨로이셔스가 손수건을 건네주며 아내를 부드럽게 달랬다.

"괜찮아, 여보. 이미 옛날 일이잖아. 이제 다 얘기해 버리고 나면 오히려 가슴이 후련해질 거야."

"알아요, 여보. 난 할 수 있어요."

엘리자베스는 손수건으로 눈물을 찍어 내고 코까지 푼 다음 얘기를 계속했다.

"그날 저녁 난 친구들과 함께 집으로 돌아가는 길이었어요. 그런데 엘프레드가 차를 세우고 태워 주겠다고 했죠. 잘 아는 이웃 오빠였고, 아무것도 모르는 순진한 처녀였기 때문에 차에 올랐죠. 그날 저녁의 악몽이 평생 동안 나를 따라다녔어요. 앨로이셔스와의 결혼 생활도 공포의 연속이었죠. 남편의 끈질긴 사랑이 없었다면 오늘의 나는 없었을 거예요. 그런데 부녀 친목회가 주에트 부인을 공격하기 시작하자, 나의 악몽이 되살아났어요."

엘리자베스의 눈이 로베타의 눈과 마주쳤다. 두 여자의 눈에서 눈물이 반짝이고 있었다. 엘리자베스는 귀부인답게 차분한 목소리로 말을 이어 나갔다.

"엘프레드란 인간을 정말 얼마나 저주했는지 몰라요. 난 너무 억울했죠. 아무 잘못도 하지 않았는데 왜 그런 고통을 당해야만 하는 것인지. 그는 여자라면 가리지 않는 색광이에요! 그런데도 당신들 남자들은 그의 그런 행각을 단지 재미로만 생각하는 경향이 있어요.

겁탈을 당한 여자는 평생을 두고 고통을 받는데 말이에요. 이혼한 몸
으로 고향에 돌아온 죄밖에 없는 주에트 부인에게도 바로 그런 일이
일어난 겁니다."

눈길을 떨구고 있는 로베타를 동정어린 눈으로 한번 돌아본 뒤 엘
리자베스는 말을 계속 했다.

"힘없는 이혼녀를 멸시하고 손가락질하긴 쉬운 일이죠. 사업가랍
시고 행세하는 엘프레드에겐 감히 그러지도 못하면서 말이에요, 안
그래요? 난 당신들에게 당장 주에트 부인에 대한 핍박을 중지할 것
을 요구합니다. 만약 주에트 부인에 대한 모함을 계속할 경우, 나와
내 남편은 가능한 모든 수단을 동원해서 그것을 저지시킬 것을 약속
해요. 여기에는 변호사와 신문 기자도 와 있습니다. 그들은 당신들
에게 주에트 부인을 심판할 권리가 없다는 사실을 일깨워 줄 거예요.
그리고 그 과정에서 엘프레드가 저지른 그동안의 악행들이 낱낱이
밝혀지겠죠. 그의 아내와 딸들에게는 안 된 일이지만요."

엘리자베스는 잠시 쉬며 교육위원회 위원들을 돌아보았다.

"그건 여러분들도 바라는 바가 아닐 겁니다. 나 역시도 네 아이의
엄마예요. 어른들의 일로 아이들에게 고통을 준다는 것은 있을 수 없
는 일이죠. 그것은 전적으로 여러분들 손에 달렸습니다. 한 가지만
더 말씀드리죠. 나는 전날 부녀 친목회의 총무직을 사퇴했습니다.
내 양심으로는 친목회의 명예를 실추시키는 그런 일에 더 이상 가담
할 수가 없기 때문입니다. 감사합니다."

엘리자베스가 말을 마친 뒤에도 한참 동안 아무도 입을 여는 사람
이 없었다. 교육위원회 입장에서 드모스 부처를 상대로 싸운다는 것
은 생각도 할 수 없는 일이었다. 비록 학교에 지원하는 후원금을 중
단하겠다는 협박은 하지 않았지만, 그녀의 비위를 건드려 가며 하찮

은 이혼녀 하나를 뚜렷한 명분도 없이 끝까지 징계하겠다고 고집할 이유가 없었다.

"이 문제에 대해 저희들끼리 잠시 토의를 하고 싶습니다만……."

보인턴 회장이 드모스 부부에게 양해를 구했다.

다섯 사람은 사무실에서 나왔다. 드모스 부부와 그들의 변호사, 로베타와 가브리엘이었다. 복도로 나오자 로베타는 엘리자베스를 힘차게 포옹하며 말했다.

"정말 뭐라고 감사드려야 할지 모르겠어요, 엘리자베스."

"이미 난 보상을 받은걸요. 오랜 세월 동안 가슴속에만 담아 두었던 것을 퍼내고 나니 가슴이 후련해요. 만약 당신이 이런 일을 당하지 않았다면, 난 아직도 그걸 끌어안고 속앓이를 하고 있겠죠."

"당신에게 그런 고통이 있는 줄은 정말 몰랐어요."

"비밀로 했으니까요. 사실 난 이 일로 당신을 더 고통스럽게 만드는 건 아닐까 하고 무척 고민했어요. 내게 그럴 권리는 없으니까요. 그래서 문서에 서명하라고 그들에게 요구했던 거예요."

"말씀 아주 잘하셨어요. 나도 그들이 엘프레드에 대해서 좀 제대로 알기를 바랐어요. 우리 두 사람을 위해서 하신 말씀이었죠."

"한 가지 알려 드리죠."

엘리자베스는 즐거운 표정을 지어 보였다.

"앨다 킴비는 이 회의를 주도한 대가를 톡톡히 치르게 될 거예요. 여기에서 들은 모든 얘기들을 친목회 회원들에게 한마디도 얘기할 수 없다는 사실이 그녀를 미치게 만들 테니까요."

사무실 문이 열리고 보인턴 회장이 나왔다.

"이 문제는 더 이상 거론하지 않기로 했습니다."

그는 로베타 앞으로 걸어가서 사과했다.

"미안합니다, 주에트 부인."

누렇게 뜬 얼굴로 앨다 킴비가 회의실을 빠져나가자, 가브리엘은 로베타를 힘껏 포옹했다. 그는 또 엘리자베스를 포옹하며 그녀에게 말했다.

"고맙소, 엘리자베스."

"천만에요, 가브리엘."

엘리자베스는 남편을 돌아보며 미소 지었다. 그녀가 가브리엘에게 안겨 보기는 그때가 처음이었다.

대니얼 하비가 로베타에게 손을 내밀며 말했다.

"만나뵈어 반갑습니다, 주에트 부인. 회의장에서 따님들과 아이들이 하는 얘기를 듣고 속으로 정말 감탄했죠. 부인을 돕기 위해서 제가 왔습니다만, 그 아이들이 너무 멋지게 해준 덕택에 전 아무것도 한 일이 없군요."

"감사합니다, 하비 씨. 과찬이에요."

로베타는 앨로이셔스 드모스에게도 고맙다고 말했다. 그러자 엘리자베스가 모두에게 제안했다.

"모두들 우리 집으로 몰려가서 축하하는 의미로 셰리주나 한잔씩 하면 어때요? 난 당신을 좀더 알고 싶어요, 로베타. 가브리엘, 당신 생각은 어때요?"

가브리엘은 로베타를 보았다.

"멋진 생각이에요."

로베타가 찬성했다.

"그런데 아이들만 남겨 놓고 어떻게 가죠? 교육위원회에서 알면 또 엄마 자격을 심사하겠다고 할 텐데."

다들 웃음을 터뜨렸다.

그들은 강당 입구에서 아이들을 만났다. 교육위원회의 회의가 갑자기 끝나 버렸기 때문이었다. 로베타는 두 팔을 크게 벌리고 세 딸과 이소벨을 안았다.

　　"집에서 얌전히 기다리라고 했지? 너희들 정말 엄마의 말에 순종할 줄 아는 착한 딸들이구나. 기특해서 상이라도 내려야겠지?"

　　로베타의 비꼬는 말에 아이들은 일제히 소리쳤다.

　　"우린 해냈어요, 엄마!"

　　"우리가 엄말 구했다고요!"

　　"엄마, 우리가 자랑스럽지 않으세요?"

　　로베타는 그레이스의 세 딸이 어색한 표정으로 근처에서 어정거리는 것을 보았다. 그들의 표정은 아버지의 옳지 않은 행동으로 인해 상처를 받은 듯했다. 로베타는 조카딸들에게 다가가서 그들을 가슴에 안았다.

　　"마셸린, 트루디, 코린다, 너희들이 오늘 밤 해준 말에 대해 이 이모는 정말 고맙게 생각하고 있단다."

　　로베타는 그들이 아버지가 한 일에 대해서 자세히 알지 못하길 바랐다. 엘프레드가 저지른 악행을 이해하는 영악성보다도, 아이다운 순수함이 훨씬 더 중요하다고 생각하기 때문이었다.

　　"엄마는 어떠시니?"

　　"괜찮아요."

　　"엄마한테 이 이모의 안부 좀 전해 주겠니?"

　　"네."

　　"그리고 이 이모가 곧 결혼할 거라는 얘기도 전해 주렴."

　　코린다가 눈을 동그랗게 뜨며 물었다.

　　"정말이에요, 버디 이모?"

"그럼, 정말이고말고."

"누구랑 하시는데요?"

마셀린이 물었다.

"팔리 씨랑. 쉬잇! 아직 소문내면 안 돼. 내일까지만 참으렴, 알겠니? 네 사촌들한테도 아직 말하지 않았단다."

"베키 언니도 아직 몰라요?"

코린다가 샐샐 웃으며 물었다.

"아무도 몰라. 팔리 씨와 이모밖엔."

아이들은 은밀한 미소를 주고받으며 집으로 향했다.

로베타는 소곤거리며 돌아가는 세 조카딸의 뒷모습을 슬픈 눈으로 바라보았다. 그레이스와 자신 사이에는 건널 수 없는 커다란 강이 하나 가로놓여 있는 듯한 기분이었다. 아버지가 서로 다르다고는 하지만 한 배에서 태어나서 함께 자랐는데 어쩌면 성격이나 사고방식이 그처럼 다를 수가 있을까?

가브리엘이 그녀를 위로하며 말했다.

"너무 걱정하지 말아요, 로베타. 가족끼리는 친하게 지내지 않을 수가 없으니까. 우리 어머니도 여름 내내 발길을 끊으시더니, 어젠 다시 집으로 찾아오셔서 내 과자 항아리를 채워 놓고 가셨소."

"오, 그게 정말이에요, 가브리엘?"

"그럼요."

가브리엘은 빙그레 웃으며 머리를 끄덕였다.

"정말 다행이에요."

"어머님은 이제 화가 풀리신 거죠. 그건 곧 당신을 만나 보실 마음의 준비가 되셨다는 뜻이기도 합니다."

로베타는 그 말에 가슴이 철렁했다. 가브리엘의 어머니를 대면한다는 것은 생각만 해도 두려웠다. 그분이 설사 화가 풀려 그녀를 만날 준비가 되었다고 하더라도, 그것은 아들 때문이지 결코 그녀에 대한 생각이 달라졌기 때문은 아닐 것이라는 생각이 들어서였다.

가브리엘은 동생 세스와 제수인 오렐리아를 데려 와서 로베타에게 소개했다. 세스는 집수리를 할 때 몇 차례 만나서 잘 알고 있었고, 오렐리아는 첫눈에 호감을 느낄 수 있었다. 로베타는 자신의 인생이 큰 전환점을 맞은 날 밤에 장래 동서가 될 여자를 알게 된 것이 무척 반가웠다.

아이들은 각자의 집으로 걸어서 돌아가고, 어른들은 자동차에 나눠 타고 드모스 부부의 저택으로 갔다.

드모스 댁의 응접실에서 그들은 로베타의 승리를 축하하는 축배를 들었다. 그러자 가브리엘이 두 번째 축배를 제의했다.

"미래의 내 아내를 위해서!"

그는 로베타의 술잔에 자신의 술잔을 부딪히며 말했다.

"우린 사흘 전에 결혼하기로 합의했습니다."

모두 환성을 지르며 두 사람을 축하했다. 세스가 기분 좋게 술잔을 비운 뒤 형에게 물었다.

"그러면 왜 진작 발표하지 않고 쓸데없이 오늘 밤의 이 곤경을 당한 거야?"

"로베타의 고집이었지."

가브리엘이 대답했다.

"난 고집이 좀 세거든요."

로베타가 웃으며 모두를 돌아보았다.

"정말 장난이 아니라고!"

가브리엘은 손발 다 들었다는 듯이 말했다. 사람들의 웃음이 가라앉자, 그는 로베타의 눈을 한번 들여다본 뒤 말을 이었다.

"로베타는 내 도움 없이 혼자의 힘으로 교육위원회와의 싸움에서 이겨 내고 싶었던 겁니다. 잘못한 일이 아무것도 없으므로 싸움에서 질 이유도 없다는 주장이었죠. 결국 그녀의 주장은 옳았고, 그녀는 이겼습니다."

다들 로베타에게 박수를 보냈다.

"가브리엘과 결혼하면 문제는 간단히 해결될 거라는 사실은 알고 있었죠. 하지만 그건 문제를 회피하는 것이지 올바른 해결 방법은 아니라고 생각했습니다. 나는 내 아이들을 잘못 가르치고 있다는 사실을 인정하고 싶지 않았어요. 그래서 고집을 부렸던 것이고, 다행히도 가브리엘은 그런 나를 너그럽게 이해해 주었습니다. 그래서 고맙게 생각하고 있어요."

앨로이셔스 드모스가 웃으며 말했다.

"될 집은 저렇게 손발이 척척 맞아요. 서로 칭찬을 해주고 있지 않습니까? 두 분이 결혼하시면 행복하게 잘사실 것 같습니다. 축하합니다."

그러자 엘리자베스 드모스가 술잔을 들며 말했다.

"두 분의 결혼을 축하하는 뜻에서 우리 정식으로 축배를 들어요."

그들은 모두 각자의 술잔을 들었다. 로베타는 캠든으로 와서 처음으로 진정한 친구를 한 사람 만났다는 생각이 들었다. 바로 엘리자베스 드모스였다.

또 다른 사랑

로베타와 가브리엘이 브레컨리지 저택으로 돌아온 것은 밤 11시 반이 지나서였다. 네 아이는 부엌의 식탁에 둘러앉아 스푼으로 디비니티(크림 과자의 일종)를 퍼먹고 있었다.

"좀더 진하게 만들려고 했는데, 팔이 아파 더 이상 저을 수가 없었어요."

이소벨이 설명했다.

"그래도 참 맛있어요. 좀 드릴까요?"

"아직까지 여기서 뭘 하고 있는 거니?"

가브리엘이 이소벨에게 물었다. 그러나 이전과는 달리 많이 부드러워진 목소리였다.

"난 여기서 살기로 했어요. 모르셨어요?"

이소벨이 스푼을 핥으며 대꾸했다.

가브리엘은 로베타의 어깨에 팔을 두르며 말했다.

"얘들아, 우리가 뭘 할 건지 알겠니? 말해 줘요, 로베타."

로베타가 그의 손을 잡으며 이소벨에게 말했다.

"네 아빠랑 이 아줌마는 결혼을 할 거란다."

"헤에, 우린 다 알아요 뭐."

이소벨은 여전히 스푼을 핥으며 대꾸했다.

"그럼요. 벌써 다 아는 사실이에요."

베키가 맞장구를 쳤다.

"우린 언제 하는지만 몰라요."

수잔이 거들었다.

"언제 할 거에요, 엄마?"

리디아가 물었다.

로베타는 가브리엘에게 미뤘다.

"언제 할 거죠, 가브리엘?"

"언제 하고 싶소?"

그러자 이소벨이 끼어들었다.

"빠를수록 좋아요. 그래야 우리가 함께 살 수 있으니까."

로베타가 가브리엘에게 물었다.

"결혼하면 어디에서 살 건데요?"

"이 집이오."

가브리엘은 진작부터 각오하고 있었다는 듯이 대답했다.

"저 벽에다 문을 하나 내고, 우리 침실을 따로 내야겠소. 아이들은 위층 두 방을 사용하도록 하고."

"난 이소벨과 같이 잘 거야!"

수잔이 선수를 쳤다.

"엄마, 그래야 해?"

리디아가 우는 소리를 했다.

"나도 이소벨 언니랑 자고 싶어."

베키가 스푼 두 개에 뜬 디비니티를 엄마와 가브리엘에게 건네주며 말했다.

"좀 들어 보세요. 입맛을 미리 익혀 놓는 편이 좋으실 거예요, 팔리 씨. 가끔 이걸로 저녁을 대신할 테니까요."

"오, 베키! 너무 겁주지 말아라. 네가 그렇게 말하면 팔리 씨는 순진하셔서 그대로 믿으실 거야."

로베타가 웃으며 말했다.

"좋아요, 팔리 씨. 디비니티 맛이 어때요?"

"음...... 나쁘지 않은데."

"들러리는 누굴 세울 거예요, 엄마?"

"누가 서고 싶어하지?"

세 사람이 손을 들었다.

"저요, 저요, 저요!"

수잔이 어린 동생을 타박했다.

"바보 같은 소리 마, 리디아! 들러리를 서기엔 넌 아직 너무 어려."

"그렇지 않아."

베키가 막내를 감싸주었다.

"들러리는 나이가 어려도 상관없어."

로베타가 해결책을 내놓았다.

"그러면 제비를 뽑아야겠구나."

"제게 수가 있어요."

베키가 말했다.

"스푼을 뽑는 거예요. 각자가 가진 스푼을 깨끗이 빨아먹은 뒤 그

중 한 개에만 디비니티를 묻히는 거예요. 그것을 다른 스푼들과 함께 주전자에 넣고 각자가 하나씩 뽑아 디비니티가 묻은 스푼을 뽑는 사람이 들러리가 되는 거죠."

가브리엘이 로베타에게 말했다.

"매사가 이런 식이오? 모든 일을 마치 게임을 하듯 하는군."

"재밌잖아요. 불평도 없을 거구요. 앞으로 당신과 이소벨까지 가세하면 얘깃거리가 더 많아질걸요."

로베타는 아이들에게 말했다.

"누구 한 사람이 스푼을 디비니티에 담가야지."

리디아가 자기 스푼을 디비니티에 담갔다가 꺼내어 주전자에 꽂았다. 베키와 수잔도 자신들의 스푼을 주전자에 넣었다. 가브리엘이 주전자를 빙빙 돌려서 섞은 후 아이들에게 말했다.

"자, 하나씩."

그들은 하나씩 집어 올렸다. 베키가 집은 스푼에 디비니티가 묻어 있었다. 아이들의 입에서 잠시 환성과 실망의 소리가 터져 나왔지만, 아무도 이의를 내걸진 않았다. 그들은 곧 결혼식의 특별 행사에 대해 의논하기 시작했다.

"오늘 밤엔 이소벨을 여기서 자게 하면 안 돼요? 의논할 게 많아서 그래요."

베키와 수잔의 요구에 가브리엘은 거절할 말이 생각나지 않았다. 엄마 아빠의 결혼식을 준비하기 위해서 밤늦게까지 의논할 것이 있다는데, 당사자인 그가 무슨 할 말이 있겠는가?

조금 후 현관 포치로 나온 가브리엘은 로베타에게 물었다.

"정말 저 아이들한테 결혼식 계획을 세우도록 할 참이오?"

"그럼요. 우린 모든 일을 서로 의논해서 하니까요."

가브리엘은 로베타를 가슴에 안으며 말했다.

"당신은 참 대단한 여자요."

그가 고개를 숙여 키스를 했다. 로베타는 그의 키스가 좀 달라졌다는 느낌을 받았다. 그것은 약혼한 남녀끼리 하는 키스였다. 보다 깊고 제한이 없었다. 그의 손은 잘 밀고 닦은 나뭇결을 만지듯이 로베타의 등과 히프를 부드럽게 어루만졌다. 그의 혀가 입속으로 들어오고, 그의 손이 옷 안으로 파고들었다.

"그만둬요, 가브리엘!"

로베타는 그의 가슴을 살짝 밀어내며 속삭였다.

가브리엘은 갑자기 떨어졌다. 그는 로베타가 겁을 먹고 있다고 생각했다. 어두운 포치에서는 그녀의 표정을 볼 수가 없었다.

"난 엘프레드가 아니오, 로베타. 당신에게 상처를 주진 않아."

"알아요…… 알아요, 가브리엘."

"그런데 날 겁내는 것 같군."

"아니에요, 가브리엘. 당신은 겁나지 않아요."

"엘프레드 때문이오?"

"글쎄요……."

가브리엘은 엘프레드를 저주했다. 그의 아내가 될 여자의 가슴에 그 자식은 지울 수 없는 상처를 남긴 것이다. 그 자식의 코뼈를 부러뜨린 것만으로는 성이 풀릴 것 같지 않았다. 놈도 앙갚음을 할 기회를 노리고 있을 터였다. 싸움은 아직 끝나지 않았다. 하지만 다음에 걸렸을 때는 놈의 다리몽둥이를 하나쯤 분질러 놓겠다고 가브리엘은 생각했다.

"그 자식에 관한 생각은 털어버려야 해요, 로베타. 우리와 우리 아이들의 미래를 위해서라도."

"고마워요, 가브리엘."

로베타는 그의 입술에 가볍게 키스했다. 두 사람은 함께 그네에 앉았다. 밤이 깊어 가고 있었다. 로베타는 집으로 돌아가고 싶지 않은 가브리엘의 기분을 눈치챘다. 그렇지만 돌려보내야 한다고 그녀는 생각했다. 비록 가까운 사람들에게 결혼할 것이라고 발표했지만, 대부분 마을 사람들은 아직 모르고 있는 상태였다. 가브리엘과 한집에서 밤을 보내려면 아이들의 눈치도 봐야 하지만, 무엇보다도 이웃의 이목이 신경 쓰였다.

"결혼식은 언제가 좋겠소?"

가브리엘이 불쑥 물었다.

"잘 모르겠어요. 방을 하나 만드는 데 얼마나 걸리죠?"

"당장 시작해도 괜찮겠소?"

"그럼요. 난 이 집이 좋고, 당신 계획이 마음에 들어요. 이소벨도 여길 좋아하는 눈치이고, 당신도 그동안 자주 오고 해서 이젠 아예 우리의 집이 되어 버린 느낌이에요."

가브리엘은 현재 자신에게 걸려 있는 일들을 잠시 생각해 본 뒤 말했다.

"두어 주일 정도는 지나야 일을 시작할 수 있을 것 같소. 맡아 놓은 일들을 대충 마무리하면 곧 여기 일을 시작하기로 하죠."

"그러면 11월 중순경이 되겠군요. 그때까진 결혼식 날짜를 잡을 수 있겠죠."

가브리엘에겐 그때까지가 몇 해나 되는 것처럼 길게 느껴졌다. 그렇지만 그는 그런 기분을 감추고 말했다.

"좋을 것 같소."

"그럼 그렇게 하기로 해요."

"결혼 반지는 언제 받고 싶소? 오늘 밤에 주고 싶었지만, 당신이 직접 선택하도록 해주는 편이 좋을 것 같아서."

"고마워요, 가브리엘."

가브리엘의 배려가 고마워서 로베타는 그의 손을 잡으며 미소 지었다.

"금요일에 만나 함께 보석점으로 가는 게 어떻겠소?"

"좋아요, 가브리엘."

＊

금요일 오후 두 사람은 함께 보석점에 갔다. 로베타는 가브리엘에게 너무 부담 주고 싶지 않아서 그가 권하는 비싼 다이아몬드를 사양하고, 가격이 중간쯤 되는 것으로 골랐다. 작은 다이아몬드를 가운데로 네 개의 다이아 칩이 세공되어 있는 반지였다.

함께 집으로 돌아오니 웬일인지 집 안이 조용했다. 현관문을 열어보니 빈 집이었다. 아이들이 아직 돌아오지 않은 것이었다. 가브리엘은 로베타를 거실 소파로 데려가서는 자기 무릎 위에 앉히고는 키스하기 시작했다.

로베타도 그의 키스에는 이제 어느 정도 익숙해져 있었다. 그러나 그의 손길이 가슴을 더듬거나, 히프나 허벅지를 쓰다듬을 때는 흠칫흠칫 놀라며 진저리를 치곤 했다. 그것은 전 남편 조지 주에트와의 잠자리에서도 전혀 경험하지 못했던 증세였다. 조지와 헤어질 무렵엔 그의 손길이 몸에 닿으면 심한 혐오감을 느끼곤 했다. 그렇지만 지금처럼 깜짝깜짝 놀라며 진저리를 친 적은 없었던 것이다. 로베타는 자신에게 나타난 이 새로운 증세가 엘프레드에게 겁탈을 당한 이후부터 생긴 것이라는 사실을 깨닫자 눈앞이 캄캄해졌다.

가브리엘도 로베타의 그런 반응을 감지하고 있었다. 키스하며 등을 어루만질 때까진 간신히 버티던 그녀가, 그의 손길이 히프나 허벅지 근처만 닿아도 흠칫 놀라며 갑자기 몸이 뻣뻣하게 굳어 버리는 것이었다. 그것은 남자에게 강간을 당한 경험이 있는 여자들이 보이는 전형적인 반응이라는 것을 그는 알았다. 그는 결혼한 뒤에도 로베타의 그런 증세가 계속되지 않을지 걱정이었다.

*

이소벨을 포함하여 넷으로 불어난 그들의 딸들은 결혼식 날짜를 11월 중순 이후로 정하는 데는 문제가 있다고 이의를 제기했다. 그들은 결혼식을 새로운 보금자리가 될 그들의 집 현관 포치에서 올릴 것을 원했고, 그러자니 11월 중순이면 포치가 눈으로 덮혀 버릴 가능성이 있다는 것이었다. 그래서 그들은 로베타와 가브리엘에게 결혼식 날짜를 10월 14일로 앞당길 것을 요구했다.

그 결과 바빠진 사람은 가브리엘이었다. 그는 이미 맡아 놓은 일들을 대강 마무리하고 신방을 만드는 일에 매달리지 않을 수 없었다. 그러나 워낙 시일이 촉박해서, 내부 장식을 대강 마무리하기도 전에 결혼식 날이 닥쳐오고 말았다.

결혼식 날 아침 로베타는 일찍 잠에서 깨어났다. 고개를 돌리고 창밖을 바라보니 장밋빛 태양이 파란 하늘로 솟아오르고 있었다. 구름한 점 없이 맑고 화창한 날씨였다. 결혼하기엔 완벽한 날이라고 그녀는 생각했다.

그러나 그녀의 마음은 가볍지가 못했다. 오늘 밤부터는 당장 가브리엘과 한 침대를 사용해야 한다는 사실이 무거운 돌처럼 그녀의 가슴을 짓누르고 있었다.

'로베타 주에트, 도대체 뭘 두려워하는 거야? 넌 가브리엘을 사랑하고 있어. 그는 엘프레드가 아냐. 네 마음속에서 그 쓸데없는 두려움을 몰아내고 새신랑을 맞아들일 준비를 해야지. 내 마음이 진심으로 가브리엘을 원하고 있는데, 어떻게 동시에 그를 두려워할 수가 있는 것일까?'

하루가 무척 더디게 가는 것처럼 느껴졌다. 그리고 마침내 식이 거행될 오후 4시가 다 되었다. 그녀가 웨딩드레스를 입고 있는 동안 딸들은 연신 침실을 들락거리며 마지막 점검을 게을리하지 않았다. 로베타는 자신이 마치 열일곱 살 순진한 처녀 시절로 되돌아간 듯한 초조한 기분이었다.

새 드레스로 차려 입은 네 명의 딸들은 모두 예뻤다. 특히 발목까지 내려오는 살굿빛 공단 드레스를 차려 입은 베키는 숙녀티를 물씬 풍기는 미인이었다. 언제 저렇게 성숙했지, 하고 로베타는 도드라진 딸의 가슴을 보며 속으로 감탄했다.

오후 4시 직전에 리디아가 달려 들어와 알려 주었다.

"신랑이 오셨어요, 이소벨두요!"

그러자 현관에서 노크 소리가 들려왔다. 로베타는 가슴이 마구 울렁거리는 것을 느꼈다.

'이건 웃기는데 결혼을 처음 해보는 여자 같잖아?'

로베타는 그래도 가슴이 울렁거리는 데는 어쩔 수가 없었다.

가브리엘은 현관 포치에 서 있었다. 새로 맞춘 까만 양복을 입고, 구두는 파리가 앉다 미끄러질 정도로 반짝반짝 빛났다. 깨끗하게 면도한 얼굴은 무척이나 잘생겨 보였다. 튼튼한 어깨와 떡 벌어진 가슴은 믿음직하고 남자다워 보였다.

사랑에 대한 확신은 그 순간에 왔다. 로베타는 자신이 비로소 진정으로 사랑하는 남자를 찾았다는 것을 깨달았다. 전 남편 조지에게서 처음 느꼈던 그 사랑은 철부지 처녀의 일시적 감상 내지는 착각에 지나지 않는 것이었다.

그녀는 가브리엘에 대해서 자신이 지금까지 알고 있는 그 이상의 것을 알고 있다는 확신이 들었다. 그리고 이젠 그와의 사랑을 더 이상 두려워해야 할 이유가 없다는 것을 깨달았다.

"안녕, 로베타?"

그는 손을 주체하지 못하며 멋쩍은 듯이 말했다.

"들어오세요, 가브리엘."

로베타는 문을 열어 주며 말했다.

"오, 너무 아름다워요!"

이소벨이 웨딩드레스 차림의 그녀를 바라보며 소리쳤다.

"그래, 그래요…… 정말 아름답소."

가브리엘이 더듬거리며 맞장구를 쳤다.

"당신도 멋져요, 가브리엘. 새 양복이 아주 잘 어울리는군요."

로베타는 그의 하얀 셔츠와 까만 넥타이를 차례대로 살펴보며 말했다.

"그렇소? 다행이군요."

두 사람이 괜히 어색하게 쭈뼛대자, 아이들이 서로 소곤대며 킥킥거렸다.

"포치에서 기다리는 게 낫겠어요."

로베타가 아이들을 돌아보곤 말했다.

"오, 그럽시다!"

가브리엘은 거실로 들어온 것이 큰 실수라도 되는 것처럼 당황해했다.

손님들이 몇 명 도착했다. 세스와 오렐리아와 그들의 아이들, 가브리엘의 어머니인 모드 팔리, 그리고 드모스 부부와 그들의 아이들, 로버슨 선생과 윔 선생, 메인 주 간호사 사무실에서 근무하는 엘리너 밸포어, 로베타의 어머니인 마이라 햄버턴 등이었다.

로베타가 예상했던 대로 그레이스는 참석하지 않았다. 그녀는 여전히 자신이 속해 있는 세계만이 천국이라는 착각 속에서 살아가고 있는 듯했다.

엘프레드 역시 오지 않았다. 마을에 돌고 있는 소문에 의하면 그의 사업이 잘되지 않아 현재 가족들이 살고 있는 저택을 곧 차압당할 형편이라고 했다. 불운은 겹친다는 말이 바로 그를 두고 한 말이었다. 가브리엘에게 얻어맞아 코뼈가 부러지는 중상을 입은 그에게 이번엔 손재의 벼락이 떨어진 것이었다.

교회 목사님이 결혼식을 거행하겠다고 선언했다. 정식 절차를 무시하고 약식으로 행하는 결혼식이므로, 웨딩 마치 등은 생략하고 포치 계단에서 바로 식순으로 들어갔다.

신랑 어머니와 신부의 어머니는 마당에 서서 포치 계단에 서 있는 아들과 딸을 바라보며 얘기를 나누고 있었다.

"따님이 오늘따라 무척 아름답군요."

모드 팔리 부인의 찬사에 마이라 햄버턴은 입을 삐죽이 내밀었다.

"난 로베타한테 흰 옷은 입지 말라고 늘 충고하지만 저 아이는 어미 말이라면 듣질 않죠. 그러니 저 꼴 좀 봐요. 재혼하는 여자는 원래 흰 드레스를 입지 않는 법이에요!"

"흰색이라기보다는 아이보리에 가까운데요."

"그래도 저건 창피할 만큼 흰색이에요!"

모드 팔리는 놀란 눈으로 아들의 장모가 될 여자를 힐끔 보았다.

괴팍한 장모와 천방지축 날뛰는 아내 사이에서 고생할 아들이 측은했다. 게다가 새로 들어올 며느리는 혹이 셋이나 달려 있었다. 가브리엘이 그런 여자의 어디가 좋다고 사족을 못쓰는지, 정말 아무리 생각해도 모를 일이었다.

세 딸이 신부의 피아노 반주에 맞추어 '내게 약속해 줘요'를 삼중창으로 부르고, 베키가 인디언의 시를 낭송한 것을 제외하면 특별한 결혼식 절차는 없었다.

베키는 포치에서 시를 낭송하다가 도로 건너편에 서 있는 사촌들을 발견했다. 마셀린과 트루디와 코린다는 가지 말라는 부모의 명령을 어기고 몰래 집에서 빠져나온 듯했다. 베키는 그들의 귀에까지 잘 들리도록 크고 맑은 소리로 시를 낭송했다.

여자는 남자라는 활에 매인 시위와도 같은 것,

비록 그를 구부리나 그에게 복종하며,

그를 당기면서도 동시에 그를 따르니,

그대없인 나 또한 아무 쓸모가 없도다!

자전거 위에 올라앉은 이턴 오기어는 깜짝 놀랄 만큼 예뻐진 베키의 모습을 보며 마음속으로 결심했다. '난 언젠가는 꼭 베키와 결혼하고 말테야!' 그리고는 목소리를 낮추어 옆에 있는 마셀린에게 속삭였다.

"우와! 베키가 오늘 무척 예뻐 보이지 않니?"

포치에서는 데이비스 목사가 신랑인 가브리엘에게 묻고 있었다.

"그대는 이 여인을 아내로 맞이하겠느냐?"

"네."

가브리엘의 대답을 네 딸이 복창했다.

"네."

로베타에게도 똑같은 질문과 대답이 반복되었다.

가브리엘이 신부에게 키스하자, 로베타의 세 딸과 가브리엘의 딸은 서로 마주보며 환하게 미소 지었다. 이제 그들은 자매가 된 것이었다. 베키는 도로 건너편에서 구경하고 있는 이던을 지그시 바라보았다.

비록 가볍고 의식적인 키스이기는 하지만, 가브리엘은 여러 사람들이 지켜보고 있는 가운데서 로베타에게 키스했다는 사실이 꿈만 같았다. 그녀와 이젠 부부가 되었다는 사실을 모든 사람들에게 공표했다는 것만으로도 그는 가슴이 벅차고 흥분되어 얼굴이 벌겋게 달아올랐다.

네 딸들은 아버지가 된 가브리엘에게 환성을 지르며 달려들어 그의 볼에 키스를 퍼부었다. 그러자 그의 얼굴은 더 빨개졌다. 손님들도 한 사람씩 다가와서 신랑 신부를 가볍게 포옹하며 축하해 주었다.

피로연에 제공된 음식들은 모두 손으로 집어먹도록 마련되었다. 네 딸의 도움을 받아 로베타가 준비했고, 베키가 세 동생들을 지휘하여 식탁을 차렸다. 샌드위치와 퍼지, 그리고 스푼 없이도 먹을 수 있는 하얀 디비니티가 있었고, 가브리엘의 어머니가 제공한 크림 과자도 있었다.

로베타는 베키가 도로 건너 친구들에게 자주 눈길을 주는 것을 보고 말했다.

"커다란 쟁반에다 음식을 잔뜩 담아 네가 직접 친구들한테 갖다 주면 어떻겠니? 그러면 저 아이들도 최소한 룰을 어긴 셈은 아니지 않겠어?"

베키는 고마움이 가득 담긴 눈빛으로 엄마를 바라보았다.

"보셨죠, 팔리 씨? 난 세상에서 가장 훌륭한 엄마를 모시고 있다고요!"

가브리엘은 베키의 머리를 쓰다듬어 주며 말했다.

"알고 있어, 베키. 나도 이 세상에서 가장 훌륭한 아빠가 되도록 노력할 테니, 이젠 팔리 씨라고 부르는 건 좀 그만둬 줄래?"

"알았어요, 팔리 씨. 아니 참, 아……빠."

로베타와 가브리엘은 마주보며 싱긋 웃었다.

음식을 담은 쟁반을 들고 도로를 건너가는 베키를 바라보며 로베타는 말했다.

"오, 가브리엘. 난 정말 행복해요! 우린 멋진 가정을 꾸려 갈 수 있을 것 같아요, 그렇죠?"

"물론이오, 로베타."

가브리엘은 한 팔로 로베타의 어깨를 감싸안으며 도로 건너편을 바라보았다. 마셀린이 그들을 발견하고 손을 흔들어 보였다. 로베타도 조카딸에게 손을 흔들어 주었다.

"가엾은 그레이스! 언니는 죽을 때까지 그 남자에게서 해방되지 못할 거예요. 그리고 자신이 놓쳐 버린 참다운 행복이 어떤 건지 영원히 모를 거예요."

가브리엘은 아내의 이마에 살짝 키스했다. 달리 대꾸할 말을 찾을 수 없었기 때문이었다.

로베타는 그를 쳐다보며 웃었다.

"아직도 자신의 사랑을 표현하는 일이 그렇게 두려우세요?"

"아니, 아직은 너무 밝아서 그렇지. 이따가 밤엔 충분히 표현해 보이겠소."

재빨리 시선을 피하는 로베타를 바라보며 가브리엘은 불안하고 우울한 생각이 들었다.

'이 여자는 언제까지 이렇게 나를 거부할 것인가?'

심지어는 신혼여행까지 거부한 그녀였다. 이유인즉 새로 직장을 옮긴 지 6개월도 안 돼 휴가를 신청할 수는 없다는 것이었다. 또한 아이들만 남겨 놓고 여행을 간들 맘 편히 지낼 수 있겠느냐는 것이었다.

가브리엘이 가게 일을 동생 세스에게 떠맡기고 신방을 만드는 일에만 매달린 것도 그 때문이었다. 신혼여행이라도 다녀오면 그동안 세스에게 방을 완성시켜 놓으라고 할 수도 있었겠지만, 결혼식을 올린 뒤 바로 합방을 해야 할 형편이라 서둘러 마무리한 것이었다.

저녁 6시가 지나자 손님들은 모두 돌아갔다. 그들의 네 딸은 할머니를 따라 가브리엘의 집으로 갔다. 아이들은 오늘 밤 거기서 자기로 되어 있었다.

신방은 약간의 내부 장식만 제외하면 거의 완성된 거나 다를 바 없었다. 멋진 더블 베드를 새로 들여놓았고, 욕실에는 전기 히터를 설치해 더운물을 쓸 수 있도록 했다.

손님들이 다 돌아가고 텅 빈 집 안에 로베타와 단둘만 남았다. 두 사람은 포치에 포옹하고 서서 조용히 깊어 가는 가을을 느꼈다. 지붕들 너머로 푸른 바다와 하늘이 수평선까지 펼쳐져 있었고, 석양을 받은 작은 섬들이 물 위에 피워 올린 작은 모닥불처럼 타올랐다. 그 섬들 사이로 하루 일을 끝낸 하얀 배들이 항구로 돌아오고 있었다.

세바스찬 브레컨리지의 닻은 여전히 벌겋게 녹슨 상태로 마당에 누워 있었다. 그 주위로 무성했던 양치류들은 누렇게 변하고 오그라들어서 다시 흙으로 돌아갈 준비를 하고 있는 듯했다. 이제 곧 겨울이었다. 바다 위를 어지럽게 날며 울어대는 갈매기들의 소리도 이젠 춥게 느껴졌다.

"당신이 이 포치를 수리하던 때가 생각나요."

로베타가 먼저 입을 열었다.

"6개월 전이었지."

"그뿐이에요?"

"당신이 나를 무지하게 미워했고."

로베타가 쿡쿡 웃었다.

"그랬어요?"

"당신이 이 집을 처음 보던 날 기억나요? 침실을 보고 나오다가 엘프레드와 농담을 하고 있는 나를 보고는 안색이 싹 달라지더군. 난 그때 당신한테 팍 찍힌 죄로 지금까지도 오금을 못 펴고 있는 거요."

가브리엘은 농담조로 얘기하며 로베타의 표정을 조심스레 살폈다. 얼굴은 비록 웃고 있지만, 그녀의 표정에는 아직도 무언가를 두려워하고 있는 듯한 기미가 숨겨져 있는 느낌이었다. 그녀와의 신혼 첫날밤을 과연 무사히 넘길 수 있을지, 가브리엘은 자꾸만 마음이 무거워졌다.

로베타는 두려웠다. 가브리엘에 대한 사랑을 확신하면서도, 그 어떤 예기치 못했던 일로 그와의 첫날밤을 망쳐 버리지나 않을까 하는 두려움이었다. 그 근거 없는 두려움은 느닷없이 자신에게 굴러 온 분에 넘치는 행복 때문이었다. 누군가가, 혹은 무언가가 자신의 이 행복을 빼앗아가 버리지나 않을까 두려웠다. 남자에 관한 한 늘 불운하기만 했던 그녀였다.

"피곤하오?"

가브리엘이 물었다.

"네, 약간……."

"안으로 들어갈까?"

대답 대신 로베타는 현관 쪽으로 돌아서서 천천히 걸었다. 두 사람은 말없이 문을 열고 집안으로 들어갔다. 거실을 지나 부엌 입구에서 안을 살펴보니, 평소보다 한결 더 깨끗하다는 것을 알 수 있었다. 식탁에는 과자 한 접시와 캐롤라인이 가장 좋아했다는 필로덴드론 화분이 놓여 있었다.

"마음에 안 드오?"

화분의 열대 식물을 바라보는 로베타에게 가브리엘이 물었다.

"오, 아니에요, 가브리엘. 이소벨이 나한테 물어보고 갖다 놓은 거예요. 보기 좋잖아요? 더군다나 난 이런 건 잘 못하거든요. 앞으로는 이소벨한테 많이 배워야 할 것 같아요."

가브리엘은 로베타 같은 여자를 만나본 적이 없었다. 그녀에게 질투심이란 오히려 생경한 감정인 듯했다. 그녀는 언제나 새로운 변화와 발견에 마음을 열어 놓고 있었다. 가브리엘과 이소벨을 마음으로 받아들였을 뿐만 아니라, 캐롤라인까지도 인정하고 적극 이해하려고 했다. 그녀는 자신의 장점과 약점을 정확하게 알고 있었고, 그 때문에 오만해지거나 주눅들지도 않았다. 그녀는 다만 하루하루의 생활을 행복지상주의로 살아왔을 뿐이다.

"로베타?"

"네?"

"사랑하오."

"오, 가브리엘."

로베타는 그의 가슴에 안겨 들었다. 그녀는 마땅히 '나도 당신을 사랑해요'라고 말했어야만 옳았다. 그러나 정작 그 말은 입 안에서만 뱅뱅 돌고 나오질 않았다. 그런데도 가브리엘은 그녀의 입술에 부드럽게 키스했고, 그것은 그녀의 가슴을 아프게 했다.

가브리엘은 입술에 키스하며 손으로는 그녀의 등을 어루만졌다. 키스가 끝나자 그는 로베타를 온몸으로 힘껏 끌어안았다. 젖가슴이 눌려서 터질 것만 같았고, 갈비뼈가 아플 만큼 그는 그녀를 힘주어 안았다. 그리고는 그녀의 귓전으로 긴 한숨을 천천히 내쉬었다.

로베타는 이제 자신의 차례가 돌아왔다는 것을 알았다. 이제부터는 그녀 자신이 앞으로 한걸음 나아갈 차례였다. 언제까지나 가브리엘에게만 짐을 지울 수는 없다고 생각했다. 로베타는 그의 가슴을 살며시 밀며 말했다.

"당신이 만들어 주신 새 욕실, 지금 사용해도 괜찮아요?"

"괜찮고말고."

가브리엘은 아내를 안고 있던 팔을 놓으며 말했다.

두 사람은 함께 새로 꾸며놓은 신방으로 들어갔다. 로베타가 욕조 안으로 사라지자, 가브리엘은 상의를 벗고 넥타이를 풀었다. 욕실에서 물소리가 들려왔다. 그는 의자에 앉아 벽의 마감재들을 살펴보았다. 시간이 없어서 미처 칠을 못한 상태이긴 하지만 그다지 흉하진 않았다.

다시 물소리가 들려왔다. 가브리엘은 의자에서 일어나 침대와 침구들을 살펴보았다. 모두가 하얀색이었다. 로베타는 자신의 침실을 하얗게 꾸미고 싶다고 말했다. 그는 다시 의자에 앉아 기다렸다.

물이 욕조 밑구멍으로 빠져나가는 소리가 들려왔다.

고요.

마침내 욕실 문이 열리자 따뜻하고 습기찬 공기와 함께 향기로운 냄새가 훅 끼쳤다. 로베타는 푸른색 나이트가운을 입고 욕실에서 나왔다. 촉촉하게 젖은 머리카락을 말끔하게 빗질하고, 맨발에는 아무것도 신고 있지 않았다. 그녀는 가브리엘을 잠시 바라보았다.

"지금까지 내 욕조를 가져 본 적이 없어요. 고마워요, 가브리엘."

"천만에."

로베타는 가브리엘의 맨발과 단추를 연 셔츠를 살펴보고는 그가 기다리고 있었다는 것을 알았다.

"너무 오래 걸렸나요?"

"아니오, 그렇지 않소."

"당신도……."

로베타는 욕실 쪽으로 눈길을 돌리며 말했다.

"아, 물론이오."

가브리엘은 욕실 안으로 들어가서 양치질과 세수를 했다. 수건으로 얼굴의 물기를 닦으며 나오는 그를 로베타는 침대 모서리에 앉아 조용히 바라보고 있었다. 그는 침대 다른 쪽으로 돌아가서 잠옷으로 갈아입었다.

그가 침대에 눕자 로베타도 그의 옆으로 조용히 누웠다. 그는 팔베개를 하고 로베타를 돌아보았다.

"가브리엘."

로베타가 그를 돌아보며 나지막이 말했다.

"난 조지와 결혼할 때도 처녀는 아니었어요. 그런데 오늘 밤엔 참 이상하군요. 마치 나 자신이 처녀처럼 느껴지니 말이에요."

"그렇다면 된 것 아니오? 당신의 마음이 처녀처럼 느끼고 있다면 당신은 처녀인 거요. 쓸데없는 생각들을 자꾸만 한다는 것은 다 부질없는 짓이지. 그러니까 과거의 불행한 일들은 다 잊어버리고, 앞으로는 우리 가족이 행복하게 살아갈 일에 대해서만 생각하기로 합시다."

"이런 느낌은 처음이에요, 가브리엘. 정말 나답지가 않아요. 난 부끄럼이나 타며 얌전히 기다리는 이런 여자가 아니었거든요.”

가브리엘은 로베타의 손을 잡으며 진지하게 말했다.

“로베타, 당신이 두려워하는 것이 무언지 말해 봐요.”

로베타는 시선을 아래로 떨구었다.

“엘프레드에 대한 기억이에요. 아무리 발버둥쳐도 자갈길에서의 그 악몽을 떨쳐버릴 수가 없어요. 이건 내가 아니에요, 가브리엘. 난 이러지 않았거든요. 하지만 지금은 어떻게 해야 좋을지 모르겠어요.”

가브리엘은 로베타의 손을 부드럽게 만지며 그녀가 자기와 함께 누워 있는 것이 익숙해지기를 기다렸다. 그는 로베타가 두려움과 긴장으로 몸이 굳어 있음을 느낄 수 있었다. 이런 여자는 어떻게 해야 하는가? 아무리 생각해 봐도 묘안이 떠오르지 않았다.

“가까이 와요.”

그는 한 팔을 로베타의 머리 아래로 집어넣어 그녀를 끌어안았다. 여자의 매끄러운 육체가 절반쯤 그의 가슴 위로 포개져 왔다.

“우린 둘 다 경험자요. 그러니까 당신이 하고 싶은 대로 해요.”

로베타는 한쪽 손을 그의 가슴 위에 올려놓고 조용히 내려다보았다. 손바닥에 그의 심장이 힘차게 뛰는 것이 느껴졌다. 두 사람은 서로 말없이 상대방의 눈을 바라보며 한참 동안 그렇게 있었다. 그녀의 이마에서 머리카락이 흘러내렸다. 로베타는 손으로 머리를 쓸어올리고는 천천히 머리를 숙여 그의 입술에 키스했다.

가브리엘은 꼼짝 않고 그녀의 키스에만 응했다. 그는 여자의 입술을 부드럽게, 그리고 무척 소중한 듯이 애무했다. 흘러내린 여자의 머리카락이 그의 얼굴을 온통 덮어버렸다. 그러나 그는 손을 움직여 그녀의 머리카락을 걷어내지 않았다. 그러자 여자의 뜨거운 손이 두 뺨에 느껴졌다. 여자의 말간 눈망울이 그를 내려다보고 있었다.

"가브리엘……."

로베타가 속삭이듯 말했다.

"당신 얼굴이 뜨겁군요."

"당신 손도 그렇소."

여자의 입술 사이로 뜨겁고 향기로운 숨결이 뿜어져 나왔다. 그녀의 머리카락과 목덜미에서도 달콤한 향기가 피어올랐다. 그 향기에 취해 가브리엘은 머릿속이 어지러워지는 느낌이었다. 가슴을 포개고 있는 여자의 몸이 뜨겁게 달아오르는 것을 그는 느낄 수 있었다.

"심장이 힘차게 뛰고 있어요."

로베타가 손바닥으로 그의 가슴을 쓰다듬으며 말했다.

"당신도 그렇소?"

"네."

그녀는 다시 그의 입술에 키스했다. 나이트가운 안에서 그녀의 하얀 유방이 시계추처럼 아래로 늘어졌다. 희고 풍만한 젖가슴이었다. 그녀는 다리를 벌리고 가브리엘의 몸 위로 올라갔다. 그리고는 그의 두 손을 잡아 자신의 가슴으로 가져갔다. 그가 손바닥으로 유방을 부드럽게 주무르자, 그녀는 눈앞이 아찔해지며 몸에서 뜨거운 욕망이 솟구치는 것을 느꼈다.

가브리엘의 눈빛이 갑자기 흐려졌다. 자신의 몸 위에서 로베타가 다리를 쭉 펴고 상하좌우로 움직이며 키스를 퍼부어대자, 그는 자신도 모르게 나지막한 신음 소리를 흘렸다. 그는 눈앞에서 아른거리는 로베타의 유두를 입술로 덥석 물고는 조심스럽게 애무하기 시작했다.

"가브리엘!"

로베타는 신음하며 몸을 꼬았다. 그녀는 자신을 얽어매고 있는 보이지 않는 밧줄이 온몸을 팽팽하게 조여 오는 것을 느꼈다. 그것을 끊어버리지 않고서는 영원히 자유로워질 수가 없었다. 로베타는 온몸의 신경을 바늘처럼 날카롭게 곤두세우며 바짝 긴장했다. 가브리엘의 입술이 다른 쪽 유두를 미친 듯이 애무하기 시작했다. 두 사람은 한덩어리가 되어 어우러졌다.

"고마워요, 가브리엘. 사랑해요."

로베타는 어쩐지 그에게 감사하고 싶은 마음이었다. 가브리엘은 그녀가 잊고 있었던, 그리고 잃어버렸던 그 어떤 소중한 것을 되찾게 해주었다. 그녀는 이제 지금까지 자신을 경멸하고 증오했던 모든 사람들까지도 사랑할 수 있을 것 같은 생각이 들었다.

절정의 순간 로베타는 눈을 뜨고 가브리엘의 얼굴을 보았다. 그는 환희에 찬 표정으로 신음을 토해 내고 있었다. 로베타는 자신이 그에게 그런 환희를 안겨 줄 수 있다는 사실이 몹시 기뻤다.

로베타는 미소를 지으며 눈을 감았다. 마침내 엘프레드에 대한 감정을 극복해냈다고 그녀는 확신했다.

겨울이 지나고 봄이 왔다. 그리고 캠든의 해변에 눈부신 여름이 다시 찾아왔다. 베키는 열일곱 살이 되어 이젠 숙녀티가 완연했다. 눈치를 보니 이따금 이던 오기어와 데이트를 하면서 키스도 주고받고 있는 듯했다. 수잔과 리디아, 이소벨도 각기 한 살씩 더 먹었다.

엘프레드와는 그 이후로도 가끔 거리에서 마주치거나, 자동차를 타고 지나가면서 서로 얼굴이 마주칠 때가 있었다. 그러나 단 한 번도 서로 말을 건넨 적은 없었다.

그레이스와 마주칠 때도 그건 마찬가지였다. 한번은 은행에 들어가다가 나오는 중인 그녀와 충돌할 뻔한 적이 있었다. 그녀는 무의식 중에 '오, 버디!' 하고 소리쳤다. 로베타는 미소를 지으며, '잘 지내,

또 다른 사랑 _403

언니?' 하고 물었다. 그러나 그레이스는 곧 쌀쌀한 표정을 지으며
아무 대꾸도 없이 지나쳐 가버렸다.

'불쌍한 그레이스!'

그레이스의 세 딸들은 부모가 금하고 있는 것이 분명한데도 불구
하고, 이따금씩 로베타의 집으로 놀러 와선 사촌들과 함께 연극이니
뮤지컬 따위를 연습하다가 돌아가곤 했다.

로베타의 어머니도 초대를 하면 언제든지 왔다. 그러나 오래 머무
는 법은 없었고, 큰 딸과는 달리 한 번도 엄마 말에 순종한 적이 없었
던 작은 딸에게 꼭 한마디씩 불평을 늘어놓고서야 돌아갔다.

그러면 가브리엘은 한숨짓고 있는 아내를 뒤에서 말없이 안아 주
었고, 네 딸들은 '할머니 왜 또 저러셔?' 하며 엄마 역성을 들곤 했
다. 그러면 로베타는 '누가 알겠니?' 하곤 대꾸했다.

어느 날 가브리엘은 그레이스와 장모님의 그런 태도는 로베타에
대한 질투심 때문이라고 단언했다.

"장모님과 처형은 당신의 행복을 질투하고 있는 거야. 당신은 어
떤 경우에도 항상 행복하기만 하니까. 그리고 그 행복은 당신 스스로
가 만들어 낸 것이거든. 그분들로서는 도저히 불가능한 일이지."

"정말 그럴까요?"

로베타의 미심쩍어하는 표정에 가브리엘은 싱긋 웃었다. 그녀는
그가 한 말을 잠시 생각해 본 뒤 그의 턱에 키스를 해주었다. 그들은
이제 아이들이 보는 앞에서 예사로 키스를 주고받았다.

"고마워요, 가브리엘. 난 여태 그것도 몰랐지 뭐예요."

"거기에도 이유가 있지. 당신은 도무지 질투할 줄을 모르는 여자
이기 때문이오. 그러니까 다른 사람도 당신 자신 같은 줄로만 알지."

로베타는 천천히 머리를 끄덕였다.

부엌의 싱크대에 쌓여 있는 접시들을 보며 가브리엘은 딸들에게 큰소리로 물었다.

"오늘 저녁 설거지는 누구 차례지?"

수잔과 이소벨이 대답했다.

"우리 차례 아니에요!"

그러자 베키와 리디아도 소리쳤다.

"우리 팀도 아니에요!"

"그러면 우리 팀이 할 차롄가, 여보?"

가브리엘은 로베타의 어깨를 감싸 안으며 말했다.

"당신은 피곤할 테니 좀 쉬어요. 설거지는 내가 할 테니까."

"그냥 내버려둬요."

로베타가 대수롭지 않게 말했다.

"내일까지 두면 말라붙을 텐데?"

"그렇지만 내일은 다른 팀이 설거지를 할 차례잖아요."

아내의 태평스런 말에 가브리엘은 껄껄 웃었다.

"그러면 지금부턴 뭘 하지?"

그러자 로베타는 그의 귀에 대고 뭐라고 소곤거렸다. 가브리엘은 기겁을 하며 아내를 바라보았다.

"아니, 팔리 부인! 지금 이 시각에?"

"그러니까 나가자고요."

두 사람은 곧 문 곁에 있는 옷걸이에서 재킷을 벗겨 들었다. 그리고는 현관 쪽으로 나가며 아이들에게 소리쳤다.

"얘들아, 아빠와 엄마는 잠시 가게에 좀 다녀올게! 금방 돌아올게!"

그리고는 낄낄거리며 황혼 속으로 걸어 나갔다.

사랑과 진실 그리고 열정적인 삶

라빌 스펜서의 작품은 국내에 그다지 많이 알려져 있지 않다. 그러나 그녀는 20여 편의 로맨스 소설을 발표하여, 미국 문단에서는 주드 데브루·주디스 맥노트와 어깨를 나란히 하는 베스트셀러 작가로 자리매김을 하고 있다. 그녀의 최신작인 이 작품은 발표되기가 무섭게 뉴욕타임스 북리뷰에 베스트셀러로 올랐다.

이혼한 한 여자의 열정적인 삶과 사랑을 섬세한 필치로 잔잔하게 그린 이 작품은 우리로 하여금 사랑과 진실, 그리고 삶에 대한 근원적인 문제들을 다시 한번 곰곰이 생각해 보도록 만든다.

여자는 어떻게 사랑에 빠지는가? 결혼한 여자는 왜 이혼하는가? 그리고 이혼한 여자가 왜 다시 결혼하는가? 누구도 이러한 질문에 똑 부러지게 대답해 줄 사람은 없다. 그러나 작가는 세상의 모진 풍파 속에서도 세 딸과 함께 힘차게 살아가는 한 아름답고 강한 여인의 삶을 통해 은연중 그러한 질문들에 대답하고 있다.

주인공인 로베타 주에트의 낙천적이면서도 적극적인 성품이 특히

인상 깊다. 자신에게 닥친 온갖 불운들을 뛰어넘어 만사를 행복하게
만 생각한다. 그녀는 행복만을 생각했고, 그래서 결국 행복해졌다.

그에 반해서 그레이스와 마이라 햄버턴 같은 인물들은 행복할래야
행복할 수 없는 인물들이다. 그들은 자신들에게 주어진 온갖 축복에
도 불구하고 스스로를 자꾸만 불행한 존재로 만든다. 자신들의 처지
를 행복하지 않다고 생각하므로써, 자꾸만 더 불행 속으로 빠져든다.

로베타와 가브리엘의 사랑도 감동적이다. 마치 순수한 영혼을 지
닌 사람들끼리는 저절로 통한다는 느낌을 준다. 그야말로 계산 없이
주고, 부담 없이 받는 성숙된 사랑이다. 따라서 그 결과가 아름답지
않기는 실로 어렵다. 모처럼 만난 가슴을 훈훈하게 만드는 아름다운
이야기다.

사랑이 다시 시작되는 아름다운 여름,
이 창 식